내 책상 위의
천사 1

AN ANGEL AT MY TABLE

세계문학의 숲 026

An Angel at My Table

내 책상 위의 천사 1

재닛 프레임 지음

고정아 옮김

시공사

An Angel at My Table

일러두기

1. 이 책은 1989년 뉴질랜드 허친슨(Hutchinson) 출판사에서 출간된 재닛 프레임(Janet Frame)의 《내 책상 위의 천사(An Angel at My Table)》를 우리말로 옮긴 것이다.
2. 번역은 2008년 영국 리틀브라운 출판사에서 발행한 《An Angel at My Table》을 대본으로 삼았다.
3. 본문의 주는 모두 옮긴이 주이다.

재닛 프레임의 첫 장편소설 《올빼미는 운다》는 뉴질랜드 출판
계에 큰 반향을 불러일으켰다. 이 작품은 이 나라가 오래도록
기다려온 최초의 위대한 소설로, 어떤 이들은 '걸작'이라고 평
하고 이탤릭체로 된 내면 독백을 싫어하는 이들은 '지나치게
우울하다'고 비판했지만, 작품 속 대프니, 무향실(無響室)의 대
프니와 동갑인 열네 살 때 이 작품을 읽은 나는 그녀의 어둡고
힘찬 노래에 사로잡혔다.

새들이 잠에서 깨고 구름 속의 굴뚝새는 시에 나오는 아이처
럼 '지지배배 지저귀렴, 즐겁게 지지배배' 하고 지저귀는 이른
아침이다. 이곳에서는 콩꽃이 자라고 완둣빛 풀이 무성하고 벌
레 떼가 어지럽게 상공에 이른다.

재닛은 대프니에게서 이토록 눈부시고 풍성한 내면세계를

상상해냈지만, 그것은 대프니뿐 아니라 나의, 그리고 아마도 예민한 모든 십대의 이야기였다. 우리에게는 시적이고 강력하고 운명적인 목소리가 주어졌다. 아름답고 신비로운 영혼의 노래가.

그 책을 읽은 열네 살 때 내 인생은 고문 같았다. 흰색 플라스틱 침대 헤드보드에 기대어, 장미 자수 커튼과 어울리는 얇은 흰색 시폰 침대 커버에 앉아 있던 일이 기억난다. 나는 침대 커버와 커튼이 녹색 카펫 위를 숲 안개처럼 떠돈다고 상상했지만, 내 방은 전혀 낭만적인 분위기가 아니었고, 오히려 전기난로를 켠 방에 그런 것들은 화재 위험 요소이자 굴욕이었다. 내가 낭만주의를 시도했다가 실패한 증거였기 때문이다. 하지만 내가 창조해내지 못한 분위기를 재닛은 눈부시게 만들어냈고 나는 그것이 좋았다.

《올빼미는 운다》는 실험적이고, 일부 내용은 재닛 자신의 인생을 토대로 하고 있는데, 그 가운데는 정신병원을 드나들며 8년을 보낸 경험도 있다. 그 일은 재닛의 실제 인생에 대해 많은 소문과 어두운 상상을 불러일으켰다. 어떤 이들은 그녀가 계속 정신병원에 있고 전전두엽 절제술을 받은, 정신병이라는 비극적 운명을 짊어진 천재라고 믿었다. 또 어떤 이들은 그녀가 해외에 나가서 이름 없이 산다고도 했다.

우리 가족은 주말이면 플리머턴의 해변 별장으로 가는 길에 유명한 정신병자 수용소인 포리루아 병원 앞을 자주 지나갔다.

"재닛 프레임이 포리루아 병원에 있었나요?" 내가 찌그러진 측백나무들에 둘러싸인 감옥 같은 납작한 건물들을 바라보며 물었다.

"아니, 포리루아는 아냐."

"어디였어요?"

"서니사이드."

"서니사이드요? 정신병원 이름이 서니사이드*예요? 재닛 프레임은 아직 거기 있나요?"

나는 병원을 보며 궁금해했다.

그리고 재닛의 인생을 감탄과 동정과 두려움 속에 바라보았다. 뉴질랜드 사회에서 비정상이라는 것은 낙인이었다. '정신병'은 회복 불가능한 치욕이었다.

15년 뒤 나는 슬프게도 포리루아 병원의 K2 병동에 친숙해지게 되었다. 어머니가 노년기 우울증의 공포와 쓸쓸함을 피하기 위해 자주 그곳에서 위안을 찾았기 때문이다. 나는 재닛 프레임의 영토를 방문해서 복도에 뒹구는 맥스의 의족을 넘어 다녔고, 휴게실에 있는 어머니에게 음험한 의도를 품고 다가오는 노인을 막아냈다. 노인은 어머니의 의자 팔걸이에 두 손을 얹고 물었다. "이디스, 얼마를 주면 당신 방에서 자게 해줄 거요?"

어머니는 당황하지 않았다. "마이클, 말했잖아요. 나는 돈 이야기는 안 해요."

재닛 프레임은 1963년에 뉴질랜드로 돌아왔고, 자신의 인생을 둘러싼 수군거림과 억측이 사라지지 않는 것을 포함한 몇 가지 이유로 진실을 쓰기로 결심했다. 그렇게 해서 여기《내 책상 위의 천사》라는 제목으로 묶인 세 권짜리 자서전이 집필되었고,

*'양지바른 곳'이라는 뜻.

그것은 내가 읽은 뉴질랜드 작가의 책 가운데 가장 아름답고 감동적인 책으로 태어났다.

그녀는 자연스러운 목소리를 찾는 어려운 과업을, 글로 써서 나타난 게 아니라 그냥 원래부터 있던 것처럼 너무도 멋지게 성취했다. 그녀는 비틀거리지 않는다. 재닛 프레임이 태어나면서 우리는 그녀와 함께 자란다. 재닛은 오진(誤診)이라는 개인사의 설명을 훨씬 뛰어넘어서, 예기치 못한 매혹과 비극으로 점철된 전 생애를 이야기한다. 그녀가 정신병원을 드나들며 세월을 보냈다는 사실을 빼면, 나는 그녀의 언니와 여동생이 각기 다른 사고로 익사했다는 것과 프랭크 사지슨이 구원자처럼 나타나서 그녀에게 거처를 제공하고 작가로서 사는 법을 가르쳤다는 것도 몰랐다. 3권에서는 조금 늦게 그녀의 사랑 이야기를 접하는 기쁨도 있다. 한 번은 이비사 섬에서, 또 한 번은 배색 구두를 신은 스페인 남자와.

아마도 재닛의 특별한 재능인 이 책이 내게 그토록 큰 감동을 준 것은 자신의 약한 모습을 깊이 있고 솔직하게 드러내는 힘, 고통과 수치도 성공과 다름없이 침착하고 공평하게 쓰는 능력 때문일 것이다. 나는 재닛을 찬양하라는 부탁을 받지 않았지만, 그녀와 가까워지면서 그녀에게 따뜻한 사랑을 느꼈다.

1982년 시드니에 살면서 호주국립영화학교에서 영화 제작을 배우던 내게 어머니가 이 자서전의 1권을 보내주었다. 책이 뉴질랜드에서 출간된 직후였고 아직 호주에서는 구할 수 없었다. 그래서 《올빼미는 운다》 이후 14년 만에 나는 다시 한 번 침대에 앉아 재닛 프레임을, 이번에는 《내 책상 위의 천사》 1권을 읽었다. 하지만 나는 방 분위기를 달리 상상하려는 어떤 시도도

하지 않았다. 내 침대는 네 개의 우유 상자 위에 보드를 깔고 매트리스를 얹은 것이었고, 헤드보드도 침대 커버도 없었다.

내가 그런 상황을 자세히 기억하는 것은 재닛의 책이 내게 엄청난 영향을 미쳤기 때문이다. 책을 읽으면서 나는 울고 또 울었다. 그녀는 내 심장에 일격을 가했다. 하지만 그것은 재닛의 인생 때문만은 아니었다. 나는 나 자신의 어린 시절을 다시 살았다. 단층으로 형성된 협곡을 탐험하고, 채소 상자로 포장마차를 만들어 '개척자' 놀이를 하고, 집 앞 도로 모퉁이의 캐서린 맨스필드 기념관에서 라운더스 경기를 하고, 퀸 마거릿 대학 댄스파티에서 제프리 베어드에게 버림받은 굴욕까지—내가 3주 전에 자신을 버린 데 대한 복수라고 그는 말했다.

그 주말 시드니 집의 침대에 누워 있을 때 나는 이 독특한 경험을 되도록 많은 사람과 공유하고 싶다는 생각이 들었다. 내가 책보다 더 좋은 작품을 만들 수 있다는 생각은 들지 않았다. 그저 텔레비전 시리즈로 만들면 더 많은 사람들과 작품을 공유할 수 있겠다는 생각뿐이었다. 그해 말 나는 재닛 프레임을 찾아갔다.

그녀를 만난 것은 1982년 12월 24일이었다. 크리스마스 휴가로 뉴질랜드에 돌아와 있던 나는 자서전의 판권을 요청하러 어머니 차를 몰고 레빈으로 갔다. 나는 스물여덟이었고, 재닛을 아는 내 대모 마가 고든이 주소를 일러주고 약속을 주선했다.

레빈은 평지에 자리한 소박하고 아담한 시골 소읍으로, 집들은 크기와 양식이 똑같은 벽돌 또는 목조 단층 주택이었다. 재닛의 집은 다른 집들과 쉽게 구별되었다. 앞마당의 금빛 풀이 멋대로 자랐고, 방음을 위해 집 전면에 벽돌을 한 겹 더 둘

렀기 때문이다. 사람이 살지 않는 버려진 집 같았다. 재닛이 문 앞에 나왔을 때 나는 살짝 놀랐다. 우리 둘 다 어색했다. 나는 신선한 계란을 가져왔는데, 모퉁이에서 급브레이크를 밟는 바람에 다 깨졌다. 내가 사고가 있었다고 설명하려 하자 말을 마치기도 전에 재닛이 놀라서 말했다.

"사고라고요? 어머나 세상에, 괜찮아요?"

"아, 네, 제가 아니라 계란이 다쳤어요."

나는 혼란 속으로 더 깊이 빠져들었다.

"무슨 계란요?"

(계란은 없었다. 깨졌으니까.)

마침내 자동차와 계란과 사고 이야기가 끝나고, 나는 내가 〈이즈랜드를 향해〉를 얼마나 좋아하는지를 말했다.

재닛은 내가 그때껏 만난 누구하고도 달랐다. 자유로워 보였고, 생기와 에너지가 넘쳤다. 재미있고, 재치도 있고, 사리 분별이 명확했다. 행동거지가 관습을 벗어나 있었고, 옷이나 겉모습에 전혀 신경을 쓰지 않는 것 같았다.

집은 약간 엉망이던 것으로 기억한다. 부엌에는 그릇이 쌓여 있었고, 화장실은 문이 없이 커튼만 있었다. 눈부신 흰색 페르시아 고양이가 있어서 우리는 녀석을 쓰다듬으며 귀여워했다. 나중에 재닛은 집을 구경시켜주며 자신의 작업 방식도 설명해주었다. 현재 작업 중인 각기 다른 책을 각각의 방에서, 또는 방 하나를 나누어서 만든 각각의 부분에서 따로 집필한다고 했다. 방을 나눌 때는 병원에서 의사가 회진을 돌 때나 환자들이 다른 이의 눈을 피하고자 할 때처럼 커튼을 쳤다. 병원을 드나들며 보낸 고통스러운 이십대 시절에 얻은 해법인지도 몰랐다. 마지막에 작업한 책상 위에는 귀마개가 있었다.

"저는 소리를 견디지 못해요." 그녀가 말했다. "벽돌담을 한 겹 더 둘러도 소용없어요. 이사를 가야 할 것 같아요."

함께 앉아서 나는 시계를 보았다. 한 시간 이상 지체하면 안 된다고 들었기 때문이다.

재닛은 합당하고도 친절하게 자서전의 나머지 두 권이 1983년 과 1984년에 나올 예정이니 그걸 마저 읽고 그것들도 〈이즈랜 드를 향해〉만큼 내 마음에 들지 보자고, 그때까지는 누구에게도 판권을 팔지 않겠다고 했다. 그녀는 대담함을 좋아한다고 했고, 그것은 아직 학생에 지나지 않던 내게 희망을 주었다. 재닛은 영화 취향이 나보다 더 세련되었다. 〈지난해 마리앙바드에서〉에 대해 말하고, 자신은 분위기가 강렬한 영화가 좋다고 했다.

폭풍을 예고하는 빛이 강해졌고, 어딘가에서 총소리가 나는 것 같았다.

"성령이 일찍 찾아왔네요." 재닛이 말했다.

우리는 웃었고 총소리는 더 들렸다.

"크리스마스에 특별한 계획 있으신가요?" 내가 물었다.

"네, 오랜 친구들과 함께 보낼 생각이에요." 그녀가 대답했 다. 그리고 현관 앞에 나왔을 때 다시 말했다. "크리스마스는 브론테 자매하고 보낼 거예요. 에밀리하고 샬럿요."

나는 2년 뒤에 다시 한 번, 이번에는 내 친구 한 명과 프로듀 서 브리짓 아이킨과 함께 재닛을 찾아갔고, 우리는 재닛이 식 당이라고 부르는 곳에서 차를 마셨다. 분홍색 장식용 침대보 를 덮은 싱글 침대가 식탁을 대신한 곳이었다. 그녀는 침대 한 쪽에 놓인 의자에 앉았고 우리는 반대편에 앉아서 무릎에 차를 놓았다. 분위기는 명랑했기에, 우리는 나중에야 그 일이 마치 병원에 입원한 사람, 정신이 다른 곳에 있는 사람을 방문한 것 같았다는 걸 깨달았지만, 우리는 예의가 지나쳐서인지 아니면 다다이스트라서 그런 건지 그 일을 언급하지 못했다.

내가 재닛을 마지막으로 만난 것은 영화를 찍을 때였다. 프로듀서 존 메이너드와 브리짓 아이킨이 재닛을 오클랜드의 세트장으로 초대했다. 그녀는 레빈에서 나의 대모 마가와 함께 올라왔고, 나는 마가에게 영화의 단역 하나를 맡겼다.

재닛은 세트장에서 스튜디오 벽 앞에 놓인 의자에 앉아서 작품과 나를 지켜보았고, 나는 그녀의 센스와 그저 최선을 다 해달라는 단순한 요청에 감사하며 그녀를 지켜보았다. 그녀는 작품에 힘을 행사하려 하지 않았다. 작품에 대한 언급도 별로 없었고 고쳐줄 것을 요청하지도 않았다. 그때도 그랬고, 로라 존스의 오랜 각색 과정에서도 그랬다. 일주일이 지나는 동안 재닛은 점점 더 가까이 이동했고, 일정의 마지막 날인 금요일에는 오아마루의 프레임 가를 재현한 영화 세트의 소파에 앉았다. 그녀의 손에 들린 분홍색 콜시트에는 '랩타임', '콜타임', '대기 소품', '탄창 교환' 같은 우리 세계의 새로운 말들이 잔뜩 적혀 있었다. 그녀는 새롭고 신기한 것을 맛보듯이 이 말들을 천천히 발음했다.

재닛이 세트장을 방문한 그 일주일은 우리 모두에게 소중했고 존은 네 명의 재닛을 한 장의 사진에 담아 그 일을 기념했다. 꼬마 재닛, 청소년 재닛, 성인인 케리 폭스 재닛, 그리고 진짜 재닛이었다.

나는 사람들이 왜 내 영화 〈내 책상 위의 천사〉를 그렇게 특별히 좋아했는지 자주 의문이 들었다. 베니스 영화제에서 내가 경험한 반응은 그 이전이나 이후의 어떤 영화로도 겪은 적이 없다. 시사회에서 나는 '이토록 긴' 영화가 어떤 평을 받을지 짐작하지 못했다. 내 옆에는 아주 우아하고 키가 큰, 피부가 잘 익은 베이컨 빛깔인 이탈리아 여자가 있었다. 하이힐 샌들에 꼭 끼는 긴 이브닝드레스 차림이었다. 그녀는 곱슬머리, 창백한 피부의 뉴질랜드인에게 아무 관심이 없어 보였다. 나는 몸이 굳었고, 그녀가 하품이라도 할까봐 그쪽을 볼 수가 없었다. 영화가 끝나갈 무렵 그녀가 내 팔을 잡고 "포베리나, 포베리나(불쌍한 여자, 불쌍한 여자)" 하고 속삭였다. '영화가 그렇게 형편없는 건가' 생각하며 돌아보니, 그녀의 눈에서 굵은 눈물이 뺨으로 흘러내리고 있었다. 그녀는 재닛이 결국 무사한지 정말로 알고 싶어 했다. 크레딧이 올라갈 때 이 우아한 외국인은 나를 끌어안고 입을 맞추어 내 얼굴을 자신의 눈물로 적셨다. "브라바! 벨리시마!(멋있어요! 아름다워요!)" 그녀는 거친 목소리로 말했다.

그것은 영화제의 최고 영화는 아니었지만 가장 사랑받은 영화였다. 영화가 이등상인 은사자 상을 받았을 때 사람들은 심사위원장이 일등을 발표하게 내버려두지 않았다. 5분이 지나고 10분이 지나도록 그들은 "천사, 천사, 천사, 천사!"를 연호했다.

나를 빼고 그곳에 와서 영화의 성공을 목격한 뉴질랜드인은 뉴질랜드영화위원회의 판매 대행인뿐이었는데, 그는 일찌감치 내게 룸서비스는 비용이 추가되고 비싸니까 이용을 삼가야 하고, 우리의 이탈리아 배급업자 로베르토 치쿠토는 게이니까 내게 추근거릴 일이 없다는 점을 주시시켰다. 하지만 그가 바로

이 영화의 구원자로, 텔레비전 시리즈를 영화로 만들고 영화를 영화제에 출품시킨 사람이었다.

영화를 찍은 뒤 나는 재닛 프레임을 다시 보지 못했다. 우리의 길은 서로 얽히지 않았지만, 나는 재닛과 글쓰기에 바친 그녀의 헌신과 재능을 갈수록 더 깊이 이해하게 되었다. 이제 나는 이따금 내게 드는 생각과 달리 그녀가 외롭지 않고, 남편과 아이들과 좁은 사교 세계의 필요와 관습을 탈피한, 희귀하고 신성함에 가까운 자유를 누리며 산다는 것을 안다.

나는 2003년 말에 그녀가 급성 백혈병으로 죽음을 눈앞에 두었을 때 죽음은 모험이고 "나는 언제나 모험을 즐겼다"고 말했다는 기사를 읽었다. 모험을 사랑하고, 현실적이고, 서캐가 있는 붉은 머리의 꼬마 니니. 시적 영혼이 그토록 감쪽같이 변장하고 있는 경우도 드물다.

지금 나는 그녀가 죽음을 눈앞에 두고 있었지만 아직 감사와 위로의 우편물을 받을 수 있었을 때 편지를 보내지 않은 것을 후회한다. 어떤 이들은 주소를 "뉴질랜드, 재닛 프레임"이라고만 써 보냈다고 하지 않는가. 이 서문은 내가 재닛 사후에 그녀에게 보내는 감사 편지다. 이제 신화가 된 영원한 재닛, 수줍은 성품으로 유명하지만 이 책을 읽는 모든 이에게 자기 인생을 열어서 보여주는 재닛에게.

2007년
제인 캠피언

1권
이즈랜드를 향해

이 첫 번째 책은
부모님과 형제자매에게 바칩니다.

두 번째 장소에서

출렁이며 흐르는 첫 번째 장소에서 나와, 공기와 빛이 가득한 두 번째 장소에서, 나는 다음의 기록을 사실과 진실과 그 기억을 섞어서 적는다. 그 방향은 언제나 신화가 시작되는 '세 번째 장소'로 향한다.

이즈랜드를 향해

조상들은 누구였는가, 신화에서 그리고 현실에서? 어린 시절 나는 프레임 가(家)가 "오렌지 공 윌리엄*과 함께 왔다"는 것을 자랑했다. 그리고 나중에 그것이 사실일지도 모른다는 것을 알

*영국의 국왕 윌리엄 3세로, 네덜란드 출신이다.

게 되었다. 프레임이라는 이름은 14세기에 스코틀랜드 저지대에 정착한 플랑드르 직조공의 후손인 플레밍, 플라망의 변형이기 때문이다. 나는 친할머니가 여덟 살 나이에 페이즐리의 면방직 공장에서 일했고, 할머니의 딸인 폴리, 이지, 매기 고모가 재봉사로 일하면서 틈틈이 섬세한 자수, 편물, 레이스를 만들었으며, 할머니의 아들, 그러니까 우리 아버지 조지 새뮤얼이 자수, 깔개 제작, 가죽 공예, 캔버스 천과 벨벳 천에 유화 그리기 같은 다양한 재주가 있었다는 걸 떠올릴 때마다 조상에 대한 이런 사실 또는 신화를 더 굳게 믿었다. 프레임 가는 물건 만드는 일을 좋아했다. 아버지의 아버지, 그러니까 부지깽이, 구두골, 심지어 아침 식사용 죽을 젓는, 실제로 젓고 또 저어 매끈해진 나무 주걱까지 만든 대장장이 친할아버지처럼, 우리 아버지는 가죽 작업 주머니, 골이 팬 버터 주걱 한 쌍, 연어 낚시용 가짜 미끼 같은 물건들 속에 살아 있다.

어린 시절 우리는 아버지의 조상인 프레임 가와 패터슨 가의 이야기를 별로 듣지 못했다. 대부분 미국이나 캐나다로 이민을 갔고, 특히 '페그 삼촌'은 캐나다에서 교사가 되었다는 게 전부였다. 그리고 프레임 가의 8남인 존, 앨릭스, 토머스, 로버트, 윌리엄 프랜시스, 월터 헨리, 조지 새뮤얼, 찰스 앨런과 4녀인 마거릿, 메리, 이저벨라 우즈, 재닛 가운데 아직 살아 있는 사람은 없다. 나와 이름이 같은 재닛 고모는 생후 13개월에 죽었다.

어머니의 집안인 고드프리 가는 오래전에 와이라우와 블레넘과 픽턴에 정착했고, 픽턴에서 어머니 로티 클래리스가 태어나서 찰스, 랜스, 윌리엄 세 형제와 메이, 엘시, 조이, 그레이스, (스물한 살 때 죽은) 제시 다섯 자매와 함께 자랐다. 외할아버지인 앨프리드 고드프리도 대장장이였는데, 할아버지의 아버지인 존 고드프리는 정치적 성향이 강한 인물로 '듀크'라는 별명으로 불렸으며, 와이라우 계곡에 십스킨 술집을 소유했고 나중에는 《말버러 프레스》의 편집자가 되었다. 우리는 어머니에게서 외증조할아버지 존 고드프리의 형인 헨리와 그들의 아버지, 그러니까 우리 외고조할아버지 이야기를 들었다. 외고조할아버지는 옥스퍼드 대학 출신 박사로 그분이 만든 '고드프리 영약'은 19세기 초 영국에서 유명했다. 외할머니인 제시 조이스는 프랑스에서 기원한 저지 섬 가문 출신이고, 외증조할머니인 샬럿—처녀 적 이름은 샬럿 내시—은 켄트 주 하블다운에서 뉴질랜드로 이민 오기 전인 열여덟 살에 표지가 올록볼록하고 종이가 분홍색인 작은 시집을 냈고, 이후 웰링턴 인근 워서 만(灣) 출신의 제임스 또는 '워서' 히벌리와 재혼했는데, 워서 만은 그가 전처의 부족(테 아티 아와)에게서 받은 곳이었다.

그리고 어머니와 아버지. 어머니는 학교를 일찍 그만두고 픽턴의 스토커 씨 진료소에서 치과 조무사로 일했고, 이어 픽턴과 웰링턴의 여러 집—뷰챔프 가, 러프닝 가—에서, 그리고 1차 세계대전 동안, 그러니까 결혼 직후 몇 년 동안은 더니든의 윌리 펠스 가에서 하녀 일을 했다. 기억꾼이자 이야기꾼인 우리 어머니는 그리스도형제단 신자가 아닌 사람과 결혼하고 말버러에서 멀리 떨어져 산 탓에 가족에게서 약간 배척당한 처지여서, 과거를 회상할 때면 추방된 자가 모국을 회상하는 듯했다. 어머니는 언제나 가족에 헌신했고, 어머니 옷 앞자락의 젖은 자국으로 물질적 증거를 남겼다. 싱크대에 몸을 숙이고 설거지를 하거나 빨래솥이나 세탁조를 들여다보거나 무릎을 꿇고 못생긴 걸레—헌 잠옷 다리, 해어진 셔츠의 팔과 아랫자락—로 마루를 닦거나 두통과 더운 여름의 피로를 물리치려고 이마에 식초 적신 천을 둘러서 생긴 자국이었다. 그 헌신이 얼마나 깊었는지, 어머니는 그와 정반대로 현재 시제로 우리 곁에 있는 일이 드물거나 진정한 자신의 알맹이는 빠진 비현실적인 사람처럼 보였다. 아마도 우리는 어머니의 인생을 차지하고 있는 다른 세계와 다른 시간이라는 공간을 질투했을 것이다. 그리고 그 낯선 세계에 빠지는 것이 두려워 달아나려고 했지만 어머니는 끊임없이 근위대, 히벌리와 디펜바흐*, 말버러 해협의 난파, 와이카와 도로와 마오리 마을의 생활, 낙원처럼 기억되는 고드프리 가의 이야기를 해주었다. 우리는 어머니의 학교와 집과 치과 진료소와 어머니가 일한 집들에서 오간 대화를 거의 외우다시피 하게 되었다. 처음 학교에 가서 오빠 윌리의 무릎에 웨타**가 기어가는 것을 보고 놀란 일("아, 윌리 오빠 무릎 좀 봐!")에서 치안 판사 라우닌 씨가 (잠옷과 수면 모자 차림으로) 아내를 침대로 유혹하며 "레티, 이리 와……" 하고 말한 것까지.

하지만 어머니가 현재로 돌아와 당신의 놀라운 관찰력을 우리가 아는 평범한 세계로 들여오면 우리는 그 신비와 마법을 느꼈다. 평범한 사물이라도 어머니가 "애들아, 저거 좀 봐. 돌멩이야" 하고 말하면 돌은 신성한 물체처럼 놀랍게 변모했다.

*제임스 히벌리와 에른스트 디펜바흐. 개척자로서 1839년 원주민들과 함께 뉴질랜드 북섬의 타라나키 산에 올랐다고 전해진다.
**곱등이와 비슷한 뉴질랜드의 대형 곤충.

어머니는 곤충 한 마리, 풀잎 하나, 꽃 한 송이에, 그리고 날씨와 계절의 위험과 위엄에 잊지 못할 중요성을 불어넣고, 더불어 불확실함과 겸손함도 불어넣어서 우리에게 깊이 생각하고 모든 것의 심장을 발견하도록 해주었다. 어머니는 시와 독서, 글쓰기, 낭송을 좋아했기에 글말이나 입말의 세계에 대해서도 우리에게 똑같은 감정을 전달했다.

우리는 아버지를 "아빠"라고 불렀는데, 아빠는 조금 뚱한 성격인 데다 격식을 중요시해서 추억을 되새기는 일은 하지 않았다. 하지만 몇 가지 예외가 있었는데 '우리 집에 원숭이가 있었을 때' 이야기가 그 하나였고, 그 이야기를 할 때 아빠는 그때의 기쁨을 되새기며 생각에 잠겼다. 아빠의 가족이 아빠의 출생지인 오아마루를 떠나 포트 차머스(거기서 우리 친할머니는 산파로 이름을 얻었다)로 이사했을 때 할아버지가 어느 날 술집에서 선원이 두고 간 원숭이를 데리고 오셨다고 했다. 우리는 아빠에게 "그 애완 원숭이 이야기 해주세요"라고 조르곤 했다.

아빠는 우등생이었지만 역시 학교를 일찍 그만두었다. 아빠가 우등생이었다는 것은 '올버니 스트리트 학교 우등생' 사진이 증명한다. 아빠가 처음 가진 직업은 동네 극장에서 음향 효과(말 달리는 소리, 폭풍 소리)를 내는 것이었고, 아빠가 처음 시도한 모험은 더니든 집의 지붕에서 하늘로 날아오르려고 한 것이었다. 아빠는 그 후에 철도 청소부 일을 시작했고, 이어 화부로, 이등 기관사로 승진했으며—내가 태어났을 때 아빠의 직업이었다—결국 일등 기관사가 되었다. 그것은 엔진과 이동에 인생을 바친 형제들의 예를 따른 것이었다. 앨릭스는 택시 운전사가 되었다. 와티는 선장을 거쳐 나중에 멜번 뉴포트의 항상(港長)

이 되었다. 찰리는 한동안 트루비 킹 경의 자동차 수리공 겸 개인 운전사로 일했다. 밥은 모스길에서 제빵사가 되었다.

엄마와 아빠(어머니는 내가 커서 어머니를 별개의 인격으로 인식하게 될 때까지는 그냥 '엄마'였다)는 아빠가 1차 세계대전에 참전하러 출항하기 3주일 전에 픽턴의 결혼 등록소에서 결혼했다. 전쟁이 끝나고 아빠가 돌아온 뒤 두 분은 더니든 시 세인트 킬다 지역의 리처드슨 거리에 살았다. 재활 대출금 25파운드로 목재 틀, 난로 깔개, 모리스 식탁 의자 두 개, 서랍장, 타원형 식탁, 철제 침대 받침과 양털 매트리스, 부엌 깔개를 샀다. 이 물품들은 대출 서류에 등재되었고, 그 서류에는 대출금을 갚지 않을 시 국왕의 대리인('국왕 폐하와 조지 새뮤얼 프레임'의 계약이었으므로)이 프레임 가에 들어와서 '상기 가구와 설비'를 조사하고 보고할 권리가 있다는 무서운 경구도 함께 실렸다. 대출금은 몇 년 뒤에 다 갚았고, 상환 완료 서류는 부모님의 가장 신성한 보관소인 킹스 서랍장의 맨 위 오른쪽 서랍에 보관되었다. 그곳에는 동생 이저벨의 양막, 어머니의 맞지 않는 결혼반지, 어머니의 역시 맞지 않는 윗틀니, 머틀의 이름을 새긴 2캐럿 금합 목걸이, 아빠가 전쟁이 끝나고 귀국하면서 외국, 주로 이집트에서 가져온 동전들도 들어 있었다.

이렇게 수수께끼 같은 조상들의 신화—증조할머니와 증조할아버지가 이런 일을 했고, 저런 사람들이었으며, 여기서 살고 저기서 죽었다는—가 있었고, 우리가 모르는 기억을 간직한 살아 있는 부모님이 있었다. 그런 뒤 1920년 12월 15일에 딸 머틀이 태어나고, 1922년 4월 20일에 브러디라는 애칭으로 불린 아들 로버트가 태어났다. 1923년에 다시 아들이 태어났지만 사산되어 이름도 없이 묻혔다. 1924년 8월 28일에 내가 태어나서 재닛 패터슨 프레임이라는 이름을 받았다. 숙련된 부모님과 언니와 오빠는 나에 앞서 이미 경험을 쌓았고, 그것은 내가 그들의 언어와 어머니 아버지의 약간씩 다른 기록을 통하지 않고는 접근할 수 없는 영역이었다. 그리고 새로운 가족이 태어날 때마다 각자가 모두 일종의 빌린 기억으로 각자의 과거의 땅(Was-Land), 현재의 땅(Is-Land), 그리고 미래의 희망과 꿈을 채워나갔다.

〜

벨벳 가운

나를 분만시킨 의사는 더니든 시 세인트 헬렌스 병원의 에밀리 시드버그 매키넌 박사였다. 병원에서 나는 '늘 배고픈 아이'로 알려졌다. 나는 원래 쌍둥이였는데, 다른 한 명은 수태된 지 몇 주 만에 성장을 멈추었다. 쌍생아 임신은 외가의 내력이었고, 어머니는 외증조할머니가 쓴 (것으로 추정되는) 시를 자주 인용했다. 외증조할머니는 두 번에 걸쳐 네 명의 쌍둥이를 낳았다가 영아기에 모두 잃었는데, 그들을 '네 개의 황금 자물쇠'라고 불렀다. 어머니는 내 출생을 회상할 때면 두 가지를 자랑스럽게 반복해서 말했다. 뉴질랜드에서 최초로 의대를 졸업한 여자가 담당 의사였다는 것과 젖이 흘러넘쳐서 나 말고 다른 아기들도 먹였다는 자부심이었다.

"사람들이 내 젖을 뽑아 갔지." 어머니는 손을 '젖꼭지' 쪽으로 향했다가 밖으로 뻗어 너그럽게 내어주는 동작을 해 보이며 말했다. 그것을 비롯해서 어머니의 많은 동작을 우리는—조상님들이 언제나 우리를 굽어살피었기에—'프랑스' 피 때문이라고 여겼다. 어머니는 에밀리 시드버그 매키넌 박사 이야기를 할 때도 역시 비슷한 극적 분위기를 띠었고, 그것은 태어난 지 며칠 안 된 내게도 이미 깊은 인상을 남겼을 것이다. 어머니가 존경하는 사람들 이름—헨리 워즈워스 롱펠로, 해리엇 비처 스토, 존 그린리프 휘티어, 윌리엄 펨버 리브스(《숲을 지나는 길》), 마이클 조지프 새비지—을 평생토록 반복해 말한 일은 내게 늘 마술 같은 느낌을 안겨주었기 때문이다.

내가 태어난 도시는 그 후로 다른 일들도 있었지만 그 당시에는 두 가지 역사적 사건으로 유명했다. 1923년에 리스 강이 범람해서 우리가 살던 더니든의 저지대에 큰 홍수가 난 일과 그 몇 해 전에 영국 왕세자가 방문한 일이다. 그러므로 내 인생 최초의 기억은 왕세자와 홍수 이야기, 그리고 그 이야기가 벌어지는 아득한 높이였다. 사람들이 내 머리 위로 우뚝 서서 이야기를 했기 때문이다. 내가 태어나고 3주 되었을 때 우리 가족은 우트람으로 이사했는데, 그 집에는 뒷마당에 큰 밤나무가 있고, 외양간에는 베티라는 이름의 양갈래 뿔이 난 붉은 얼룩 에어셔 젖소가 있었다. 나는 생후 6주 때 외양간에서 베티의 젖을 짜는 어머니 곁에 있었다. 내게 남은 최초의 기억들은 단편적이고, 어른들에게 들은 이야기를 빼면 배경이 늘 야외다. 외양간, 이웃집 과수원, 그리고 밤나무 밑 같은. 나는 어린 시절 밤나무 밑의 커다란 등유 통에 들어가 놀았고, 또 그 상자를 잡고 걸음마를 배웠다. 내가 처음으로 한 말은 "엄마 밤 주워"였다고 한다. 밤을 '암'이라고 발음했다고. 나는 부정확한 발음으로 모두를 웃겼던 모양이다. 다래끼를 고쳐주는 요정 픽시는 '피티'라고 발음했고, "신이여 '어앙'을 지켜주소서" 하고 노래했고, '어유'를 마셨다. 내가 1년 10개월이 되었을 때 태어난 동생 이저벨은 '이더벨'이 되었다.

어머니가 동생 때문에 바쁠 때 친할머니가 우리 집에 와서 살며 내 동무가 되었다. '피티' 이야기를 해준 것도 할머니였다. 친할머니 하면 가장 먼저 떠오르는 건 큰 키에 검은색 긴 원피스를 입은 모습, 그리고 나중에 당뇨병으로 한쪽 다리를 절단하고 휠체어에 앉아 있던 모습이다. 피부는 검은 편이고 검은 머리는 부스스했으며 스코틀랜드 말을 했지만, 노래는 미국 남부의 노래를 불렀다. 할머니는 집을 가만히 돌아다니다가 불쑥 노래를 했고, 그러면 나는 나중에 슬픔이라고 알게 된 감정으로 가득 찼다. "내 고향으로 날 보내주⋯⋯."* 할머니는 노래했고, 첫 줄이 끝나면 고향에 거의 다 왔지만 자신의 전 존재를 옮기려면 당연히 지체해야 한다는 듯이 멈추었다. 할머니가 갑자기 외부인처럼 방을 둘러보고 심지어 외부인처럼 "너도 이게 있구나, 로티. 너한테도 이게 있는 줄 몰랐네. 이거 참 좋지" 하고 말하는 걸 보면 그걸 알 수 있었다. 하지만 할머니는 노래를 부를 때면 정말 다른 곳에 가 있었다. "오곡백과가 만발하게 피었고⋯⋯ 내 상전 위하여 땀 흘려가며" 할머니는 노래했고, 나는 할머니가 아프리카 사람이고 미국에서 노예로 일한 적이 있다고, 할머니는 진짜 고향인 미국으로 돌아가고 싶어

*미국 작곡가 J. 블랜드의 〈내 고향으로 날 보내주〉는 흑인 노예가 고향을 그리는 심정을 담은 노래다. 우리나라에서는 흔히 포스터의 곡으로 잘못 알려졌다.

한다고 생각했다. 나도 노예제도를 알았기 때문이다.

우리 집 식구들이 늘 이야기한 책은 해리엇 비처 스토의 《톰 아저씨의 오두막》이었고, 나는 머리가 북슬북슬하다고 톱시라고 불렸다. 식구들이 "너는 누구니?" 하고 물으면 나는 "아무도 저를 안 낳았어요. 저는 밀밭에서 자랐어요. 끝내주죠!" 하고 말하게 되었다. 어머니도 일라이저가 빙판을 건넌 일을 진짜 있었던 일처럼, 그러니까 개척자들과 왕세자의 방문, 대홍수 사건처럼 말했다. 못된 사이먼 레그리 이야기도 했고, 얼음, 얼음장, 빙하, 빙산 이야기도 많았다. 타이타닉 호 사건이 아직도 사람들에게 최고 화제였던 시절이었다.

내가 세 살 생일을 맞을 때까지 살았던 우트람 시절은 연관 없는 기억과 감정들을 안겨준다. 젖소 베티, 그 피부로 감싸인 생체 기계의 양쪽 끝이 작동하는 모습, 온갖 냄새와 색깔의 고체(순무와 사과)와 액체가 한쪽 끝으로 들어가서 반대쪽 끝으로 나오는 모습을 보면서 보낸 시간들. 나는 소머리 누름쇠 앞에 서서 베티에게 크고 붉은 사과를 먹였고 베티는 이따금 입을 벌리고 하품을 해서 감자, 순무, 사과, 풀 냄새 나는 입김을 내 얼굴에 뿜으며 크고 반들반들한 이빨을 드러냈다. 스노 씨네 집과 그 집의 과수원, 내 어린 친구 보비 리틀을 기억한다. 보비 리틀은 내게 우라질이라는 말을 가르쳐주었는데, 나는 '우아질'이라고 발음했다. 훈련장(또는 내 발음에 따르면 '후년장') 안쪽 깊은 곳에 있던, 손대면 안 되던 나쁜 잡지들도 기억난다. 그리고 내 유일한 장난감이던 반짝이는 등유 상자. 나는 상자에 줄을 달아 끌고 다녔고, 그러면 상자는 덜커덩 왱그랑거리며 따라왔는데 때로는 한쪽이 찌그러졌다가 빗물이 물탱크 안에 떨어지는 것 같은 소리를 내면서 다시 원래 모습으로 돌아왔다. 나는 톱시와 사이먼 레그리와 일라이저가 얼음에 올라간 일을 기억하고, 어둠이 내린 뒤 촛불을 끄고 등유 심지를 내렸을 때 나타난 도깨비(또는 '오케비')를 기억한다. 그리고 내 생애 최초의 기억은 실제로 일어났을 리가 없는 일이다. 빨래집게로 코를 집은 키 큰 여자가 벽에 높이 난 작은 창문 밖에서 나무로 만든 내 간이침대를 내려다보면서 "이 오지랖쟁이야" 하고 소리친 것이다.

이 시절 내게 가장 선명한 기억은 대문 밖에 길게 뻗은 하얗고 먼지 가득한 도로와 습지(나는 '수찌'라고 발음했다)였다. 습지는 두려웠다. 어른들이 절대 그 근처에 가면 안 된다고 경고한 데다 주변에는 이상하리만치 색깔이 파란 풀이 자라고, 그 표면에는 인도 고무공 속 같은 잡초가 자랐으며, 울타리 근처에는 황금빛 벨벳 같은 털이 난 작은 짐승이 풀을 뜯었기 때문이다. 내가 '금털이'라는 애칭을 붙인 아끼는 옷을 입은 모습. 어느 흐린 날 대문 옆에 서서 전봇대에 부는 바람 소리를 들은 일이 기억난다. 나는 먼지 낀 흰 도로를 이리저리 살폈지만 사람은 보이지 않았다. 바람은 우리를 지나 여기저기로 불어 갔고 나는 가운데 서서 그 소리를 들었다. 그리고 어떤 일이 일어났거나 시작된 것을 깨달은 것처럼 무거운 슬픔과 외로움을 느꼈다. 그때 나는 아직 내가 세상을 내다보는 사람이라고 생각하지는 않았던 것 같다. 그러다가 문득 내가 세상이라는 걸 느꼈다. 바람 소리와 그 슬픈 노래를 들으면서, 나는 내가 나와는 상관없지만 세상에 속한 슬픔을 듣고 있다는 걸 알았다.

나는 그런 감정을 일으킨 평범한 사건이 무엇이었는지 굳이 생각해보지 않는다. 해변에서 주운 소중한 조개껍데기를 집으로 가져갈 때 우리는 모래와 해초와 다른 조개껍데기 조각을 떨어내고 때로는 그 안에서 살다 죽은 검은 눈의 생명체도 떼어낸다. 내가 이 기억의 조개껍데기를 긴 시간 동안 계속 윤을 냈을지는 모르지만, 그것은 이것이 늘 내 곁에 있었기 때문이지 남에게 보일 목적으로 그런 것은 아니다.

나는 말을 배웠고, 처음부터 말은 내용을 담고 있다고 믿었다. 나는 아이들이 집 안에 있는 철도 잡지 근처에도 가면 안 되는 까닭을 이해할 수 없었다. 그리고 〈신이여 어앙을 지켜주소서〉를 부를 때 나는 그것이 소중한 등유 상자에 대한 노래라고 생각했다.* 우트람 시절에는 근처에 친척이 많이 살아서 방문과 대화와 웃음이 끊이지 않았다. 그러면 말은 보이지 않는 전선 위의 바람처럼 내달렸다. 의미 가득하고 중요한 말들이 더니든 일원, 남태평양 박람회, 요크 공의 방문을 설명하고 지역 이름들을 불렀다. 찾아오는 친척은 대개 친가 쪽 사람들이었다. 그들은 열정적이고 꼼꼼하고 집과 가족을 사랑하는 사람들로 대문 바깥으로 나가는 아주 사소한 나들이도 그 후의 모든 만남과 대화와 소식과 소문과 이따금의 행사에서 시시콜콜하게 기억할 사건으로 만들었으며, 그 사건이 왕실 인사의 방문이나 박람회나 홍수나 침몰할 수 없는 배의 침몰 같은 중대한 사건일 때, 그것은 책에 나오는 상세하고 극적인 설명과 또 역시 현재의 사건처럼 여겨지는 시들과 뒤섞였고, 그러면 나는 말의 그물망 안에서 이리저리 움직이는 것처럼, 느낌은 오지만

* '여왕(Queen)'을 잘못 발음한 '어앙(tin)'은 작은 깡통을 뜻한다.

이해는 할 수 없는 흥분에 사로잡혔다.

하지만 우리는 철도 가족이었다. 그리고 내가 세 살 때 우리는 사우스랜드의 글레넘으로 이사했다.

철도 가족

내 기억은 다시 한 번 바깥세상의 색깔과 공간과 자연 경관으로 넘어간다. 언덕 위에 있는 글레넘의 집으로 이사하고 일주일도 지나지 않아 나는 내 '장소'를 발견했다. 혼자서 쏘다니다가 작은 냇가에 쓰러져 있는 늙은 나무들 틈에서 비밀스러운 장소를 보았다. 이끼 덮인 통나무가 의자 구실을 하고, 새순이 돋은 루테아자작나무 가지들이 미세한 햇빛 구멍들만 남기고 하늘을 지붕처럼 막아주었다. 땅은 낙엽 더미로 덮여 철벅거리고 미끈거리며 축축했다. 나는 통나무에 걸터앉아 주변을 둘러보았다. 그리고 발견, 감사, 소유라는 달콤한 기분에 빠졌다. 이곳은 온전히 '내 것'이었다. 이끼도 내 거고, 개울도 통나무도 비밀도 내 거였다. 그 소유는 금털이 옷을 가진 것하고도 다르고, 새로 태어난 동생 이저벨을 가진 것하고도 달랐다. 머틀과 브러디와 나는 이저벨을 두고 자주 싸웠는데, (어머니가 브러디는 머틀의 아기이고, 이저벨은 내 아기라고 말했기 때문에) 누가 주인인지 계속 다투어야 한다면 사람을 소유하는 것은 너무 힘든 일 같았다.

세상에 대한, 바깥세상의 모든 것에 대한 강렬한 기대감과 흥분이 있었다. 그 세상은 쓰러진 자작나무 곁에 있는 내 장소였고, 거기에는 풀이 있고 풀 속에 벌레가 있고, 하늘, 양과 소와 토끼, 동박새, 수리매가 있었다. 하늘에 대해 품었던 특별한 느낌이 기억난다. 하늘이 그렇게 높고 먼 곳에, 어머니와 아버지가 사는 저 높은 곳에 있다는 것과 내 마음에 그에 대한 동경이 차올랐다는 것이. 그것은 우리 형제자매가 몇 년 뒤에 헌 교과서에서 이 시를 발견했을 때 함께 느낀 일종의 향수였다.

> 어린 소년이 들판에 누워
> 하늘을 올려다보며
> 구름이 느릿느릿 떠가는 걸
> 하나하나 보고 있다네…….

우리는 길게 자란 여름 풀밭에 나란히 누워 구름을 바라보며 시를 읊었고, 모두가 하늘에 대한 똑같은 향수와 동경을 느꼈다.

바깥세상에 대한 이런 열정은 우리가 아빠의 회색 소형 포드를 타고 남쪽 강과 바다로 여행을 자주 다니면서 더 커졌다. 아빠가 낚시를 좋아했기 때문이다. 아빠가 낚시하는 동안 우리는 놀고 먹고 어머니처럼 이야기를 만들어냈다. 어머니도 마누카나무 모닥불에서 주전자가 끓기를 기다리며 시와 이야기를 지었다. 어린 시절의 이런 남부 바다 여행 중에 나는 ('셰', '슈리매', '오케비'로 발음한) 새와 수리매와 도깨비가 나오는 이야기를 지어냈고, 이 기억은 이후 어머니가 자주 이야기를 해서—내가 고개를 한쪽으로 기울이고 "아! 불쌍한 셰"라고 말하며 안타까운 몸짓을 하던 것까지 흉내 내면서—도 잊히지 않았지만, 내가 이 사건을 기억하는 가장 큰 이유는 내 머릿속에 정말로 거대한 몸집의 검은 도깨비 그림자가 언덕 위에 나타나는 모습이 보였기 때문이다. "옛날옛날에 셰가 한 마리 있었어. 어느 날 슈리매가 하늘에 나타나서 셰를 먹었어. (아, 불쌍한 셰.) 다음 날 크다란 오케비가 언덕을 넘어와서 셰를 먹은 슈리매를 먹었어."

내 청중이던 머틀과 브러디를 가만히 앉아 있게 하려고 애쓰던 일과 어머니에게 도움을 요청하던 일도 기억난다. "엄마, 언니하고 오빠가 자꾸 움직여요. 내가 애애기를 할 때면 가만있으라고 해줘요."

그런 나들이에서 어머니가 우리에게 읊어준 시들은, 와이파파 등대나 남극광처럼 주변 환경에 시심이 움직인 것들이었다. "애들아, 저기 좀 봐, 남극 오로라야."

바위 해변의 등대
갈매기들의 외로운 울음
저무는 하루는 하늘에
하느님의 그림을 남기네.

난파선 이야기나 해일 이야기처럼 어머니가 짓지 않은 시들도 있었다. 〈링컨셔 해안의 해일〉*, "이리 오렴, 화이트풋, 이리 오렴, 라이트풋, 제티, 착유장으로……." 우리는 소 이야기를 알고 홍수 이야기도 알았다. "머틀하고 브러디가 아기였을 때, 니

*영국의 시인 진 잉겔로의 시.

니 너는 태어나기 전에.” 우리는 우트람을 떠날 때 베티를 ‘포기’했고, 이제 우유는 맞은편 언덕의 베넷 씨네서 사 먹었다. 우리는 그 해변과 강들, 사우스랜드 땅거미의 긴 그림자들, 가시금작화 산울타리가 양쪽 길가에 불을 밝힌 금색 도로들과 언제나 하늘을 배회하는 수리매들을 사랑하게 되었다.

머틀과 브러디는 글레넘에서 학교에 다니기 시작했다. 나는 가끔 두 사람을 따라 역시 언덕에 있는 선생님이 한 명뿐인 학교로 갔고, 구석에 앉아 ‘큰 사람’들을 보면서 그들이 하는 말을 들었다. 글레넘에서 나는 특별한 말을 배웠다. ‘받히다’라는 말이었다. 베넷 씨가 암갈색 저지 황소의 뿔에 ‘받혀서’ 인버카길 병원으로 실려 간 이후 모두들 암갈색 저지 황소가 가장 위험하다고 말했기 때문이다.

나는 많은 시간을 ‘내 장소’에서 보내며 그곳의 존재를 즐거워했다. 그러던 어느 날 퇴근한 아빠가 새 소식을 전했다. “전보 발령을 받았어, 여보. 이든데일로.” 우리는 초여름에 이사를 가야 했고, 그러는 사이에(지금은 가을이었다) 이든데일의 철도 주택이 철거되고 재건축되었으며 우리는 학교와 베넷 씨네 집과 우리 집에서 내려다보이는 방목장의 철도 막사에서 겨울을 보냈다. 방목장 한구석에는 늪이 있고 비단 같은 포아풀 속에 고랭이풀과 스노베리와 페니오렌지가 자랐다.

붉은 늪지, 금색 짐승, 잿빛 하늘, 붉은 철도, 노란 철로, 녹색 측백나무, 금색 터속풀, 금색 포아풀, 주황색 페니오렌지, 하얀 우유, 하얀 스노베리, 이 모든 것을 남극에서 반사된 눈빛(雪光) 어린 하늘이 밝혔다. 이런 빛깔들이 내 시야와 ‘바깥’ 생활에 대한 우리의 기대를 채웠다.

철도 막사는 세 채였다. (네 채라고도 할 수 있었다. 빨래솥을 걸고 세탁실로 쓰는 막사가 하나 있었다.) 부엌 겸 거실 막사, 머틀과 브러디와 내가 쓰는 막사, 엄마와 아빠와 아기 이저벨이 쓰는 막사. 막사는 크기가 가로 1.8미터에 세로 2.4미터로 모두 같았는데, 부엌 겸 거실 막사만 조금 더 컸고, 거기에는 주석 굴뚝이 지붕 밖으로 나가는 스토브가 있었다. 막사들은 모두 철도 색인 붉은색을 칠했고, 문이 따로 있었다. 우리가 '변소'라 부른 화장실은 깊은 구멍 위에 붉은 철도 색 변기를 얹고 울을 두른 것이었다. 조명은 촛불과 등유 램프였고, 부엌 막사에만 스토브가 있었다. 기대했던 즐거움은 어머니가 머릿속에 간직된 많은 것들을 꺼내서 주변을 시적으로 묘사해준 덕분에 커졌지만 사우스랜드 눈보라를 만나자 곧바로 사그라들기 시작했다. 집시들의 야영, 천막을 접는 아랍인, 숲 속의 아이들 이야기로는 혹독한 추위를 이기기 힘들었다. 날이면 날마다 눈이 오는 것 같았고, 막사 주변과 가운데 뜰에는 눈이 높이 쌓였다.

나는 그때 처음으로 불행을 알았던 것 같다. 엄마와 아빠에게서 떨어져 있었고, 눈을 뚫고 가지 않으면 그들에게 갈 수 없던 밤마다 나는 불행했다. 나는 놀림을 받는 나이였고, 벽 속의 쥐를 무서워한 탓에 늘 "벽에 쥐 있다, 벽에 쥐 있다"는 말로 놀림을 받았다. 우리는 모두 감기를 앓았고, 그때 생긴 다리의 통증은 내 유년의 일부가 되었다. 나는 열이 끓고 망상에 시달렸으며 벌레들이 벽을 기어 다니는 모습을 보았다. '성장통'이었고, 열은 류머티즘열이었다. 사방이 축축하고 차가웠으며 세상은 젖은 빨래와 기저귀로 덮였고, 아기가 송아지처럼 풀이라도 먹는 듯 기저귀는 녹색 오물투성이였다. 엄마는 여전히 이저 벨에게 젖을 먹이고 있었다. 나는 두 살에 젖을 뗐고, 어머니의 젖꼭지는 늘 그 자리에 있었지만 이따금 소젖을 깨물어 우유를 짜내듯 어머니의 젖꼭지를 깨물었다. 어머니는 젖은 되도록 오래 먹이는 게 좋다는 '믿음'을 갖고 있었지만, 우리가 컵과 나이프, 포크, 숟가락을 일찍 사용하는 걸 자랑스러워했다. 어머니는 내가 "생후 6주에 컵을 들고 물을 마셨다"라고 자랑하곤 했다. 그러다가 결국 젖꼭지는 새로 태어난 아기의 것이지 우리의 것이 아님을 알리기로 마음먹었을 때 어머니는 젖에다 쓴 물질을 발랐다.

실내 생활의 괴로움에도 불구하고 부엌 스토브 앞에 모인 시간들은 아늑했고, 스토브 앞의 둥그런 주석 욕조에서 〈쓱싹 쓱싹, 욕조 안에 세 사람〉 동요를 부르며 하는 목욕은 언제나 유쾌했다. 그리고 어머니는 나중에 아예 버릇이 되어 우리의 불행을(그리고 분명히 어머니의 불행도) 달래기 위해 눈이 얼마나 아름다운지 알려주고, 눈과 비의 이야기와 '우리 손가락과 발가락을 노리는' 동장군 이야기를 해주었다. 어머니는 막사의 커튼 없는 작고 차가운 창문으로 시골의 캄캄한 어둠을 내다보며 나직이 말했다. "동장군이 오늘 밤 오실까……." 어머니도 우리도 그분이 매일 밤 온다는 걸 알았지만 나는 추위를 그렇게 사람처럼 부른다는 게 신기했고, 밤에 찾아오는 또 한 명의 손님인 산타클로스보다 더 확실하게 믿었던 것 같다. 따뜻한 부엌 막사에서 어머니가 아코디언을 연주하며 노래하면 아빠는 백파이프를 불었는데 때로는 눈 속을 서성거리며 연주하기도 했다(아빠는 백파이프를 연주할 때는 가만히 있으면 안 된다고 했다). 〈북쪽의 수탉〉이나 〈숲 속의 꽃들〉 또는 아빠의 백파이프 악보 책에 나오는 다른 노래들이었다.

우리는 늦여름에 이든데일의 새로 지은 집에 들어갔다. 그곳은 철도 마을의 심장부였다. 철로와 화물 창고와 기관 창고가 있고, 열차 방향 전환기와 측선 이동기가 있고, 철도 적색 스탠드 위에 철도 적색 물탱크가 있고, 철로가 있고, 통신원이 살면서 신호기를 내거는 높고 좁은 적색 집이 있고, 쉬고 있거나 폐기된 철도 차량과 화차와 전차들이 있었다. 우리 놀이 중에는 '전차 시늉'이라는 게 있었다. 철로에 올라가 전차인 척하는 것이었다. 나는 많은 시간을 철도 구역에 들어가 철도 잡초와 소루쟁이나 스위트피 같은 꽃들 틈과 곡물자루가 높이 쌓인 화물 창고에서 놀았다. 갑자기 '갈까마귀'처럼 힘이 세진 나는 우리가 '발판'이라고 부르던 자루 더미 꼭대기로 기어 올라가서 머틀과 브러디 위로 뛰어내렸고, 그러면 둘은 내 날개를 펄럭여주며 수리매 같은 소리를 냈다. "니니는 갈까마귀다." 엄마와 아빠가 식사 시간에 우리에게 무얼 하고 놀았느냐고 물으면 머틀과 브러디가 말했다. "니니는 갈까마귀가 됐고요, 우리는 발판에 올라갔어요." 나는 갈까마귀를 본 적이 없었지만 그것들이 땅으로 휙 내려와서 밝은 색깔의 물체를 잡아채 간다는 이야기는 들었다.

그러나 우리는 이 새로 지은 옛집에 정착하기도 전에 또다시 이사를 가야 한다는 말을 들었다. 이번에는 윈덤이었다.

윈덤 시 페리 로

윈덤 시는 강으로 둘러싸인 사우스랜드의 도시였고 우리 집은 언제나처럼 철로 옆의 철도 주택이었지만 이번에는 동네에 이름이 있었다. 페리 로(路). 나는 그 이름을 페어리*로 해석했다. 장난꾸러기 요정 픽시가 살던 우트람에서 요정 나라 윈덤으로 온 것은 논리적으로나 경험적으로나 들어맞는 것 같았다. 윈덤에서 나는 세상에는 내가 생각하던 것보다 사람이 훨씬 더 많다는 걸 알게 되었다. 나는 하늘, 풀빛 방목지, 늪지, 고랭이풀, 터속풀, 포아풀, 양, 소가 세상의 전부인 줄 알았다. 그리고 인적 없는 도로변 전선에 부는 바람, 오가는 열차들. 그리고 아빠가 잡아 온 무지개송어와 그냥 송어, 뱅어, 굴 같은 물고기나 우리 집 자두와 사과를 받고 우유와 사과를 주는 몇몇 이웃, 그리고 특히 우트람에 살 때 서로의 집을 오가며 센트럴 지역과 미들마치, 인치클러서 섬 이야기를 하던 친척들이 다였다. 그런 뒤 글레넘과 이든데일은 황량한 날씨 속에 외따로 살던 세상이었다. 어머니와 아버지는 하루 종일 일하고, 저녁이면 아코디언과 백파이프를 연주하며 노래하고, 우리는 눈뜰 때부터 잠들 때까지 놀던.

우리의 윈덤 집은 마당이 집 뒤에 있고, 그 뒷마당이 뒷집의 앞마당과 잇닿은 구조였다. 도로 한쪽 끝에 철로가 있고 철로 옆에 방목장이 있어서 우리는 거기에 새로 장만한 뷰티라는 이

*페어리(fairy)는 '요정'이라는 뜻이다.

름의 금색 저지 소를 놓아먹였다. 우리가 팬지라고 이름 붙인, 뷰티의 흑백 얼룩 암송아지도 함께였다. 닭장도 있어서 선명하고 말랑말랑한 볏이 달린 화이트레그혼 종 닭들과 길게 휘어진 멋진 꽁지 끝에 깃털을 손에 쥔 트럼프 카드처럼 펼친 수탉을 한 마리 키웠다.

내 기억에 남은 윈덤 시의 거리는 가게와 《윈덤 파머》 신문사가 있는 페리 로와 그 끝의 거리가 전부다. 다른 지형지물은 철로와 철도역, 학교, 경마장, 골프장, 강들이다. 가까운 강도 있고 먼 강도 있었는데, 우리는 전에 살던 곳들에서 강과 방목장과 식물과 나무에 익숙해졌듯 그곳의 강들에도 익숙해졌다. 우트람 리 천, 우트람 글렌 강, 갈색인 미미하우 강, 물살이 센 마타우라 강.

그리고 내가 알던 사람들 중에는 현실 속 사람들보다 허구 속(그리고 허구의 인물로 변한 과거와 먼 곳의 사람들—조상, 친척, 통치자들, 일라이저, 사이먼 레그리, 동장군, 집시, 위 윌리 윙키, 숲 속의 아이들, 도깨비, 요정), 노래 속, 환상 속 사람이 더 많았기 때문에, 나는 페리 로에서도 수수께끼 같은 사람들이 실제로 또는 시와 노래로 나타날 거라고 생각했다. 예를 들어, 페리 로의 우리 집 근처 건너편 그늘진 쪽에 키 큰 측백나무 산울타리에 둘러싸이고 잔디가 깔끔하고 현관 앞 돌계단에 이끼가 덮인 머피 씨네 집은 아빠가 저녁에 부르던 노래 〈댄 머피네 집 댓돌〉*의 집이라고 생각했다. 나는 아빠가 노래하는 것이 그 집과 이끼 덮인 돌계단이라는 걸 알았고, 대문에 난

*아일랜드 민요.

손 구멍과 측백나무 산울타리 틈새로 '댄 머피네 집 댓돌'을 뚫어져라 들여다보았다. 나는 슬픔과 평화로운 소속감을 느꼈다. 우리 가족도 노래 속에 있다고 생각했기 때문이다. 그리고 아빠가 또렷한 목소리로 노래하면,

> 가난하지만 불평 없던
> 어린 시절 친구들이여.
> 그리고 우리가 어릴 때
> 댄 머피네 집 댓돌에 앉아
> 부르던 노래들이여.

나는 그 노래가 우리를 노래한다는 걸 알았다. 나는 어머니와 아버지가 부른 노래의 전부 또는 대부분이 두 분이 아는 우리 인생과 장소들을 가리킨다고 믿었다.

> 이스트사이드 웨스트사이드 어디에서도
> 여자아이들은 둥글게둥글게 놀이를 하고,
> 런던 다리 놀이를 하네.
> 여자아이와 남자아이가 함께,
> 나하고 메이미 오록이
> 뉴욕 길거리에 떨어진
> 눈부신 불빛을 밟는다네.

그곳 역시 우리의 장소였다. 나는 내가 거기 다녀왔다고, 그것은 한 장소를 떠나지 않고 그곳을 갖는 또 하나의 방법이라고

느꼈다.

그리고 목매달린 남자와 여자와 녹색 옷*에 대한 슬픈 노래들이 있었고, 신음하며 하늘로 말려 올라간 구슬픈 백파이프 선율이 있었다. 그리고 아빠가 새로 시작한 전쟁 노래들―〈티퍼러리〉, 〈블라이티〉, 〈아르망티에르의 아가씨〉―이 있었고, "아, 나는 죽고 싶지 않아 / 집에 돌아가고 싶어"를 부를 때는 아빠를 비롯한 군인들에 대한 안타까움이 사무쳤다.

갑자기 모두가 알게 된 '새로운' 노래들도 있었는데 때로는 꽤 대담해 보이기도 했다. 〈달빛과 장미〉, 〈부질없이 달밤에 홀로 울타리에 앉아〉―우리는 그때도 그 노래가 "달밤에 혼자 죽치고 앉아 있어봐야 재미없어"라는 걸 알았다. 〈튤립 밭의 깨금발〉도 있고 〈안녕, 누가 네 여자 친구야〉는 이제 '도츠'라는 별명이 붙은 이저벨의 노래가 되었다. "안녕, 누가 네 여자 친구야 / 네 옆에 있는 꼬마 숙녀가 누구야." 이저벨은 노래했고, 금지된 노래도 했다. "할렐루야 나는 방랑자, 할렐루야 다시 방랑하네……."

그리고 아빠의 특별한 노래, 아빠가 엄마에게 불러준 노래가 있었다. 두 분은 입을 맞추며 웃었고, 엄마는 빨개진 얼굴에 미소를 띠고 "아, 컬리" 또는 "아, 새미" 하며 아빠의 별명을 불렀다.

내 비행기를 타고 여행을 떠나요
별들 사이를 여행해요

*아일랜드의 독립운동가들을 의미한다.

금성 일주를 해요
화성 일주를 해요
우리가 키스해도 볼 사람 없어요
우리가 쓰다듬어도 볼 사람 없어요
내 비행기를 타고 여행을 떠나요
달 속의 남자를 찾아가요.

그 노래로 시작해서 아빠는 "가스등 불빛 아래 / 고아 소녀 한 명 서 있네"로 시작하는 노래를 했고, 우리의 심장은 그 고아 소녀를 아는 슬픔과 우리에게는 엄마 아빠가 있고 집도 있고 소도 닭도 있고 방목장에는 아기 토끼도 있다는 안도로 부풀었다.

윈덤 시절에 어머니와 아버지는 많은 활동을 했다. 아빠는 캔버스 천이나 벨벳 천에 유화를 그렸다. 저녁이면 우리가 잠들 때까지 백파이프를 불어주었다. 축구를 하다 발목이 부러지자 그림을 더 많이 그렸다. 아빠는 골프를 쳤고 반바지를 입었다. 우리의 재미있는 놀이 중 하나는 헌 (가끔씩은 새것도 있었지만) 골프공을 풀어서 쪼글쪼글 구겨진 냄새나는 고무 실의 끝을 찾는 것이었다. (테세우스*의 시절!) 아빠는 조니 워커와 함께 경마장에도 갔다. 호주 출신 작업반장인 조니 워커는 도로 건너편에 살았고 우리에게 카드놀이를 가르쳐주었다. 그리고 회색 소형 포드를 타고 먼 해변과 강으로 가는 나들이도 계속되었고, 아빠는 이따금 뜨겁고 먼지 낀 도로에 멈추어 서서 거품 이는 엔진에 물을 끼얹었다. 우리는 고개를 들어 세상에

*그리스 신화 속 인물인 테세우스는 실을 풀어 길을 표시해 미로를 빠져나왔다.

우리를 제외하고 살아 있는 유일한 생명체 같은 녀석들, 종다리와 선회 활강하는 수리매들을 보았다.

어머니가 매주 《윈덤 파머》에 시를 발표하기 시작한 것도 그때였다. 어머니는 곧 '로티 C. 프레임, 지역 시인'이라는 자랑스러운 이름을 얻었다. 아빠가 지역 경매에서 종소리가 나는 시계, 책장 모서리에 금물을 입힌 오스카 와일드 세트, 축음기와 거기 딸린 〈위 맥그리거〉와 〈닭장 짓기 1부〉 음반을 가져온 신나는 날도 있었다. 우리는 축음기를 틀어놓고, 바늘 달린 막대가 죽은 닭 모가지처럼 비틀어지는 걸 재미있어했다. 그리고 오스카 와일드 동화집을 집어 들었지만 책을 읽은 것은 훗날 오아마루 시절이었다.

네 살 생일이 두 달 남았을 때, 막내 여동생 준(필리스 메리 이블린)이 태어났다. 그 겨울은 철도 막사의 겨울처럼 불행했던 것으로 기억하지만 그 불행은 형제들과 함께 공유한 것이었고, 늘 나를 괴롭히던 머틀과 브러디가 나와 한편이 되어 싸우면서 잊을 수 있었다. 그 싸움은 못된 로 아줌마를 몰아내려는 싸움이었다. 로 아줌마는 아빠의 낚시 친구의 여동생으로 어머니가 준을 낳았을 때 몇 주 동안 우리를 돌보러 왔다. 큰 키의 앙상한 여자로 갈색 옷을 입고 가는 금테 안경을 쓴 것이 기억난다. 얼굴은 차갑고 태도는 위압적이었다. 아줌마는 우리를 못마땅해하며 "애들 엄마가 너무 물러" 하고 말했는데, 그 말은 우리 어린 시절 내내 후렴처럼 반복되었다.

아줌마는 '장 청소'가 좋다는 믿음을 갖고, 우리에게 그 꼴도 보기 싫은 좁은 청색 유리병에 든 아주까리기름을 규칙적으로 먹였다. 그리고 우리는 집 안에 있으면서도, 어머니가 이기를 낳아서 이제 아기와 함께 자는 안방 근처에 가는 것을 금지당했다. 그래서 우리는 서로 붙어 앉아서 '로 아줌마' 이야기를 하며 우리의 불행을 기쁨으로 바꾸었다. 이야기는 로 아줌마가 절벽에서 떨어져 죽거나, 해일에 휩쓸려 죽거나, 덤불숲에서 길을 잃거나, 사막에서 굶어 죽거나, 폐광에 빠져 죽는(우리가 그때 읽던 만화책에는 영국 아이들이 폐광에 빠져서 다치는 내용이 많았다) 무시무시한 내용이었다. 우리는 경쟁적으로 로 아줌마의 불행한 인생을 지어냈다. "로 아줌마 이야기 하자." 우리는 모여 앉아서 말했고, 그것을 통해서 우리가 우리 집에서 따돌려지고 외부인이 어머니 자리를 차지한 상황을 달콤하고도 참담한 배경으로 만들었다.

로 아줌마가 떠나고 엄마가 갓난아기 필리스 메리 이블린 준—이블린은 로 아줌마에게서 딴 이름이었고, 우리는 그냥 '칙스'라고 불렀다—을 돌보며 일상으로 돌아오고 한참이 지난 뒤에도 우리는 로 아줌마 이야기를 계속했는데, 그러던 어느 날 우리는 서로를 보고 이것이 거짓이라는 민망함을 느꼈다. 이제 이런 이야기는 필요 없었다. 우리는 다시 행복해졌고 로 아줌마 이야기는 과거의 일이었기 때문이다. 그러자 우리는 다시 갈라져서 각자 새로 태어난 아기와 닭장의 화이트레그혼 닭에게 관심을 기울였다. 우리는 닭들에게 열중해서 담요 조각으로 닭을 감싸 안고 엉덩이에 '시원이'를 꽂았다. (시원이는 우리가 관장기를 부른 말이다. 뭉툭한 주홍색 고무 끝에 꼬챙이가 달려 있는데, 우리가 화장실에 가도 시원하게 '일'을 보지 못하면 어머니가 우리 엉덩이에 그 이상한 물건을 꽂아주었다.) 우리는 닭들에게는 지푸라기를 꽂았다. 그런 뒤 녀석들을 상자에 넣으면 녀석들은—그런 가혹 행위를 당한 것을 생각하면—이상할 만큼 고분고분하게 담요를 뒤집어쓴 채 가만히 앉아서, 우리하고 가까운 쪽 눈으로 우리를 보며 이따금 밝게 빛나는 눈 위로 주름진 흰색 눈꺼풀을 내리덮고 담요 속에서 꽥 소리를 질렀다.

윈덤 시절은 마당에 양배추를 키우고, 펌프로 물을 푸고, 밤이면 '진짜' 어둠과 밤 그림자 속에 촛불과 등유 램프를 켠 시절이었고, 해 질 녘이면 사람들이 세상의 표면을 성큼성큼 걸어가는 것 같고, 한낮에는 조그만 사람 덤불을 이루고 있는 것 같던 시절이었다. 나는 모든 것이 자기 인생과 장소를 그림자와 공유한다는 생각을 하게 되었다. 밤에 촛불을 켜면 어머니는 말했다. "내게는 나와 함께 드나드는 작은 그림자가 하나 있지." 윈덤 시절은 또 다른 사람들, 우리 집과 뒷마당을 마주한 이웃들의 시절이기도 했다. 베드포드 씨네 집에는 조이, 마저리, 로니라는 아이들이 있었는데 모두가 서로 다른 이유로 잊을 수 없었다. 조이는 결핵 환자로 '와이피아타'라는 요양원에 있었고, 그 말은 우리에게 무서운 단어가 되었다. "조이는 와이피아타에 있어." 마저리는 가슴이 '좁았다'. (어머니가 고른 이 단어에는 경멸과 슬픔이 깃들어 있었다. 우유를 짤 때마다 어머니는 베드포드 씨네 아이들이 우리 아이들처럼 '튼튼하게' 자라기를 바라며 주전자에 우유를 담아서 그 집에 보냈다.) 막내 로니는 나중에 콧구멍 안에 구슬을 박은 것으로 유명해졌다……

우리 집 맞은편은 마일스 부부의 집이었다. 그 집에는 토미 마일스 부부와 아이들이 살았는데 그 사람들하고는 오래 알고 지내지 못했다. 철도 작업반장이던 토미 마일스가 우리 집 앞 철로에서 급행열차에 치였기 때문이다. 그는 다리가 잘렸고 '급후송된'—베넷 씨가 저지 황소의 뿔에 '받힌' 시절의 긴급한 언어—인버카길 병원에서 죽었다. 사고가 났을 때 사람들은 홑이불을 찢어 붕대로 썼고, 어머니는 우리가 나중에 '지진 해일 목소리'라고 부르게 된 목소리로 급보를 전했다. "토미 마일스야, 토미 마일스."

윈덤은 치과에 다니던 시절, 학교에 입학한 시절, 친할머니가 죽은 시절이기도 하다. 세 가지 일 모두가 또렷한 불행으로 남았다. 물론 친할머니의 죽음은 관련된 모든 이에게, 가족과 친척뿐 아니라 우리 집 소, 닭, 애완 토끼, 심지어 냄새나는 흰 족제비한테도 영향을 미친 온 세상의 불행이지만, 치과에 다닌 것과 학교 입학은 나에게만 해당된 불행이라는 차이가 있었다.

치과 방문은 내 유년 시절에 종언을 고했고, 그와 더불어 나는 입말과 글말이 특별한 힘을 지닌 무시무시한 모순의 세상으로 들어서게 되었다.

어느 날 밤, 나는 아빠의 백파이프 소리를 들으며 잠이 들었다가 이가 아파서 깨어 울었다. 아빠가, 이제는 내게 너무 작아져서 발이 끝쪽 가로대에 닿는 내 간이침대로 와서 말했다. "볼기를 좀 맞아야겠구나." 맨 엉덩이를 찰싹찰싹 때리는 아빠의 손은 매웠고, 나는 다시 울다가 잠이 들었다. 그리고 다음 날 아침 어쩔 수 없이 머틀과 브러디의 놀림을 받게 되었을 때— "어젯밤에 너 아빠한테 혼났지!"—나는 차분하게 말했다. "몸이 추웠는데 엉덩이가 따뜻해졌어."

나는 결국 치과에 끌려갔고, 끔찍한 일이 일어날 거라는 생각에 버둥거렸지만, 치과 의사는 버둥거리는 나를 잡은 채 간호사를 불렀고 간호사는 예쁜 분홍색 수건을 가지고 왔다. "이 분홍 수건 냄새를 맡아보렴." 간호사가 다정하게 말했고 나는 아무 의심 없이 고개를 숙여 냄새를 맡았다가 밀려오는 졸음에 내가 속았다는 걸 깨달았다. 나는 그 속임수를 잊을 수 없었다. 내가 그토록 쉽게 당했다는 것, 어떤 무서운 암시도 없는 "분홍 수건 냄새를 맡아보렴"이라는 말이 덫이 되었다는 것, 그것이 정말로 "분홍 수건 냄새를 맡아보렴"이 아니라 "너를 재우고 네 이를 뽑을 거다"라는 뜻이었다는 충격을 잊지 못했다. 어떻게 그런 일이 있을 수 있는가? 그렇게 짧고 친절한 말이 그렇게 큰 피해로 이어질 수 있는가?

할머니의 죽음과 장례는 치과에 가는 일 같은 분노와 그에 따르는 불신이 전혀 없었다. 할머니는 한동안 휠체어 생활을 했고 남은 한쪽 다리도 절단해야 한다고 했다. 아버지가 집에 들어와서 슬픈 목소리로 "남은 한쪽 다리도 잘라야 해, 여보" 하고 말하던 게 기억난다.

그리고 얼마 지나지 않아 할머니는 돌아가셨고, 할머니의 시신이 거실에 안치되어 있을 때 어머니가 머틀과 브러디와 내게 와서 말했다. "할머니 보고 싶니?" 머틀과 브러디는 그렇다고 대답하고 엄숙하게 돌아가신 할머니를 보러 갔지만, 나는 겁이 나서 망설였고 결국 돌아가신 할머니를 보지 않은 것은 평생의 후회로 남았다. 머틀이 돌아왔을 때 나는 그 얼굴을 보고 죽은 사람을 본 것이 얼마나 큰 충격인지 알 수 있었다.

"할머니 어땠어?" 나는 간접 경험의 보잘것없음과 '마주할' 용기가 없는 나의 나약함을 불행하게 의식하며 물었다. 머틀은 어깨를 으쓱했다. "별로 안 이상해. 그냥 잠드신 것 같아." 그 후로 여러 해 동안 머틀은 "나는 돌아가신 할머니를 봤어"라는 당당한 말로 무수한 말다툼에서 이길 수 있었다. 그리고 몇 년 뒤에 머틀 자신이 관 속에 누워 오아마루 거실에 놓였을 때 어머니가 내게 물었다. "머틀 보고 싶니?" 경험을 통해 배울 줄 모르는 나는 여전히 두려워서 죽은 이의 얼굴을 보지 않았다.

두어 차례 경솔한 행동으로 문제를 일으킨 뒤 나는 천천히 기만을 익혔다. 어느 날 화장실에 갔다가 아기가 기저귀에 만드는 오물에 비해 엄청나게 큰 나의 오물을 보았고, 그 갈색 덩어리 안에 하얀 것들이 꼬물거리는 것을 보았다.

"엄마." 내가 말했다. "저 안에 하얀 것들이 꼬물거려요." 어머니는 완전히 기겁한 얼굴이 되었다.

"기생충이야!" 엄마가 소리쳤다. "아이가 기생충이 있어." 그날 밤 엄마는 아빠에게 말했다. "니니가 기생충이 있어."

나는 수치스러웠고, 앞으로는 입을 꾹 다물기로 결심했다.

그런 뒤 어느 나들이에서 나는 무얼 말해야 하고 무얼 말하면 안 되는지에 대해 다시 한 번 판단을 잘못했다. 방목장에서 혼자 노는데 양 한 마리가 나를 보고 있었다. 고개를 옆으로 기울인 그 얼굴이 아주 의미심장해 보였다. 나는 흥분해서 엄마와 아빠가 차를 따라 마시고 있는 곳으로 달려갔다.

"양이 나를 봤어요." 나는 중요한 일이라고 느끼고 말했다. 부모님이 '재미있어하는' 게 보였다.

"양이 널 어떻게 봤는데?" 아빠가 물었다.

"고개를 옆으로 기울이고요."

"보여주렴."

나는 모두의 눈앞에서 갑자기 상황의 우스꽝스러움을 느끼고 소심해져서 거부했다. 그랬다가 갑자기 (무의식적인) 관대함에 빠져서 그 후로 여러 해 동안 반복될 사례를 만든다는 걸 모르고 말했다. "아빠한테만 보여줄게요." 나는 아빠에게 가서 한 손으로 얼굴을 가리고 양의 표정을 흉내 냈다. 아빠는 어린 시절 내내 말했다. "양이 널 본 표정을 흉내 내보렴." 그러면 사람들이 키득거리는 가운데 나는 '정해진 동작'을 수행했다.

얼마간의 경계와 주의, 사람들과 가족에 대한 냉소, 속이는 능력은 몇 달 뒤 내가 다섯 살 생일을 맞아 머틀과 브러디가 이미 다니고 있는 윈덤 초등학교에 입학하면서 만개했다.*

들어라, 개들이 짖는다

입학하고 며칠 지나지 않은 어느 날 아침, 나는 엄마와 아빠의 침실로 몰래 들어가서 '전쟁터에서 가져온' 동전을 보관하는 서랍장의 맨 위 서랍을 열고 동전을 한 줌 집었다. 그런 뒤 문에 걸린 아빠의 가장 좋은 바지 주머니에서(안감이 얼마나 차갑고 미끌거리던지!) 동전 두 개를 꺼냈다. 누가 오는 소리가 나자 나는 돈을 얼른 서랍장 밑에 밀어 넣고 나갔다. 그리고 나중에 아무도 없을 때 숨긴 보물을 회수해서 학교 가는 길에 히스 상점에 들러 껌을 샀다.

히스 씨가 내게 엄격한 눈길을 던지며 말했다. "이 돈으로는

---

*재닛 프레임이 거친 뉴질랜드의 초중고 과정은 초등학교 4년, 중학교 2년, 고등학교 6년이다.

아무것도 살 수 없어. 이집트 돈이야."

"알아요." 나는 거짓말했다. 그리고 아빠의 주머니에서 꺼낸 돈을 건네며 물었다. "이 돈으로는 껌을 살 수 있나요?"

"그쪽이 좋지." 그가 말하고, 다른 동전 하나를, 그러니까 파딩* 동전 하나를 돌려주었다. 나는 껌을 잔뜩 품고서 유아실 문 앞에서 기다렸다. 유아실은 한쪽 끝에 연단이랄지 무대랄지 하는 게 있고, 초등 1학년 교실로 통하는 두짝문이 있었다. 나는 교실에 들어가는 아이들에게 껌을 하나씩 주었다. 그런데 나중에 아주까리기름병 같은 파란색 옷을 입은 보팅 선생님이 수업을 하다 말고 갑자기 물었다. "빌리 델라메어, 너 뭐 먹고 있니?"

"껌요, 선생님."

"어디서 났니?"

"진 프레임이 줬어요, 선생님." (나는 학교에서는 진이었고 집에서는 니니였다.)

"디즈 매키버, 너는 껌이 어디서 났니?"

"진 프레임이 줬어요."

"진 프레임, 너는 껌이 어디서 났니?"

"히스 상점에서요."

"그 돈은 어디서 났니?"

"아버지가 주셨어요."

보팅 선생님은 나를 믿지 않았고, 내게서 '진실'을 끌어내기로 결심했다. 그녀는 질문을 반복했다. "그 돈은 어디서 났니? 사실대로 말해라."

*4분의 1펜스에 해당하는 영국의 옛 화폐단위.

50

나는 '아버지'를 '아빠'로 바꾸어서 같은 대답을 했다.

"이리 나와라."

나는 교실 앞으로 나갔다.

"교단에 올라가."

나는 교단에 올라갔다.

"이제 돈이 어디서 났는지 말해."

나는 결연하게 같은 대답을 반복했다.

쉬는 시간이 되었다. 아이들은 모두 놀러 나갔는데, 보팅 선생님과 나는 서로를 완강하게 마주 보았다.

"진실을 말하렴." 보팅 선생님이 말했다.

나는 대답했다. "아빠가 돈을 주셨어요."

그녀는 머틀과 브러디를 불렀고, 둘은 밝고 천진한 목소리로 아빠가 내게 돈을 주지 않았다고 말했다.

"주셨어." 내가 말했다. "언니랑 오빠가 학교에 간 다음에 나를 다시 불렀어."

"안 그랬어."

"그랬어."

오전 내내 나는 교단에 서 있었다. 읽기 수업은 계속되었다. 나는 점심시간과 오후에도 자백을 거부하고 교단에 서 있었다. 이제 차츰 반항심 대신 세상에 친구가 한 명도 없는 것 같은 두려움을 느꼈다. 그리고 머틀과 브러디가 집에 가면 이 일을 '이를' 게 분명했기에 집에도 가고 싶지 않았다. 내가 찾아낸 모든 장소—글레넘의 자작나무 통나무, 이든데일의 발판 꼭대기, 노래와 시 속의 장소들—가 사라지고 내게는 갈 곳이 한 군데도 없는 것 같았다. 나는 오후 중반까지 끈질기게 버텼지만, 빛이 엷어지고 검은 피로의 덩어리가 밀려오고, 교실에 정체 모를 먼지가 차오르자, 겁에 질려서 조그만 목소리로 보팅 선생님의 반복된 질문에 대답했다. "제가 아버지 주머니에서 돈을 꺼냈어요."

거짓말은 어떤 식으로건 나를 보호했다. 그러나 이제 나를 보호해줄 것이 아무것도 없어졌다. 나는 도둑질을 한 것을 들켰다. 나는 앞으로 닥칠 일에 잔뜩 겁을 먹은 나머지 보팅 선생님이 나를 때렸는지 어쨌는지도 기억나지 않는다. 선생님은 반 아이들 모두에게 이 사실을 알렸고, 내가 도둑이라는 소문은 학교에 금세 퍼졌다. 학교 정문 앞에 서서 어디로 가야 할까 무얼 해야 할까 고민하는데 머틀과 브러디가 평소처럼 태평하게 집으로 가는 모습이 보였다. 나는 오리새풀이 돋은 도로변을 천천히 걸었다. 내가 글을 언제 배웠는지는 몰랐지만 독본에 나오는 이야기를 모두 읽었기에 도로변에서 튀어나와 아이를 잡아먹은 여우 이야기가 생각났다. 무슨 일이 있었는지, 아이가 어디 갔는지 아무도 몰랐는데, 어느 날 어느 착한 사람이 여우 옆을 지나가다가 여우 배 속에서 "살려줘요, 나 좀 꺼내줘요!" 하는 소리가 나는 것을 듣고 여우를 죽여 배를 갈랐더니 아이가 상처 하나 없는 온전한 몸으로 나왔고, 그런 뒤 착한 이는 아이를 숲으로 데리고 가서 코코넛 아이스로 만들고 굴뚝은 감초로 된 오두막에 살게 했다는…….

마침내 나는 집에 도착했다. 머틀이 대문 위로 몸을 기울이고 사무적인 목소리로 "아빠도 알아" 하고 말했다. 나는 마당길을 걸어갔다. 현관문이 열려 있었고 아빠는 손에 채찍을 든 채 기다리고 있었다. "방으로 들어와라." 아빠가 엄하게 말했다. 그리고 평소 같은 '매질'을 했다. 어느 집 같은 과도한 매질은 아니지만 자기 자식이 '도둑'이라는 데 대한 강한 분노를 드러내는 매질. 도둑, 도둑. 집에서도 학교에서도 나는 이제 '도둑'으로 불렸다.

4펜스와 이집트 동전 한 줌, 그리고 파딩 동전을 훔친 사건 이후 곧 일어난 또 하나의 사건은 내 뇌리에 깊은 자국을 남겼고, 나는 그때 이미 그것이 세상의 이치에 대한 강력한 가르침이 될 것을 깨달았다. 나는 빠른 속도로 배워갔다.

교장 선생님의 딸로 그런 지위에 따르는 명망을 충분히 누리는 마거릿 쿠센의 생일이었다. (여전히 아주까리기름병 같은 색깔의 옷을 입어서 내게 청파리를 연상시키는) 보팅 선생님은 우리에게 마거릿의 생일이라는 걸 알려주고 마거릿을 교단에 세운 뒤 우리에게 생일 축하 노래를 불러주게 했다.

그런 뒤 선생님은 마거릿에게 봉투를 주었다. "네 아버지가 주시는 선물이야. 열어보렴, 마거릿."

마거릿은 부끄러움과 자부심이 차오른 얼굴로 봉투를 열고 종이 한 장을 꺼내서 우리 앞에 들어 올렸다. "1파운드 지폐예요." 마거릿은 놀라움과 기쁨에 들떠 말했다.

모두가 말했다. "1파운드 지폐."

"생일에 아버지한테 1파운드를 받다니 마거릿은 정말 행운이야." 보팅 선생님은 마거릿만큼이나 들뜨고 기분 좋아 보였다. 마거릿은 계속 1파운드 지폐를 흔들며 아이들의 존경과 부러움과 찬탄의 눈길 속에 자기 자리로 돌아갔다.

돈의 종류가 다르다는 이런 갑작스러운 사실은 내가 이해할 수 있는 수준을 넘었다. 내가 그것에 대해 어떤 분명한 생각을 하지는 않았을 것이다. 그저 혼란스러운 감정뿐이었다. 전쟁터에서 가져와서 소중히 보관한 돈이 어떻게 아무 쓸모도 없는지, 어떻게 4펜스가 모두의 눈에 큰돈이 되는지, 그리고 내가 큰돈을 훔친 도둑이 되는지. 하지만 사람들, 특히 아버지들은 딸에게 생일 선물로 1파운드 지폐를 주었다. 1파운드가 4펜스보다 더 큰 돈이자 동시에 더 작은 돈이라는 듯이. 나는 또 보팅 선생님에 대해, 선생님이 내가 자백할 때까지 나를 거의 하루 종일 교단에 세워둔 이유를 생각해보았다.

학생이자 도둑이라는 나의 새로운 지위는 동시에 세상의 부당함, 불공평함에 대한 깨달음을 안겨주었다. 그리고 집 바깥의 분위기도 변했다. 우리가 사는 윈덤의 페리 로마저. 이제 페리 로에는 부랑자가 늘어났고, 먹을 것을 구걸하는 사람도 많아졌다. 그 사람들은 이런 동요와 혼동되었다.

들어라, 개들이 짖는다
거지들이 마을에 온다
누구는 누더기, 누구는 부대 자루,   ·
누구는 벨벳 드레스를 입고.

이 동요는 내 머리를 떠나지 않았다. 나는 거지와 부랑자의 운명을 생각했다. 그들은 대부분 도둑이라고 했고, 촛불과 램프를 켜는 밤이 되면 나는 어두운 페리 로를 내다보았지만 밤의 정적을 깨는 것은 분뇨차를 끌고 다니는 분뇨 수거인뿐이었다. 나는 누더기와 부대 자루와 벨벳 '금털 드레스'를 입은 거지와 부랑자들이 개들에게 쫓기는 모습을 상상했다. 어머니가 일요일 성경 읽기 시간에 해준 이야기도 머리에 깊이 새겨졌다. 우리가 부엌의 큰 식탁에 둘러앉아서 붉은 글씨가 박힌 성경을 열심히 읽을 때, 어머니는 집집을 돌며 음식 구걸을 하다 퇴박당하고 심지어 개들에게 '물리는' 사람이 실제로는 정체를 감춘 천사거나 어쩌면 예수님일 수도 있다고 말했다. 어머니는 이상하거나 '웃겨' 보이는 사람들 앞에서 함부로 웃지 말라고, 그 사람들도 정체를 감춘 천사일지 모른다고 주의를 주었다. 그건 아무도 모른다고 했다. 세상은 정체를 감춘 사람들로 가득하고 거지와 부랑자 가운데 천사가 있는지 없는지는 오직 하느님만이 아시며, 설령 천사가 없다고 해도 하느님은 가난하고 이상한 사람들도 모두 사랑하신다고 했다.

그렇다고는 해도 윈덤에 부랑자가 많아지고 그들에 대해 수군대는 사람들의 목소리에 공포가 담기자, 두려움과 적막감이 일었다. 그것은 우리, 그러니까 윈덤 시 페리 로의 프레임 가족뿐 아니라 우리 동네의 이웃들, 그리고 다른 도시들하고도 상관 있는 일이 지금 일어나거나 곧 일어날 것 같은 느낌이었다. 하지만 언제나처럼 고지식한 나는 어떤 거지들은 '벨벳 드레스'를 입고 온다는 게 의아했다. 벨벳은 내가 알기로는 왕과 왕비나 입는 옷이자, 내 경험에 따르면 방목장 짐승의 털이었기 때문이다. 거지와 부랑자한테 비밀 재산이 있다는 말인가?

어머니는 언제나처럼 답을 알았다. 그것은 왕국의 재산이라고 했다. "왕국요?" "하느님의 왕국 말이야, 니니."

하늘의 도움이었는지 우리 철도 가족은 윈덤을 떠나 오타고 북쪽의 오아마루라는 도시로 이사를 가게 되었다. 그것은 적어도 나와 도둑이라는 내 평판에는 죽복이었다.

오아마루 시 이든 로 56번지

지루했던 기차 여행은 꿈속에서 본 이상하고 낯선 풍경처럼 기억된다. 셀 수 없이 많은 철교를 건너고, 검은 주둥이가 비죽 튀어나온 키 큰 아마꽃이 핀 아마 늪을 지나고, 버드나무 숲, 그리고 리듬도 소리도 기차 소리하고 비슷한 클린턴, 카이탕가타, 밀턴, 밸클러서 같은 이름의 도시들을 지나쳐 로켓처럼 날아간 기억. 도시들은 모두 철도 적색 기차역을 둘러싼 집들로 이루어져 있었고, 나는 진실로 세상은 우리 철도원 아버지의 것이라고 믿었다. 아버지가 세상을 책임지고 있다고, 수십 수백 킬로미터 철길을 통해 세상을 이끈다고.

나는 기차에서 앓았고, 기차 멀미로 인한 혼몽한 잠 속에서 기차가 사우스랜드를 벗어나 해변 방향으로 갈 때 우리가 원텀으로 돌아간다고 느꼈고, 그 뒤로는 내내 방향을 잃고 어지러운 머리로 동서남북을 알아내려 애썼다. 나는 객차의 2인용 좌석에 외투를 덮고 누워서 철로를 달리는 바퀴 소리와 새 역이 다가오는 것을 알리는 차장의 목소리, 역 이름을 알리는 소리와 건널목을 알리는 종소리를 들었다. 땡땡, 클린턴 클린턴, 인치클러서, 밸클러서, 카이탕가타 카이탕가타. 카이탕가타는 그곳을 멀찌감치 떠난 뒤까지 우리를 따라왔다. 클린턴 클린턴. 우리는 목조 다리를 통해 물살 센 강들과 물의 일족인 늪, 아마, 골풀, 버드나무들의 황량한 풍경을 건넜다.

와이홀라 호수가 가까워졌다. 누군가 와이홀라 호수는 속이 지구 중심까지 뻗어 있다고, 바닥이 없다고 했다. 내가 객차 창밖을 내다보는데 어머니가 잊을 수 없는 신비와 경이가 담긴 목소리로 말했다. "와이홀라 호수구나, 애들아, 와이홀라 호수야."

우리는 캐버섬에 도착했고, 거기서 나는 내 최근 사건을 떠올려야만 했다. (나는 '햄' 숙모인 줄 알았던) 핸 숙모와 제빵사인 밥 숙부가 캐버섬에 살았지만, 캐버섬 하면 가장 먼저 떠오르는 것은 내가 도둑질한 게 '발각'되었을 때 언급된 산업학교였다. "자꾸 그러면 널 캐버섬의 산업학교에 보낼 거다." 그 말은 머틀이 말을 듣지 않을 때 아빠가 머틀에게 자주 하는 말이기도 했다. 기차에서 산업학교는 보이지 않았다. 나는 그게 정확히 무엇인지 몰랐지만, 머릿속에는 징벌의 색인 갈색 먼지로 덮인 학교의 모습이 있었다.

오아마루에 간 첫날 밤 우리는 사우스힐의 워프 로에 있는 마이마 숙모(우리가 '마이너' 숙모라도 생각한)와 택시 운전사인 앨릭스 숙부의 집에서 잤고, 다음 날 아침 그 후 14년 동안 살게 된 집으로 갔다. 오아마루 시 이든 로 56번지였다.

긴 도로와 길가에 죽 들어선 집들, 특히 우리 집을 둘러싼 집들에 어머니는 충격을 받고 '지진과 번개' 목소리로 말했다. "집들에 뺑 둘려 산 적은 없는데." 온 나라와 세계의 재앙이라도 본 듯한 말투였고, 그 말에 우리 역시 오아마루의 거대함을 절감하지 않을 수 없었다. 집과 사람과 도로가 지금까지 우리에게 익숙한 풍경이었던 야생 공간—남극 얼음 빛이 아른거리는 사우스랜드 하늘, 방목장의 소와 양들, 검은 늪지, 갈색 강물, 낮과 밤의 존재가 늘 또렷이 느껴지고, 풀밭과 풀숲 벌레들이 말을 하고 우리가 그 소리를 듣던—을 대체했다.

우리는 이미 암소 뷰티와 팬지에게 작별 인사를 하고 녀석들을 우시장으로 보냈다. 아빠는 소형 포드도 '포기'했다. 대공황이 시작되어 있었다.

우리는 전깃불이 들어오고, 구멍을 판 변소 대신 수세식 화장실이 있는 진짜 도시의 주민이 되었다. 처음에는 콸콸 쏟아지는 물에 놀랐고, 환한 불빛이 커다란 가구 그림자들을 몰아낸 방은 너무 요란하고 뻔뻔해 보였다. 우리는 아침마다 집으로 배달되는 도시 우유를 먹고, 아빠는 자전거를 타고 출근하게 되었다. 우리 형제는 처음에는 그런 변화에 충격을 받았지만, 여행의 피로에서 회복된 뒤로는 집과 그 주변과 뒤쪽 언덕지대의 소나무 농원에 열광했다. 시의 보호 구역인 소나무 농원은 거쳐 가지 않을 수 없는 '황소 방목장' 건너에 있었고, 저수지에서 발원한 시내가 하나 흘렀다. 새로운 도로들과 도로 이름, 새로운 나무, 새로운 사람들이 있었다. 그리고 바다와 새 학교도.

그리고 우리 인생의 격변기와 극적으로 때를 맞춘 듯 그 몇 달 뒤에 네이피어 지진이 닥쳤고, 이 소식의 자세한 내막은 어머니의 목소리에 실려 전면적 재난으로 다루어졌다. 어머니는 새집 식당의 창문 불빛 아래, 은세공 무늬가 박힌 반짝이는 갈색 싱어 재봉틀 앞에 서서 (번개가 내리치건 말건) 네이피어 지진을 말했다. 식당은 커다란 직사각형 내리닫이창이 있는 큰 중간방이었고(창문에는 묵직한 도르래와 줄이 달려 있었는데 줄은 우리 형제가 쉴 새 없이 창문으로 드나든 통에 끊어졌다), 창문은 그 방의 유일한 광원이었다. 어머니는 가족들에게 중요한 의미가 있는 순간에 그 창문 앞에 서서 자신의 감정을 트로피처럼 꺼내 보이는 습관이 생겼다. 그 식당에는 킹스 소파와 킹스 의자와 윈덤 경매장에서 산 가구 두어 개가 있었다. 그 방은 손님이 오거나 크리스마스나 새해 첫날 같은 명절을 지내거나 가족과 나라와 세계에 경사와 재난이 닥친 것을 알리는 등의 특별한 경우에만 쓰였다.

식당에 잇닿은 집 뒤켠에는 석탄 난로가 있는 주방이 있었는데, 난로 앞 석탄통은 의자로도 사용했다. 자잘한 분홍장미 무늬 벽지를 바른 주방 뒷방은 그때 우리와 함께 살던 친할아버지가 썼다. 주방의 다른 문은 싱크대가 (그리고 그 밑에 바퀴벌레가) 있는 부엌방으로 가는 문이었고, 부엌방 문을 열면 뒷마당으로 내려가는 대여섯 칸의 나무 계단이 나왔다. 뒷마당 오른쪽에는 세탁실이 있고, 세탁실에는 빨래솥과 화덕, 세탁조와 깨진 창문이 있었다. 석탄 저장실 앞, 세탁실 한쪽 끝에 화장실이 있었고, 초를 놓는 선반이 있었다. 세탁실에는 전기가 들어오지 않았기 때문이다. 화장실 문은 거미가 사는 어두운 '지하층'으로 이어졌다.

또 하나의 식당 문은 복도로 이어졌는데, 복도 한쪽 끝에는 진짜 욕조와 샤워기와 냉온수 수도꼭지가 달린 욕실이 있고 반대편 끝에는 현관이 있었다. 복도는 방 세 개와 연결되었다. 욕실 쪽 방은 머틀과 이저벨과 준과 내가 썼고 우리는 놋쇠 틀로 된 커다란 더블 침대에서 잤다. 앞쪽 방에서는 브러디가 잤다. 더블 침대와 서랍장과 거울 달린 옷장이 있는 현관 쪽 방은 엄마와 아빠의 방이었다.

집 뒤쪽 바깥에는 '지하층'으로 들어가는 입구가 하나 더 있었다. 우리는 그곳을 지하실이라 부른다고 배웠지만, 비 오는 날이면 거기서 놀며 '지하층'을 탐험했다. 뒷마당에는 과일 나무들이 있었다. 한 그루에서 겨울배와 꿀배가 열렸고, 이웃집 자두나무가 우리 집으로 가지를 늘어뜨렸으며, 아이리시피치 사과나무, 요리용 사과나무, 살구나무, 구스베리나무와 건포도 나무가 있었다. 앞마당 잔디 앞에는 화단이 있었고, 잔디밭 한쪽 구석, 높은 아프리카가시나무 산울타리 뒤쪽에는 장미 아치가 있었으며, 잔디밭 한편 그러니까 부모님 방 앞이자 측백나무 산울타리 옆쪽에는 우리 집과 옆집 맥머트리 씨네의 경계를 이루는 (우리는 뱅크시 장미라고 부른) 크림뱅크셔 장미에 덮인 정자가 있었는데, 우리는 그곳을 놀이집 겸 극장으로 사용하게 되었다. 그쪽의 반대편 산울타리는 호랑가시나무였고, 우리 집과 황소 방목장을 가르는 집 뒤편 산울타리는 아프리카가시나무였다.

오아마루 이든 로 56번지에 오자마자 우리 형제는 사방을 기어 다니고 올라 다녔다. 붉은 페인트를 칠한 철 지붕에서 지하층의 흙더미 틈까지 한 치도 남겨두지 않았다. 우리는 우리와 함께 생활하는 거주자들도 알게 되었다. 곤충, 벌, 뿔가위벌, 밤벌, 나비, 할아버지 나방, 거미, 붉은 거미, 털보 거미, 뚜껑문 거미, 새, 검은방울새, 동박새, 검정지빠귀, 참새, 찌르레기들. 우리는 지하층에서 고양이 해골을 발견했고, 황소 방목장의 길게 자란 풀밭에서 양과 소의 해골을 발견했다. 황소 방목장에는 이제 황소가 없고 이따금 깡충거리며 지나가는 수송아지들뿐이었다. 우리는 산울타리와 나무와 정자 등 올라갈 수 있는 곳을 모조리 오르내리면서 새로운 경험의 보물을 축적했고, 모험은 곧 집 양옆과 건너편의 이웃집들, 황소 방목장 너머 언덕으로 이어졌다. 언덕에는 동굴이 있고, 조개껍데기 화석이 있고, 토착 식물들이 비뚤배뚤 자라고, 꼭대기에는 '오아마루 미화(美化)협회 기증' 명판이 달린 의자가 있었다. 그리고 우리가 솔밭이라고 부른 소나무 농원들이 있었다. 첫 번째 농원은 위험하지 않았다. 반대편 끝까지 환히 내다보였다. 두 번째 농원은 나무들이 아주 빽빽해서 중간쯤 들어가면 갈색 솔잎 어둠 속에 길을 잃는 무서운 곳이었다. 세 번째 농원은 작고 볕이 잘 들었으며, 네 번째 농원은 어린 유칼립투스나무들이 언덕 아래를 넘어 글렌 로 협곡 끝에까지 닿는 소나무들 틈으로 파고들었다. 근처에는 '과수원'이 있었는데 그 과수원은 아무도 돌보지 않는 것 같아서 우리는 주인이 없다고 여기고 '발견한 사람이 임자'라는 원칙에 따라 우리 것이라고 생각했다.

우리는 곧 저수지 물이 흐름을 계속 통제하는 시내도 알게 되었다. 냇둑의 식물들을 알았고, 물속에는 바위, 코코푸, 뱀장어, 그리고 오래전에 고양이를 넣고 빠뜨려 너덜너덜 해어진 자루도 있었다. 우리는 아침마다 경험을 사냥하러 나갔고 오후가 되면 돌아와 각자의 수확을 함께 나누었다. 그러는 동안 이제 우리와 떨어진 부모님은 끝없는 어른의 일, '노역'이라는 말에 담긴 의미—덫, 전투, 고투, 혹사—가 가장 잘 들어맞을 그런 일을 했다. 그 말의 의미를 우리는 전혀 몰랐다. 아빠는 하루 종일 일했고 야간 교대조가 되면 밤에 일하고 돌아와 낮에 잤으며, 그사이에 우리 철도 가족 어린이는 솔밭이나 글렌 로 협곡을 지나 우리 과수원으로 사라지거나 정자로 기어들었다. "쉬이, 아빠가 주무셔……."

(칙스라고 불린) 준만 빼고 모두 오아마루 노스 학교에 다녔다. 나는 1학년 캐럴 선생님 반이었나. 그 선생님과 관련한

기억은 내가 떠든다고 때린 적이 한 번 있다는 것과 이가 심하게 튀어나와 언제라도 밖으로 날아가버릴 것 같았다는 점을 빼면 별로 없다. 내게 더 중요한 기억은 학교와 집 사이의 길, 온갖 도로들과 집과 정원들, 도로변의 꽃나무들, 내가 만난 동물들, 시계탑이 15분마다 종을 울리는 새 도시의 재미난 구조였다. 시계탑은 등굣길의 꼭 한 곳—리드 로와 이든 로가 만나는 모퉁이, 헌트 상점의 붉은색 골함석 울타리 앞에서만 보였다. 아침 아홉 시가 다가오면, 여기서 우리가 늦었는지 안 늦었는지를 확인했는데, 키가 작고 다리를 저는 한 아줌마가 종소리에 이은 두 번째 기준이 되었다. 아줌마는 짧은 쪽 다리에 두꺼운 검은색 부츠를 신고 매일 아홉 시 10분 전에 그 모퉁이를 지나가서 우리에게 '지각 아줌마'라고 불렸다. 아줌마를 보면 남은 거리를 달려가야 지각을 피할 수 있었기 때문이다. 하지만 등하교 때는 걸어가더라도 점심을 먹으러 갈 때는 뛰는 게 전통이었다. 그건 점심시간이 짧고 집이 이든 로 중간에 있었기 때문이기도 했다. 일곱 살 생일을 막 지난 나는 이 전통을 오아마루 노스 학교의 다른 전통들과 마찬가지로 아무런 의문 없이 받아들여서 매일 점심시간이면 집으로 달려갔다. 새로 구운 샌드위치 빵을 받아 가기 위해 페더 부인의 모퉁이 상점에서 멈출 때만 예외였다. 빵을 받으면 '불룩 솟은' 부분만 조심조심 뜯어 먹어서 평평하게 만들었다. 나보다 달리기도 빠르고 집이 이든 로 더 안쪽에 있는 학교 오빠들은 몸을 기계처럼 옆으로 기울인 채 헌트 상점 모퉁이를 돌았는데, 내 곁을 지나갈 때면 누군가 내 귀에 거칠게 속삭였다. "내가 널 따라다닌다." 나는 그 말이 자부심과 두려움을 모두 안겨주는 말이라는 걸 알게 되어서, 다른 사람들에게 '웃긴다'는 듯한 목소리로 말했다.
"어떤 오빠가 날 자꾸 따라다녀."

오아마루 생활은 새로운 경험으로 가득한 멋진 모험이었다. 이제 나는 나를 세상에 발 딛고 사는 사람으로 또렷이 인식하고, 다른 생명체들과 유대감을 느끼고, 나를 둘러싼 광경과 소리에 환호하고, 놀이의 기대감에 도취했다. 놀이는 방과 후 날이 어두워질 때까지 끝없이 계속되었고 어두워진 뒤에는 침대에 누워서 놀았다. '전차 놀이'나 '들어가기'—몸을 동그랗게 말아서 상대의 품에 들어간 채 명령에 따라 움직이는—처럼 몸으로 하는 놀이도 있고, 알아맞히기 놀이나 상상 놀이, 커튼의 모양이나 색깔의 의미를 해석하는 놀이도 있고, 놋쇠 침대 장식에 쪽지를 숨겨두는 암호 놀이도 있었다. 말다툼과 싸움과 앞날의 계획이 있었고, 유명 댄서, 바이올리니스트, 피아니스트, 미술가가 되겠다는 불가능한 꿈도 있었다.

그해에 나는 '섬(Island)'이라는 말을 발견했다. 나는 그동안 받은 교육에도 불구하고 그것을 꼭 '이즈랜드(Is-Land)'라고 읽었다. 학교의 묵독 시간에 나는 휘트콤 읽기 책 시리즈—황갈색 표지에 조악한 그림이 그려져 있고 책장이 얼룩덜룩한 얇은 책들—가운데 《섬을 향해》라는 모험 이야기를 발견하고 감동을 받아 집에서 그 이야기를 했다.

"동화를 읽었어. 《이즈랜드를 향해》야. 아이들이 이즈랜드로 간 이야기야."

"이즈랜드가 아니라 아일랜드야." 머틀이 지적했다.

"아냐." 내가 말했다. "이즈랜드야." 나는 철자를 썼다. "I, s, l, a, n, d. 이즈랜드."

"에스는 소리가 안 나." 머틀이 말했다. "니(knee)의 케이처럼."

나는 어쩔 수 없이 판결을 받아들였지만, 속으로는 여전히 그건 이즈랜드라고 생각했다.

나는 '모험' 이야기를 계속 읽었고, 모험을 하기 위해 지금은 사라진 소형 포드를 타고 멀미에 시달리며 해변으로 강으로 다니지 않아도 된다는 걸 알게 되었다. 책을 읽는 것만으로도 모험을 할 수 있었다. 그리고 언제나처럼 내가 발견한 사실을 알리고 싶어서 식구들에게 나의 새로운 모험 방법을 말했다가 이내 경솔함을 후회했다. 내가 책을 들고 석탄통 위에 웅크리고 있을 때마다 엄마와 아빠가 다 안다는 듯이 말했기 때문이다. "모험이 시작됐니?"

내가 몰두한 모험이란 그저 아슬아슬하게 위험을 벗어나는 것, 구조되는 것, 길을 잃었다가 찾는 것, 재난을 이기는 것을 의미했지만, 우리 선생님은 계속 '나의 모험'을 주제로 작문을 하라고 시켜서 이런 열중을 더 키워주었다. 나는 이야기를 지어내듯 모험을 지어낼 수 있다고는 생각하지 못했다. 그리고 앞서 발표하는 다른 아이들 같은 모험거리—먼 도시 여행, 박물관이나 동물원 구경—가 없다는 걸 애통해했다. 나의 주요 모험이란 황소도 없고 송아지들만 몇 마리 있는 황소 방목장을 지나 두 번째 솔밭으로, 암흑점 너머까지 들어가서 심장이 쿵쿵 뛰는 걸 느끼고 컴컴한 나무들과 깊이 쌓인 솔잎 더미 속으로 사라지는 초록 세상을 보는 것이었다. 솔잎 낙엽은 가끔 옛 토끼굴 위로 몇십 센티미터까지 쌓여 있었다. 하지만 나는 그 모험을 밝히는 게 쑥스러웠다. 그것은 탈출, 팔다리 골절, 도망친 망아지 같은 다른 아이들의 이야기와 달랐기 때문이다.

내 읽을거리는 교과서와 《학교 신문》에 국한되었고, 여기에 우리가 가끔 애덤스 씨 가게에서 사는 《내가 가장 좋아하는 것》,《무지개》,《호랑이 팀》,《병아리만의》 같은 신작 만화가 더해졌다. 이 가운데 최고는 머틀과 내가 읽은 《내가 가장 좋아하는 것》이었다. 글씨가 작아서 이야기가 많았기 때문이다. 그리고 《무지개》도 좋았다. 브러디가 좋아한 건 《호랑이 팀》이었고, 도츠와 칙스는 《병아리만의》를 좋아했다. 《내가 가장 좋아하는 것》의 인기 요인이던 '서커스의 테리와 트릭시'는 그 시절 우리에게 공중 곡예사의 꿈을 안겨주었다. 특히 〈공중 그네의 용감한 젊은이〉라는 노래가 함께 인기를 끌어서 더욱 그랬다.

《학교 신문》에는 대영제국을 찬양하는 내용이 많았다. 왕실 기사와 사진이 많이 실렸고, 특히 어린 공주 엘리자베스와 마거릿 로즈가 중심이었다. 그들이 가진 진짜 집만 한 크기의 인형의 집에 대한 기사가 실렸고, 사진도 있었다. 《학교 신문》의 딱딱한 산문들 및 대영제국, 국왕, 총독, 갈리폴리의 호주 뉴질랜드 연합군, 남극의 로버트 팰컨 스콧에 대한 찬양과 반대로 시들은 신비와 경이로 가득했다. 편집자는 월터 데라메어, 존 드링크워터, 크리스티나 로세티를 첫손으로 꼽았고, 명랑한 분위기를 주는 앨프리드 노이스, 존 메이스필드가 그 뒤를 이었다. 내가 한눈에 반한 시는 〈메그 메럴리스〉*였다. 집시, 거지, 강도, 부랑자, 노예, 도둑―사회에서 소외된 희생자이자 정체를 감춘 천사일지도 모르는―은 전부터 내 꿈과 '바깥세상'에 대한 이해의 한 축이었다. 나는 "올드 메그는 집시였네……"

---

*젊은 나이에 요절한 영국의 낭만주의 시인 존 키츠의 시.

를 외웠고, 이번에도 역시 식구들 앞에서 시를 읊어서 내 발견을 공유했으며, 그런 뒤 그 시를 읊어달라는 요청을 거듭해서 받았는데, 내가 그 요청에 따라 시를 읊다가 "올드 메그는 저녁을 먹는 대신 / 달만 노려보았네"라는 구절에 이르면 모두가 웃었다. 내 진지한 태도가 웃겼거나 어쩌면 '배 속에 거지가 든' 걸로 유명하고 '시럽 바른 빵'을 끝도 없이 먹어치우는 내가 저녁을 먹는 대신 달을 쳐다보는 일은 절대 없을 거라고 생각해서였을지도 모른다.

메그를 생각하면 나는 말이 시 속에서 일으키는 슬픔을 느꼈다. 그것은 말이 글래스고에 대한, 뉴욕의 보도와 더블린의 도로에 대한 노래에서 일으키는 것과 같았다. "더블린은 아름다운 도시……"라는 노래. 나는 올드 메그를 생각하면 마 스파크스가 떠올랐다. 마 스파크스와 올드 메그가 같은 사람일지도 모른다고 생각했다. 사람들은 마 스파크스가 집시라고 했다. 그 여자가 글렌 로의 집 마당길에 쪼그려 앉은 모습과 도로를 내다보고, 도로 반대편 끝에 있는 조그만 무허가 쓰레기장을, 황소 방목장을 내다보는 모습, 글렌 로 주민 몇 명이 키우는 비둘기들이 언덕 위로 저녁 비행하는 걸 바라보는 모습을 보면 알 수 있다고 했다. 비둘기들은 언덕과 농원도 지나고, 요란한 날갯짓 소리를 일으키며 우리 집 지붕 위를 지나 시내로도 갔다.

마는 파이프를 피웠다. 마는 속바지를 안 입는다고, 글렌 로를 걷다가 마가 마당길에 쪼그려 앉은 모습을 보면 알 수 있다고 했다.

'모험' 말고도 다른 말들이 하나둘 우리의 학습과 글쓰기에 나타났고, 나는 그것들에 별 매력을 느끼지 못했지만 그걸 쓰면 극적인 효과가 생겼다. 특히 세 단어의 철자와 쓰임을 익히던 것이 기억난다. 그것은 '결정', '목적지', '관찰'로, 세 단어 모두 모험과 긴밀히 얽혀 있었다. 나는 그 의미에, 그리고 세 단어 모두가 모든 이야기 구조에 들어가는 것 같다는 사실에 매혹되었다. 모두가 '결정'을 내리고, 가야 할 '목적지'가 있었으며, 목적지를 결정하고 파악하기 위해, 그리고 중간에 생겨나는 '모험'을 해결하기 위해 '관찰'했다. 끊임없는 친척의 방문과 잦은 이사로 인해서 나는 이동과 변화에 예민했고, 이 필요한 이동을 통해 모험을 만들거나 알아차릴 수 있음을 깨달았을 때 뛸 듯이 기뻤다. 우리 선생님은 관찰 수업을 하며 우리더러 등하굣길에 '관찰'하는 습관을 들이라고 가르쳤고, 다시 한 번 이 등하굣길은 내게 가르침의 보고가 되었다. 길은 몇 가지 경로가 있었고(내가 직접 결정할 수 있었다), 나는 거기에 조금씩 변화를 주었다. '평범한' 경로는 이든 로를 걸어 헌트 상점 모퉁이를 (그리고 킨의 독일 종 셰퍼드들도) 지나고 벚꽃이 피는 리드 로로 돌아들어 노스 학교로 가는 것이었다. 리드 로는 '의사' 거리였다. 우리 식구들이 진료를 받는 오벨 박사님, 무서운 농담을 잘하는 장난스러운 할아버지가 모퉁이 근처의 이층집에 살았고, 조금 더 가면 한 블록을 통째로 둘러싼 버킹엄 궁전 같은 담장 안에 스미스모턴 씨네 집이, 또 근처에는 피츠제럴드 가족이 모두 이층집에 살았다. 의사의 딸들은 어데어, 제럴딘 같은 이름이었고, 우리 학교가 아니라 북섬 어느 도시의 기숙학교에 다녔다.* 그 아이들은 인형의 집도 있고, 세

*뉴질랜드의 가장 큰 도시인 오클랜드와 웰링턴은 모두 북섬에 있다.

틀랜드 조랑말이 있고, 춤, 음악, 웅변술 같은 '교습'을 받았다.
(무언가를 '교습'받는 것은 우리 인생의 꿈이었다.)

또는 앨른 로를 통해 가는 방법도 있었다. 앨른 로는 볕이
들지 않는 좁은 흙길로, 도로 한쪽 가장자리에 무서울 만큼 높
이 쌓인 흙둑에서 물이 항상 도로로 흘러내렸다. 누런 진흙이
언덕을 덮은 모습은 흙이라기보다는 어떤 생물 같았다. 그 제
멋대로인 모양은 짜릿했고, 바라보고 있자면 흥미로움과 두려
움이 절반씩 느껴졌다. 어느 날 내가 앨른 로에서 그렇게 흙둑
을 보고 서 있는데 어떤 여자가 다가와서 말했다. "안녕, 꼬마
야. 2실링 줄 테니 받으렴." 나는 놀라서 2실링을 받았다. 그리
고 그날 학교에 가지 않았다. 대신 페더 부인의 가게로 되돌아
가 새콤 사탕 1실링어치와 클로리다인 사탕(클로로포름*이 든
목캔디, 하지만 그때는 이런 사실을 몰랐다) 1실링어치를 사서
거리를 계속 쏘다니며 사탕을 먹다가 하교 시간이 되자 집에
와서 내리 18시간을 자고 깨어났더니 속이 뒤집힐 듯이 고통스
러웠다. "무슨 일이니?" 엄마가 묻자 나는 "어떤 아줌마가 2실
링을 줬어요"라고 답했다.

때로는 길을 걷다가 과감히 이든 로 끝까지 가서 모퉁이 근
처의 크라이스트 교회 앞을 지나며 길가에 붙여둔 '이 주일의
설교'를 꼼꼼히 읽으면서, 목자와 양과 죄인에 대한 우화를 사
실처럼 받아들였다. 길을 살짝 벗어나면 프레이저스 베이컨 공
장이 나왔다. 이든 로를 걸을 때면 나는 늘 듀어와 매켄지의—
나는 '주얼 매켄지'인 줄 알았다—의 자동차 정비소 앞으로 건

*마취제로 쓰이는 투명한 휘발성 액체. 특유의 달콤한 향이 있다.

너가서 석유 냄새를 맡고, 공짜 잉크 압지가 있는지 물었다. '주얼 매켄지는 공짜 압지가 있다'는 말이 파다했기 때문이다.

험버 로(나는 험블 로인 줄 알았다)를 걸을 때는 철로와 기관차와 물품 창고 앞을 지나쳐 늘 나를 겁에 질리게 만드는 또 하나의 장소에 멈추었다. 버려진 가게 옆에 있는 낡은 석조 주택이었다. 집은 별 특징이 없고, 마당은 민들레와 소루쟁이와 데이지로 덮여 있었으며, 야트막한 오아마루 석벽에 난 문은 긴 마당길을 통해 현관으로 이어졌다. 그 집에는 이본 베이커가 산다고 했다. 집은 여자랑 닮았다. 여자는 체구가 작았고 축축한 피부에 머리카락이 힘없이 늘어져 있었다. 도로의 습기 찬 쪽에 살아서 그런지 여자도 그 집처럼 차갑고 축축해진 것 같았다. 생명의 흔적은 찾아볼 수 없었고 휑한 유리창에는 커튼도 없었지만 석조 주택은 앨른 로의 흙둑처럼 돌과 이끼 속에 살아 있는 것 같았고, 그것은 나의 소중한 '관찰'과 모험 대상이 되었다.

다른 경로는 템스 로였다. 그 도로는 우리 가족이 빛과 소리에 대한 판단 기준으로 삼는 곳이었다. 아빠는 "조용히 하렴. 템스 로에서도 네 목소리가 들리겠다" 또는 "집에 이렇게 불을 잔뜩 켜놓다니? 템스 로에서도 다 보이겠네" 하고 말했다. 템스 로에서 내가 자주 가는 곳은 하이 클래스 과자점—나는 하이 '글래스' 과자점으로 읽은—이라는 간판이 붙은 사탕 가게였다. 그 집은 비 양과 그 여동생, 그러니까 두 명의 비 양이 하는 가게였다. 그들의 이름과 그 기원, 그리고 하이 글래스의 의미와 모습이 얼마나 혼란스러웠던지!

죽음과 병

늘어진 실이나 사람들이 다니는 길처럼 수평으로 흐르던 시간이 그해에 갑자기 방향을 수직으로 틀어서, 우리는 하늘로 가는 사다리를 오르는 것처럼 발판 하나하나를 밟을 때마다 새로운 사건을 만났다. 나는 아직 여덟 살도 되지 않았다. 대공황이 맹위를 떨치고 있었다. 많은 시작과 끝과 소득과 상실이 있었고, 무엇을 탓해야 할지 알 수 없는 불행이 가득했다. "네 잘못이야"라고 말하는 것도, 그것이 또는 그자가 '도둑'이라고 말하는 것도 아무 소용 없었다. 전 세계의 고통이었기 때문이다. 하느님이 그렇게 만든 것도 아니었다. 어머니는 하느님이 좋으신 분이라고 말했기 때문이다. 모든 일에는 다 뜻이 있지만, 하느님은 항상 세상 사람들을 사랑하시지 그들에게 상처를 주려고 하시지는 않는다고.

친할아버지가 우리와 함께 살고 있었다. 할아버지는 늙고 여위었고, 헐렁하고 엉덩이 부분이 반들반들한 바지를 입었고, 뒷방에서 잤다. 고개는 새처럼 옆으로 기울어졌고, 청색 벨벳 안감을 댄 암청색 안경집에서 얇은 금테 안경을 꺼내서 썼는데, 나는 안경집을 볼 때마다 슬픔이 밀려들었다. 깊디깊은 저녁 하늘처럼 막막한 색깔, 그것은 내가 혼자 묻고 대답을 찾아 헤매던 질문과 같았다. "세상은 왜 생겼을까, 왜 생겼을까?" 이 질문을 하고 나면 '세상이 없다면' 하는 생각이 들면서, 얼른 피해 달아나야 할 가없는 나락이 느껴졌다.

어떤 면에서 할아버지의 안경집과 그것을 딸깍딸깍 여닫는 소리와 할아버지가 그걸 남겨두고 돌아가셨다는 사실로 인해 그 안경집은 내게 할아버지의, 그리고 할아버지와 함께 살았던 짧은 시간의 상징이 되었다. 할아버지는 아직 학교에 다니지 않았던 여동생 준(칙스)의 특별한 친구가 되어서, 아이를 미키 마우스, 쥐방울이라고 불렀다. 아이는 정말 작았다.

할아버지는 병을 앓지 않았고, 나이도 그렇게 많지 않았다. 하지만 몹시 피곤했던 게 분명하다. 어느 날 잠을 자다 돌아가셨기 때문이다. 우리는 거실에 블라인드를 모두 내려 집에 상이 났음을 알리고 입관했다. 그게 관습이었다. 블라인드가 쳐지면 그 집에서 누군가가 죽었다는 걸 알았고, 굴뚝에서 연기가 나면 집에 사람이 있다는 걸 알았다.

장례식 날 이웃인 플렛 씨네 사람들이 우리 형제를 돌보아주었다. 그들은 우리에게 스크램블드에그를 해주고 대바늘 뜨개질 하는 법을 가르쳐주었다. 우리는 그 집 호랑가시나무 산울타리 틈새로 장례 행렬이 집을 빠져나가는 모습을 보았다. 친척들이 모두 점잖은 옷을 입고 와서 고상한 목소리로 말해서 우리 집 같지가 않았다. 숙모들은 여전히 센트럴 지역, 미들마치(미들마치 말이야, 로티), 인치클러서를 이야기했다. 그리고 프레임 가 특유의 소심한 얼굴과 입 모양을 한 숙부들이 말했다. "다 잘될 거야. 걱정 마." 그리고 일요일에 할아버지 무덤에 꽃을 놓으러 사우스힐 묘지에 갔을 때, 나는 윈덤에서 돌아가신 할머니가 할아버지 곁에 묻힌 것을 보고 깜짝 놀랐다. 할머니도 윈덤에서 거기까지 강들과 늪지를 건너 철도 적색을 칠한 작은 역들을 지나고, 와이홀라 호수와 캐버섬 호수와 산업학교와 더니든과 미치광이들이 사는 시클리프를 가로질러, 혹조와 석호가 있는 햄든을 지나 오아마루 사우스힐까지 꼬불꼬불 철길을 달려온 건지 궁금했다. 할머니의 검은 옷, 할머니 냄새, 그리고 할머니의 노래 〈내 고향으로 날 보내주〉, 또 할머니가 자장가로 불러주던 노래 "골짜기의 털북숭이 저리 가라, 엄마의 귀염둥이, 아빠의 사랑……"을 데리고.

우리는 할아버지와 할머니 무덤 앞의 잼 병에 꽃을 꽂았고, 죽은 프레임 가 사람들의 이름이 죽 적힌 높다란 비석을 신기하게 바라보았다. 그중에는 내 이름인 재닛 프레임도 있었고, 생후 13개월에 죽었다고 되어 있었다.

뒷방은 곧 할아버지 방이 아니라 브러디 방으로 불리게 되었다. 그 방은 다른 집이나 도로에 면하지 않고 언덕과 솔밭 쪽으로 나서 커튼이 없었다. 그보다 가까운 방 바깥은 뒷마당과 수돗물이 새는 풀밭이었고 그 옆에는 소루쟁이 덤불이 있었다. 우리는 소루쟁이를 좋아했다. 가을이 되면 잎이 불타듯이 빨개지고 녹색 씨앗도 빨개져서 그걸로 가짜 차를 끓이는 놀이를 했기 때문이다. "여기 소루쟁이 씨앗 차 좀 드세요……."

할아버지의 죽음은 할머니의 죽음과는 달리 우리 일이라고 느껴지지 않았다. 그것은 어른들의 일이었다. 어른들이 격식차린 옷을 입고 미들마치와 센트럴 지역과 '우트람 시절의 로티하고 조지' 이야기를 하며 할아버지를 묘지에 묻는 동안, 우리 형제는 멀리서 바라보며 소문과 진실을 구별하려고 애썼다. 머틀은 할아버지가 관에서 달아나지 못하도록 관에 못을 박았다고 했다. 하지만 죽은 사람이 어떻게 달아나? 유령이 돼서 달아나지, 머틀이 말했다. 하지만 유령은 없어. 누가 그래? 성경에 나와. (우리는 규칙을 정하는 이들에게 적절한 권위를 주는 법을 습득해갔다. "성경에 나와"는 설득력 있는 근거였고, 일상적인 수준에서는 대개 "아빠가 그랬어"가 "엄마가 그랬어"를 이겼다.)

할아버지가 돌아가시고 그리 오래지 않은 어느 날, 우리는 밤에 집 안의 시끄러운 소리에 깨었다. 어머니가 소리쳤다. "브러디가 경기를 일으켜. 브러디가 경기를 일으켜." 나는 자매들과 함께 식당으로 달려갔다. 우리는 킹스 소파에 앉아서 엄마와 아빠가 브러디 방과 욕실을 왔다 갔다 하는 모습을 보았다. "경기야, 경기." 엄마가 '지진과 해일' 목소리로 말했다. 그리고 부모님 방 옷장 꼭대기에 (어설프게) 감춘 의학책을 가져와서 '경기' 부분을 찾아보며 아빠와 이야기했다. 아빠 역시 겁을 먹고 있었다.

그러는 사이 브러디가 깨어나서 흐느꼈다. 어머니가 소리쳤다. "목욕. 목욕을 시켜야 돼." 아빠가 우는 브러디를 욕실로 데리고 갔다. 우리 네 딸은 방으로 돌아가야 했고, 방에서 서로를 부둥켜안은 채 겁에 질려 속삭이며 오아마루의 밤 추위에 떨었다. 다음 날 아침에는 잠이 부족해서 눈이 따가웠고, 간밤에 브러디에게 큰일이 있었다는 새롭고 무서운 사실에 마음이 무거웠다.

우리의 인생은 돌변했다. 의사는 브러디가 간질이라며 대량의 브롬을 처방해주었고, 브러디는 이제 모두가 발작이라고 부르는 더 잦아진 경련으로 인해 더욱 큰 혼란과 두려움에 빠져서, 날마다 집에서 격렬한 분노와 발작을 일으키며 식구들을 공격하거나 닥치는 대로 물건을 집어 던지게 되었다. 이전까지 우리 가족 사이에는 아무리 좁아도 저마다 쉴 '장소'가 있었다.

하지만 이제 그런 장소는 아무 데도 없는 것 같았다. 비현실과 불신의 구름이 집을 채웠고 거기서 내리는 얼얼한 비는 진짜 눈물 성분으로 이루어져 있었다. 브러디는 약과 발작으로 정신을 차리지 못했다. 발작에서 깨어나 비몽사몽 상태로 울거나 곁에 있는 사람들이 이해할 수도 도와줄 수도 없게 날뛰었다. 그런데도 학교는 계속 다녔다. 고학년 남학생들의 괴롭힘이 시작되었고, 여학생들도 두려워서 그를 피해 다녔다. 우리는 브러디가 학교나 집 밖에서 쓰러졌을 때 대처하는 방법을 알았지만, 그래도 공포는 해결되지 않았다. 어머니는 브러디를 시설에 보내라는 의사의 충고를 격하게 거부한 채 직접 아들을 돌보았고, 그러는 사이 우리 딸들은 이따금 아빠의 도움을 받아가며 각자 알아서 자기 일을 챙겼다. 이제는 매일 아침 내 부스스한 머리를 빗겨주는 것도 우리 방 청소를 감독하는 것도 아빠였다. '굽도리널'을 청소하라는 아빠의 말을 듣고 나는 굽도리널이라는 새롭고 흥미로운 단어를 알게 되었다. 그 시절 알게 된 또 하나의 새 단어는 '징두리널'이었다. "징두리널 속에 생쥐 한 마리가 돌아다니네, 돌아다니네." 존 드링크워터가 쓴 시 〈달빛 비친 사과들〉의 한 구절이다.

집안에 병자가 생기고 치료법이 없다는 사실에 한 차례 공포와 혼돈이 지나간 뒤 멍하고 차분한 시기가 왔다. 아마도 그 구름에서 내린 비가 우리 뱃속으로 스며들었던 것 같다. 브러디는 결국 학교를 그만두었다. 어머니는 이제 온 하루를 그에게 바쳤다. 그 시절 누가 나를 관찰했다면, 날이면 날마다 언니에게 물려받은 체크무늬 치마를 입고 학교 운동장에 혼자 서서 몸을 움찔거리는 모습을 보았을 것이다. 치마는 너무 오래 입어서 거의 뻣뻣했다. 내 옷은 그것뿐이었다. 주근깨 얼굴, 부스스한 머리의 '불결한' 여자애, 여의사가 교무실 옆의 좁은 방에서 '불결하고 가난한' 아이들을 특별 검진할 때 나도 검진 대상으로 뽑혔다. 나는 무릎 뒤쪽과 팔뚝 안쪽에 땟자국이 있었고, 깨끗이 씻은 줄 알았던 나는 충격을 받았다.

이상한 일이지만 집안에 병자가 생긴 충격의 와중에 내가 가장 간절하게 소망했던 것은 다른 아이들이 중간중간 매듭이 묶인 금색 줄로 하는 멋진 줄넘기 놀이에 참여하는 것이었다. 어느 여학생의 물건이었는데, 평범한, 그리고 아직 털도 죽지 않은 새 빨랫줄이 어떻게 그런 힘을 발휘할 수 있었을까? 나는 날마다 오아마루 석벽 앞에 서서 아이들이 같이 놀자고 말하기를 기다렸다. "모두 함께 / 이 좋은 날에" 또는 "남색 옷의 두 소녀는 / 이런 일을 해야 하느니 / 왕께 인사 / 여왕께 인사……." 하지만 그것보다는 〈모두 함께〉가 더 좋았다. 〈모두 함께〉를 할 때는 누가 뽑히고 안 뽑히고를 걱정할 필요가 없이 모두 함께했기 때문에, 나와 다른 소심한 아이 한 명도 중간에 조용히 놀이에 낄 수 있었다. 하지만 대개 줄넘기 놀이 참가자는 권력자에 의해 신중하게 선택되었다. "농부는 아내를 원해, 아내는 아이를 원해, 아이는 장난감을 원해……."

'불결한' 아이로 꼽힌 아이가 한 명 더 있었다. 노라 본이었다. 나는 그 아이를 깔보았다. 그 아이도 나처럼 줄넘기에 좀처럼 끼지 못했지만 줄넘기가 너무 하고 싶어서 '붙박이 술래'를 자청했다. 그것은 계속 줄을 돌릴 뿐 줄넘기에는 참여하지 못한다는 뜻이었다. 아이는 '붙박이 술래'로 불리게 되었다. 그런 아이는 학교 전체에 두세 명뿐이었고 모두에게 무시당했다. 노라

본, 붙박이 술래. 그보다 더 치욕적인 역할은 없었다. 나는 아무리 줄넘기가 하고 싶어도 붙박이 술래를 자청하지는 않았다.

그렇게 브러디는 아픈 아이가 되었다. 세상은 아침, 정오, 밤과 함께 휩쓸려 갔고, 대공황은 오아마루의 도로와 집들을 서성거리며 많은 이들에게 '해고'와 '실업 수당'을, 우리 아버지에게는 임금 삭감을 안겨주었다. 아버지의 공포는 '해고'되고 '파산'하는 것이었고, 그 공포는 우리에게 전달되었다. 치료비 청구서가 날아들기 시작하면서 아빠는 식탁 앞에 앉아서 두 손으로 머리를 감싸 쥐고 말했다. "여보, 나는 파산할 거야. 미쳐서 자살해버릴지도 몰라. 바다에 몸을 던질 거야." 그러면 엄마가 재빨리 대답했다. "그런 말 하지 마, 여보. 하느님이 우리를 도우실 거야." "그러면 지금 당장 도와달라고 해." 아빠는 그렇게 말했다. 아빠는 하느님과 종교에 대해 불경했다. 그런 것은 아빠에게 미신과 주술에 지나지 않았다. 그러면 어머니는 녹음된 음반처럼 같은 말을 반복했다. "들판의 백합을 봐…… 내일을 걱정하지 않고."

침묵 속에 깊은 생각을 하는 새로운 버릇이 내 인생에 생겼고, 나는 그것을 주로 오후의 묵독 시간에 했다. 묵독이라는 수업 이름 자체가 이상하다고 생각되었고, 그 침묵 속에는 내면의 소음이 들끓어서 나는 휘트콤 읽기 책에 흥미를 느끼기가 어려웠다. 우리는 피노키오를 읽었다. 나는 말도 안 되는 이야기라고 생각했다. 돈키호테는 멍청이라고 생각했다. 그런 지루한 오후에 나는 우두커니 앉아서 내가 무얼 생각하는지도 모르는 상태로 온갖 생각에 잠겨서, 하얀 분필 가루가 창가의 빛줄기 속을 떠다니는 걸 바라보았다. 예전에는 그걸 햇살이라고 생각했다.

그러던 어느 날 학교에서 《자치령 노래책》에 나오는 노래를 하다가—나는 그 시간을 좋아했다—잊을 수 없는 노래를 배웠다. "바닷가에서 슬픔에 신음하는 파도를 위로하듯 / 나는 사로잡힌 친구들과 쓰러진 전사들을 애도하노라……." 마오리어로도 불렀다. "에 파레 라……." 그리고 노래하는 동안 나는 불현듯 내가 울고 있다는 걸 알았고, 무서운 일이 일어났음을 느꼈다. 하지만 그게 무언지는 알 수 없었다. 그 느낌은 노래 안에도 있었지만 바깥에서도 나와 함께 있었다. 학교를 마친 뒤 나는 헌트 상점 모퉁이에서 몇몇 남자 선배들까지 제치면서 집으로 달려왔고, 대문에 다다랐을 때 숨을 헐떡였다. 모퉁이를 돌아 뒷마당으로 들어서니, 머틀이 서 있었다. "올드 캣이 죽었어." 머틀이 말했다.

우리는 올드 캣을 정원에 묻었다. 털이 북슬북슬한 검은 고양이였는데, 나이가 들면서 털이 불에 그을린 듯 갈색으로 바뀌었다. 오아마루에 온 뒤로 고양이들이 불쑥불쑥 나타나서 우리 집에서 살기 시작했고, 세탁실 안 빨래솥 근처가 녀석들의 특별 장소가 되었다. 고양이를 집 안에 들이는 것은 허락되지 않았지만 아빠가 출근하면 우리는 가끔 녀석들을 집 안에 데리고 들어왔고, 녀석들이 태어나고 죽는 것을 늘 가까이에서 지켜보았다. 그때는 각자의 동물이 따로 없었다. 머틀의 올드 캣은 우리 모두의 고양이였고, 다른 동물이 올드 캣의 자리를 차지한다는 것은 생각할 수도 없었다.

"에 파레 라"를 부르던 슬픈 오후는 내 기억에 영원히 박혔다. 전선줄에 불던 바람 소리를 들은 일과 내 장소를 찾은 일저럼. 나는 우리가 "사로잡힌 친구들과 쓰러진 전사들"을 노래하는 게 이상했지만, 파도가 "바닷가에서 슬픔에 신음하는" 외로운 해변과 노래 속에 나오는 바닷가 사람들—전사들 그리고 와이파파나 포트로즈에 사는 머틀과 브러디와 나라고 할 다른 사람들—을 상상할 수 있었다. 동시에 꼬집어 말할 수 없는 두려움과 불행도 느껴졌지만 그것은 이 노래와 별 관련이 없었다. 그런 한편 나는 갈색 교실에 앉아서, 너무 높아서 아침마다 반장들이 밧줄과 지렛대와 갈고리 장대로 힘들게 여는 창문으로 비스듬하게 들어오는 빛 속의 먼지들을 바라보았다. 학교 창문은 다 그랬다. 여닫는 일이 언제나 전쟁이었다. 머틀이 "올드 캣이 죽었어" 하고 말했을 때 나는 이미 알고 있었다. 하지만 그것은 올드 캣이면서 또 다른 것이기도 했다.

2주일 정도 지난 뒤 머틀은 학교에서 집으로 오는 길에 스패니얼을 데리고 왔다. 개가 머틀을 따라온 것이다. 래시는 볼품없는 암캐였다. 뚱뚱하고 젖이 늘어져 있었다. 하지만 '암캐'라는 말은 우리에게 금지된 말이었다. 아빠가 안 된다고 하며 내다 버리라고 했지만, 엄마도 촌충을 걱정했지만, 우리는 래시를 집에 두었고 그다음 주에 래시가 낳은 강아지들 가운데 두 마리도 키웠다. 나머지는 설탕 자루에 돌과 함께 넣어서 시내에 빠뜨렸다. 세월이 흐르면서 시내는 우리 집뿐 아니라 이웃들이 내다 버린 수많은 개와 고양이의 영면 장소가 되었고, 이따금 자루가 썩으면 해골 이빨을 으르렁거리는 젖은 고양이 형체가 물 위로 떠올랐다.

파피

어느 날 나는 파피라는 친구가 생겼다. 진짜 이름은 마저리였다. 파피는 늘어진 갈색 머리였고, 못생긴 얼굴에 입이 크고 빨갰으며, 살갗에는 아버지에게 공업용 벨트로 채찍질을 당한 상처가 나 있었다. 파피의 모든 말과 행동이 내게는 새로웠다. 심지어 말하는 방식, 쓰는 단어, 생각과 놀이도 신기했다. 나는 그 애가 말하는 민담도 민담이 아니라 사람들 사이에 떠도는 실제 이야기로 알았다. 파피는 내게 송엽국을 짜서 그 즙을 바르면 사마귀가 없어진다는 걸 알려주었다. 우리는 자주색 꽃의 송엽국이 가득한 글렌 로 흙둑에 앉아서 엉덩이를 쑤시는 송엽국 줄기에 몸을 비틀며 그 줄기를 짜서 사마귀에 뿌렸는데, 그랬더니 기적처럼 며칠 만에 사마귀가 사라졌다. 파피가 토끼풀이라고 부른 풀—나중에 괭이밥이라는 걸 알게 되었다—의 줄기를 빨면 신맛이 난다는 걸 알게 되었고, 우리는 함께 앉아서 그 새콤한 줄기를 빨았다. 파피는 빈카 꽃에서 꿀을 빨아먹는 법, 산사나무의 달콤하고 가루 많은 열매를 먹는 법도 일러주었다. 파피는 우리가 학교에 갈 때 가로등을 사이에 두고 걸으면, 서로 '삐쳐서' 말도 할 수 없고 그걸 풀려면 새끼손가락을 걸어야 한다고 했다. 새끼손가락을 거는 동작은 둘이서 동시에 같은 말을 했을 때도 해야 했다.

이런 새로운 행동들은 재미있었다. 파피는 꽃을 '채집'하는 법도 일러주었다. 울타리에서 도로 위로 뻗어 나온 꽃은 '채집'해도 좋고, 우리 것이고, 도둑질이 아니라고 했다. 그것은 '빕적으로' 우리 것이기 때문이었다. 우리는 날마다 등하굣길에 꽃을 한 아름씩 안고 왔고, 파피는 그 꽃들 이름을 다 알고 내 게 가르쳐주었다. 마침 학교에서 풀과 잡초를 배우고 있었기 에, 파피와 나는 그 멋진 새로운 이름들에 취했다. 냉이, 명아 주, 솜방망이(너무나 재미있는 이름!), 이런 것들에는 얼룩 애 벌레들이 살았다. 우리가 가장 좋아한 건 나중에 '큰멋쟁이나 비'가 되는 털북숭이 애벌레였다.

방과 후 나는 파피네 집 세탁실에서 학교 놀이를 했다. 우리 는 파피의 아버지가 마신 빈 맥주병을 가지런히 늘어놓고 숨 들이쉬고 내쉬기, 가슴 들고 맨 땅에서 헤엄치기, 팔 굽혀 펴 기, 무릎 높이 들고 제자리 뛰기를 시켰다. 우리는 맥주병에게 탁자를 하나씩 주고 구름 이름 말하기와 그리기를 시켰다. 그 리고 우리가 그 이름을 낭송했다. 권운, 난운, 층운, 적운……. 우리는 맥주병에게 산맥과 산도 가르쳤다. 리무타카, 타라루 아, 루아히네, 카이마나와……. 그리고 채찍질하며 소리도 쳤 다. "정신을 어디 두었니. 앞으로 나와라." 맥주병들은 북서부 를 바라보는 벤치에 줄지어 놓였고, 더러운 창문으로 들어온 저무는 햇살에 금빛으로 반짝였다. 어쩌다 병이 깨지면 우리는 유리 조각을 들고 그 너머로 황금빛 세상을 바라보았다.

내가 보기에 파피는 모르는 게 없는 것 같았다. 파피는 모든 것의 이름을 알았고, 흔히 쓰이지 않는 물건의 쓰임도 알았다. 파피도 자신만의 '장소'가 있어서 모에라키의 친척 집에 가면 그곳에 간다고 했다. 파피가 어떤 말을 하면 그것 자체를 아예 파피가 가진 것 같았다. 숙모들이 센트럴 지역, 미들마치, 인치 클러서를 말하는 것과 같았다.

　그러던 어느 날, 파피가 자기 집 세탁실 헌 술통의 보물들 가운데 특별한 책이 한 권 있는데 빌려 읽겠느냐고 물었다. "《그림 동화》라는 책이야." 파피가 말했다. 나는 그런 책은 처음 들었지만 빌려 읽겠다고 했다. 그리고 그날 밤 침대에 앉아 《그림 동화》를 처음 읽었는데, 갑자기 실제 세상과 책 속의 세상이 전에는 모르던 방식으로 연결되었다. "이 이야기 좀 들어봐." 나는 머틀과 도츠와 칙스에게 말했다. 나는 그들에게 〈춤추는 열두 공주〉를 읽어주었고, 이야기가 흐르는 동안 읽는 나도 듣는 이들도 모두 '우리'가 그 멋진 춤추는 공주들이라는 걸 알았다. 열두 명이 아니라 네 명이지만. 책을 읽으면서 나는 우리 방 구석의 벽장을 떠올렸다. 우리는 그곳을 통해서 지하 세계로, 과수원으로 사라질 수 있었다. 협곡 옆에 있는 '우리' 과수원, 가지가 부러지면 나무들이 꺄악 소리를 지르는 은 나무와 금 나무의 과수원으로. 결국 그 늙은 군인과 결혼한 것은 머틀이었다. 그 사람은 아마 빈센트를 닮았을 것이다. 스물두 살이지만 우리가 볼 때는 늙은 할아버지인 빈센트는 머틀에게 홀딱 빠졌다. 윈덤 워커스로 휴가를 갔을 때 머틀은 채 열두 살도 되지 않았다.

　그리고 구두들은 아침마다 갈라져서 춤을 추었다. 우리는 그것을 잘 알았다. 우리 구두도 밑창이 갑피와 떨어져 덜그럭거렸고, 아빠가 조심스레 가죽을 재단하고, 입에 압정을 물고 구두골 위로 몸을 굽혀 우리 구두의 앞창과 굽을 대며, 이야기 속 왕처럼 나무랐다. "도대체 어디를 싸돌아 다녔기에 앞코가 다 벗겨지고 굽이 다 닳아버린 거냐?" 정말 어디를 돌아다닌 걸까?

그것은 정말로 멋진 이야기였다. 은 사과와 금 사과가 열리는 과수원, 말하고 노래하고 소리 지르는 나뭇가지, 지하 세계의 바다와 강들, 어두운 동굴 속의 첨벙첨벙 소리, 그런 뒤 갑자기 나타나는 불빛 환한 궁전과 무도회장.

모든 이야기가 비슷하게 재미있고 짜릿했다. 〈푸른빛〉, 〈노간주나무〉, 학교 읽기 책에서 이미 읽고 좋아한 것들. 그리고 〈헨젤과 그레텔〉, 〈백설공주〉, 어머니, 아버지, 언니, 오빠, 숙모, 숙부의 그 모든 이야기. 우리하고 비슷한 사람은 하나도 없었다. 그것들은 특별한 재주, 기적, 변신, 잔혹함, 희망과 기대에 찬 기나긴 방랑과 탐색의 이야기였기 때문이다. 《그림 동화》는 특별한 시선으로 바라본 모든 사람의 이야기, 평범한 관찰 법칙에 새로운 것을 더한 이야기였다. 이야기에서는 곤충과 동물도 말을 했다. 나는 전부터 그렇게 생각했다. 양이 나를 보면 녀석이 나에게 말을 건넨다는 것을 알았다. 끈끈이를 탈출한 파리가 내 부스스한 머리에 걸려 귓가에 붕붕 소리를 울리면, 녀석이 겁에 질려 소리치고 있는 게 분명했다.

파피의 《그림 동화》는 내게 소중한 책이 되어서, 나는 그 책을 돌려주었다가 다시 빌리기를 여러 번 했다.

파피는 밥과 테드라는 오빠가 둘 있었고, 곧 결혼할 언니 플로리가 있었다. 학교를 그만두고 돈을 벌기 시작한 밥은 자전거를 타고 병원 언덕을 내려가다 이마를 다쳐서 이마에 검은 헝겊을 댄, 약간 거리감이 느껴지는 소년이었다. 소문에 따르면 그 헝겊을 떼면 죽는다고 했다. 플로리의 결혼이 다가오면서 우리는 결혼식에 대해, 결혼하면 무슨 일이 일어나는지에 대해서도 많은 이야기를 했는데, 우리 질문에 대한 부모님의 대답은 그리 신통치 않았다.

"결혼하면 뭘 해요, 엄마?"

"네 아버지하고 나는 빗자루를 넘어갔단다."

"아기는 어디서 와요?"

"황새가 데려다준단다."

이런 대답은 우리가 무얼 하느냐고 물었을 때 "넌 몰라도 돼" 하고 말하는 것처럼 아무 의미도 없고 호기심만 부추겼다. 다행히도 파피는 내가 궁금한 모든 것을 알았다.

"빠구리를 치는 거야." 파피가 말했다.

"빠구리?"

"남자가 여자 위에 올라가서 자기 거시기를 여자 몸속에 넣어." 파피는 내게 빠구리와 프렌치―여자가 임신을 하지 못하게 남자가 자기 물건 위에 씌우는 것―를 설명해주었다. 여자한테는 구멍이 있고, 남자는 정액이 '터진다'고. 그리고 여자가 원치 않는 아기를 임신하면 진을 마셔서 없앤다고. 파피는 내게 노래를 하나 가르쳐주었다.

파운드 실링 펜스
남자가 울타리를 넘다가
여자 위로 떨어졌더니
아기가 나왔네.
파운드 실링 펜스.

파피는 메이 웨스트* 이야기도 여럿 알았다. 사람들은 모두 메이 웨스트 이야기를 했고, 우리는 학교 묵독 시간에 '휘트콤앤

드툼스'**를 '팃, 컴, 앤드 움'***으로 바꿔 말하며 키득거렸다.

플로리가 결혼했다. 우리는 플로리와 새 신랑에게 깡통을 달아주었고, 탄산 음료수와 케이크를 잔뜩 먹었다. 며칠 뒤에 머틀과 나와 테드와 파피는 두 번째 농원으로 갔다. 그곳은 시청에서 벌목을 시작해 나무들이 쓰러져 있었는데, 그 나뭇가지와 솔잎들 틈에서 머틀과 테드가 '그 짓'을 하려는 것을 우리는 흥미롭게 바라보았다. 테드는 머틀 위에 올라가 몸을 아래위로 움직였다.

나는 이 새로운 경험이 아주 즐거웠고, 언제나처럼 그날의 사건을 알리고 싶은 마음에 저녁 식사 때 가볍게 말했다. "머틀하고 테드가 아까 농원에서 그걸 했어요."

"뭘?" 아빠가 물었다.

"뭐긴요, 빠구리죠." 나는 내가 무슨 흥미로운 말을 했다는 생각도 없었다. 그저 그날의 일을 전달한다고 생각했다.

식탁에는 공포가 번개처럼 내리꽂혔고, 아빠는 주먹으로 식탁을 탕 내리쳐서 찻잔을 (그리고 우리를) 펄쩍 뛰게 하고 말했다. "앞으로 파피건 테드건 그 집안 사람하고 한마디라도 하면 가만 안 둘 테다. 그리고 너." 아빠는 머틀을 보았다. "안방으로 들어와."

"여보, 허리띠 어디 있어?" 우리를 때린 적 없고, 아빠가 허리띠를 찾으면 늘 겁을 먹는 엄마가 사정했다. "여보, 때리면 안 돼."

---

*1930년대에 관능적인 이미지로 인기를 끈 할리우드 여배우.
**뉴질랜드의 대형 서점 체인. 지금은 '휘트컬스'로 바뀌었다.
***각각 젖꼭지, 사정, 자궁이란 뜻이다.

하지만 문제가 너무 심각했다. 아빠는 허리띠로 머틀을 때렸고, '고자질'을 하게 된 나는 겁에 질려 오빠하고 동생들과 함께 바깥에 있는 정자로 도망쳤다. 내가 전한 간단한 소식에 엄마와 아빠가 그렇게 돌변한 이유를 알 수 없었다. 나는 그게 축하할 일인 줄 알았다. 정말로 모두가 재미있어할 거라고 생각했다.

머틀이 방에서 울고불고 하는 동안, 아빠는 사람을 보내 의사를 불렀다. 머틀은 겨우 열두 살인데 벌써 달거리를 했고, 그 시절에 그것은 아주 빠른 편이었기 때문이다. 엄마는 그 사실을 어느 날 아침 재봉틀 옆에 서서 재난을 전하는 목소리로 말했다. "머틀이 터졌어. 머틀이 그게 터졌어." 나는 어리둥절했지만, 나중에 그게 '정액'이 아니라 '달거리'를 말한다는 걸 알았다.

집에 온 의사가 방에 들어가 머틀을 검진했다. 머틀의 울음소리가 들렸다. 아빠의 분노와 공포는 잊을 수 없을 만큼 강렬했다. 의사가 아빠에게 말했다. "겁에 질려 덜덜 떨고 있어요."

브러디가 병에 걸린 날처럼 그날 밤도 우리 인생을 변화시켰다.

다음 날 아침 나는 파피를 보고 말했다. "나 이제 너하고 놀아도 안 되고 말해도 안 돼."

파피 역시 심각하게 말했다. "나도 너네하고 말하면 안 돼." 파피 역시 그걸 비밀로 해야 한다는 걸 모르고 '알린' 것이다.

부모님의 경고가 너무도 강력했고, 말을 듣지 않으면 가만있지 않겠다는 위협이 너무도 무시무시해서 파피하고 나는 영영 헤어졌고, 대화도 그 몇 년 뒤에 지나가는 밀 몇 마디를 나

눈 게 전부였다. 나는 파피에게 《그림 동화》를 돌려주었고 책
은 돌려주어도 많은 이야기가 내 머릿속에 있다는 데에, 춤추
는 열두 공주는 우리 집에 영원히 자리를 잡았다는 데에 안심
했다. 그들과 푸른빛과 노간주나무는. 그리고 크리스마스 개암
열매를 보면, 그 안에 내가 입을 수 있을 만큼 커지는 금은 드
레스가 아직도 거기 꼭꼭 접혀 있을 것 같았다. "개암나무야 나
에게 / 금과 은을 떨구어주렴." 그리고 풀이 다른 데보다 더 푸
른 마당 수돗가 아래에서 놀며 소루쟁이 씨앗 차를 마실 때면
풀을 뜯는 작은 염소에게 내가 말하는 것이 상상되었다. "매애
염소야 매애 / 이리 와서 먹으렴." 그리고 푸짐한 식사가 끝나
면 "매애 염소야 매애 / 이제 그만 가렴" 하고 명령하는 것이.

　나는 학교에서 다시 혼자였다. 줄넘기 유행도 지나갔고, 구
슬치기의 인기도 사그라들었다. 사방치기가 인기를 끌면서 나
는 동그랗고 매끈한 '사방치기용' 돌을 찾으며 시간을 보냈고,
밤이면 자리에 누워서 어디선가 내가 발견해주기를 기다리는
돌멩이를 생각했다. 그리고 마당길에서 도츠와 칙스하고 사방
치기를 하다가, 이따금 꽃단장을 한 채 높은 구두를 신고 지나
가는 젊은 여자들을 보면 소리쳤다. "분을 더 발라요, 분을 더
발라!"

　머틀하고 나는 더 가까워졌다. 그해 머틀은 학교에서 능력
시험을 앞두고 있었고, 집에서는 머틀이 시험에 붙을지에 대
한 이야기가 많았다. 아빠는 머틀에게 시험에 붙지 못하면 방
직 공장에 가서 일을 해야 한다고, 그리고 어차피 고등학교에
보낼 돈은 없으니 결국은 거기 가야 할 거라고 말했다. 물론 그
전에 캐버셤의 산업학교에 가지 않는다면.

그다음으로 우리 가족에게 닥친 충격의 물결은 페더 부인의 식료품 상점에서 100파운드에 이르는 청구서를 받은 일이었다. 우리는 그만한 돈을 갚을 재간이 없었다. 나는 그 금액의 크기에 자부심을 느끼고 학교에서 친구들에게 말했다. "우리 집은 파산할 거야. 100파운드 청구서를 받았어." 이번에도 나는 청구서 이야기를 하면 안 된다는 걸 몰랐다. 그사이에 나는 나만의 쇼핑 방법을 고안해냈다. 등굣길에 있는 상점들에 하나하나 들어가서 상점 뒤쪽으로 가지러 가야 하는 물건을 요청하고, 점원이 그걸 가지러 간 사이에 판매대에 있는 물건을 재빨리 겨드랑이에 챙겨 넣고 팔을 찰싹 붙인 뒤 점원이 돌아오면 아무래도 어머니가 마음에 안 들어할 것 같다고 천연덕스럽게 말했다. 내가 주로 훔친 것은 사과나 배 또는 막대사탕이었다. 어느 날 나는 대담하게도 같은 상점에서 같은 수법을 두 번 시도했고, 내가 두 번째 도둑질을 하려고 들어가자 상점 여자가 물었다. "오늘 아침에 네가 우리 가게 물건에 손댔니?" 나는 깜짝 놀라 "아뇨!"라고 대답했고 여자는 "네가 가게 물건에 손을 대면 경찰을 부를 테다" 하고 말했다. 나는 다시는 그 상점에 가지 않았고, 그 뒤로는 상점 물건을 훔치는 짓도 그만두었지만, 페더 부인의 가게에서 '예쁜이 과자'를 외상으로 사기 시작했다. 그리고 그걸 산울타리에 숨겨놓고 초콜릿 비스킷 생각이 나면 가서 먹었지만, 어느 습기 찬 날 아침 종이봉투 속 젖은 비스킷에 집게벌레들이 기어 다니는 걸 보고 숨기는 곳을 바꾸었다.

때로 나는 파피가 학교에 가는 것을 보았다. 우리는 부끄러움과 머쓱함 속에 눈길을 주고받고 길을 건넜다. 우리 둘 다 어른들 말을 거역하는 것보다 그 말을 따르는 게 덜 힘들다는 걸 알았고 결별을 순순히 받아들였다. 우리는 더 이상 친구가 아니었다.

이제 나는 날마다 멋진 놀이와 이야기와 소문을 함께 나누고 꽃을 채집하는 대신, 훔친 초콜릿 비스킷의 구겨진 은박 종이를 모아 매끈하게 편 다음 납작한 노란색 담배통에 눌러 담고 가끔 통을 열어 반짝이는 은박지의 색깔을 감상했다.

불행히도 가계 재정에 대한 내 '장난질'은 월말에 들통이 났다. 나는 벌을 받았다. 나는 은박지를 포기했고, 그걸로 영화를 만들고 목장을 사고 생강나무 덤불과 장미 아치 사이에 '바 X'라는 소를 키우겠다는 꿈을 포기했다. 그러던 어느 날 나는 정말로 초콜릿과 예쁜이 과자를 사러 심부름을 가게 되었다. 매기 고모가 오기로 했기 때문이다.

오케이 퍼머넌트 웨이브

매기 고모는 아빠의 누나로 후두암을 앓았다. 고모는 목구멍이 점점 막혀갔고 다 막히면 돌아가신다고 했다. 또 매기 고모는(엄마하고 아빠는 매그라고 불렀다) 뜨개질과 수예를 잘한다고 했고, 우리는 고모가 와서 지내는 동안 예의를 지켜야 하며 고모가 힘들게 음식을 먹는 모습을 뚫어지게 보면 안 된다고 했다. 우리는 식탁에서 고모가 점점 더 많은 식사를 남기는 모습이 놀랍고 두려웠다. 고모는 엄마에게 미안한 눈길을 던졌다. "미안해, 올케. 다 못 먹겠어."

우리는 고모가 뜨개질하는 모습도 보았다. 그것은 이 세상을 뜨개질을 할 줄 아는 사람과 모르는 사람으로 나누는 놀라운 솜씨였다. 나는 엄마가 집 울타리 앞에 서서 월시 부인한테 이야기하는 걸 들었다. "시누이 매그가 함께 살고 있어요. 뜨개질을 잘해요." 바느질과 뜨개질에 관심이 없는 엄마는 솜씨 좋은 시누이들과 경쟁하려 하지 않고, 종교 생활과 노래 만들기, 시 쓰기, 정부 정책에 대한 신문 투고를 계속해나갔다. 어머니는 이제 아코디언을 연주하지 않았고, 아빠의 백파이프와 백파이프 악보 책은 벽장 속에서 세월을 보냈으며, 저녁나절의 노래 시간도 사라졌다. 한번은 아빠가 전에 그리던 유화를 꺼내서 담배 카드의 사냥 장면을 베껴 그렸지만, 마치지 못하고 치워두어서 개 한 마리는 영원히 눈동자를 얻지 못했다. 나는 이해가 되지 않았다. 점 두 개를 찍어 개에게 시력을 주는 건 너무도 쉬운 일 같았다. 지금 돌아보면 아빠가 개에게 시력을 주지 않은 또는 주지 못한 것은 자신의 절망의 크기를 보여주는 동시에 모든 것의 불완전함을 인식하는 행동이었던 것 같다. 우리 형제가 그림을 완성하라거나 예전처럼 저녁에 백파이프를 불어달라고 조르면 아빠는 "더 이상 그럴 힘이 없다"고 말했다.

매기 고모가 우리 집에 왔을 때 고모 자신은 죽음을 앞두고 있었지만, 고모가 가져온 바깥세상 소식, 영화 이야기, 새로운 단어는 우리 집에 새로운 생기를 불러일으켰다. 대공황은 어딜 가나 뉴스였다. 하지만 더 흥미로운 것은 '퍼머넌트 웨이브'였다. 전에 워커 부인—윈덤 시절의 이웃으로, 고어로 이사한 뒤에도 계속 연락을 주고받는—이 어머니에게 편지를 써서 자신이 퍼머넌트 웨이브를 했다고 말했고, 어머니는 워커 부인이 그렇게 '부자연스러운' 것에 굴복했다는 데 경악한 적이 있었다. 그런데 이제 매기 고모가 퍼머넌트 웨이브를 한 번이 아니라 두 번도 하는 사람들의 이야기를 아무렇지도 않게 했다. 나는 퍼머넌트라는 말이 '영구적'이라는 뜻인 걸 알았다. 그래서 퍼머넌트 웨이브는 정말로 영구적인 곱슬머리라고 생각했고, 말이 진실을 담고 있지 않다는 데 충격을 받았다. '영구적'인 게 무덤 앞 유리병 속의 뻣뻣하게 마른 꽃처럼 '영원한' 거라면, 어떻게 퍼머넌트 웨이브가 풀릴 수 있다는 말인가? 나는 보팅 선생님이 나를 초등학교 교단에 세워놓고 질문한 뒤로 계속 '진실'에 집착했다. "진실을 말하렴. 왜 진실을 말하지 않니?" 그런 뒤 물론 진실을 밝힌 결과가 거짓말을 한 것과 마찬가지로 참담하다는 걸 알게 되었다. 그리고 이제는 아무도 '퍼머넌트 웨이브'가 '진실'이 아니라는 데 신경을 쓰지 않는 것 같았다.

매기 고모는 날마다 조용히 앉아 뜨개질을 하거나 크룰—나는 그게 '잔인하다(cruel)'는 뜻인 줄 알았다—바늘과 클락스 실로 수를 놓다가 이따금 실을 들어 햇빛 속에서 가닥을 셌다. 고모와 엄마는 우트람 시절과 영국 왕세자 부부의 방문 사건을 이야기하며 웃었다. 그리고 어느 날 저녁 엄마와 고모는 영화관에 갔다. 그건 우리 어머니의 유일한 영화관 나들이였다. 두 분은 〈물에 뜬 앨프의 단추〉와 〈빈의 밤〉을 보았고, 엄마는 두 눈에 내가 처음 보는 생기를 담고 노래를 불렀다. (엄마는 아직도 일할 때 노래를 했다.)

당신이 떠난 뒤
세월이 흘러도,
당신은 빈을 기억할 거야
5월의 저녁들을
기억할 거야.
애인들은 어디론가
떠나버렸어……
그들이 어디서 오고
어디로 가는지
빈은 알려주지 않지…….

노래가 전부 그렇듯이 그 노래도 슬펐고, 엄마와 매기 고모는
향수에 젖어 서로를 보았다. 그러다 엄마가 "아, 매그! 생각해
봐요" 하면 매기 고모는 고개를 끄덕였다. 그리고 아빠가 집에
있었다면 아빠도 대담하게 《해피 매그》는 어디 있지?" 하고
말했을 것이다. 《해피 매그》는 아빠와 엄마가 좋아한 유머 잡
지다. 처음 매기 고모를 만났을 때 우리는 고모가 《해피 매그》
표지 모델하고 관계가 있는 줄 알았다.

그러던 어느 날 학교에서 돌아오니 매기 고모가 집에 없었
다. 고모는 병원에 갔고 거기서 죽었다. 고모는 할머니 할아버
지와 함께 가족 무덤에 묻혔다. 성격이 뻣뻣하고, 프레임 가를
싫어하는 앨릭스 고모부는 고모의 무덤에 영원한 꽃이 담긴 유
리병을 놓고 "이제 프레임 가하고는 완전히 끝이야!" 하고 말했
다고 한다.

최근에 돌아가신 외할아버지—우리는 이분을 진히 몰랐

다—를 비롯해서 모든 죽음을 지켜본 어머니는 성경 말씀을 거듭 말했다. "하느님께서 모든 눈물을 씻어주실 것이다. 이제는 죽음이 없고 슬픔도 울부짖음도 고통도 없을 것이다. 이전 것들이 다 사라져버렸기 때문이다." 그러자 퍼머넌트라는 말이 자신을 오용한 사람들에게 나름의 복수를 했다. 성경은 어떤 것도 영원하지 않다고, 모든 것은 왔다가 간다고 말했기 때문이다. 계절도 동물도(올드 캣), 사람도(할머니, 두 분 할아버지, 매기 고모). 그리고 파피도.

매기 고모가 함께 살던 시기는 "오케이, 대장"이라는 말이 유행하던 시기이기도 했다. 우리 형제는 그 말을 금지당했지만, 아빠가 출근하고 없으면 쉴 새 없이 어머니를 쫓아다니며 "오케이, 대장, 오케이, 대장" 했다. 맏이로서 벌써 어른 같은 데다 반항적인 성격의 머틀은 대놓고 명령을 거부해서 아빠한테도 대놓고 "오케이, 대장" 했다. '대놓고' 하는 게 문제인 것 같았다. 아빠가 그 말을 몇 차례 반복해서 말하더니 머틀을 방으로 들여보내고 문을 잠갔기 때문이다. "맞아야 정신을 차리지." 아빠가 말했다. 두 사람은 이제 앙숙이 되었다.

"오케이, 대장"은 껌을 씹으면서 하는 게 최고였다. 껌을 입 앞으로 밀어내 쫙 늘리면서 이 말을 하면 어른들은 그 버릇없는 언어와 태도에 경악했다. 머틀과 아빠가 머틀 인생의 새로운 단계—바지를 입겠다(안 된다), 립스틱을 바르겠다(안 된다), 댄스파티에 가겠다, 금요일 밤에 시내에 나가겠다—마다 싸움을 벌일 때, 껌을 씹으며 내뱉던 "오케이, 대장", 그 결정적인 신성 모독의 언어는 아이러니컬하게도 매기 고모가 함께 살던 시절의 일부로 기억된다. 목구멍이 점점 좁아져서 먹는 것과 말하기를 힘들어하다가 죽은 매기 고모.

침을 마구 튀기는 껌 씹기와 유쾌한 "오케이, 대장!"이여, 만세! 이 모든 일에도 불구하고 새로운 충만함 속에 우리 인생은 계속되었다.

잠의 왕자

학교를 일찍 그만둔 여학생들은 대부분 '노스 로 너머'에 있는 방직 공장으로 갔다. 우리는 아침에 여공들이 자전거를 타고 출근하는 모습을 보았고, 여덟 시와 점심시간과 오후에 공장의 호각 소리를 들었다. 오아마루 시계탑과, 끊임없이 포효하는 앞바다와 함께 흰 석조 도시 오아마루의 나른한 공기를 깨우는 몇 안 되는 소리였다. 꼬불꼬불한 언덕길을 올라 미화협회에서 설치한 나무 의자에 앉아 전망을 내려다보면 멀리 방직 공장의 커다란 굴뚝들이 보였다. 우리의 미래가 거기서 일하거나 캐버섬의 산업학교에 갇히는 것—그것은 파도처럼 머틀에게 먼저 닥치고 이어 내게도 닥칠 것이다—이라 해도, 우리가 온갖 난데없는 야심을 품는 것을 막을 수는 없었다.

우리가 식료품점에 진 큰 빚을 갚지 못하고 있는데도 페더 부인은 우리 형제 모두에게 매주 3펜스씩을 주어서 토요일 오후에 영화관에 가게 했다. 그래서 매주 '영화관에 다니다'보니, 완전히 새로운 세계의 새로운 온갖 꿈이 우리 앞에 제시되었다. 금발이 진저 로저스하고 비슷한 머틀은 무용수나 영화배우 또는 둘 다가 되고 싶어 했고, 그 준비를 위해 볼로트 교수의 댄스 교습 안내서를 신청했다. 그 책에는 교습비에 대한 상세한 설명과 볼로트 교수의 커다란 사진이 실려 있었다. 그는 검은 머리에 콧수염을 기르고 아래통이 넓은 검은색 스페인식 바지를 입고 스페인 춤을 추고 있었다. 나는 복화술에 대한 '공짜' 책을 읽으며 비슷한 희망과 좌절을 느꼈다. 우리는 안내서 신청을 그만두었다. 물론 몇 년 뒤에 내가 《우주의 비밀》을 보내달라고 미국 캘리포니아의 장미십자회 서기에게 편지를 보낸 일은 있었다. 오페라 하우스에서 맹인 어린이 바이올리니스트가 공연을 한 뒤로 맹인 바이올리니스트가 되고 싶기도 했지만, 나는 곱슬머리에 보조개가 있으니 셜리 템플 같은 아역배우가 되는 게 더 현실적인 것 같았다.

머틀이 배우가 되고 싶어 하는 덴 이유가 있었다. 학교 연극에서 잔다르크 역을 맡아 은박지로 만든 갑옷을 입고 연기한 적이 있었기 때문이다. 〈미카도〉에도 나왔고, 〈피나포어 호〉에서는 대위 역이었다. 더니든의 4XD 라디오에 나와서 시도 낭송했다. 이지 고모의 친척인 몰리 아줌마가 라디오에서 일했기 때문이다. 우리는 이웃인 플렛 씨네로 가서 그 집 라디오의 잡음을 뚫고 아련하게 들리는 머틀의 시 낭송을 들었다. 머틀이 가장 좋아하는 시 〈잠의 왕자〉였다. 우리는 '해 질 녘에 잠의 왕자'라고 알던 시였다.

해 질 녘에 잠의 왕자를 만났네,
그 얼굴은 고요하고 사랑스러웠네,
그는 가파른 골짜기를 헤매 다녔네,

외롭고도 아름다운 곳을.

그의 의복은 라벤더 같은 회색이었네,
이마에 두른 양귀비 화관은
약한 석탄불처럼 타올랐고, 사방이
그의 입김으로 향기로워졌네.

그의 어둑신한 발에는 샌들이 없었네,
그의 눈은 불꽃으로 희미하게 빛났네,
그의 걸음 앞에 날아든 흰 나방들은
그 아름다운 이름의 글자들 같았네.

그의 집은 저 멀리 산에…….

다른 시도 있었다. 머틀은 그것을 모두 낭송했고, 영화배우가
될 싹이 있다는 것을 분명히 보여주었다. 머틀은 달리기도 잘
했고 점프와 수영도 잘했고, 몸도 아주 튼튼해서 매일 아침 정
가 여섯 시에 MGM 사나 RKO 사에 나가면서도 등이 푹 파인
드레스를 입고 할리우드 파티에 갈 수 있었다.

그러다가 그해가 끝나갈 무렵 머틀은 학교에서 달리기를 하
다가 쓰러져서 집에 실려 왔고, 왕진을 온 의사는 머틀이 심장
에 이상이 있어서 언제 죽을지 모른다고 말했다. 엄마가 우리
에게 그렇게 말했다. 물론 엄마는 '죽는다'는 말 대신 '떠난다'
고 했지만, 그 소식은 우리에게 충격과 의구심을 안겨주었다.
머틀은 너무도 튼튼하고 생기발랄했기 때문이다. 상처도 윈덤

에서 죽마를 타다가 넘어져서 깨진 무릎의 상처 하나뿐이고, 진저 로저스 같은 금발 곱슬머리고, 신인 발굴 담당자의 눈에 띄어 수백만 달러 계약을 맺을 계획을 품었는데…….

우리는 한동안 호기심과 두려움 속에 지켜보았지만 머틀은 숨을 멈추는 일이 없었고 우리는 금세 잊었다. 죽음이란 꼼짝하지 않는 것인데 머틀은 움직임과 춤을 멈추지 않았기 때문이다. 게다가 라디오에서 '해 질 녘에 잠의 왕자를 만났네'를 낭송한 스타이기도 했다.

'심장 문제'가 발견되면서 머틀은 학교를 그만두게 되었지만, 그렇다고 공장에서 일할 수는 없었다. 그래서 머틀은 맥짐프시 부인의 일을 돕게 되었다. 같은 이든 로 주민인 맥짐프시 부인은 남편과 사별하고 두 딸과 함께 전면에 발코니가 있는 집에서 살았다. 매주 몇 실링의 돈을 벌게 된 머틀은 립스틱과 분을 사고, 금요일 밤이면 밀크셰이크도 샀다. 또 '금지된' 잡지도 사서, 우리 자매들과 함께 이불을 뒤집어쓰고 읽었다. 잡지들은 《진실한 고백》, 《진실한 로맨스》로, 진짜 사람들, 아름다운 여자와 잘생긴 남자가 키스하고 포옹하는 사진들이 실려 있었다. 나는 '실화'라고 하는 이 이야기들의 '진실'을 의심하지 않았다. 나는 아직도 언어의 기만을 받아들일 줄 몰랐다. 겨우 몇 주 전에 시내에 새로 문을 연 가게 '셀프 헬프'에 갔을 때도, 내가 정말로 모든 걸 내 마음대로 가질 수 있는 줄 알았다.

'진실'은 아빠가 '책'이라고 하는, 애덤스 씨 가게에서 꾸러미로 파는 같은 이름의 주간 신문에도 실렸다. "가서 책 좀 사 오렴." 아빠가 말했다. 그러면 우리 형제들 중 한 명이 애덤스 상점에 가서 외팔이 애덤스 씨가 빈 소매에 든 팔 그루터기를

판매대에 대고 꾸러미—《진실》,《유머》(세계 최고의 유머집),
《해피 매그》,《익스포터》—를 말아서 묶고 끈을 자르는 모습을
넋을 놓고 바라보았다. 잡지에서 엄마는 자신이 투고한 시나
글을 읽고, 우리는 만화를 읽었다.

　우리는《진실》을 읽지 못하게 되어 있었지만, 이따금 살인
사건이 일어난 낡은 주택의 베란다, 면도도 하지 않고 눈빛이
거친 범죄자나 정신병원을 탈출한 사람들의 얼굴, 질척한 방목
지에 화살표로 시신이 발견된 장소가 표시된 흐릿한 사진들을
힐끔댔다. 부모님은 불미스러운 사건들을 우리에게 감추려고
했지만, 어떻게 해서인지 초콜릿 죄수나 아기 공장과 관련된
사실과 소문들은 우리에게 이르렀다. 부모님은 지진, 해일, 화
재 같은 '자연' 재해는 뭐랄까 '깨끗한' 것이고, 살인, 강제 출
산, 낙태를 부업 삼은 타락한 약사 같은 일은 말하기도 심지어
인정하기도 힘든 끔찍한 일이라고 보았다. 끔찍한 일 가운데
는—부모님은 몰랐지만—때로 미화협회 의자나 집 마당까지
우리를 따라와서 이상하게 웃으며 바지 앞섶을 열고 거시기를
보여준 할아버지도 있었다. 우리는 그 할아버지가 장난을 친다
고 생각하고 그를 '도깨비 할아버지'라고 부르며 우리가 아는
신기한 사람들 가운데 한 명으로 여겼다. 그러니까 노처녀, 집
시 마, 시내의 매춘부, 가톨릭 신자, 독일인, 중국인, 무언가가
어떤 식으로건 다른 사람들, 놀리는 노래가 있는 사람들, "가톨
릭 개들한테서는 개구리 냄새가 나." "칭총 중국인은 단지에서
태어나 찻주전자에서 이름을 지었네, 하하하." 아니면 어떤 인
종에도 적용할 수 있는 일반적인 노래도 있었다.

일천구백사 년에
독일인은 전쟁에 나갔네
그리고 바위에 앉아서
거시기를 가지고 놀았네
일천구백사 년에.

때로 우리는 노래를 "마오리인은 전쟁에 갔네"로 바꿔 불렀다. 학교에서 마오리인에 대해 배웠지만, 오아마루에는 마오리인이 별로 없었다. 어머니는 '마오리인' 사이에서 컸다고, 외할머니의 의붓 남매들이 마오리인이었다고 했다. 그리고 머틀의 친구 한 명은 마오리인이기도 하고 마오리인이 아니기도 했다. 아버지—아빠의 직장 동료이자 낚시 동료였는데—만 '순혈'이었기 때문이다. 그 딸은 '혼혈'이라고 했는데, 그런 말을 듣다 보면 '순혈'이 더 좋고, 혼혈은 부끄러운 것 같았다. 내가 그런 걸 두고 생각을 많이 한 건 아니고, 다만 사람들 말 속의 느낌을 감지한 것이었다. 혼혈(half-caste)이라는 말은 아빠의 낚싯줄(fishing cast), 넘어져서 뻗은 양(cast sheep), 비 온 뒤 앞마당 잔디밭에 널린 벌레 허물(worm cast), 그리고 엄마가 '옛날 교장 선생님인 하워드 선생님'이 생각난다며 갑자기 부르기 시작한 노래와 관련 있는 것인 줄 알았다.

올드 톰은 넘어져서 뻗었네(cast)
크라이스트처치 종이 울리네, 하나 둘 셋 넷.

우리나라의 크라이스트처치? 아니, 존 고드프리 박사의 크라이스트처치다……. 사람들에 대해 이야기하는 방법, 사람들을 칭찬하거나 조롱하는 방법은 아주 많았고, 그 이유도 아주 이상했다. 때로는 그 사람들이 다른 나라에서 살았거나 죽었다는 게 이유였다. 그런가 하면 특별한 재주를 가졌다고 칭찬받는 사람도 있었다. 뜨개질을 잘하는 매기 고모나 경연에 나가 춤추고 노래하는 아이들처럼. 또 그 사람이 가진 것 또는 그 사람의 부모가 누구인지가 이유가 되기도 했다. 심지어 우리가 그 사람을 몰라도 그에 대해 판정을 내리고, 그 사람에 대한 감정을 정리하고, 모든 이에게 자기 감정을 말한다…… 높은 어른 목소리로. 그러는 동안 아래쪽에 있는 우리 아이들은 유성처럼 지나가는 모든 의견을 붙잡아서 일부는 간직하고 일부는 흘려보낸다.

우리 인생의 이 시절에 어머니는(언제나 "내 생각은 확고해"라고 말해서, 우리도 소루쟁이 씨앗 차나 달리아 술을 마시면서 "제 생각은 확고합니다, 부인" 하고 흉내 내게 만든) 사방에서 밀려드는 의견과 조언에 포위되었다. 브러디의 병 때문이었다. 머틀과 내가 전에 없이 친해지고, 도츠와 칙스가 친해지는—길 건너 몰리 로브슨도 놀이에 끼워주었지만—동안, 브러디는 날마다 밤낮없이 병을 앓았고 어머니는 오빠를 돌보며 '치료법'을 탐색했다.

치료법

의사들은 소용없다고 어머니는 말했다. 그들이 처방해주는 약은 머틀만 빼면 걸음마도 말도 누구보다 빨랐던 총명한 아이 브러디를 혼란과 분노와 우둔함에 빠뜨렸다. 아빠는 브러디가 '마음만 굳게 먹으면 발작을 멈출 수 있다'고 생각했고, 이따금 어머니도 아빠의 확신에 영향을 받아 브러디가 발작을 일으킬 익숙한 기미가 보이면 아빠와 함께 소리쳤다. "그만해, 브러디. 당장 그만둬." 어떤 이들은 '때려서' 고치는 방법이 있다고 했고, 아빠는 실제로 두어 차례 매를 들었다. 그 시도는 물론 실패했지만, 아빠는 브러디가 '마음만 먹으면 나을 수 있다'는 생각을 버리지 않았다. 아빠가 보기에 해결책은 극기 정신과 의지력이었다.

치료법이 별로 없다는 사실 앞에서 어머니는 어떻게든 방법을 찾아 나섰고 다시 한 번 수많은 의견과 조언에 둘러싸였다. "문제는 척추예요." 누군가가 말하고, 자기가 아는 어떤 사람이 만병의 기원이 척추라고 하는 척추 치료사를 만나 기적적으로 나았다는 이야기를 덧붙였다. 그래서 어머니는 브러디를 데리고 이든 로 끝에 있는 척추 치료사의 집에 갔다. 자동차 진입로가 2차로이고, 금어초들이 벨벳에 둘러싸인 널따란 집이었다. 척추 치료사는 키가 크고 낯빛이 누르스름한 남자로 회색 양복을 입었다. 그의 눈은 눈 안쪽의 무언가를 누르고 있는 것 같았다. 남자는 어머니에게 "아이는 당연히 척추가 문제입니다" 하고 말했다. 그 후로 여러 달 동안 어머니는 브러디를 척추 치료사에게 데리고 갔고, 비용은 한 번에 10실링이었지만 늘 그 돈을 다 내지는 않았다. 우리 집 마당에는 채소가 많았고, 아빠가 잡아 오는 연어와 뱅어와 가재도 나누어줄 수 있었기 때문이다.

그리고 한동안 어른들은 '척추'의 신비를 이야기했고, 그 이야기를 들으며 나는 척추는 거대한 신비이자 경이라고 믿었고, 브러디의 척추를 부러워하기까지 했다. 우리는 의학책인 《가정 치료 지침서》를 훔쳐보면서 '척추 기형'을 설명하는 컬러 도판을 두렵게 바라보았다. 하지만 해답이 '척추'가 아니라는 게 분명해지자 어머니는 다른 의견을 받아들였다. "문제는 눈이에요." 그런 뒤 티머루까지 하루가 꼬박 걸려 '안과 의사'를 찾아가는 나들이가 이어졌다. 다음은 귀가 문제인가 싶어 다시 한 번 티머루까지 귀 전문의를 찾아가는 여정이 시작되었다.

그러다가 마침내 수수께끼가 풀린 듯 보였다. 문제는 식단이었다. 그것은 척추, 눈, 귀보다 돈이 덜 드는 해결책이었다. 누군가 어머니에게 《건강 생활 길잡이》라는 책을 주었고, 그 책은 흑빵과 밀기울, 그러니까 거친 식사가 해답이라고 말했다. "그래, 맞아." 엄마가 말했다. "당뇨가 있던 네 할머니는 물도 양배추 우린 물만 마셨지. 통밀하고 채소……." 늘 흑빵과 밀기울을 먹지는 않았다는 점만 빼면 우리는 잘 먹었다. 호사스럽게 먹었다고도 할 수 있다. 센트럴 지역에서 보내오는 꿀과 라즈베리가 큰 통으로 있었고, 남쪽에서 보내온 굴과 아빠가 잡은 연어, 뱅어, 가재, 송어가 있었기 때문이다.

어머니의 탐색 혹은 순례는 계속되었고, 우리는 더 '거칠고' 제멋대로 변해 오아마루와 학교와 동네 일대의 모든 유행을 열성적으로 받아들였다. 우리는 갱단(그린 페더)과 비밀 조직에 들어갔다. 우리는 킹스 식당의 의자 등받이를 떼어서 썰매로 만들었고, '활주부'에 식용유를 칠했다. 우리는 템스 로를 내달리며 상점 창문의 진열 실수를 찾아 물건을 훔치려 했다. 우리는 새로 개업한 붉은색 매켄지 상점에서 프렌치를 판다는 소문을 듣고 몰려갔지만, 그것은 고무 골무일 뿐이었다. 집 식당에서 그리스도형제단 모임을 하거나 어머니가 자작 시를 보여주러 찾아온 젊은이들과 이야기할 때, 우리는 그 사람들을 놀리고 비웃고 모자를 찌그러뜨렸다. 개들도(머틀의 래시와 브러디의 래디가 있었고, 언제나 강아지 두어 마리가 더 있었다) 우리의 모험에 함께해서 신나게 뛰어다니며 짖었다.

그런 일이 오래갈 수는 없었다. 이웃들이 "프레임 씨네 집은 개들이 창문으로 드나든다"고 진정하자, 보건 조사관 크럼프 씨가 예고도 없이 불쑥 찾아오더니 우리 방, 그중에서도 다양한 색조의 갈색 물체가 가득한 요강 옆에 얼굴을 찌푸리고 서서 헝클어진 침대와 전체적인 불결함을 지적하고는 개들을 없애고 '저 아이들'과 함께 집을 정돈하지 않으면 우리를 아동복지기관에 보내겠다고 협박했다.

그래서 래시와 래디와, 전에 놈들의 꼬리 자르는 것도 지켜보았던(그건 아프지 않다고 했지만 믿을 수 없었다) 강아지 두 마리를 자루에 넣어 시내에 버렸고, 2주일가량 지난 뒤 머틀은 검은 털이 북슬북슬한 고양이를 집으로 데리고 왔다. 우리는 녀석을 키우기로 하고 빅 퍼스라는 이름을 붙였는데, 빅 퍼스는 그 후 많은 자손을 보았다. 어머니의 편지에 응답해서 외할머니도 오셨다. 우리는 외할머니를 처음 보았지만 어머니에게서 칭찬을 워낙 많이 들었고, 그 말만 들으면 외할머니는 세상에서 가장 완벽한 어머니 같았다.

공중의 새

나는 금세 외할머니를 싫어하게 되었다. 외할머니는 우리 집에 처음 왔으면서 우리 엄마를 자기 손에 쥔 듯 다루었다. 엄마는 우리 엄마인데 말이다. 그런데 슬픈 건 엄마가 외할머니의 그런 태도를 당연한 듯 받아들이고 좋아하는 것 같았다는 것이다. 두 사람의 끝도 없는 이야기란! 할머니는 로티야 이것 로티야 저것 하고 말했고, 엄마는 할머니를 '어머니'라고 부르면서 아, 와이카와 로 시절, 하워드 씨, 스토커 씨, 올드 캡스, 피라노 가, 케니 가, 고드프리 가, 조이스 가, 히벌리, 디펜바흐, 자갈길, 웰링턴과 커캘디스 백화점 등등을 이야기하며 '개척자'와 '하얀 발의 측량사'가 있던 '지난날'에 빠져들었다. 어머니는 늘 측량사들이 하얀 발로 땅을 밟고 다녔다고 말했다……. 우리는 그 이야기들을 외울 만큼 많이 들었고, 외할머니의 훌륭한 성품에 대해서도 들었다. 할머니하고 같이 '협곡 나들이'를 가면 참 좋을 거라고, 할머니는 야외에서 못하는 게 없으며, 이해심과 사랑이 넘친다고 들었다. 할머니는 우리에게 '친구' 같을 거라고 했다. "너희한테 친구 같을 거야." 그리고 사람을 좀처럼 믿지 않는 공중의 새들도 할머니 손에 내려와서 모이를 받아먹는다고 했다. 모든 동물이 할머니를 믿었기 때문이다. 우리는 때로는 흥미롭게 때로는 지루하게 외할머니 이야기를 들었는데, 할머니가 온 뒤로는 할머니를 싫어하게 되었다. 할머니는 우리 행동에 대해 끊임없이 잔소리를 했다. 우리가 어머니를 '못살게' 굴고, '버르장머리'가 없다고, 어머니는 오빠 일에서 벗어나 있을 때도 '하녀처럼' 우리 시중을 든다고, 오빠 는 '마음만 먹으면' 나을 수 있다고, 우리 아버지는 이교도고 '모든 문제'는 어머니가 그리스도형제단 신앙 바깥에서 결혼해 서 생겼다고, 우리 집은 돼지우리고, 애들은 '손가락 하나' 까 딱하지 않으며 '예의라고는 약에 쓰려고 해도' 없다고 했다.

전에도 이미 다 들은 이야기였다. "집이 악마 소굴이 되고 천사는 다 떠났다"는 말과 함께. 어머니는 흰 얼굴이 울긋불긋 해지고 눈에 눈물이 차올랐지만, 어느 쪽도 편들지 못하고 아 무 말도 하지 못했다. 어쩌면 오래도록 기다린 일이었지만, 친 정어머니를 부른 건 잘못이었다고 후회했는지도 모른다. 꿈꿔 왔던 협곡 나들이는 실패였다. 우리는 서로 불편해했다. 우리 는 할머니의 농담에 반응하지 않았다. 우리는 '명랑한' 어른을 싫어했기 때문이다. 오벨 박사처럼 우리가 알아듣지 못하는 농 담을 하고, 말은 안 해도 너희가 알아듣는 거 다 안다는 식으로 구는 사람을. 우리는 우리만의 즐거움이 있었다. 거기다 우리 는 그 멍청한 '개척자'들 이야기가 지긋지긋했다.

외할머니는 예정보다 일찍 떠났고, 작별 인사로 우리가 자 기 자식이었으면 재봉틀 벨트로 때려서 가르쳤을 거라고 말했 다. 저분이 정말로 우리 어머니의 어머니인가? 우리는 의아했 다. 엄마의 눈은 다시 눈물로 가득 찼다. 자기 어머니가 사실은 그렇게 완벽하지 않다는 걸, 그러니까 주변의 어머니들, 우리 가 아는 다른 어머니들, 아이를 때리고 소리 지르고 청소한 마

루 위로 지나다니지 못하게 하는 그런 어머니들과 똑같다는 걸
이제 우리가 알게 되었기 때문이다. 허벅지도 젖꼭지도 없는
앙상한 어머니들, 다른 어머니는 모두 그랬지만 우리 어머니는
예외였다. 어머니는 부드러웠고, 늘 자연과 하느님 이야기를
하지만 어떤 동물이나 사람에게도 잔인하지 않고, 공중의 새
가 내려와 손에서 모이를 받아먹는 건 실제로는 할머니가 아니
라 어머니 자신의 이야기였다. 작고 푸른 동박새가 늘 날아와
서 나뭇가지 같은 작은 발로 어머니의 손바닥을 디뎠기 때문이
다. 그리고 우리는 밖에 비가 내리고—바다 소리 섞인 오아마
루의 빗소리는 강물 소리와 섞인 윈덤의 빗소리와 달랐다—어
머니가 창밖을 내다보며 슬픈 노래를 하면 새들도 (우리처럼)
그 소리를 듣는다고 믿었다.

들어오렴, 못된 새야,
비가 쏟아지고 있잖니,
네가 거기서 비를 맞으면
네 어미가 뭐라고 하겠니?
너는 정말로 못된 새야,
내 생각을 안 해줘.
그러건 말건 신경 안 써요.
나무 위의 참새가 말했네.

작은 새는 비에 젖어 죽었네……
신경 안 쓴다고 말하지 마라
신경 안 쓰다가는

나무 위 참새처럼
비에 젖어 죽으니까…….

우리는 어머니가 새에게, 그리고 우리에게 노래한다는 것을
알았다. 어머니가 우리의 품행을 나무랄 방법은 그것뿐이었
다…….

어머니는 식구들을 꾸짖지 않았다. 어머니는 어떤 일에도
잔인하지 않았다. 물론, 개들을 키울 때 벼룩에게는 잔인했을
것이다. 찰싹찰싹 밤중에 소리가 나고, 이어 아빠의 목소리가
들렸다. "한 마리 잡았어, 잡았어. 당신은 등을 때려봐."

외할머니는 그 뒤로 다시는 우리 집에 오지 않았다. 그리고
몇 년 뒤에 돌아가셨고, 친척들은 엄마에게 15파운드 정도 되
는 돈과(엄마는 그 돈을 우리에게 썼다) 폭풍 이는 바다를 그
린 어두운 그림을 보냈고, 그 그림은 우리 방 벽난로 선반 위에
걸린 다른 어두운 그림―아기를 낳다 죽은 여자 주변에 가족들
이 모여 슬퍼하는―과 짝을 이루었다. '폭풍의 바다'는 복도에
걸렸는데, 복도가 너무 어두워서 파도의 하얀 꼭대기와 흰 석
조 등대밖에 보이지 않았다.

취미 활동들

머틀에게 P 부인이라는 친구가 생겼다. 남편하고는 사별인지
이혼인지 한 사람으로, 이튼 로 한쪽에 살았는데, 그 집 마당은

꽃들이 철망 울타리 사이로 비죽비죽 지저분하게 자랐다. 머틀이 P 부인과 친해졌다는 걸 알았을 때 아빠는 '교제'라는 말을 쓰면서 "P 부인과의 교제는 허락할 수 없다"는 지침을 내렸다. 그것은 그 부인의 평판이 '불미스럽다'는 뜻이었다. 나는 '불미스럽다'는 말에 많은 의미가 있다는 걸 알았다. '우라질', '오케이 대장', '빌어먹을', '잡년', '잡놈' 같은 나쁜 말을 쓰는 것에서부터 바지나 어깨가 끈으로 된 드레스, 등이 깊이 팬 수영복 같은 충격적인 옷을 입는 것, 또는 담배를 피우고 술을 마시며 남자들과 어울리고 금요일 밤에 시내를 어슬렁거리거나 영화가 끝난 뒤 노점 앞에서 노닥거리는 것까지. 나는 P 부인이 불미스러운 이유를 찾지 못했다. 머틀이 교제가 금지된 P 부인의 집에 나를 데리고 갔을 때, 부인은 말이 거의 없었기 때문이다. 그녀는 주로 페이스트리를 만드느라 바빴고(아마 요리사였던 것 같다), 입에는 담배를 물고 있었다. 그녀는 내게 먹을 것과 우유와 차를 주었고, 머틀은 집에서 아빠하고 같이 사는 게 너무 힘들다고 하소연했다. 때로 그녀는 머틀에게 담배를 주었고 나는 머틀이 담배를 빨고 동그란 연기를 뿜는 모습에 감탄했다. 나는 솔밭에서 솔잎 담배를 피워보았지만 진짜 담배는 피운 적이 없었다. 하지만 아빠가 담배 종이에 매캐한 냄새가 나는 담배 가루를 얹어 엄지와 검지로 살살 말고, 양쪽 끝에 늘어진 담배 쪼가리를 빼고 끝을 다지고, 왼쪽부터 시작해서 종이의 침 묻히는 선을 따라 침을 바르고, 종이를 덮어 두드리고 지그시 누른 다음 그걸 피우거나 통에 넣어두는 모습을 보는 걸 좋아했다.

 P 부인은 머틀에게 역시 불미스럽다고 여겨지는 노래들을

가르쳐주었다.

> 내가 죽으면 (내가 죽으면)
> 나를 묻지 말아요
> 내 뼈는 그냥
> 앨코 홀에 담가줘요.

나는 나중에 그 말이 알코올이라는 걸 알게 되었다. 우리 집에서는 그냥 '술(drink)'이라고 했는데, 평범한 '마실 것(drink)'과는 다르게 발음했다. 그러니까 "그 사람은 술을 좋아해" 하고 말할 때는 "물 마실래? 아니면 보스턴 크림이나 레몬 시럽 마실래?" 하고 말할 때와는 달리 두려움, 공포, 단죄의 분위기가 있었다.

우리가 "내가 죽으면……"을 노래하는 것을 듣자, 부모님은 당장 그만두라고 했다.

머틀과 함께 P 부인의 집에 가거나 남자애들을 보러 시내에 가지 않을 때면, 나는 도츠하고 칙스와 함께 배우나 가수의 인생을 준비했다. 매주 그 주일의 장면을 설정해주는 것은 토요일 오후의 '영화'였다. 우리는 모든 영화를 다 보아서, 뉴스, 만화, 피트 스미스 노벨티 쇼, 제임스 피츠패트릭 여행담, 연속 단편*, 그리고 막간 뒤에 하는 '장편 영화'까지 다 보았다. 때로 나는 잭 딕슨을 좋아하는 머틀이랑 함께 갔다. 잭은 머제스틱 극장의 영사 기사로 이든 로 위쪽의 커다란 측백나무 산울타리

*장편 영화의 일부를 주 단위로 연속해서 상영하는 것.

가 있는 집에서 살았다. 음악이 끝나고 오아마루 상점들의 웃기는 파스텔풍 광고들도 끝이 나 프로그램이 시작되려고 하면, 그가 복도를 지나 무대 옆의 쪽문으로 들어가는 것이 보였다. 그건 '소리를 켜기 위해서'라고 머틀이 설명했다. 그런 뒤 그는 되돌아와서 우리 앞을 지나 2층의 영사실로 들어갔는데, 우리는 가끔 고개를 들어 뒤쪽 천장 가까이 있는 그의 그림자를 보았고, 머틀은 다시 나를 쿡 찌르며 말했다. "잭 딕슨이 2층에서 일해. 이제 영화가 시작될 거야."

스크린에 깔때기 모양 빛이 펼쳐지고 웅웅거리며 영화가 돌아갔다. 잭 딕슨은 열심히 일했다. 그는 단정한 젊은이로 얼굴이 약간 창백했지만 잘생겼고, 조지 래프트*처럼 줄무늬 양복 코트의 앞단추를 채웠다. 다른 점이라면 조지 래프트는 악당이라는 점뿐이었다.

매주 매니저 윌리엄스 씨가 무대에 올라 경연을 발표하고, 어른들에게 머제스틱 극장에서 매주 지역 노래자랑이 열린다고 일러주었다. 윌리엄스 씨는 영화 홍보에 전심을 기울여서 연속 단편이 하나 시작할 때마다 특별 경연을 열었다. 우리는 연속 단편을 좋아했지만, 남녀 주인공이 쇄석기에 깔리거나 바닷물이 밀려드는 동굴에 갇혀도 절대 죽지 않는다는 걸 깨달으면서 믿음은 냉소적인 관용으로 변했다. 기억에 남는 연속 단편 세 편은, 사라진 기차 이야기인 〈특별 열차 실종 사건〉과 배꼽에 단 장치의 단추만 누르면 눈앞에서 사라지는 〈투명 인간〉, 그리고 서부 영화인 〈유령 도시〉였다. 〈유령 도시〉는 우리

---

*갱 역할로 유명했던 할리우드 배우.

마음에 글자에 대한 기억을 남겼다. 손님들은 매주 일정한 종이 글자들을 받았고, 그 글자들을 조합해서 제목을 가장 먼저 맞히는 사람이 상을 받았기 때문이다. 미친 듯이 머리를 굴리며 글자를 이리저리 옮겨보아도, Y 다섯 개에 C 세 개로 만들 수 있는 건 아무것도 없는 것 같았다. 나는 H도 여러 개 있었다. 소용없었다. 우리는 한 번도 일등을 하지 못했다.

그런 뒤 오페라 하우스에서 오아마루 사람이 '일류' 영화배우가 될 기회가 생겼다. 우리는 그런 일을 알았다. 영화에서 많이 봤고 《주간 영화》에서 읽었다. 소도시(오아마루) 극장 공연, 할리우드 신인 발굴 담당자의 눈에 뜨임, 그런 뒤 계약, 할리우드, 그리고 일류 배우가 되어, 하얀 전화기와 시사회에서 입는 인어 드레스 같은 반짝이는 비늘 드레스가 가득한 집에 살게 되는 것이다.

호주의 영화사가 어린 배우를 찾고 있었다. 우리는 '발굴될' 기대에 차서 오페라 하우스에 몰려갔는데, 호주 제작자가 지원자들더러 무대에 올라와서 상상의 광산을 굽어본 뒤 두 손을 동그랗게 모으고 "조심해, 저 아래 다이너마이트가 있어" 하고 소리칠 것을 요구하자, 그걸 해낼 만큼 대담하고 용기 있는 아이들은 몇 명 되지 않았다. 우리는 흥미와 비웃음과 시샘과 감탄에 차서 연기하는 아이들을 지켜보았다. 어떤 아이들은 마지막 순간에 겁을 집어먹었다. 어떤 아이들은 바보짓을 했다. 그러나 애브릴 룩손은 달랐다. 황소 방목장 건너편에 있는 집에 살았던 그는 우리에게도 약간의 영광이 되었다. 애브릴의 아버지는 푸주한으로, 줄무늬 앞치마를 입고 그 앞에 털 빠진 모피 주머니 같은 가죽 전대를 차고 말 수레를 몰고 다녔다. 애브릴은 키가 작고 뚱뚱하고 주근깨 박힌 붉은 얼굴에 붉은 머리였지만, 그 아이가 말한 "조심해, 저 아래 다이너마이트가 있어"는 오페라 하우스를 울렸고, 그것은 내가 기억하는 유일한 연기였다. 하지만 그 아이도 배역을 따내지 못했다. 더 잘난 사람들이 사는 오클랜드 출신의 누군가가 심사를 통과해서 호주로 갔다. 그 아이가 할리우드로 가고, 이어 모두가 탐내는 일류가 되는 사이, 오아마루에 사는 우리 인생은 다시 한 번 유령 도시의 글자를 모으거나 그 주에 본 영화를 연극으로 꾸미거나 비밀 암호문을 작성하거나 하이랜드 플링, 칼춤, 세일러스 혼파이프, (우리는 쇼티시라고 부른) 하이랜드 샹트뢰즈 같은 춤들을 연습하는 것으로 돌아갔다.

그런 뒤 삶은 수직 상태에서 동시다발적 전람회처럼 변해서 우리는 전시물을 하나도 놓치지 않으려고 사방으로 뛰어다녔다. 이 장(章) 전체의 내용이 그런 것처럼 이즈랜드의 풍경 모음이었다. 그것 말고도 많은 일이 있었다. 어떻게 설명할까, 예를 들면 새 가게, 새 꽃, 노래, 놀이, 이름, 새로운 사실을 발견하는 기쁨이 있었다. "베이컨 공장에 가면 돼지 뼈를 싸게 팔아"나 "과일 가게에서 흠집 난 과일을 살 수 있어" 같은 것. 흠집 난 과일 3펜스어치 주세요…….

아니면 오아마루 구석구석을 찾아가는 재미가 있었다. 타인로, 곡물 저장소들, 사람도 없고 창문은 깨진 커다란 석조 건물(유령 도시!), 가스 공장 옆에 있는《오아마루 메일》신문사 같은, 지난날의 느낌으로 몸이 떨리는 곳들. 나는 가스 공장은 관청에서 고양이와 개를 죽이기 위해 운영하는 곳이라고—사람들은 자살을 하고 싶을 때 가스를 사용하니까—생각했다. 오아마루의 그쪽 지역은 풀이 길거리 돌들 틈에서 자랐고, 나는 내가 역사책의 한 장면, "런던 거리에 풀이 자랐을 때"로 시작하는 대목의 런던에 있다고 믿었다. 런던은 징병관의 고향이자 대화재와 대역병의 고장이기도 했고, 나는 역사책의 생생한 그림 밑에 적힌 외침이 귓가에 들리는 것 같았다. "이 집의 송장을 내놓으라, 이 집의 송장을 내놓으라."

우리는 우리의 끝없는 놀이에 브러디가 끼는 것을 꺼렸다. 그가 발작을 할까봐 겁이 났기 때문이다. 그는 이런 소외를 극복하기 위해 코켓 로 쓰레기장에서 구해 온 물건들로 힘을 쌓았다. 우리는 놀이와 연극에 그 물건들이 필요했고, 소꿉놀이를 할 집과 연극 놀이를 할 무대 세트가 그에게 있었기에, 그는 집주인이나 무대 감독의 역할을 할 수 있었다. (브러디는 일을 꾸리는 것과 숫자에 강했기 때문에 그가 무대 감독이 되면 우리도 좋았다.) 때로 집주인 역할을 할 때 그는 우리 곁의 생생한 '현실'을 이용해서 우리를 집에서 쫓아내겠다고 협박했다. 매달 청구서가 오면 아빠는 우리가 아는 모든 공포를 넘나들었는데 그중 하나는 집세를 못 내서 거리로 쫓겨날지 모른다는 것이었다. 하지만 어머니는 매달 가장 좋은 옷을 꺼내 입고 법률 사무소인 리그레이브앤드그레이브로 가서 집세를 냈다.

브러디의 수집품 가운데 반가운 것 하나는 우리가 정자에서 무대막으로 쓴 붉은 벨벳 커튼이었다. 브러디는 〈정직한 제이콥〉에서 쓸 '황금'(반짝이는 놋쇠 사슬)도 주었다. 〈정직한 제이콥〉은 우리가 오래전 교과서에 나오는 이야기를 각색한 것으로, 한 남자가 빵을 먹다 거기서 금이 나오자 빵집 주인에게 돌려준다는 이야기다. 비슷하게 각색한 섬뜩한 이야기 〈휴 아이들과 토일 선생님〉도 있었다. 휴 아이들이란 소년이 학교를 빼먹고 시내에 나갔다가 교장인 토일 선생님의 쌍둥이 형을 만났는데, 알고 보니 그 사람이 바로 토일 선생님이었다는 내용이다. 이 이야기는 휴 아이들 못지않게 우리한테도 끔찍한 악몽이었다.

우리는 연극 중간에 노래도 넣었다. 〈아침이 밝았네〉, 〈깊은 숲 속〉, 〈이제 떠나도 좋아, 마탕기〉도 있었고, 늘 내 머릿속을 맴돌던 노래 〈산비둘기가 네 둥지에서 다정하게 노래하네〉도 있었다.

> 살랑살랑 흔들리는 느릅나무 위에서 쉬려무나,
> 나는 네가 순백의 날개를 활짝 펴고
> 부드럽게 날아오르는 것을 보고 싶구나……
> 하루 종일 일을 하며 나는 네 소리 듣는다,
> 산비둘기여,
> 내 작은 노래를 받아다오,
> 내 사랑과 함께.

이 노래는 나를 매혹했다. 노래를 부르면 나 자신이 산비둘기에게 노래하는 것 같았기 때문이다. 중간에 "하루 종일 일을 하며 나는 네 소리 듣는다 / 산비둘기여 / 내 작은 노래를 받아다오" 부분에 이르면, 나는 '일을 하지' 않았기 때문에, 이 노래는 하루 종일 일을 하고 (기차를 탄 아빠와 달리) 이따금 바깥의 새 소리를 들을 수 있는 어머니의 노래라는 생각이 들었고, 그래서 이 노래를 하면 내가 마치 어머니가 되어 내 일을 하고, 외로움과 슬픔을 느끼며, 비둘기 노래로 위안을 삼은 것 같았다.

우리는 '올드 메그는 집시였네', '해 질 녘에 잠의 왕자를 만났네'처럼 우리가 좋아하는 시도 낭송했다. 머틀은 자기가 좋아하는 '토탄 불빛 아래'와 '전쟁에 간 음유 시인 / 사망자 명단에 이름을 올리리' 같은 노래를 불렀는데, 마치 그 음유 시인이 자기 남자 친구라도 되는 것 같았다. 그리고 나는 어쩌면 그럴지도 모른다고 생각했다.

우리 아버지도 저녁 시간에 즐길 거리를 찾았다. 도츠를 바라보며 도츠가 무서워하는 노래를 부르는 것이었다.

광산에 가지 마요, 아빠
꿈이 현실이 될지 몰라요.
아빠한테 큰일이 나면
나는 견딜 수 없어요.

1절만 불러도 충분했다. 이저벨은 울음을 터뜨리며 식탁 밑으로 기어 들어갔고, 우리도 아빠도 그건 이저벨이 아빠를 너무 사랑해서 아빠가 광산에서 죽는 일은 생각도 하기 싫어서라는 걸 알았다. 그러면 아빠는 제대할 때 가져온 방독면을 꺼내서 쓰고 칙스에게 다가갔다. 칙스가 그걸 유난히 겁낸다는 걸 우리 모두가 알았기 때문이다. 칙스는 낯선 괴물이 다가오는 걸 보고 역시 숨어서 울었다. 나의 놀이는 방 가운데 서서 식구들에게 움찔거리는 틱 동작과 웃기는 표정을 지어 보이는 것이었다. 하지만 그것은 한번 시작하면 그만두려고 해도 좀처럼 그만두기 힘들었다. "쟤 좀 봐, 쟤 좀 봐, 무도병*에 걸렸어." 아빠가 놀렸다.

　좀 더 즐거운 저녁에는, 비록 아빠가 윈덤 시절처럼 노래하지는 않았지만 '완숙 달걀' 춤과 노래로 우리를 재미있게 해주기도 했다.

　　완숙 달걀이 더 좋아,
　　완숙 달걀이 더 좋아,
　　완숙 달걀이 더 좋아…….

우리는 아빠의 '래그타임 카우보이 조' 춤과 노래도 좋아했다.

　　나쁜 남자들이 사는 애리조나 주 오지에서
　　너를 인도할 것은 샛별뿐이라네……
　　세상에서 가장 거칠고 사나운 남자는
　　래그타임 카우보이 조라네…….

래그타임 카우보이 조. 그건 아빠였다. 우리는 아빠의 춤과 노래에 폭소했다.

　그랬다. 나는 이제 아홉 살이 다 되었다. 집안에 절망이 가득한 순간들, 어머니가 "윈덤을 떠난 게 잘못이야"라고 말하고 아빠가 고개를 끄덕일 때도 내 인생에서 손상되지 않고 완벽하게 남아 있는 것은 집 바깥의 세상, 계절들이었다. 꽃들은 여전

---

*근육 경련으로 팔다리와 얼굴이 멋대로 움직이는 병.

히 제때 피어났다. 민들레 씨앗은 어김없이 하늘로 사라졌고, 달링 자매가 사는 모퉁이 집의 포플러나무는 단풍이 들어 잎을 떨구었으며, 동장군은(조심해!) 우리 손가락과 발가락을 떼어 가려고 어슬렁거렸고, 언제라도 하늘과 구름과 내 그림자가 있었으며, 저녁에는 달이 나와 함께 걸으며 내가 멈추면 함께 멈추었다. 그리고 나는 올드 메그를 생각했다.

> 올드 메그는 저녁을 먹는 대신
> 달만 노려보았네
> 메그의 오라비는 험한 언덕들,
> 누이들은 낙엽송이라네.
> 이렇게 큰 가족 속에 혼자서
> 메그는 마음껏 살아갔다네.

그리고 나는 머틀의 시 '해 질 녘에 잠의 왕자를 만났네'를 생각했다.

거시와 인버카길 행진

학교는 우울했다. 나는 불가능한 선물들, 그러니까 인형의 집, 잠자는 인형, 생일 파티, 예쁜 드레스, 무거운 밑창과 굽과 앞코가 달린 끈 구두 말고 단추로 여미는 에나멜 구두, 얼굴 위로 쏟아져서 옆으로 빗어 넘길 수 있는 머리를 소망했다. '덤불처럼 위로 자라서' 보는 사람마다 한마디씩 하는 그런 북슬북슬한 붉은 머리 말고 "머리카락이 맨날 눈에 들어가……" 하고 말할 수 있는 머리를.

　나는 파피 생각이 자주 났고, 꽃 채집 놀이도 그리웠다. 물론《그림 동화》를 읽고 머릿속에 좋은 이야기는 많이 남았다. 특히 판도라와 페르세포네와 반으로 쪼개면 즙이 흘러나오는, 모두가 먹고 싶어 하는 선홍색 무화과 씨앗 이야기가 가장 좋았다. 거기다 호주 사막, 중앙아프리카, 남아프리카의 이야기도 있었고, 학년 말에 상으로 받은 책에도 이야기가 있었다. 이저벨이 받은《즐거운 여행자들》은 어린이판《캔터베리 이야기》같은 내용이었는데, 우리는 거기 나오는 〈껑충껑충 사나이〉를 우리 연극에 이용했다. 우리는 껑충껑충 뛰는 춤 '딩동 딩동'도 만들었다.

　　딩동 딩동
　　껑충껑충 사나이가
　　언덕을 넘어오네.
　　이상한 물주전자,
　　불구 소년…….

이런 불만과 소망 속에 나는 어느새 4학년이 되어 거시 (또는 루번) 디먹 선생님의 반이 되었는데, 알 수 없는 이유로 선생님의 '총애'를 받게 되었다. 지금까지 선생님이 예뻐한 아이들은 모두 다른 아이들이었다. 머리에 깔끔한 리본을 묶고—그 머리도 리본이 어울리는—좋은 옷을 입은 귀여운 여자애들이거나 깨끗한 셔츠를 입고 예의 바른 태도로 맡은 일을 척척 해내면서 그에 따르는 질투와 악의에 찬 말에도 흔들리지 않는 남자애들이었다. 그런 아이들은 등굣길에 선생님을 만나 함께 걸으며 이따금 깡충깡충 뛰어 보조를 맞춘다. 또 학교에서 선생님은 그런 아이들에게 계속 눈길을 주고, 이런저런 물건을 가져오게 하며, 미소를 보내고, 갈고리 장대로 창문을 열거나 검토를 마친 '나의 모험' 또는 '나의 휴일' 작문 공책을 돌려주는 중요한 역할을 맡긴다.

4학년 때 나는 내가 너무도 자랑스러웠다! 거시는 나를 무릎에 앉힌 채 수업을 했고, 때로는 교실 앞의 작은 특별 탁자에 '몽골인'이라는 별명이 붙은 그의 어린 아들과 함께 앉아 아들의 공부를 돕게 했다. 어느 날 거시는 우리에게 "해가 지고 밤이 오면……"으로 시작하는 시를 쓰라고 했다.

저녁 때 집에서 그 시를 쓰다가 나는 글쓰기라는 예술에 대한 생애 첫 주장을 하게 되었다. 내가 머틀에게 시를 읽어주었을 때, 머틀이 '하늘을 만지면'이라는 표현을 '하늘을 물들이면'으로 바꾸어야 한다고 주장했기 때문이다.

해가 지고 밤이 오면,
저녁 그림자가 하늘을 만지면,
새들이 둥지로 돌아가면,
우리는 이제 쉴 때가 된 걸 안다.

토끼들이 굴로 뛰어가면,
아이들이 하루의 놀이를 마치면,

작은 별들이 고개를 살짝 내밀면,
우리는 이제 잘 때가 된 걸 안다.

나는 머틀과 생각이 달랐지만, 머틀은 반드시 써야 하는 단어와 표현이 있다고 주장했다. 저녁 그림자에 대해 글을 쓰면, 별이 '깜빡거리고' 파도가 '너울거리고' 바람이 '울부짖는다'고 하는 것처럼 항상 '물들인다'고 써야 한다고 했다. 머틀의 주장에도 불구하고 나는 '물들인다'보다 '만진다'가 더 좋았지만 머틀이 나보다 똑똑하고 아는 게 많았기에 그것을 존중해서 시를 낼 때 그 부분을 '물들인다'로 바꾸었다. 하지만 나중에 내 공책에 옮겨 적을 때는 다시 내가 원하던 대로 '하늘을 만지면'으로 바꾸었다.

평범한 어린이의 시였던 그 시는 예측 가능성에서만 성공했다. 거시가 나를 무릎에 앉히고 시를 읽을 때, 아이들이 각 연의 마지막 행을 짐작하고 함께 읊었기 때문이다. 그날 저녁 내가 학교에서 있었던 우쭐한 일을 집에 '전달'하자, 식구들은 나를 자랑스러워했고 아버지는 기관 주임 방에서 철도 공책을 가지고 와서 내게 시 공책으로 주겠다고 약속했다. 기관사 노조의 서기인 아빠가 조합원의 회비를 기록하는 철도 공책은 책장의 가장자리가 알록달록한 대리석 색깔이어서 한데 모으면 멋진 대리석 무늬가 나타났다. 아빠는 다른 멋진 책들도 갖고 있었다. 특이하고 큼직한 글씨와 기호가 박힌 백파이프 악보 책, 우리는 그걸 가지고 '놀고' 그걸 읽고 그 곡들을 지휘하다가 결국 우리가 손을 대는 거의 모든 집기들처럼, 어른들의 표현을 빌리면 '망가뜨렸다'. 그러니까 책들은 찢어지고 낙서부성이가 되고

책장이 떨어져 나갔다. 소금 냄새가 나고 군데군데 고기 비늘
이 묻은 가죽 표지의 제물낚시 책도 있었다. 제물낚시 책은 낚
싯바늘에 건 아름다운 색깔의 가짜 깃털 파리들을 양피지 책장
에 꽂아 고무 밴드로 묶은 것이었다. 그 파리들에는 '붉은 깃털
총독', '그린웰의 영광' 같은 아름다운 이름이 붙어 있었다……
그리고 밤이면 아빠는 식탁에 앉아 제물낚시 책을 '읽어주며'
파리들의 이름을 말해주고 바스락거리는 책장을 넘겼다. 우리
는 이 책에 손댈 수 없었고, 오직 아빠가 책을 '읽어주거나' 책
을 덮고 그 두께를 느껴보는 걸 어깨너머로 볼 수만 있었다. 우
리는 놀이를 하다 이따금 "내 낚시 책을 꺼내야겠어" 하는 말을
했다. 집에서 만든 책도 있었다. 우리는 공들여 책장을 꿰매고
시내 지물포에서 구한 자투리 벽지로 표지를 만들었다.
　쪽 번호가 매겨지고 차례 칸도 있는 진짜 공책이 생기고 거
기에 시를 쓸 수 있다는 건 우리에게 아찔할 만큼 큰 기쁨을 안
겨주었다. 공평함의 규칙에 따라 다른 형제들도 공책을 받았기
때문이다. 우리는 모두 말에 굶주려 있었다. 음악 영화를 보면
노래의 가사를 정확히 몰라서 괴로웠다. 그래서 어느 날 머틀
이 당시의 유행가 가사를 담은 작은 책자를 구해 왔을 때 우리
의 기쁨은 하늘을 찔렀다. 한두 해 전, '카우보이와 죄수' 시절
이라고 부를 만한 그 시절에 나는 집에서 만든 공책에 슬픈 카
우보이 노래들의 가사를 적었다. "포장마차 바퀴는 부서져 돌
아가지 않네." "벽에 고삐가 걸려 있고, 빈 마구간에 뒹구는 편
자 한 짝……." 그리고 파피가 가르쳐준 '죄수' 노래도 있었다.
파피는 이 노래가 '자기' 노래인 것처럼 말했고, 그것은 《그림
동화》가 '자기' 이야기인 것처럼 말한 것과 똑같았다.

창백한 달이 눈부시게 빛나네
오늘 밤 내 창가를 지나가는 연인들 위로.
연인들의 밝은 웃음에 내 눈에는 눈물이 맺힌다
나는 죄수, 달빛과 하늘이 그립도다…….

파피는 어느 날 저녁 자기 동네의 한 이웃집에서 놀다가 이 노래를 가르쳐주었다. 그 집은 짓다 만 채 토대와 뼈대가 오아마루의 밝은 여름 달빛에 노출되어 있었는데, 우리는 진짜로 잡혀서 죄수가 될 뻔했다. 어느 날 집주인이 우리가 거기서 노는 걸 보더니 "썩 꺼져, 썩 꺼져" 하고 고함을 쳤기 때문이다. 우리는 깜짝 놀랐고(우리는 그 집을 '우리 집'이라고 생각했다), 그 뒤로 그 아저씨 이름을 '썩꺼져'라고 불렀다. "오늘 썩꺼져를 봤어" 하고.

거시의 보살핌 아래 나는 공부와 운동 양면에서 두각을 보였다. 거시는, 어린이는 모두 저마다 특별한 재능이 있으므로 교사인 자신은 그 재능을 발견할 기회를 주어야 한다고 믿었다. 거시는 교실에서도 운동장에서도 열정을 다했고, 거시에게 배울 때는 달리기 수업도 국가 대표 선발전 같았다. 독서 시간에 소리 내어 읽는 일에 서툴고 어설픈 아이들은 자신이 장래에 올림픽 우승자가 되거나 정원 일이나 수공예를 잘할 수도 있다는 걸 발견했고, 거시는 그런 능력도 똑같이 중요하다고 강조해서, 그의 격려에 자신감을 찾은 아이들은 때로 공부에도 힘을 쏟아 책도 읽고 구구단도 외웠다. 거시가 모든 아이들은 평등하고 특별하다고 가르치기는 했지만, 나는 그에게 각별히 사랑받는 기쁨을 누렸다. 하지만 내게는 그런 학생들이 흔히 갖고 있는 자격이 없었기 때문에 나는 그 선택의 이유를 끝까지 알아내지 못했다. 그가 나를, 그리고 나의 틱 장애와 공포를 다루는 방법이 그것뿐이라고 생각한 게 아니라면 말이다. 그는 모두를 격려했다. 집에서 우리는 그의 목소리를 흉내 냈다. 그는 교장의 수석 보조 교사로, 아침마다 어니스트 캘컷의 북소리에 맞추어 하나둘 하나둘 군대식 구호를 외치며 우리를 교실로 행진시켰다. 우리는 거시가 달리기할 때 단계별 구령을 넣는 목소리도 흉내 냈다. "제자리에." 씩씩하지만 단순하게. "준비." 우리가 긴장을 불어넣으며 '주우우운비이이이' 하는 것과는 달리 평소 수준으로만 강조하는 '준비'였다. 그리고 마지막으로 짧고 강렬한 "출발". 우리는 큰 행사인 학교 대항전도 연습했다. 노스 초등학교와 사우스 초등학교가 우승 방패를 놓고 겨루는 그날은 전교생이 오아마루 악대가 연주하는 〈도깨비 대령〉과 〈인버카길 행진곡〉에 맞추어서 박람회장을 행진했다. 우리는 가슴속에 흥분을 느끼면서 '이제 우리는 일등 관람석 앞줄에 있네'를 노래했다. "이제 우리는 이등 관람석을 돌아가네……." 그런 뒤…… 둥둥둥둥둥둥둥…… 〈인버카길 행진곡〉이 이어졌다.

나는 이어달리기를 했다. 삼단뛰기도 했다. 달리기에서는 총이 울리자마자 온 힘을 다해 달렸고, 그렇게 열심히 달렸는데도 일등이 아니고 평소와 같은 삼사등이라는 걸 이해하지 못했다. 내 다리는 분명 최선을 다했고, 최선을 다하면 무엇이든 해낼 수 있다고 배웠다. 모든 사람이 늘 우리에게 '최선을 다해야 한다'고 설교했다. 위대한 남자들과 여자들의 성취를 가리키며, 그들은 최선을 다해서 그런 성취를 이루었다고 했다. 경쟁적인 분위기의 우리 학교에서 이기려고 최선을 다하면 이길 수 있다고 모두가 말했다. 나는 그 말에 고민하다가 결국 그것이 '진실'이 아니라는 것을 깨달았다. 나는 그 경주에서 진실로 내가 할 수 있는 최선을 다해 달렸다. 하지만 내가 이기지 못한 것은 오드리 니모처럼 다리가 길지도 않고 우리 학교 댄스 챔피언인 매지 로버트슨이나 사우스 학교의 댄스 챔피언 비어트리스 맥파이처럼 강한 힘도 없기 때문이었다.

거시마저 늘 우리에게 최선을 다하라고, 그러면 원하는 것은 무엇이든 얻을 수 있다고 말했다. 그해 나는 설교가 귀에 잘 들어왔다. 매일 아침 지역 목사들은 긴 성경 수업을 했다. 나는 귀 기울여 들었지만, 그보다는 찬송가에서 배우는 게 더 많았다. 그것은 노래라서 마음에 더 절실하게 다가왔다. 〈저 멀리 푸른 언덕에〉, 〈주님 지으신 솜씨〉(엄격히 초등학교 노래로 여겨진), "참 놀라운 친구 예수. 푸른 하늘 저 멀리 어린이들의 친구가 있다네……." 내가 천국의 약속을 담은 노래 〈어린이들의 친구가 있다네〉를 부르며 집에 오면 어머니는 별로 마음에 들어 하지 않았다. 그리스도형제단은 천국이 하늘이 아니라 지상에 있다고 믿었기 때문이다. 어머니는 우리가 죽으면 무덤에 그냥 누워 있다가 재림과 부활과 심판(나는 이것을 오아마루 악대가 〈인버카길 행진곡〉을 연주하고 고적대가 〈그 섬으로 가는 길〉을 연주하는 천국판 학교 대항전으로 상상했다)을 맞는다고 했다. 어머니는 부활의 날에는 모두가 죽었을 적 모습 그대로 깨어나서 착한 사람인지 아닌지 심판을 받은 다음 나쁜 사람으로 판정되면 다시 영원한 죽음을 맞는다고 했다.

"부활의 날에는 모두가 깨어나나요?"

“그럼.”

“할머니도요?”

“당연하지.”

“동물들은요? 올드 캣이랑 래시하고 래디도요?”

“왕국에 동물들의 자리는 없어.”

나는 모든 피조물의 자리가 없다는 걸 수긍할 수 없었기에 어머니의 종교를 받아들이지 않았다. “올드 캣하고 래디하고 래시 자리도 있어야 해.” 나는 세상을 그렇게 자애롭게 보고 ‘피조물들’을 그렇게 사랑하는 어머니가 동물에게는 부활의 영광이 없다고 하는 이유를 이해할 수 없었다.

그해가 끝나갈 때, 나는 다른 4학년 여학생 한 명과 함께 ‘둑스’*로 뽑혔다는 말을 들었다. 어떤 아이들은 거시가 ‘예뻐하는’ 아이라서 그렇게 되었다고 말했는데, 그가 내 학업을 격려했다는 점에서 그것은 맞는 말이었을지도 모른다. 마지막 날 나는 하얀 원피스에 폴리 고모가 보내준 케이프칼라를 입었고, 금메달을 받고 무대를 빠져나올 때 문득 가슴에 핀으로 꽂은 메달의 무게가 느껴지지 않아 허겁지겁 무대로 돌아가 바닥을 뒤졌지만 메달은 가슴팍에 그대로 걸려 있었다. 내가 둑스 메달을 그토록 자랑스러워한다는 걸 들킨 것이 수치스럽기 짝이 없었다!

나는 둑스가 된 것이 아버지를 기쁘게 했다는 걸 알았고, 그 사실은 나를 기쁘게 했다. 언젠가부터 아버지는 내가 날마다 집에 와서 4학년 생활을 이야기하면 “그래, 그러면 네가 둑스가

*지도자를 뜻하는 라틴어로, 여기서는 최우등생이라는 뜻.

되는 거니?" 하고 물었기 때문이다.

모든 열광이 지나가고 난 뒤, 나는 내가 둑스 메달을 받은 상으로 '오아마루 문예기술회관'이라는 오아마루 공공 도서관의 1년 이용권을 받았다는 게 떠올랐다. "문예회관에 공짜로 다닐 수 있어요." 나는 '문예'라는 말의 뜻도 모르고 말했다. 그런 뒤 어느 휴일에 아빠의 점심 도시락으로 뜨거운 파이를 가지고 기관 주임의 방에 갔다가 아빠가 "우리 딸이 문예회관에 다녀" 하고 말하는 것을 들었다.

문예회관

문예회관은 템스 로에 있는 2층짜리 건물로, 1층은 암석, 뼈, 녹옥, 후이아 같은 멸종된 토종 새의 박제가 전시되었고, 역시 멸종되었다는 설명이 붙은 큼직한 유리 눈의 모아새 박제가 초입을 지키는 계단을 올라 2층에 가면 도서관이 있었는데, 여기서는 이이언사이드라는 이름의 사서가 쇠창살 안쪽에 앉아 책을 빌려주고 반납 받았다. 청소년 책(14세에서 21세 이하는 책장을 접지 마시오)은 템스 로가 내다보이는 창 옆의 벽 하나를 차지하고 있었다.

그곳의 '책'은 대부분 영어로 된 읽기 책들이었다. 그 책들은 내가 아는 백파이프 악보 책, 아빠의 제물낚시 책, 아빠의 노동조합 장부책들을 비롯해, 하느님이 구름과 천둥에 싸인 그림이 담긴 커다란 그리스도형제단 책인 하느님 책, 어린이 질병에 대한 지시사항이 적히고 철제 침대 머리에 롤러 수건처럼 달린 시트를 잡고 '힘을 주어' 분만 중인 여자 그림이 실린 의사 책, 생일 책(휘티어 출판사에 나온 어머니의 생일 기록 책), 우리가 집에서 만든 여러 책, 만화책, 교과서, 그리고 매기 고모가 가졌던, 플란넬 천으로 된 책장에 크룰 바늘이 총총 꽂힌 '뜨개질 책'하고는 달랐다.

"도서관에서 뭘 빌려올까요, 엄마?" 내가 물었다. 나는 머리가 멍해지고 도서관의 책 세계에 얼이 빠져서 무얼 골라야 할지 알 수가 없었고, 떠오르는 건 그저 《그림 동화》와 《학교 신문》, 내가 아는 시들뿐, 내가 읽었어야 할 '어린이' 책—《이상한 나라의 앨리스》, 《버드나무에 부는 바람》, 《피터 팬》, 《바로 이런 이유로》 등—은 전혀 읽고 싶은 마음이 들지 않았다. 어머니는 흥분해서 소리쳤다. "아, 마크 트웨인(새뮤얼 클레멘스), 《철부지의 해외여행기》, 아, 《톰 아저씨의 오두막》, 아, 《데이비드 코퍼필드》(디킨스, 아, 《크리스마스 이야기》, 애들아, 추운 밤이로구나, 도깨비 왕이 말했지)."

내가 받은 도서관 이용권은 가족생활에서 중요한 역할을 했다. 브러디를 위해 빌려온 '윌리엄 브라운' 시리즈는 모두가 함께 읽었다. 나는 파피에게 빌렸던, 얇은 책장에 검은 글씨가 깨알처럼 박힌 붉은 표지의 《그림 동화》와 똑같은 책을 발견했다. 아빠가 읽을 서부 모험 소설, 엄마가 읽을 디킨스 소설도 있었다. 엄마는 그걸 읽을 시간이 없었지만 책장을 넘기며 충격적인 대목을 읽어주고는, "멋지구나, 애들아, 찰스 디킨스는 가난하게 태어나서 위대한 작가가 되었단다" 하고 말했다. 나는 그림 형제와 함께 오랜 시간을 보낸 뒤 과감하게 다른 책들―소년소녀를 위한 범퍼북 시리즈, 기숙학교 시리즈―로 넘어갔고, 한편으로는 머틀과 함께 《진실한 고백》과 《진실한 로맨스》도 계속 탐독했다.

다시 여름 방학이 되었다. 끝없는 놀이, 흉내 놀이, 솔밭과 언덕과 협곡 떠돌기가 이어졌다. 오아마루 노스 학교는 끝났고, 나는 프랑스어와 대수와 기하학을 배우고, 노래하고 새 시를 배우는 중학교 입학을 기다렸다. 중학교에는 중학교와 고등학교의 소품실도 있어서, 무대 장치와 무대 의상과 마스크들이 가득하다고 머틀은 내게 말해주었다. 선생님들도 있었는데, 그들도 머틀에게서 이야기를 다 들어서 익숙했다. 그리고 내가 벌써 읽어보려고 시도한 프랑스어 책에 나오는 프랑스 가족이 있었다. 마르셀과 드니즈와 그들의 부모인 무슈 데그랑주, 마담 데그랑주 부부였다.

하지만 중학교에 가면 교복을 입어야 했다. 오아마루 노스 초등학교와 달리 중학교는 교복이 필수였는데, 그것은 주름이 제대로 잡힌 연회색 플란넬 튜닉*과 겨울 모자와 여름 모자(검은 베레모나 검은 펠트 모자 또는 흰색 파나마 모자에 정해진 리본을 두른), 여름에는 흰색 면, 겨울에는 회색 플란넬 블라우스, 검은 스타킹, 검은 바지, 검은 구두, 운동화 일체를 포함한 것이었다. 다행히 내게 도서관 이용권을 준 둑스 메달이 친척들에게 프레임 가 딸들이 새 학교에 '진학'하면 옷이 필요할 거라는 사실을 상기시켜주었다. 그래서 폴리 고모와 이지 고모가 옷을 여러 벌 보냈다. '고모 냄새'가 나고 '고모 색깔'인 갈색,

*소매 없고 깊이 팬 원피스 같은 옷. 블라우스 위에 입는다.

자주색, 밤색, 암청색 옷들. 우리는 그 옷을 나누어 입었지만 교복으로는 별로 쓸모가 없었다. 어머니는 용감하게 호지스 상점까지 가서 '외상으로' 회색 플란넬 천을 산 뒤 그걸로 튜닉을 만들어보려고 했지만 결국 실패해서, 그 노력의 결과 만들어진 것은 구겨진 흰 블라우스 앞부분(블라우스 앞이 구겨진 건 내가 계속 자라는 중이라 일단 크게 만들어야 돈을 절약할 수 있었기 때문이다)이 거의 다 드러나는 이상한 재단의 어그러진 옷이었다. 나는 내 교복이 '웃기다'는 것을 알았지만, 그 시절 그런 것은 아무런 걱정이 되지 않았다. 나는 새로운 공부, 마르셀과 드니즈, 그리고 머틀이 중학교에서 배운 새로운 시 〈아름다운 사람이 말을 할 때 말의 울림은 아름답도다〉*에 깊이 빠져 있었다.

～

하얀 금란 옷을 입고

1학년 선생님은 모두가 아이리스 베아트리체라고 부르는 로먼스 선생님이었는데 그 선생님은 당시 표현으로 '방탕하다', 그러니까 셰리주를 마신다, 브리지 게임을 한다, 파티에 다닌다—그게 '방탕함'의 기준이었다—는 소문이 있었다. 게다가 그녀는 예뻤고 하이힐을 신었다.

　그 1년에 대한 기억은 로먼스 선생님의 방탕함(실제로 목격

*《보물섬》의 작가 로버트 루이스 스티븐슨의 시.

한 적은 없다)과 그녀가 검은 옷을 입고 교실에 들어올 때면 하늘을 나는 것처럼 팔꿈치를 움직인다는 걸 빼면 별로 없다. 그리고 프랑스 단어와 노래, 과학 기구 이름(분젠 버너, 리트머스지)을 외우던 즐거움이 기억난다. 요리 시간에 레몬 푸딩, 퍼프 페이스트리, 크림 크래커를 만든 일, 목재 탁자 닦는 법을 배우고, 바느질도 배우고, 영원한 '크룰' 바늘과 클락스 자수 실로 수놓는 법도 배웠는데, 그 재료는 모두 돈을 주고 사야 해서 집에다 말했더니 "공장에 가서 일하는 게 낫겠다"는 대답을 들었다. 최종 허락이 떨어진 것은 둑스 메달의 무게와 부모님이 새로이 품은 꿈, "저 애는 캐나다로 간 사촌 페그처럼 교사가 될 거야" 때문이었다.

크룰 바늘과 자수 실, 펜, 연필, 펜촉, 압지, 컴퍼스, 삼각자, 각도기, 자, '괘선(feint)과 여백이 있는' 연습장(아빠는 이걸 두고 농담을 했다. "이렇게 큰돈이 들어갔으니 기절(faint)할 일 맞지"), 일기 표지, 일기 핀……. 그해 1935년에 노동당 정부가 처음으로 집권하면서 사회보장정책으로 전면 무상 의료, 무상 입원 치료를 약속하지 않았다면 모든 것이 끝났을 것이다. 우리는 의사와 병원에 진 빚이 너무 많아서 그것을 갚을 엄두도 못 냈고, 아빠는 낚시해 온 연어, 송어, 뱅어, 가재 등을 틈틈이 평화의 선물로 바쳤다. 노동당 정부의 집권은 거의 예수의 재림 같았다. 우리 식구는 그 일을 몹시 기뻐했고, 새 총리 '미키' 새비지 또한 크게 존경해서 포스터만 한 그 사람의 사진을 부엌 벽에 붙여놓았다. 그 사진은 우리가 이든 로 56번지에 살던 마지막 날까지 거기 붙어 있었고, 2차 세계대전이 시작되었을 때도 세계 지도를 붙이고 거기에 작은 깃발들을 꽂아 '연합군의 전진 상황'을 표시하기 위해 옆으로 약간 물러났을 뿐이다.

마침내 사회보장법이 통과되자 아빠는 기쁨으로 춤을 추면서—우리도 함께 춤을 추었다—시계 뒤에 두었던 청구서들을 꺼냈고, 스토브 옆 고리에 걸린 부지깽이로 스토브 뚜껑을 열어 모두 불 속에 던져 넣었다. 어머니는 고드프리 가 사람답게 (고드프리 가 사람들은 모두 '잘 우는' 걸로 유명했다) 울었고, 우리 형제는 카우보이처럼 환성을 질렀다. 그리고 그날부터 정치계에 새로 나타난 영웅들, 미키 새비지, 존 A. 리(그는 특히 작가여서 더 존경받았다), 밥 셈플, 메이블 하워드, 패디 웨브 등은 롱펠로, 디킨스, 마크 트웨인, 존 그린리프 휘티어, 사촌 페그 및 고드프리, 조이스, 프레이저, 내시 가 조상 옆의 요지를 차지했다. 그리고 몇 년 뒤에 우리가 외상으로 산 라디오에서 의회 실황을 보도했을 때, 어머니는 라디오를 의회 방송에 맞추고 끝없이 일을 하면서 이런저런 감탄사를 내뱉었다. 연설이 끝날 때마다 '착한 사람들'을 칭찬하고 '나쁜 사람들'을 비난했으며, 국회의원들을 성 대신 이름으로 부르며 그들을 우리의 오랜 친구이자 이웃인 워커 씨네 사람들보다도 더 친근하게 대했다. 워커 씨네 사람들은 국회의원들과 달리 명절 때면 우리 집을 방문했고 그 딸도 우리 집으로 신혼여행을 왔는데도 어머니는 그들을 존이나 베시라는 이름으로 부르지 않고 늘 워커 씨, 워커 부인 하고 말했다.

나는 와이타키 중학교 2학년 때 '어른'이 되면 '시인'이 되기로 마음먹고 작은 철도 공책에 꾸준히 시를 적기 시작했다. 시에 새로운 관심이 생겨난 것은 말할 것도 없이 우리 선생님 때문이었다. 선생님은 시 낭송을 좋아해서 아름다운 많은 시를 가르치고 암송시켰다. 선생님이 원하는 노래하는 듯한 낭송법은 마음에 들지 않았지만, 그 낭송 중 일부는 노래에 대한 사랑과 함께 나를 사로잡았다. 그 세계는 경계선이 없는 세계이자 올드 메그와 거지와 부랑자와 천사들과 파피와 썩꺼져 아저씨와 춤추는 열두 공주와 놀이 노래들과 바닷가에서 슬픔에 신음하는 파도를 위로하듯, "에 파레 라"의 일부처럼 보였다. 린지 선생님은 또 무슨 개인적인 사연이라도 있는 것처럼 많은 시간을 들여 테니슨의 〈왕의 목가〉를 읽어주었고, 내가 그 시를 열심히 듣고 호기심을 품은 것은 선생님이 거기 깊이 몰두한 것도 한 원인이었다. 나는 아직도 그녀가 교실 문을 향해 시선을 던지며 호수를 바라보듯 시를 읊던 모습을 생생히 기억한다. "팔 하나가 솟아 올랐네…… 하얀 금란 옷을 입은, 신비롭고, 경이로운" 하는 그 말투는 마치 그 일을 직접 경험한 것 같았고, "다이아몬드 빛으로 반짝이는 손잡이 / 만 갈래의 황옥 빛, 섬세한 보석 / 히아신스 석으로 세공한" 보석 박힌 검 엑스칼리버가 인생에 몹시 중요하고 자신이 베데비어 경*이라도 되는 듯 포기하기 힘든 것 같았다. 그녀는 아서의 죽음도 애통해했는데, 그것은 평범한 갈색 옷을 입고 불그죽죽한 얼굴을 한 '우리의' 린지 선생님과 그다지 잘 어울리지 않았다.

그의 이름을 부르고 큰 소리로 항의하며,
검은 피로 얼룩진 이마에

*원탁의 기사들 중 아서 왕에게 최후까지 복종한 기사.

서러운 눈물을 떨구었다……

린지 선생님은 마지막 음유시인* 역시 그와 마찬가지로 생생하게 불러냈다. "길은 멀고 바람은 차가웠다. / 시인은 늙고 병들었다……." 그 도시와 왕국의 세계는 내게 새로웠다. 역사책에 나오지 않는 역사였다. 역사책은 인물들에 대해 확고한 견해를 가질 것을 독려하지만—왕과 지도자의 '좋거나' '나쁘거나' '약하거나' '강한' 행동이 영원히 기록되어 있으니—아서 왕과 마지막 음유시인과 웰링턴 공("명예로운 손님처럼 오는 저 사람은 누구인가?")의 세계에서 우리는 인물들을 원하는 대로 또는 시인이 역사를 무시하고 우리에게 청하는 대로 생각하거나 느낄 수 있었다. 우리는 시인의 손님이었다. 그의 세계는 그 자신의 왕국이었고, 그것은 어느 시인이 말했듯이 '말의 울림'으로 우리에게 닿는 왕국이었다.

아름다운 사람이 말을 할 때
말의 울림은 아름답도다
가수가 노래를 할 때
노랫가락은 청랑하도다.

린지 선생님—암소처럼 목에 주름이 늘어지고, 코가 뾰족한 구두를 신는다고 우리에게 놀림당한—이 내게 보여준 이 다른 세계는 매일매일 지나가는 낮과 밤의 표면 아래에서 살아 움직이

*월터 스콧 경의 서사시 〈마지막 음유시인의 노래〉의 주인공.

지만 말로 표현되지 않는 모든 감정, 지렁이처럼 비가 몹시 많이 왔을 때에만 표면으로 올라오는 감정들을 모두 담을 수 있었다. 그리고 이 새로운 세계는 이런 비밀스러운 감정을 충격이나 공포 없이, 복수나 징벌 없이 받아들일 수 있었다. 그곳은 아직 비밀스러운 장소였다. 린지 선생님은 이런 시 구절도 읽어주었다.

> 누구도
> 오지 않는 곳
> 또는 천지 창조 이후
> 아무도 오지 않은 곳.

나는 집으로 시 소식을 가지고 와서 계속 읊었고, 어머니는 추방자가 오래전에 떠난 모국을 보듯 그것을 받아들였다. "오늘 〈울려라, 거센 종을〉을 했어요." 내가 말하면, 어머니는 알아듣고 감동의 한숨을 쉬며 읊었다. "울려라 거센 종을 거센 하늘로 / 떠가는 구름, 차가운 빛……." 그러면 최근의 추방자인 머틀이 끼어들어 향수 어린 목소리로 "'한 해가 시들어가도다, 시들라 하자……' 우리도 그거 했어" 하고 말했다. 머틀에게는 음유시인과 '해 질 녘에 잠의 왕자를 만났네' 이야기를 하고 앵, 되, 트루아, 카트르, 생크*만 읊으면 되었다. 프랑스어를 안다는 사실은 머틀이 계속 성장하고 아빠와 싸우고 댄스파티에 가고 머제스틱 극장에서 잭 딕슨이 영사기 돌리는 걸 보는 새 인생에

---

*숫자 '1, 2, 3, 4, 5'를 뜻하는 프랑스어.

서 찾지 못한 힘과 만족을 주었다. "〈마지막 음유시인의 노래〉
도 했어요." 내가 식구들에게 말하면 어머니가 소리쳤다. "아,
월터 스콧 경. 〈마지막 음유시인의 노래〉."

　어머니는 특히 첫 번째와 마지막에 관련된 시, 최근에 발
견된 시와 오래전에 사라진 시를 좋아했다. 그것들은 어머니
의 '마지막 날'에 대한 집착과 맞물려서 한쪽에는 완전한 어둠
과 상실이, 한쪽에는 완전한 빛과 계시가 있는 상반된 이미지
를 만드는 것 같았다. 단순한 형태로 발현된 이 감정으로 인해
어머니는 뒤에 남겨지거나 버려지거나 방기되는 모든 이들에
게 연민을 품었다. 동물들에게 '왕국'을 부정하는 것과는 반대
로 어머니는 길 잃은 고양이와 상처 입은 새에 대한 시를 쓰고,
버려진 마당과 집, 지나간 날들에 대한 시를 썼으며, 그런 주제
선택은 내게도 영향을 미쳤다. 나도 '지나간 날들'에 대한 시를
썼다.

　　소나무들은 속삭이네,
　　산들바람에 부드럽게 흔들리며,
　　하루 종일 슬픔과 외로움 속에
　　달콤한 기억을 되새기면서.

그리고 두 연을 더 쓰고 아래의 연으로 마무리했다.

　　봄 햇살로 가득했던
　　어렴풋한 날의 기억
　　흔들리는 나무들이 말하고

소나무들이 속삭였지.

나는 주변에 있는 모든 것들에 대해 시를 썼다. 모래, 하늘, 나뭇잎, 무지개에 대해 썼다(이때 '주황, 노랑, 빨강, 연보라, 어여쁜 초록, 파랑' 등 색깔을 정확하게 적기 위해 노력했다). 마리 앙투아네트와 퐁텐블로 궁전에 대해서도 썼다.

아, 슬픔의 왕비여, 당신이 여기 와서
아름다운 분홍빛 노을을 볼 수 있다면,
책을 들고 호숫가에 앉거나
그 수정 같은 물을 떠먹을 수 있을 텐데.

고난의 시절, 미소는 보기 드물고
피가 뿌려지고 많은 사람이 죽으니
비에 씻긴 파란 하늘을 볼 시간도
하늘의 노을을 볼 시간도 없구나…….

수수께끼의 배에 대한 시도 썼다. "바다 빛 눈으로 나는 보았네, 오래전 수수께끼의 배를……."
나는 어머니에 대한 시도 쓰지 않을 수 없었다. 어머니는 모성에 대한 경의에서 우러나온 시를 많이 썼고, 우리에게 세상의 다른 '떠돌이'들 이야기도 계속했다. "저 여자도 누군가의 어머니일 수 있어."
나는 철도 공책에 글을 쓰는 것이 재미있었다. 나는 시 제목을 따로 목록으로 만들었는데, 첫 목록의 일부를 아직 기억한다.

스콧 선장.

모래.

그리움.

나의 무지개…….

내 시들은 '시어'에 대한 통념과 다른 공책에 기록한 카우보이와 죄수의 노래들과 머틀이 집으로 가져온 가요 책의 내용과 부모님과 조부모님이 부르는 노래가 뒤죽박죽 섞인 것이었다. 나는 부모님이 좋아한다는 것을 알아차리고 시 쓰기를 계속했다. 어머니는 그것을 자기 인생에서 잃어버려 슬퍼하던 것이 다시 태어난 것으로 보았다. 어머니가 인생에서 놓친 가장 안타까운 기회는 책의 '출간'이었다. 어머니는 언젠가 뉴질랜드 신문 잡지에 꾸준히 광고를 내는 영국 스톡웰스 사에 시들을 보냈다. 시집 출간이 가능하다는 통보의 기쁨을 누그러뜨린 것은 오직 출판에 필요하다고 제시된 금액을 댈 수 없다는 사실뿐이었다. 어머니는 그만한 돈이 없다는 사실에 체념했지만, 이따금 자랑스럽게 "내 시집이 영국 일프라콤에 있는 스톡웰스 출판사에서 출간 승인을 받았어" 하고 말할 수 있었다. 어머니는 오세아니아 경연에서 일등을 한 노래에 저작권 등록도 하지 못했다. 저작권 사무소에 필요한 서류를 요청했더니("제 노래에 저작권 등록을 하려고 합니다") 우리의 지불 능력을 넘어서는 등록비가 필요해서 노래는 저작권 없이 남게 되었다. 하지만 어머니는 그 절차에 대한 지식을 얻어서 그 일을 자주 언급했다. "내 노래에 저작권 등록 신청을 했지." 그리고 세월이 지나자 그 회상은 실망보다는 보람을 더 많이 안겨주었다. "내 노래와 관련해서 저작권 사무실하고 연락을 했어.”

어머니는 ‘런던의 플릿 로’ 이야기도 하면서 그것을 꿈의 일부로 만들었고, 우리가 만화책 읽는 걸 어머니가 참아준 것은 아마도 만화책 뒤에 “런던 E. C4 플릿 로 파링던 하우스 인쇄”라는 작은 글씨가 적혀 있었기 때문이었는지도 모른다. 우리가 그 사실을 발견했을 때 어머니의 반응은 열광적이었다. “얘들아, 플릿 로의 파링던 하우스로구나. 런던 E. C4 지역에 있는.”

런던 플릿 로와 소통한 우리만의 소박한 방식은 편지를 보내 무료 배지, 소책자, 기념품을 신청하는 것이었는데, 그 편지들은 아무런 응답을 받지 못했다. 책 출판과 런던의 플릿 로를 이야기하는 어머니의 열망은 브러디의 회복에 대해 말할 때하고도 똑같았고(“네가 커서 병이 나으면 말이다, 브러디……”)―이제는 성장이 마법의 치료 수단으로 여겨졌기 때문이다―마지막 날과 재림과 부활을 말할 때하고도, 좀 더 가정적 영역에서는 어머니가 굽는 크리스마스 케이크와 새해 케이크에 글씨를 쓸 수 있는 아이싱 세트를 말할 때하고도 똑같았다. 먹을 수 있는 글자들!

사촌 페그와 내 둑스 메달을 기억하는 아빠도 내 시 쓰기를 기뻐했지만 좀 더 차분했다. 어머니는 약간 슬프게 “네 아버지는 누가 프레임 가 사람 아니랄까봐 부루퉁한 스코틀랜드인이란다, 애들아” 하고 아버지에 대해 말했지만, 아버지도 농담을 아주 좋아해서 새로 산 라디오의 코미디 프로그램을 열심히 들었고 《해피 매그》와 《유머》지의 농담도 즐겨 읽었다. 잡지를 다 읽으면 화장실에서 쓰기 위해 종이를 네모나게 잘랐다. 하지만 아버지는 실제 인생, 사기 집에서 일어나는 웃기는 일들

은 인정하지 못하는 것 같았고, 어머니가 웃음을 섞어서 날마
다 집에서 일어나거나 라디오에서 들은 재미있는 일을 전할 때
에도 무뚝뚝하게 들었다. 아빠의 말에 대한 흥미는 형식적이었
다. 말은 찾아내고 설명하는 대상일 뿐 '뜬구름 잡는' 목적으로
는 쓰이지 않았고, 아버지가 내 시 쓰기를 좋게 본 이유는 다른
사람들에게 자랑할 수 있고 어쩌면 상을 받을지도 모른다는 희
망 때문이었다. 아버지는 저녁에 잡지의 퍼즐을 풀고 십자말풀
이를 하는 것을 좋아했다. 나는 퍼즐은 대체로 싫어했고, 특히
바다, 하늘, 잔디를 다 완성해도 늘 한 조각의 바다나 하늘이나
풀밭이 남는 그림 조각 퍼즐은 더 싫었지만, 아빠가 십자말풀
이를 도와달라고 할 때면 뻐근한 자부심을 느꼈다. 세상의 왕
에게 도움을 요청받는 기분이었지만, 나는 이런 감정을 숨기고
차분하게 단어를 찾았다. 어느 날 저녁, 몇 시간 동안 찾아봐도
마지막 한 문제가 풀리지 않았는데, 아빠가 포기하지 않자 나
도 그 결연함에 감염되어 찾고 또 찾았고, 잠자리에 들면서도
포기하지 않았다. 그리고 다음 날 아침 나는 아빠가 출근 준비
를 하는 부엌에서 승리의 함성을 들었다.

  "답은 '라탄'이야." 그리고 정말로 라탄이 답이었다. 나는 모
르는 말이었지만, 그 말은 결정, 목적지, 모험, 퍼머넌트 웨이
브, 오케이, 굽도리널, 징두리널 등과 함께 내 인생에 있어 기
억할 만한 단어로 남았다.

  도서관 이용권이 갱신된 일도(이제 우리 식구가 그 많은 책
과 떨어진다는 것은 상상할 수 없는 일이 되었다) 글쓰기에 대
한 관심을 키워주었다. 다른 일들도 영향을 미쳤다. 그해는
1936년이었다. (흔히 소아마비라고 하는) 폴리오가 한 차례 유

행해서 수막염 환자들이 생겨났는데, 아직도 국지적인 발병 사례들이 있었고 그 수는 여름이 되면서 더 증가할 거라고 예상되었다. '장애를 극복한 어린이'들에게 관심이 집중되었고, 그중에서도 어린이 시인 글로리아 롤린슨이 가장 유명했다. 할리우드에서 셜리 템플, 제인 위더스, 프레디 바틀로뮤 같은 '아역스타'가 뜨던 시대이기도 했다. 어린이 공연자와 그들의 야망, 부모들의 야망이 오아마루를 비롯한 어디서나 최고조에 올랐는데, 특히 우리 집에서는 장애와 재능의 연관성이 강조되었다. 어머니는 브러디를 달래려고 귀먹은 베토벤, 눈먼 밀턴, 간질을 앓은 율리우스 카이사르의 이야기를 하며, 오아마루 이든로 56번지의 로버트 프레임이 기적적으로 회복하거나(하느님은 매일 기적을 베푸시기 때문에) 명성과 부를 안겨줄 재능을 키울 수 있다는 희망을 불어넣어주었다. 아니, 명성과 부는 이 세상의 것이므로 그 재능이 브러디를 팔복*의 정원으로 인도하여 거기서 온유한 자, 마음이 가난한 자, 평화를 만드는 자, 사라진 모든 것을 애도하는 자로 살다가 결국에는 하느님의 자녀로서 땅을 물려받을 재능일 수도 있었다.

이유야 어쨌건 도시와 시골의 아이들은 춤과 노래와 피아노와 바이올린, 연극을 하는 꿈만 꾼 것이 아니라 시와 이야기도 쓰기 시작했고, 각 지역 신문의 어린이 면이 그런 열풍을 부추겼다. 오타고 지역의 《오타고 데일리 타임스》에는 '도트와 함께하는 어린이 페이지'가 있었다. 우리는 판에 박힌 형식에 따라 열심히 편지를 보냈다. "도트 선생님, 저도 선생님의 어린이 페

---

*성경에 나오는, 예수가 제자들과 군중에 전하는 설교 중 하나.

이지에 함께하고 싶어요. 저는 몇 살이고요"로 시작해서 "어린이 페이지 전체와 멋진 선생님 자신에게 사랑을 보내며"로 끝나는 편지들이었다.

'멋진 선생님 자신에게'라는 지나친 표현이 민망했지만 나는 '금빛 나비'라는 이름으로 편지를 썼는데, 이미 차지한 아이가 있어서 별로 독창성 없는 그 이름을 도트는 '노란 나비'로 바꾸었다. 칙스만 빼고 다른 아이들도 모두 이름이 바뀌었다. 칙스가 신청한 이름 '춤추는 요정'은 그대로 통과되었지만, 브러디의 '댄 하사'(크리모타 시리얼 상자에 나오는 왕실 기병 이름)는 '딕 하사'가 되었고, 머틀의 '베스 여왕'은 '샬럿 여왕'이 되었으며, 이저벨의 '사과 꽃'은 '사과 꽃잎'이 되었다.

장애를 강조하는 분위기는 계속되어서 때로는 맹인 피아니스트나 바이올리니스트 또는 '불구의' 가수가 라디오로 공연을 했고, 아나운서 역시 소아마비로 '쓰러진' 아이들이 얼마나 많은지 알았기에 공연자의 장애를 재능의 일부이며 심지어는 재능의 필요 요소인 것처럼 강조했다. 내 머릿속에서는 그 두 가지가 연결되었다. 용감하고 고귀한 것이 존중받는 세상에서 몸이 불구거나 앞을 못 보는 사람이 시를 쓴다면 장애가 없는 경우보다 더 용감하고 고귀하게 여겨졌다. 나는 소아마비에 걸려 하루 종일 침대에 눕거나 휠체어에 앉아 이야기와 시를 쓰고 싶었다. 그러니까 내가 가진 또 한 가지 소망대로 음악과 춤과 노래를 배워 경연에서 상을 휩쓸고 마침내 할리우드에 가는 일이 불가능하다면.

한 해가 저물었다. 나는 상으로 가죽 장정된 책 두 권과 고등학교 '진학'을 지원하는 5파운드 장학금을 받았다. 고등학교는 인문계, 상업계, 가정계 세 개의 과정이 있었고, 중학교와는 달리 과목이 섞이지 않았다. 부모님은 이제 내가 당연히 교사가 될 거라고 여겼기에 고등학교 진학을 허락했지만, 아빠는 사정이 어려워지면 학교를 그만두거나 '상업계'로 바꾸어서 취직해야 한다고 경고했다. 우리 동네 여학생들은 대부분 고교 1학년이나 2학년 때 학교를 그만두고 상점이나 사무실에서 일할 생각이었고, 또 대부분 상업계에 갈 예정이었다. 가끔 만나서 형식적인 인사를 주고받는 파피도 '상업계'에 갈 거라고 했다. 나는 또 한 편의 좋아하는 시를 통해 이미 상상력의 훼손을 경험했다. 앨프리드 노이스의 〈늙은 잿빛 다람쥐〉라는 시로, 바다의 삶을 꿈꾸던 한 소년이 어른이 되어 꿈을 이루지 못하고 사무실에서 일하며 서서히 '내면이 죽어간다'는 내용이다.

그는 런던의 높은 의자에 앉아 있다.
골든게이트 해협은 아득히 멀다.
사람들이 그를 잡아서 다람쥐처럼 우리에 넣었다.
그는 숫자를 계산하며 잿빛으로 변해간다.

내가 볼 때 그 높은 의자는 오아마루에도, 그러니까 어머니가 집세를 내는 법률 사무소에도 있었다. 반백에 피곤해 보이는 얼굴의 남자가 높고 경사진 책상 앞의 높은 의자에 앉아서 숫자를 계산했고, 그가 집세를 받으러 올 때면 펜촉처럼 뾰족한 그의 코끝에는 잉크 대신 콧물이 달려 있었다. 나는 문학의 '진실'을 철저히 믿었기에 상업 세계의 인생은 앨프리드 노이스가 묘사한 대로일 거라 믿었다. 그리고 사무원으로 사는 인생은 소중한 꿈을 배신하는 것이라고 여겨 "나는 절대 상업계에 가지 않을 거야" 하고 결연하게 말했다.

긴 크리스마스 휴가가 다가왔다. 크리스마스 축제는 새해 전야, 가이포크스 데이*와 함께 행복한 가족 명절이었다. 크리스마스 날 아침에는 식당 벽난로의 측백나무 가지에 걸어놓은 양말(아빠의 회색 작업복 양말)에 선물이 들어 있었다. 우리가 요구한 선물을 받은 적은 거의 없지만 그래도 선물은 선물이고 예측할 수 없었기에 기쁘고 신 났다. 그리고 새해 전야에는 스코틀랜드 전통에 따라 '문턱 넘기'를 했고, 한 해의 풍요를 약속해주는 푸짐한 자정 식사가 있었다. 그리고 매년 가이포크스 데이에는 뒷마당에서 아빠가 막대 불꽃과 로켓 불꽃을 날리는 동안 우리는 1펜스짜리 폭죽에 불을 붙이고 땅에서 터지는 꼬마 폭죽을 던졌다.

크리스마스에는 언제나 바다에 갔다. 오아마루의 프렌들리 만에도 가고, 때로는 티머루의 캐롤라인 만으로도 갔다. 그해 크리스마스 휴가는 수영을 하며 보냈다. 린지 선생님은 나를 수영장에 밀어 넣는 그다지 우아하지 않은 방법으로 수영을 가르쳤다. 내가 학생의 허리에 띠를 매고 거기 달린 장대를 잡아당기는 선생님의 일반적인 가르침에 따르지 않았기 때문이다. 수영장에 빠진 충격은 컸지만 나는 이제 수영을 좋아하게 되었다.

그래서 우리는 바닷가나 수영장에서 여러 날을 보냈다. 머틀과 이저벨은 모두 수영을 잘했다. 머틀은 다이빙도 잘해서 시내 수영장에 가면 우리는 우리가 좋아하는 다이빙 도사들이

*매년 11월 5일, 1605년 의사당을 폭파하고 제임스 1세와 그 일가족을 시해하려 한 가톨릭교도들의 화약음모사건이 무마된 것을 기념하는 날.

높거나 낮은 스프링보드에서 다이빙하는 모습을 봤고, 이어 자기 차례가 된 머틀이 특별한 다이빙을 했다. 우리는 수영장이 남자애들을 구경하는 데 아주 좋다는 것을 알게 되었다. 남자들이 물속에 있어서 관찰하기 쉽거나 수영장 가장자리의 다이빙 대 옆에 수건을 깔고 눕거나 아니면 다른 사람들의 시선을 의식하며 근육을 자랑해 보였기 때문이다. 잭 딕슨이 수영장에 다니기 시작했는데, 그의 피부가 에롤 플린이나 클라크 게이블과 달리 아주 파리하다는 게 드러나자 머틀은 그에게 흥미를 잃었다. "그 앤 완전히 약골이야." 머틀이 말했다. 약골이라는 건 남자에게 최고의 수치였다.

우리는 의자라는 유리한 위치를 차지하고서 남자애들이 수건과 수영 팬티를 목에 두르고 왔다 갔다 하는 모습을 보았고, 그들이 아무렇지도 않게 '수영복' 이야기 하는 것을 들었다. 우리는 '수영복'을 돌돌 말아서 겨드랑이에 끼고 다녔고, 거리로 나갈 때는 남자애들이 우리에게 도전적으로 수건을 팔락거리는 것을 기쁨 속에 외면한 채, 수영복을 어느 때보다 더 꽁꽁 말아서 도도하게 집으로 걸어갔다.

그런 뒤 시간이 흘러 조용하고 푸른 1월이 2월이 되고, 다시 여름이 되어 날은 길고 덥고 칙칙한 우울과 피로로 가득했다. 나는 학교로 돌아가기 싫었다. 고등학교 교복이 필요했기 때문이다. 진회색 서지 튜닉과 검은 펠트 모자, 겨울에는 검은 베레모, 여름에는 흰색 파나마 모자였다. 회색 플란넬 블라우스와 흰색 면 블라우스는 중학교 때와 같았고, 학년 말 파티와 오페라 하우스에서 하는 종업식 때는 흰색 원피스를 입어야 했다. 학생들은 네 개의 '하우스'에 따라 색이 달라지는 색깔 띠도 있었다. 하우스의 이름은 와이타키 고등학교의 1대에서 4대까지 교장의 이름을 딴 것이었고, 하우스는 제비뽑기로 결정되었다. 다행히 폴리 고모가 내 교복을 지어주기로 했고, 나는 일이 잘 되기를 바라는 마음과 그러지 않을 것 같은 두려움 속에 페토니에서 올 소포를 기다렸다.

여름철에 활짝 피어났던 모든 것이 하나둘 시들기 시작했다. 솜털이 온갖 파스텔 색조로 보송보송하던 과꽃은 꽃잎 끝이 말리며 갈색이 되었다. 정자에 피었던 미색 뱅크시 장미는 이미 쪼그라들어 떨어졌다. 우리는 바짝 마른 앞마당 잔디밭에 누워 구름을 올려다보며 그 모양을 헤아렸다. 저게 뭐로 보이니? 저건 뭐로 보여?

소풍

그해 여름 우리는 친구가 생겼다. 마거릿이었다. 마거릿은 부모님과 언니 노라린, 남동생 존과 함께 최근에 길 건너 집으로 이사를 왔다. 마거릿은 태도, 말투, 어휘, 옷, 부모님, 집, 종교가 모두 독특하고 신기했다. 마거릿은 종교가 로마 가톨릭이어서 우리와는 다른 학교에 다니며 수녀들에게 배웠다. 마거릿은 타고난 배우였는데, 자신의 '매력'을 이용해서 진실인지 어쩐지 알 수 없지만 자신이 스페인 사람이라고 주장했다. 모든 일에 확고한 마거릿의 태도를 우리는 의심할 수 없었다. 마거릿을 만난 뒤로 우리는 그동안의 싫증 나고 재미없는 말들을 마거릿의 흥미로운 말들로 바꾸기 시작했다. 필기용 탁자는 '에스크리투아르'가 되었고, 소파는 '체스터필드'가, 복장은 '앙상블'이 되었다. 마거릿 어머니의 복장도 우리 어머니와는 완전히 딴판이었다. 우리 어머니는 평일에는 젖은 앞치마와 구멍 난 실내 드레스를 입고, 집세를 내거나 브러디를 데리고 치료자를 찾아갈 때는 감청색 옷을 입었는데, 그 옷은 크라이스트처치의 글래슨 상점에서 우편 주문으로 산 것으로 그 값은 매주 할부로 지불했다. 이런 최초의 할부 구입은 쉽게 결정된 것이 아니었다. 그것은 마치 재정적 순결을 잃은 것과 같았다. 의사를 부르고 브러디를 (발작이 멈추지 않을 때) 병원에 데려가는 것은 이제 무료였기 때문에 우리는 할부로 이불도 사고 손님용 시트도 살 수 있었다. 어머니는 할부로 식품이 아닌 '물질'을 사는 마음의 불편함을 달래기 위해서 우리가 소중한 고객이라고 말했다. 그것은 사실이었다. 6개월에 한 번씩 "소중한 고객님께……"로 시작하는, 등사기로 찍은 청구서가 왔기 때문이다. 그리고 우리는 정말로 돈을 지불했다. 페더 부인의 오래된 외상도 거의 갚았다.

우리는 마거릿의 어머니와 아버지도 청구서를 받는다는 사실을 알고 마음이 편해졌다. 마거릿의 아버지는 양복이 두 벌 이상이었고, 일터에서 작업복에 기름과 석탄을 묻히지 않았으며, 도시락(연어 샌드위치 또는 양파 샌드위치)이 든 가죽 작업 주머니를 들고 다니지 않았고, 집에 올 때 부엌 스토브에 쓸 철도 석탄과 우리의 글쓰기 욕망을 채워줄 철도 공책을 가지고 오지도 않았다.

1936년 부활절 휴가 때, 노동당 정부의 수립과 엉글 스크림의 노래에서 묘사한—"새로운 날이 다가오네, 창공에 황금이 있고 사람들의 심장에 희망이 있네"—날들이 올지도 모르는 가능성을 축하하기 위해 우리는 연례 무료 표로 기차의 일등 '새장' 칸에 타고 라카이아로 첫 번째 가족 휴가를 떠났다. 아빠가 모든 일정을 준비해놓았다. 짚단을 실은 트럭이 기차역에서 우리를 맞아 (트럭 뒤칸에 싣고서) 시골길과 방목지를 달려 강둑에 이르렀고, 우리는 거기에 인디언 천막을 쳤다. 아빠는 천막 한구석에 이불 대신 짚을 깔았고, 그사이에 어머니는 입구 근처에 무염 비스킷 등으로 식사를 차렸으며, 우리는 불을 피울 나무를 찾았다. 주전자가 끓었고, 아빠는 비 올 때 천막 안쪽에 손을 대면 물이 샌다고 주의를 준 뒤 연어 낚시 도구—낚싯대와 릴과 반짝이는 새 가짜 미끼들과 낚시 가방—를 들고 연어 서식지를 찾아갔다. 내 기억에 따르면 우리 형제는 주말 내내 유칼립투스 숲을 탐험하고 까치 소리를 듣고 수리매를 구경하고 어디를 가나 마주치는 저지 황소를 피해 다니고 무염 비스킷을 먹었고, 그러는 동안 어머니는 불씨를 지키고 차를 끓이고 반짝이는 얼굴과 이마에 젖은 손수건을 얹어 뜨거운 햇빛을 피하고 넓적한 신발을 신은 뚱뚱한 다리를 벌리고 앉아 크고 붉은 반점들을 드러내고 거기에 냄새나는 녹색 렉소나 연고를 발랐다. 어머니는 앉아서 시를 읊으며 아빠와 아빠가 잡거나 놓친 연어들에 대해, 그리고 아빠하고 지미 피니미니가 연어를 잡았다가 놓친 일에 대해 재미있는 노래를 지었다.

어느 날 지미하고 내가
밥을 먹으러 집에 갔더니

우리가 머리를 누일 헛간에
누가 몰래 들어왔네.
누가 우리 연어를 훔쳐갔네,
누가 우리 연어를 훔쳐갔네…….

아니면 어머니는 역시 앉은 채로 버드나무들 너머 미칠 듯이
푸른(눈 녹은 물이 흘러든 거란다, 얘들아) 라카이아 호수를
바라보거나, 자신의 '소녀 시절'이 얼마나 완벽했는지에 대해
말했다.

그런 뒤 밤이 되자 상류의 비로 불어난 강물이 우리 천막에
서 불과 몇십 센티미터 아래까지 차올라서 우리는 어둠 속에서
일어나 천막을 높은 곳으로 옮겨야 했고, 우리 인생의 모험을
경험했다고 느꼈다. 휴가를 자주 가는 다른 아이들이 당연히
여기는 종류의 모험을.

이제 우리에게는 새 친구 마거릿이 있었기에 그런 모험 이
야기를 전할 기회가 생겼다. 강물이 불어서 천막을 옮긴 이야
기, 까치, 무염 비스킷(큰 통 전체!), 모닥불에 둘러앉아 먹은
연어, 황소 방목장 건너 랭글리 목장으로 우유를 구하러 간 일,
투덜거림과 웃음, 밀짚에 누워서 잔 밤들, '척하기' 놀이, 강물
소리 듣기, 아빠 말이 사실인지 알아보기 위해 서로 천막에 손
을 대보라고 하고 그게 사실이라는 걸 알게 된 일, 싸우고 화해
한 일, 계획하고 꿈꾸고 우리의 과거와 우리의 영광과 서로의
몸을 비교한 일, 그리고 다시 나와 땔감으로 쓸 마누카나무를
주워 모은 일, 버드나무로 피리를 만들려고 한 일, 수맥을 찾으
려고 강물과 빙글빙글 맴도는 가지들과 이따금 바다로 떠내려

가는 양과 소의 시체를 몽롱하게 바라본 일. "작년에 라카이아로 캠핑을 갔어"는 마거릿을 앞에 두자 "해마다 라카이아로 캠핑을 갔어"로 변했다.

그리고 아빠가 이번 휴가 때도 라카이아에 가기로 결정하자, 우리는 마거릿에게 같이 가자고 했고, 마거릿이 그러겠다고 해서 우리는 다시 라카이아 이야기를 시작했다. 평범한 가정에서 평범한 부모와 가족과 함께 재난도 악몽도 아닌 평범한 일을 겪으며 사는 '다른 사람'이 라카이아의 영광을 함께한다는 것은 우리를 열광시켰다. 우리는 즉시 마거릿을 외국 여행자로 맞은 여행 안내원처럼 행동했다. 소아마비가 더 널리 퍼지고 신문이 보도하는 환자의 숫자가 가파르게 늘어나면서 처음에는 여행을 갈 수 있을지 의문이 들었다. 어떤 학교들은 전염병이 고비를 넘기기 전까지 휴교한다고 했다. 하지만 어머니는 복잡한 도시를 떠나 하느님의 하늘 아래 친 천막에는 전염병이 미치지 못한다고 믿었다. 또한 어머니는 우리의 건강을 믿었다. 우리는 모두 어머니의 젖꼭지를 깨물 때까지 모유를 먹지 않았던가? 어린 시절에 우유도 많이 먹고, 뇌에 좋은 생선도 많이 먹고, 꿀, 텃밭의 채소, 과일, 그리고 장운동을 원활하게 해주는 거친 오트밀을 먹지 않았던가?

우리는 라카이아에서 다시 한 번 탐험하고 놀고 먹고 마거릿에게 자랑했지만, 마거릿의 이국적 힘에 굴복하여 마거릿의 언어를 말하고 마거릿의 놀이를 했다. 머틀은 회색 바지를 입었고, 이제는 아빠를 비롯해서 모두가 그 사실을 인정했다. 이제 많은 여자들이 바지를 입었기 때문이다. 여자들은 담배도 피웠다. 마거릿의 어머니는 담배를 피우고 화장을 했는데, 그러한 점은 마거릿의 매력을 높여주었다. 그리고 우리는 신부와 수녀와 고해성사와 성수(聖水)가 있는 마거릿의 신비로운 인생을 몹시 부러워했다.

추억과 햇빛 화상을 가득 얻은 휴가가 끝나자 아빠는 윈덤의 경매소에서 산 상자형 카메라로 우리의 사진을 찍었다. 친척들이 왔을 때도 쓰고, 우리가 마당의 일본식 다리 위에 서서 사진을 찍을 때도 쓰는 카메라였다. 라카이아 사진이 나오자 어머니는 기겁했다. 한 사진에서 머틀이 거의 투명하게 나왔기 때문이다. 머틀만 빼면 모두 또렷하게 나왔다. 모든 일이 한꺼번에 닥치는 게 무섭다고 어머니는 말했다. 외할머니의 죽음, 눈 녹은 물로 불어나 푸른색으로 번득이는 아름다운 라카이아 강, 가을 눈이 내린 서던알프스 산맥, 온 나라를 슬픔과 공포로 채우는 전염병, 중증 마비를 피한 경증 피해자들이 철제 목발을 짚고 다니는 일, 이 모든 일은 머틀이 언제 죽을지 모른다는 깊이 묻어둔 두려움을 표면으로 불러냈다.

죽음

새 학년이 시작되었다. 하지만 학교는 계속 휴교 중이었다. 우리는 통신으로 수업을 받았다. 폴리 고모가 만든 교복이 도착했다. 몸에 꼭 맞았고, 주름이 세 개가 아니라 두 개뿐이었지만 나는 만족해서 아빠가 사진을 찍어 폴리 고모에게 보내는 것을 허락했다.

방학과 여름은 나란히 움직이는 운명인 것처럼 다시 여름이 왔다. 캔터베리 평원에서 더운 북서풍이 불어왔고, 하늘은 황산구리 또는 '청석' 빛이 되었고, 바다나 수영장 같은 물속이 아니면 편한 곳이 없어서 우리는 바다와 수영장 양쪽을 모두 열심히 다녔다. 책 목록과 첫 번째 수업 자료가 도착하기 전 마지막 금요일에 머틀이 같이 수영장에 갔다가 시내에 나가 남자애들을 구경하자고 했지만 나는 거절했다. 나는 이제 수업에 흥미가 생겨서 어떻게 하면 너무 조르거나 싸우는 일 없이 새 책들을 구할까, 고등학교가 내 마음에 들까를 생각하고 또 시를 계속 쓸 공책을 생각했기 때문이다. 머틀은 내가 수영장에 안 가겠다고 한 것을 두고 나와 다투었다. 싸움의 진짜 이유는 내가 '아빠의 편애'를 받기 때문이었다. 내가 둑스가 되고, 고등학교에 가고, 캐나다로 이민 간 아빠의 사촌 페그처럼 교사가 될 거라서 아빠가 나를 편애한다고 했다. 나는 머틀이 한때 잔다르크와 잠의 왕자와 함께 꿈꾸던 세계, 사라진 주인공들의 멋진 약속이 있던 세계로 들어가고 있었다. 게다가 아빠는 머틀에게 특히 가혹했다. 머틀은 반항적이고 대담하고 대놓고 말을 어겨서 늘 캐버섭의 산업학교에 보내겠다는 위협을 들었다. 반면 나는 '착한' 아이가 되고 싶고 어른들의 인정을 받고 싶어서 걸리지 않을 게 분명한 때를 빼면 소심하게 순종했다.

그날 오후 다툼 끝에 머틀은 마거릿하고 이저벨과 함께 수영장에 갔고, 나는 집에 남아서 충실하게 새 학년을 준비했다. 오후 늦게 누가 현관을 두드렸고, 어머니는 외판원일 거라는 생각에 문을 열고 재빨리 말했다. "오늘은 아무것도 안 사요." 그러고는 문을 닫으려고 하는데, 남자는 전형적인 외판원답게 발을 문틈에 끼워 넣고 부엌으로 밀고 들어왔다. 그러자 우리에게 그런 일을 여러 번 말했던 어머니는 평소 표현대로 그를 '제압'할 준비를 했다. 나는 식당 문 옆에 서 있었다. 남자는 나를 보더니 날카롭게 말했다. "아이는 나가 있으라고 하세요." 나는 나가지 않고 남자가 하는 말을 들었다. "저는 의사입니다." 남자가 말했다. "따님 머틀의 일을 전하러 왔습니다. 따님이 익사했습니다. 시신은 영안소에 있습니다."

나는 가만히 남자를 쳐다보며 그 말을 이해하려 했다. "시신은 영안소에 있습니다." 우리 형제는 언제나 영안소 건물을 안다고 생각했다. 우체국 지나 오아마루 하천이 혼탁한 녹색으로 흘러내리는 인공 폭포 근처의 이끼 덮인 작은 석조 오두막이었다. 타카로 공원을 가로질러 타인 로와 해변으로 질러가는 길에 그 앞을 지날 때면, 우리는 서로 그 집을 가리키며 겁을 주었고, 때로는 창살이 쳐진 작은 창문 안("공기가 통해야 시체 냄새가 안 나니까")을 들여다보려고 했다. 그 집은 아주 작았고 문이 꼭 닫혀 있어서 아무도 들어갈 수 없었기 때문에 우리는 거기가 시체를 보관하는 영안소일 수밖에 없다는 걸 알았고, 우리가 집에서 그 오두막 이야기를 하면 어머니는 언제나 두려운 얼굴이 되었는데, 그러면 우리는 아버지가 어머니를 놀리던 사례를 본받아 그 말을 더 자주 했다.

"영안소, 영안소."

"그 말 하지 마라, 애들아."

이제 의사가 소식을 전하고 가자 엄마가 그 말을 했다. 어머니 역시 머틀이 물에 빠져 죽었다는 말을 믿었기 때문이다. 나는 처음에는 기뻤다. 이제 더는 서로 싸우고 울고 때릴 일도 없고, 아빠가 머틀을 어쩌지 못해 노발대발하고 우리가 그 소리에 겁내고 떨고 우는 일도 없을 거라고 생각했기 때문이다. 그런 뒤 나는, 평화는 오겠지만 그 대가로 머틀이 세상에서 완전히 사라져버렸다는 슬픈 사실을 깨달았다. 휴가를 가거나 이웃집이나 시내 중심가나 세상 다른 어디에 간 것이 아니라 땅 위에서, 세상에서 완전히 떠났다는, 어떻게 되나 한번 연습해본 것도 아니고 진짜로 깨끗이 없어졌다는 사실을. 이제 명랑하고 낙천적이고 속 이야기도 잘 털어놓고 장난기 가득한 머틀, 무릎에 상처가 있고 어른처럼 달거리를 하는 머틀, 할리우드에 가서 영화배우가 되고, 프레드 애스테어와 탭댄스를 추고, 노래와 춤으로 명성과 부를 얻겠다는 꿈을 품은 머틀은 어디로 가는가? 은색 종이 갑옷을 입고 투구를 쓴 잔다르크, 라디오에 나와서 '전파를 타고' 시를 낭송하던 머틀은 어디로 가는가?

해 질 녘에 잠의 왕자를 만났네,
그 얼굴은 고요하고 사랑스러웠네.

머틀이 완전히 사라졌다는 사실은 그날 저녁 머틀이 집에 돌아와 평소대로 아침에 시작한 일을 끝내지 않았을 때, 그러니까 세제로 빨고 세탁실 창턱에 널어 말린 구두를 안으로 들이지 않았을 때 더욱 두드러지게 느껴졌다. 아빠가 일찍 퇴근해서 엄마를 끌어안고 울었다. 아빠가 우는 모습은 처음이었다. 모두들 이저벨에 대해선 잊은 것 같았고, 이저벨은 아주 늦게, 거의 어두워졌을 때 금발에 수영장 물기가 남은 채로 돌아왔다. 이저벨의 작고 겁에 질린 얼굴은 아이가 어디에 있었고 무엇을 보았는지를 말해주었다.

그날 밤 우리는 침대에서 함께 꼭 끌어안았다. 다음 날과 그 다음 날은 어른들이 검시와 검시관과 장의사에 관한 이야기를 나눴고, 어머니는 그들에게도 다 '책임'이 있다며 날카로운 목소리로 사람들의 이름을 하나하나 거명했다. 장례식과 매장 절차를 들으면서 나는 그동안 다른 친척이 죽었을 때는 몰랐던 새로운 지식을 얻었다. 하지만 이것은 다른 누구도 아닌 머틀의 일이었다. 머틀의 익사, 머틀의 장례 공지, 머틀의 장례, 머틀의 꽃, 머틀의 관, 머틀의 무덤, 머틀은 한꺼번에 그렇게 많은 것을 가졌던 적이 없었다.

검시가 끝나고 사람들이 머틀이 든 관을 우리 집의 사과 냄새 나는 거실로 들여오자 엄마가 물었다. "머틀을 보고 싶니?" 나는 싫다고 했다. 어머니는 "부활의 날에 모두 볼 거다" 하고 말해서 나는 다시 한 번 부활의 날이 얼마나 혼란스러울지 상상했다. 바글대는 사람들, 그 얼굴들을 훑으며 사람을 찾는 일, 수천 수만의 사람들이 서로를 마주하는 당혹감. 오직 기적만이 이 모든 일을 가능하게 할 것이다.

머틀은 묻혔다. 오아마루의 많은 이가 머틀의 무덤에 꽃을 놓아주었다. 머틀이 다닌 수영 클럽 사람들도 왔고, 그중에는 우리 앞에서 근육과 수영복을 자랑하던 남자애들도 있었다. 그런 뒤 얼마 지나지 않아 꽃 위로 비가 내렸고, 카드는 잉크가 번졌으며, 색 리본은 해어지고 썩었고, 무덤 자체가 꺼져서 나중에는 땅과 높이가 같아졌다. "무덤은 늘 꺼져." 사람들이 말했다.

그러넌 어느 날 내가 머틀의 무덤에 새로 꽃을 놓고, 샘 동의 물에 아스피린을 부셔 넣고 있을 때—물에 아스피린을 녹이면 꽃이 오래간다고 들었다—린지 선생님이 근처에 있는 자기 어머니 무덤에 찾아와 있었다. '보석 박힌 검 엑스칼리버와 신비롭고 경이로운 하얀 금란 옷을 입은 손'의 린지 선생님이었다.

"거기가 머틀의 무덤이니?" 린지 선생님이 물었다.

나는 고개를 끄덕였다.

"물속에 뭘 넣는 거니?"

"아스피린이요." 내가 말했다. 린지 선생님의 전에 없던 온화한 말투와 이해한다는 태도가 나를 화나게 했다.

"그런다고 머틀이 돌아오지는 않아." 그녀가 부드럽게 말했다.

"알아요." 나는 냉랭하게 말하고, 아스피린을 넣는 이유를 설명했다.

나는 그때 꽃을 비롯한 여러 가지를 '오래가게' 하는 기술을 많이 배웠다. 우리 집에서도 그랬고, '슬픈 상실'을 애도하러 온 사람들 가운데서도 그런 이야기가 많이 오갔기 때문이다. 그들은 '헌화'의 부패를 막고, 카드와 리본을 보존하는 방법에 집착했다. 그들은 머틀에 대한 기억을 '생생하게' 간직한다는 말도 했다.

"머틀의 사진도 남았잖아요, 로티." 사람들이 (자신들의 '퍼머넌트' 웨이브를 만지며) 어머니에게 말했다. 그리고 마침내 우리가 머틀이 물에 가라앉아 죽었다는 것을 깨달았을 때, 머틀이 다시는 옷을 입으러, 잠을 자러, 아니면 그냥이라도 집에 오지 않는다는 것을 깨달았을 때, 최근에 찍은 머틀의 사진을 찾아보았지만 있는 것은 라카이아에서 찍은 '유령' 사진과 모두가 수영복을 입은 사진 한 장뿐이었다. 나는 한쪽 어깨가 흘러내려서 막 생겨난 가슴이 드러나 있었다. 하지만 필요한 건 머틀의 사진이었다. 시내의 사진사는 식구들 틈에서 머틀만 빼냈다. 물론 마거릿을 감싸 안은 한쪽 팔은 포기해야 했다. 하지만 사진사는 굴하지 않고 머틀의 팔을 만들어냈고, 마침내 우리에게 머틀의 완벽한 사진을 크게 확대해서 내놓았다. 사고 직전에 사진을 찍어놓은 게 정말 다행이라고 모두가 말했다. 그리고 미리 알려주지 않으면 그 팔이 가짜라는 걸 아무도 몰랐다.

지난날의 포마녹

전염병은 사라지지 않았다. 학교는 필수 교과서와 자습서 목록, 그리고 선택 과목 질문지를 보냈다. 나는 선택 과목으로 라틴어와 지리 가운데 하나를 골라야 한다는 걸 알았지만, 결정은 아빠가 대신 내렸다. 아빠는 두 교과서의 가격을 비교하고 "지리를 들어라"라고 말했다

어찌 된 영문인지 W. E. 애덤스와 제프리앤드스미스라는 두 서점에서 호의를 베풀어 나는 필요한 책을 모두 외상으로 살 수 있었고, 기하학 제도 세트처럼 비싼 학용품도 샀다. 나는 크게 들떴다. 새 책, 그 색과 냄새, 그리고 뒤에 '정답'이 있는 대수와 기하학과 산수 책. 모든 문제의 정답을 확인할 수 있다니! 선생님들이 정답을 어찌나 감질나고 비밀스럽게 가르쳐주는지, 나는 순진하게도 우리가 학교에서 수학을 배우는 것은 마

지막에 정답을 퀴즈 쇼의 상처럼 받기 위해서라고 생각했다. 이제는 답을—설령 틀린 답이라고 해도—찾아가는 방법이 더 중요하다는 것을 깨달았다. 또한 질문이나 문제를 말하는 방법도. 나는 모든 문제의 정답을 선생님에게 물어볼 필요가 없다는 생각에 어른이 된 것처럼 우쭐해졌다. 프랑스 동화들도 있었다. 시리즈의 첫 권 《콩트 에 레장드》*는 《그림 동화》 속 이야기를 포함한 여러 이야기를 프랑스어로 소개한 것인데, 그 시의적절함이 감동적이었고, 그 풍성함은 내게 보물처럼 느껴졌다. 수업으로 배울 셰익스피어 희곡 《한여름 밤의 꿈》과 지침서 《셰익스피어 입문》, 옛 역사책, 시집 《헬리콘 산》이 있었다.

나는 1회분 수업을 피할 수 없는 '나의 모험' 작문으로 마무리했다. 그리고 시집을 읽었는데, 놀랍게도 아주 많은 시인이 머틀의 죽음을, 그리고 머틀 없는 세상이 얼마나 이상한지를 알고 있었다. 장례식이 끝나고 손님들이 돌아가고 새 교과서가 오면서 다시 일상이 시작되었지만, 모든 하루에 공허가, 머틀이 없는 허전함이 있었고, 헬리콘 산의 시인들은 바로 그 공허 위에서 내 감정을 이야기하고 있었다. 나는 그들의 깊은 이해를 거의 믿을 수 없을 지경이었다. 언제나처럼 모든 시인을 존경하는 어머니가 옳았고, 나는 이제 어머니가 때때로 습관처럼 "시인들만 알아, 시인들만 알아" 하고 중얼거리는 것을 이해하게 되었다. 나는 또한 어머니가 왜 그렇게 시인에 대한 시를 많이 썼는지도 이해했다. 그 가운데 한 편은 내가 학교에서 낭송하기도 했다.

*프랑스어로 '이야기와 전설'이라는 뜻.

그는 시인이었네, 그는 우주에 내리꽂히는
천둥을 사랑했네. 시인은 이제 사랑하는
풀밭 아래서 잠을 자네. 시인의 심장만이
이해하는 자신의 손을 멈추고서.

시인은 소나무의 속삭임을 들었네.
언제나처럼 심장 속에, 달콤한 선율을.
아침의 영광이 그의 심장에서 깨어났네.
그 자신이 또 하나의 자연이었네.
그가 조용히 잠을 자고, 신경 쓰는 이 하나 없네.
자연은 시인 위로 나뭇잎을 머리카락처럼 떨구네.

어머니가 시인을 좋아한 건 그들의 시 때문만이 아니라 시인에
대한 낭만적인 관념 때문이기도 했다. 어머니에게 그들은 현실
에서 만날 수 있는 예수 재림과도 같았고, 어머니가 그들을 찬
양하면 아빠는 어머니에게 예수님 이야기를 들을 때처럼 시샘
했고, 그 시샘은 늘 조롱으로 끝났다.

《헬리콘 산》에는 월트 휘트먼의 《바다의 표류물》에 실린 장
시 〈사라진 짝〉이 수록되어 있었는데, 그 시는 내가 느끼는 모
든 것을 표현하고 있었다. 앵무새 두 마리가 있다가 한 마리가
사라지고, 남은 짝이 오래도록 찾아 헤매고, 그 과정에서 수많
은 허위 제보를 만나고, 추측과 분노와 후회, 그리고 마법의 도
움까지 구하며 필사적 추론을 거치지만, 결국 잃어버린 짝을
찾지 못하고 모든 희망을 버리는 이야기. 나는 애통해하는 새
가 스스로에게 상실은 없다고, 짝은 곧 집에 돌아올 거라고, 잠

깐 '떠나 있는' 거라고, 아니면 조금 늦어질 뿐 언젠가는 돌아올 거라고, '보면 알 거'라고 말한 모든 기만적인 생각과 감정을 이해했다. 내가 시를 여동생 칙스에게 읽어주자 칙스도 이해했다. 칙스와 나는 그 시를 읽고 또 읽었다. 나는 내 책에 머틀에 대한 다른 시들도 있다는 데 놀랐다. 〈애너벨 리〉*였다. "아주 오랜 옛날 일이라네 / 어느 바닷가 왕국에……." 바닷가 왕국! 그건 당연히 오아마루를 가리키는 말이었다. 방파제 너머에는 거친 바다가, 안쪽에는 다정한 만이 있어서 우리 귀에 밤낮 없이 바다 소리를 들려주는 오아마루.

또 다른 시도 있었다. 〈에벌린 호프〉**.

아름다운 에벌린 호프가 죽었도다!
잠시 그녀의 곁에 앉아 바라본다.
저것은 그녀의 책꽂이, 이것은 침대.
그녀가 꽂아놓은 제라늄 꽃도
유리잔 안에서 죽어가누나…….

열여섯의 나이에 그녀는 죽었도다!

내 인생을 꿰뚫어 보고 오아마루 사람들을 시로 쓰는 것 같은 시인들의 놀라운 능력! 오아마루는 모두가 알듯 적도와 남극의 중간, 남위 45도에 있고, 오클랜드나 웰링턴, 시드니, 런던, 파리, 그밖에 많은 (죽은) 시인들이 산 북반구의 도시들만큼 유

*에드거 앨런 포가 아내의 죽음을 애도하며 쓴 시.
**영국 시인 로버트 브라우닝의 시.

명하지 않은데 말이다! "래머스 언덕의 소나무는 짙푸르렀네"
로 시작하는 또 다른 시*는 말했다.

> 내 동무는 집을 떠났네
> 웃음의 샘과 음악과
> 꽃피는 젊음도 함께…….

래머스 언덕? 그것은 우리 동네의 언덕과 소나무 농원, 그러니
까 솔밭을 말하는 게 분명했다.

> 아직도 래머스 숲의 소나무는
> 바다처럼 신음하네
> 조수가 갈마드는 바다처럼…….

나는 시인들이 구체적인 부분은 지어내기도 하고 이름도 바꾼
다는 것을 알았다. 파피하고 내가 썩꺼져 아저씨를 진짜 이름
대신 '우리' 이름으로 부른 것처럼. 시인은 '덤불'도 '숲'으로 바
꾸었고, 그들이 말하는 소나무 숲은 우리의 농원이 분명했다.
그들은 좋은 것과 아름다운 것을 과장하는 경향도 있었다. 머
틀은 딱히 아름답지도 않고 '내 사랑'도 아니었기 때문이다. 머
틀은 그저 나를 놀리고 꼬집고 때리는 언니, 나보다 아는 것도
많고 언젠가 음악과 남자와 옷과 사랑과 저택, 그러니까 할리
우드 스타의 모든 혜택을 누릴 언니였을 뿐이다.

*존 그린리프 휘티어의 시 〈내 동무〉.

전염병이 사그라들자 학교가 다시 문을 열었다. 나는 새 교복을 입고 와이타키 여고로 갔지만, 폴리 고모가 색깔을 잘못 고른 블레이저는 집에서만 입기로 했다. 학교는 복장 규칙이 아주 엄격했고, 겉모습을 남들과 약간이라도 다르게 하는 것은 큰 물의를 일으켰다. 우리는 항상 발을 맞추어 걸어야 했고, 그것은 예전 린지 선생님 시절에 선생님이 "발끝 먼저, 발끝 먼저……" 하고 구령을 외며 우리를 교실로 행진시키고, 그러다 누가 비틀거리거나 발을 잘못 디디면 강하게 꾸짖던 때와 같았다.

우리의 작은 1학년 교실에는 열여덟 명의 여학생이 있었는데, 시 낭송을 잘하고 '우등반'이라는 명성이 있어서 교장 선생님인 제시 뱅크스 윌슨(우리는 J. B.라고 부른)은 우리에게 특별 웅변 선생님을 붙여서 시 낭송을 계속 시켰다. H 선생님은 젊고 예쁘고 검은 머리에 뺨이 붉었는데, 너무 '만만해서' 장난의 표적이 되었다. 그녀가 우리에게 가르친 시들은 함께 가르치는 웅변만큼 훌륭하지 않았다. "피곤한 두꺼비 세 마리가 틸버리 탑으로 달려가네…… 너덜너덜 악당이 울퉁불퉁 바위들을 빙 돌아 달렸네…… 피터 파이퍼는 절인 고추 다섯 되를……."

참견쟁이 남자들이 중얼중얼거리며
자꾸자꾸 실수를 반복하네.
푸른 들판에서 풀을 뜯는 회색 거위 세 마리,
거위는 회색, 들판은 녹색…….

이렇게 우리는 '정해진' 작품들─〈판의 피리〉, 〈타란텔라〉, 〈강물(맑고 차가운)〉─을 낭송했다. 어느 것도 린지 선생님의 '신비롭고 경이로운, 하얀 금란 옷을 입은 손'이나 머틀의 시 '아름다운 사람이 말을 할 때 말의 울림은 아름답도다……', '해질 녘에 잠의 왕자를 만났네……'만큼 아름답지 않았다.

그해가 기억할 만했던 것은 프랑스 동화, 시, 새로운 음악, 고대 역사 공부, 이제는 '지구상에서' 사라진 사람과 도시와 동물과 새와 곤충의 이야기들 때문이었다. 나는 다시 한 번 어머니에게서 들은 멸종된 생물과 땅과 바다 밑에 묻힌 문명 이야기가 떠올랐고, 우리가 언덕 동굴에서 조개껍데기 화석을 가져가면 어머니가 오아마루가 예전에는 바다 밑에 있었다고 말한 것이 떠올랐다. 어머니에게 이런 문명과 땅과 바다의 변화는 '마지막 날'과 과거 이외의 것도 변화할 때를 가리키는 것이었다. 나는 고대 역사 수업 시간에 수메르인들의 꿈을 꾸었다. 그들이 어떻게 살았는지, 어떤 옷을 입었는지, 페니키아와 티루스의 무역 상인들의 꿈을 꾸며, 우리 담임이자 역사 선생님인 홀 선생님—공정하고 솔직하고 무른 성격에 햇빛이 비쳐드는 연갈색 머리—이 가르치는 내용은 듣는 둥 마는 둥했다.

이 모든 새로운 세계, 과거의 변화를 배우는 것은 내게 위안이 되었다. 나는 머틀이 죽은 뒤 우리 집에 나타난 현재의 변화, 그러니까 아버지가 전에 없이 두려움을 보이는 것, 예전처럼 강력하게 식구들을 지배하지 못하는 현상을 좀 더 분명하게 볼 수 있게 된 것 같았다. 딸들이 가질 수 없는 옷을 사달라고 하면—우리는 학교 밖에서도 교복을 입어야 했기에—뭐라고 나무라기는 했지만 전처럼 화를 내지도 않았고, 심지어 우리가 "다른 애들은 집에서 평상복을 입어요"라고 말해도 그저 못 들은 척하거나 "다른 애들이 하는 걸 다 따라 해야 하니?"라고 응대할 뿐이었다. 대신 아빠는 자신의 분노와 실망을 오빠에게 쏟아부었다. 오빠의 병은 그사이에도 전혀 누그러들지 않았는데, 아빠는 아직도 간질이 브러디의 '잘못'이라고 믿었기 때문이다. 아빠는 이제 브러디를 놀리고 조롱하며 그의 모든 행동을 비난하는 데 열중했고, 반면 브러디 '편'인 어머니는 그 모든 이유를 설명하려고 했지만 설명에 실패하면 변함없이 성경 구절을 인용했다. "평화를 위하여 일하는 사람은 행복하다. 그들은 하느님의 자녀가 될 것이다." "내가 인간의 여러 언어를 말하고 천사의 말까지 한다 하더라도 '사랑'이 없으면…….."

나에게 새롭게 펼쳐진 또 하나의 세계는 전에는 몰랐던 종류의 음악으로, 우리의 《자치령 노래책》과 반 친구 한 명을 통해 알게 되었다. 그 애 이름은 셜리 그레이브였고, 내가 처음으로 그 아이를 의식하게 된 것은 선생님들이 아이의 어수선함과 집중력 부족을 나무라면서였다. 하지만 아이의 상상력은 그런 문제를 덮어주었다. "셜리는 상상력이 풍부해. 시를 쓰니까." "너는 정말로 몽상가로구나, 셜리! 항상 상상이 가득한 시의 세계에 빠져 있어!"

나는 내가 동경하는 시인의 특징을 가진 이 소녀에게 흥미와 질투를 느꼈다. 나는 시인이 되고 싶었고, 시인은 상상력이 풍부하고 큰 꿈을 꾸어야 한다는 걸 알고 있었다. 그때껏 나는 상상력이 풍부하다거나 시적이라는 말을 한 번도 듣지 못했다. 나는 현실적인 사람이었기 때문이다. 내가 쓰는 시들마저 현실적이어서 나는 항상 새로 배운 사실을 적거나 사람, 장소, 색깔을 열거했다. 예를 들어, 내가 스콧의 탐험에 대해 쓴 시는 이랬다.

오츠 에번스 바워스 윌슨과 스콧
세상에서 잊히지 않은…….

내가 아무리 열망한다고 해도, 누구도 나를 시인이라 부를 수
없었을 것이다!
또 나는 수학을 잘했고 문제 푸는 걸 좋아했다. 반면 "셜리
는 상상력이 풍부하지…… 늘 꿈속에 살아"라는 말은 주로 셜
리가 수학 문제를 못 풀고 쩔쩔맬 때 나왔다.
그리고 음악 축제에서 셜리는 우리의 《자치령 노래책》에 나
오는 〈음악에 부침〉을 불렀다.

그대는 수많은 슬픔의 시간에 신성하도다
인생의 고난이 내 영혼을 짓누를 때…….

나는 피아노 반주와 가사가 모두 그렇게 아름다운 노래를 들어
본 적이 없는 것 같았다. 나는 축제 때 셜리가 피아노도 친다는
것을, 우리 반에서 피아노를 안 배운 학생은 세 명뿐이라는 것
을 알게 되었다. 그런 뒤 셜리의 부러운 재능을 더 완벽하게 만
들어주려는 듯 셜리의 아버지가 돌아가셨고, 셜리가 결석한 동
안 선생님은 우리에게 그 사실을 전하면서 아버지를 여읜 셜리
를 따뜻하게 대해주라고 했다.
나는 부러움과 동경에 압도되었다. 셜리는 시인에게 필요한
모든 것을 갖추고 있는데 거기다 아버지의 죽음이라는 비극이
더해졌다. 나처럼 현실적이고 집중력이 좋고 수학을 좋아하고
부모님이 모두 살아 있는 사람이 어떻게 시인이 될 수 있다는

말인가? 하지만 내가 타고난 몽상가가 아니라 해도 적어도 흉내는 낼 수 있을 거라는 생각에 나는 꿈에 대한 시를 썼다. '꿈'이라는 말을 자꾸자꾸 쓰면 꿈을 만들어낼 수도 있을 거라 믿으며.

> 새벽에 안개 낀 언덕의 꿈을 꾼다
> 아침 하늘의 꿈을 꾼다…….

이런 구절을 읽으면 내가 몽상가라는 걸 누가 부정할 수 있겠는가?

나는 내 시를 3YA 방송국의 스키퍼에게 보냈고, 스키퍼는 뜻밖에도 그 시에 상을 주었다. 내 시가 라디오 전파를 타고 방송되었고, 호의적인 평가를 받은 것이 정말로 신기해서 나는 '꿈'이라는 말이 효과가 있는 것 같다고 생각했다. 그래서 그 후로 시들에 계속 '꿈'이라는 말을 쓰며 똑같은 기만을 꾀했다. 그리고 대부분의 시인이 그 말을 사용한다는 것을 깨달은 뒤로는 더욱 그랬다. "내 꿈을 밟지 않도록 발을 조심하세요…… 우리는 음악을 만들고, 꿈을 꾸는 사람들…… 그들은 그들의 꿈이 있고 우리를 생각하지 않지요……."

나는 '시적'이라고 판정된 다른 말들도 모았다. 별, 잿빛, 보드랍다, 깊다, 그늘지다, 자그마하다, 꽃……. 어떤 것은 전부터 시에 쓰던 말이었지만, 그 말들을 사용한 것은 역시 그게 '시'의 말이기 때문이었다. 그리고 시는 낭만적인 것(희미하고 형언하기 어렵고 작고 낡고 잿빛인)을 강조하기 때문에 나는 내가 '시적이고 상상력이 풍부한' 사람이 되는 길에 올라섰다고 느꼈지만, 한편으로는 시인을 더욱 드높여주는 장애가 없다는 것에 애석해했다. 나는 돌아가신 부모님도 없었다. 물론 머틀은 죽었고, 시 수업 시간에 머틀의 이름은 자주 나왔다. "다시 한 번 월계수여, 그리고 다시 한 번 도금양이여……."* 이 시도 물에 빠져 죽은 사람의 이야기였던 것이다……. 나는 수업 시간에 머틀의 이름을 들은 충격이 너무도 커서 발가락에 힘을 준 채 책상 뚜껑을 두 손으로 움켜잡고 눈물이 터져 나오는 것을 막아야 했다. 하지만 어떻게 해서인지 머틀의 죽음은 '자격'에 해당하지 않았다. 그것은 지나칠 만큼 내 안에 있고 내 일부여서, 그것을 바라보며 '몽상적으로', '시적으로' "아, 비극이 있어. 모든 시인의 인생은 비극이야" 하고 말할 수 없었다.

오빠의 병도 '자격'에 해당하지 않았다. 그것은 너무나 사실적이었다. 그것을 가능하다고 받아들이는 사람은 아무도 없는 것 같았다. 어머니는 아직도 "네가 커서 병이 나으면, 브러디"라고 말했다. 그는 내가 도서관에서 빌려오는 책과 다른 책들―원래는 도서관 책이었지만 '폐기' 표시가 찍힌 채 시내 쓰레기장에 버려진 것을 그가 주워서 손수레에 실어 온―을 읽으며 독학을 했다. 그가 일자리를 구할 희망은 거의 없었다. 어쩌다 구한다 해도 누군가 그에게 간질이 있다는 것을 폭로하면 해고되었기 때문이다. "사람들이 알았어요, 엄마." 그는 쓸쓸하게 말했다.

아버지는 딸들의 '능력'에 점점 더 큰 관심을 기울였다. 날마다 내가 학교에서 돌아오면, 아버지는 가벼운 농담조로 하지만

*존 밀턴의 시 〈리시다스〉의 한 구절로, 머틀(myrtle)은 도금양이라는 꽃 이름이기도 하다.

실제로는 진지하게 물었다. "오늘 학교에서 일등했니? 오늘은 누구를 이겼니?" 아버지는 내 '경쟁자'들의 이름을 알았다. "오늘 M하고 S하고 T를 이겼니?"

이런 태도는 그리 특이한 것이 아니었다. 우리 반의 '상위권' 여학생들은 늘 그런 태도로 정보와 정답과 점수를 교환했다. 경쟁심은 학교에 가득했고, 나처럼―놀랍게도―상위권 근처에 있게 되면 많은 영광과 특권을 누리지만, '나머지'에 속하면 교사들의 끊임없는 조롱을 받았다. 하지만 우등생이 아닌 여학생 너댓 명은 순전히 개성으로 힘과 특권을 유지해서 그런 놀림을 피했다. 이 집단이 우리 반의 핵심이었다. 그들이 집과 학교에서 하는 활동은 반 아이들의 주요 관심사이자 소식이 되었다. 나를 포함한 나머지는 그 바깥쪽에 다양한 간격으로 동심원을 형성하고서 그들을 바라보았다. 그들의 힘은 실제로 우등생의 영광도 추월했고, 우리는 때로 '공부벌레'라는 경멸적인 이름으로 불렸다.

그 핵심 집단에서 가장 먼 동심원, 그러니까 내가 있는 자리에서 나는 키가 크고 천식을 앓는 한 여자아이와 친해졌다. 설리의 친구이기도 한 그 아이는 대학생인 오빠들 이야기를 쉬지 않고 했고, 오빠들에게 들은 이야기도 전했는데, 그건 주로 카를 마르크스가 한 말이었다. 카를 마르크스가 이런 말을 했어, 저런 말을 했어⋯⋯. 둘이 함께 점심을 먹는 동안 그 애는 계속 공산주의와 카를 마르크스를 설명했고, 나는 핵심 집단 아이들이 모여 앉아서 깔깔대며 주말 동안 바닷가에 있는 헛간 같은 집에서 엄마와 아빠가 무슨 말을 하고 무슨 일을 했는지 떠드는 것을 부러운 눈길로 바라보았다. 그들에게서 힘과 행복이 흘러나오는 게 눈에 보일 지경이었다. 그들의 인생은 우리 반 다른 모든 아이들의 인생을 압도했다. 카를 마르크스조차 대적이 되지 않았다. 그들의 가족은 다른 어떤 가족보다 더 행복하고 재미있고 흥미로웠다. 그리고 그들은 모두 유명한 사우스힐에 살았다. 선생님들조차 그 아이들을 뿌리치지 못해 연극 대본 읽기 수업에서 항상 그들에게 역할을 주었고, 다른 아이들은 시샘에 차서 그들을 바라보고 그들의 목소리 연기를 들었다. 황금의 길을 걸어 사마르칸트까지 여행한 것도 그들이었고, 《한여름 밤의 꿈》과 《베니스의 상인》의 인생을 산 것도 그들이었다. 포샤, 티타니아, 퍽은 그들의 몫이었고 나머지 우리는 지나가는 요정 또는 무대 밖 목소리 1, 2, 3에 만족해야 했다.

학년 말에 나는 상으로 《명성을 얻은 소년소녀들》을 받아서, 방학 동안 형제들과 열심히 읽었다. 우리는 브론테 자매의 이야기를 알고 사랑하게 되었다. 황량한 요크셔 황무지, 사제관, 교회 묘지. 우리는 오라비에게 '문제'가 있고 서먹한 부모님은 각자의 일에 바쁜 그 말없는 가족에게 친근감을 느꼈다. 브론테 자매에게는 황야가 있고 우리에게는 언덕과 협곡과 소나무 농원이 있었다. 그들도 우리처럼 가족의 죽음을 겪었다. 그들의 인생은 우리 인생보다 훨씬 더 비극적이어서—우리 인생은 그 모든 난관에도 불구하고 대체로 즐거웠으니까—우리는 불쑥불쑥 닥치는 슬픈 감정을 그들에게 기꺼이 줄 수 있었고, 브론테 자매에게 감정을 바치는 일은 감상적인 사랑 노래로 인기를 끌던 저넷 맥도널드나 넬슨 에디 같은 당시 '스타'들에게 마음을 주는 일보다 훨씬 더 뿌듯했다.

내 사랑 내 사랑 내 사랑

나를 영원히 사랑해줘요…….

내 소중한 카우보이 노래나 슬픈 시들조차(《주인의 무덤에 묻힌 개》) 우리가 브론테 자매에게 그리고 내가 새로 발견한 음악에(《그대는 수많은 슬픔의 시간에 신성하도다》) 준 그런 뜨거운 감정을 받지는 못했다.

나는 이제 더는 '지난날의 포마녹'*의 짝 잃은 새라는 느낌이 들지 않았다. 이제 인생은 아주 심각하게 느껴졌다. 나는 때때로 호기심과 두려움이 섞인 마음으로 사람들이 미래라고 하는 것을 생각했다.

굶주린 세대

그해 중간에 나는 파피를 잠깐 만났다. 파피도 고등학교의 상업계 과정에 다니고 있었다. 나는 '상업계'라는 말이 너무도 끔찍해서 파피가 멀쩡하게 살아가는 게 거의 믿기지 않았다. '상업계 학생'들이 수업 중인 교실 창 밑을 지나갈 때면, 요란한 타자기 소리가 그들 앞에 놓인 운명을 상상하게 해주었다.

내가 파피를 만난 곳은 우리가 오래전에 송엽국의 골진 줄기를 짜서 그 즙으로 손에 난 사마귀를 마술처럼 없앤 강둑 근

*월트 휘트먼의 시 〈사라진 짝〉의 배경.

처 글렌 로 모퉁이였다. 우정을 금지당하고, 그런 부모님의 판결을 절대적으로, 심지어 자랑스럽게 수용하고, 그런 뒤 완전히 개별적으로 살았던 생활은 이제 서로에게 각자의 인생에 특별하고도 막연한 관심을 불러일으켰고, 파피가 사무적으로 "나는 상업반이야"라고 거듭 말했을 때 나는 속물적인 배신감을 느꼈다. '상업반' 학생이 '인문반' 학생보다 급수가 떨어진다는 건 모두가 아는 일이었고, 나는 파피가 무시당하는 게 싫었다.

"나는 속기, 타자, 복식 부기를 배워."

어떻게 그런 일이!

"상업반 재미있어?" 내가 조심스럽게 물었다.

"속기 기호가 너무 많아." 파피가 말했다.

나는 속기 기호에 대해 아는 게 없었다.

"맨날 속기 기호를 배워."

"아, 그래?"

우리의 만남에는 체념한 듯한 심각한 분위기가 있었다. 우리는 어쩌면 전장에서 서로의 생존 가능성에 대해 메모를 주고받는 두 명의 군인 같았다. 고등학생임을 일러주는 진회색 서지 교복은 어쩐 일인지 그런 심각함을 더욱 강조해주었다. 파피의 교복에 둘린 직조 허리띠는 '번 하우스'의 붉은색이었다. '깁슨 하우스'인 내 허리띠는 녹색이었다. 우리는 이런 사실을 의식하며 서로를 바라보았다.

그러다 갑자기 파피가 되살아난 듯했다. 울타리를 넘어온 꽃은 우리 거라서 우리가 '채집'할 권리가 있다고 당당하게 주장하던 그 옛날의 파피, 내게 제라늄과 그 색깔과 냄새를 일러주고 《그림 동화》를 빌려준 파피로.

　"〈나이팅게일에게〉를 배우고 있어." 파피가 말했다. 《헬리콘 산》에 나와."

　나는 〈나이팅게일에게〉를 읽지 않았다. 자기 감정을 지루할 만큼 자세히 쓰는 시인이 싫었기 때문이다. "내 심장은 쑤시고, 나른한 마비감이 감각에 / 고통을 주네……"처럼.

　"시도 배워야 하거든." 파피가 말하고 시를 읊었다.

너는 죽을 운명이 아니로다, 불멸의 새여!
어떤 굶주린 세대도 너를 짓밟지 못한다.
지나가는 이 밤에 내가 듣는 목소리는
머나먼 옛날의 황제와 광대도 들었다.
어쩌면 저것은 이국의 밀밭에서
고향 그리워 눈물짓는
룻의 서글픈 가슴에도 사무친 노래,
또한 쓸쓸한 요정 나라의
위험한 바다 거품을 향해 열린
마법의 창문을 여러 차례 매혹한 노래.

　나는 파피의 시 낭송에 깜짝 놀랐다. 파피는 마치 시가 자신과 직접적인 관계라도 있는 것처럼, 그것이 자기 인생의 이정표라도 되는 것처럼 열렬하고 친근하게 시를 읊었다. 오래전에 나에게 너무도 많은 것을 주었던 파피는 이제 글렌 로 모퉁이, 송엽국 가득한 냇둑 근처에서 어린 시절과의 결별을 마지못해 선언하는 듯했다. 우리의 아름다웠던 요정 나라를 '쓸쓸하다'고 하는 키츠의 표현까지 받아들이면서. "어떤 굶주린 세대도 너를 짓밟지 못한다”는 구절은 무슨 뜻인지 이해되지 않으면서도 내 머리에 들어와 박혔다. 그 말은 파피의 입에서 공포의 외침처럼 터져 나왔다. 왜? 그 시는 속기 타자와 복식 부기를 배우는 상업반 여학생 파피와 아무런 관련이 없을 텐데. 하지만 파피는 그 시와 내용을 자신의 것으로 선언했다.

파피의 시 낭송은 소중한 이별의 선물이라는 현실을 담고 있었지만, 나는 그걸 이해하지 못해서 받아들일 줄도 몰랐다. 무지한 나는 성경 속 룻의 이야기조차 몰라서 룻이라는 이름에 그저 아기를 낳으려고 학교를 그만둔 루스라는 아이가 떠올랐을 뿐이다. 그리고 나이팅게일도 경험한 적 없고, 나의 이든 로는 밤낮으로 글렌 로의 비둘기 소리와 우리 집 마당에 드나드는 검은방울새 소리로 채워졌기에, 내게 현실로 느껴진 것은 “굶주린 세대”, “위험한 바다”, “쓸쓸한 요정 나라”뿐이었다.

“수업 시간에 외우게 해.” 파피가 마법을 깨고 다시 말했다.

“우리한테는 아직 안 왔어.” 나는 문학 작품이 질병이라도 되는 것처럼 말했다.

“가야겠다.” 파피가 말했다.

우리는 작별 인사를 했다. 그 뒤로 파피하고 더는 이야기를 하지 않았다. 파피는 그해 말에 학교를 그만두었고 곧 결혼해서 오타고 지방 어느 해안 도시에 정착했다고 들었다.

바닷가 왕국

여름 방학은 머틀이 정말로 영원히 사라졌다는 걸 확인시켜주었다. 그전까지 우리는 일요일마다 머틀의 무덤을 찾아갔다. 머틀의 무덤은 이제 다른 무덤들하고 별 차이 없는 평범한 무덤이 되어서 주변에 민들레, 소루쟁이, 별꽃이 자라났다. 우리는 묘지 다니는 일을 그만두었다. 머틀은 떠났다. 비밀 고백, 진실한 이야기, 《진실한 로맨스》. 격렬한 싸움의 날들은 지나갔고, 나는 이제 큰딸이 되었다. 스코틀랜드에서 캐나다로 이민 간 페그 삼촌처럼 장차 학교 선생님이 될 나는 인생의 표면을 매끈하게 만드는 데, 그러니까 사람들 눈에 띄지 않고 비난과 분노를 사지 않도록 최선을 다했다. 나는 학교에 친한 친구도 없고 남자 친구도 없었다. 마거릿도 파피처럼 거리를 두고 지나간 인생의 일부로 바라보게 되었고, 공부, 숙제, 시험이 줄줄이 이어지는 고등학교 생활은 나를 놀이가 없는 심각한 인생으로 이끌고 갔다. 나는 여전히 문예기술회관 회원으로 청소년 도서관의 모든 책을 읽어나갔지만, 아직 성인 부문에는 갈 수 없었다. 나는 식구들에게 이제 곧 2학년이 되어 공부도 숙제도 더 많아진다고 말해서 거실로 방을 옮겼다. 이전까지 죽은 사람들과 손님들만 지냈고, 한구석에 사과를 보관하는 거실은 부엌에서 멀찌감치 떨어져 있어서 식구들이 싸우는 소리를 피할 수 있었다. 이즈음 식구들의 다툼은 오빠 문제가 중심이었다. 열다섯 살이 된 오빠는 시내 당구장에 드나들었는데, 그 당시 당구장은 대단한 유흥업소, 범죄의 소굴로 여겨졌다.

우리 세 딸은 주로 숙제를 하고 글을 쓰고 라디오를 들으며 저녁 시간을 보냈다. '아빠와 스네이크 협곡의 데이브', '프레드와 매기 에브리바디', '일본인 사환 소년' 같은 프로그램이 있었고, 퀴즈 쇼, 정기 국회, 그리고 한 시간짜리 '런던 경찰청 스콧 형사'—언제나 "좋아, 데리고 나가"로 끝나고, '올빼미 울음 사건', '블랙미어의 갑부 사건' 같은 제목이 붙은—도 있었다. 우리는 어린이 프로그램도 열심히 들었다. 4YA에서는 빅 브라더 빌이 자연 프로그램을 진행했고 3YA에서는 스키퍼가 '요정 나라의 데이비드와 돈'을 했다. 우리는 프로그램이 시작될 때 나오는 음악을 아주 좋아해서 늘 그게 끝나는 걸 아쉬워했는데, 제목이 '데이비드와 돈'인 줄 알았던 그 음악은 몇 년 뒤에 알고 보니 《호두까기 인형》에 나오는 〈꽃들의 춤〉이었다. 우리는 여전히 무대에서 노래하고 춤추고 악기를 연주하는 꿈을 꾸었다. 우리는 지역에서 열리는 경연 대회를 계속 구경 다녔고, 값싼 오후 프로그램에 가서 거기 나온 춤 동작을 외워 집에서 연습하곤 했다. '도트와 함께하는 어린이 페이지'에도 꾸준히 편지를 보냈고, 월요일 아침에 아빠의 자전거를 타고 가서 고기(치맛살 6펜스어치, 다진 고기 2펜스어치)와 신문을 살 때면 늘 기대에 차서 우리가 보낸 편지나 시나 도트의 평이 실렸는지 뒷부분을 슬쩍 들추어보았다.

다시 새 학년이 시작되었고, 나는 5파운드 소액 장학금을 한 차례 더 받아서 책을 사는 데 보탰다. 돈 걱정은 전과 다름없었고, 가슴이 커지면서 교복이 점점 몸에 꼈지만 졸업 때까지 버텨야 한다는 생각에 걱정이 커졌다. 그리고 내가 있을 곳이 없다는 느낌, 집에서 내 이야기를 할 수 없다는 느낌이 있었다. 다른 아이들, 특히 핵심 집단 아이들은 당당하고 행복해 보였다. 그 아이들은 모두 새 학년을 시작했다. 셜리를 포함해서 두어 명은 학교를 그만두었다. 셜리의 홀로 된 어머니는 이제 셜리의 학비를 댈 수 없다고 했다. 셜리가 폴리테크닉인지 불레이즈인지 '잡화점'—리본, 레이스, 실(클락스 자수 실), 크롤 바늘을 파는—인지 하는 데서 일한다는 소식을 들었을 때 나는 울적하고 안타까웠다. 파피는 '상업계'에 다니고, 셜리는 〈잿빛 다람쥐〉에 나오는 구절처럼 상점에서 일한다는 것이.

사람들이 그를 잡아서 다람쥐처럼 우리에 넣었다.
그는 숫자를 계산하며 잿빛으로 변해간다.

'굶주린 세대'를 읊은 시는 어떻게 되는 것인가? '슬픔의 시간에 신성하도다……' 하는 노래는?

나는 내가 몽상가인 이유는 오직 사방에서 탐욕스럽고 황폐한 현실이 해가 갈수록 꿈을 부식시키기 때문이라는 것을 깨달았다.

깁슨 선생님이 담임을 맡았던 그해의 기억은 다시 한 번 프랑스어와 영문학과 수학 문제와 기하학 정리의 즐거움과 형식—문제, 작도, 증명, 결론—으로 이루어졌다. 새 학년에도 반 규모는 작았는데, 가운데 두짝 문을 사이에 둔 옆 반은 우리보다 조금 더 큰 다른 인문계 2학년 반이었고, 영어 수업을 하거나 이따금 수학 및 프랑스어 수업을 할 때면 그 문을 열었다. 교실은 예전에 강당으로 쓰던 곳이라서 자랑스러운 인물과 전사자 명단이 붙어 있었다. 옆 반인 2B반은 중학교를 다닌 우리와 달리 학생 대부분이 시골 초등학교에서 곧장 올라오거나—
깁슨 선생님은 이것을 범죄로 여겼다—'버스' 통학생이나 하숙
생이라서 (우리가 기비라 부른) 깁슨 선생님의 조롱을 받은 반
면 우리 2A반은 우쭐한 우월감을 누렸다.

우리 반에는 여전히 그 핵심 집단이 있었는데, 그들은 이제
2학년 전체를 지배해서 옷, 행동, 여가, 영화, 책, 온갖 사안에
자신들의 취향을 다른 모든 아이들에게 강제했다. 나는 그 힘
에 매료되어 그들을 자세히 관찰했다. 그들은 모두 교복 세트
를 제대로 갖춰 입었고, 심지어 선택 사항이며 대부분은 사지
못한 것까지 갖추었다. 뚱뚱한 주근깨 소녀 P는 유머 감각이
탁월해서 점심시간이면 엄마 아빠와 함께 주말 별장에 가서 겪
은 모험 이야기로 좌중을 휘어잡았다. P의 아버지는 경매인이
었다. 작은 체구에 검은 머리인 M은 피아노를 잘 쳤고(어머니
가 음악 교사였다), 애국적인 글을 썼으며, 인기투표에서 늘 일
등을 하는 너그럽고 사려 깊은 소녀였다. M의 아버지 역시 경
매인이었고 이따금 오아마루 시장으로도 일했다. 그리고 (아버
지가 역시 경매인인) B는 뛰어난 춤 솜씨로 지역 대회와 전국
대회에 나가 많은 상을 탔고 달리기 실력도 발군이었으며, 그
당시 스타일의 '매력적'인 외모였다. 핵심 집단의 예술가는 L이
었다. 검은 머리의 예쁜장한 소녀 L은 목수의 딸로 미술 상을
도맡았다. 마지막으로 J 역시 유머 감각이 뛰어났고 깡말라서
'뼈다귀'라는 별명이 있었으며 행동은 어색했지만 머리가 비상
하고 상상력이 풍부했다. 하지만 그것이 늘 칭찬을 받지는 않
았고, 교사들은 알아차리지 못할 때도 많았다. J는 못생겼지만
밉상은 아니었다.

핵심 집단에 속하지 않지만 이따금 그 안으로 들어갔다 나왔다 하는 아이들로는 J와 M이 있었다. M 역시 피아노를 잘 쳤고, 그 연주에는 깊이와 고요가 있었다. 그 아이는 작았고, 다른 대부분의 아이들처럼 '예뻤다'. 어디선가, 언젠가 나는 왜 아버지가 '목수에 불과한' L이 핵심 집단에 들어갔는지 속물적인 궁금증을 품었다. 아버지의 직업은 반에서도 학교에서도 중요했고, 유명한 아버지(시장, 시 의원, 의사, 치과 의사)나 친척을 두었다면, 또는 (한 여학생의 경우처럼) 두 가지가 모두 있다면—W의 아버지는 방직 공장 관리자였고, 사촌은 와이타키 고등학교의 교사였다!—그 결과로 생겨나는 크나큰 위신은 생존과 번영에 중요한 역할을 했다.

나는 여전히 작은 '우등생' 집단에 속해서, 문제의 답을 서로 비교하고 다른 학생들에 앞서 추가 수학 공부를 했다. 우리 중 가장 똑똑한 아이는 (아버지가 방직 공장 관리자인) W였는데, 학교 옆에 살았고, 앞마당 잔디밭에 큰 인형의 집이 있었다. W는 독서에서도 앞서서 어린이 고전—《이상한 나라의 앨리스》, 키플링의 《정글 북》, 《토드 홀의 토드》—을 모두 읽었고, 우리는 잘 모르거나 아예 모르는 문제들의 답, 그러니까 읽은 적도 들어본 적도 없는 시구절 같은 것을 알았다. 우리 아버지가 "그래, 오늘은 W를 이겼니?"라고 물었던 W가 바로 그 아이였다.

나는 아버지와 가깝게 지내고 싶었다. 아버지는 아직도 가끔 내게 물었다. "양이 너를 어떻게 봤니?" 그러면 그렇게 오랜 시간이 지났는데도 나는 얼굴을 가리고 '양 얼굴'을 지어서 아버지와 편안한 공감을 나누었다. 나는 아버지와 함께 십자말풀이도 풀고, 퀴즈 프로그램도 들었으며, 아버지가 언젠가부터 집에 가져오는 탐정 소설도 읽었다. 작은 정사각형 판형의 겉모습은 우리 여학생들이 가끔 읽는 '연애 소설', '기숙학교 이야기', '서부 모험 소설'과 비슷했다. 바로 섹스턴 블레이크 시리즈였다. 나는 그 책들의 문장이 형편없다고 생각했지만, 그런 마음을 드러내지 않고 꾸준히 새 책을 읽었다.

"아빠가 이번에 가져오신 섹스턴 블레이크 책 다 읽었어요." 내가 아버지에게 말했다. "재미있었어요."

아빠는 대답했다. (나는 아버지 눈빛에 담긴 고마움이 측은했다.) "그래, 나는 그냥 그렇더구나. 주말에 몇 권 더 가져오마." 이제 나는 아버지의 마음속이 다 들여다보이는 것 같았고, 거기 들어앉아 있는 비극은 내 마음을 슬픔으로 채웠다. 엄마가 어쩌다 "부녀가 그 탐정 소설을 아주 좋아해"라고 말하는 걸 들으면, 나는 엄청난 긍지와 고마움을 느꼈다.

내가 집에서 '섹스턴 블레이크 시리즈'를 읽고 교과서를 공부하고 도서관에서 빌린 책들을 읽는 동안, 그 핵심 집단은 라파엘 사바티니, 노드호프, 홀(《바운티 호의 반란》 시리즈), 조젯 헤이어(《이 오랜 그늘》)를 읽었는데, 나는 그런 것은 일부러 읽지 않았다. 독서는 내가 그 집단의 힘에 반대하는 영역이었기 때문이다. 그들은 항상 자기들이 읽는 책을 열렬히 호평하며 분석했고, 그러면 반 아이들이 다 그 책을 읽었다. 그들이 읽는 책의 주제는 내 흥미를 끌지 못했다. 어린 시절에 그토록 좋아한 모험에 대한 사랑은 사라졌고, 결투와 기사와 화려한 의상이 나오는 책과 영화는 지루했다. 내 인생에 모험과 스릴의 시기는 끝났다. 나는 L. M. 몽고메리의 앤 시리즈는 재미있게 읽었다. 특히 앤의 '상상력'을 말하는 대목들을. 그것은 '풍부한 상상력'을 갖고 싶은 사람이라면 소망하지 않을 수 없는 특징, 몽상적이고 시적인 셜리 그레이브의 특징이었다. 하지만 내 열망에도 불구하고 나는 불편할 만큼 사실의 말에 충실했고 상상보다 현실의 인간이었다. 나는 사실의 세계에 기거하며 이든 로의 일상에 빛처럼 내려앉는, 그리고 나에게 '다른 곳'에 존재할 것을 강요하지 않는 상상력을 원했다. 그 빛이 글렌 로의 비둘기에, 우리 집 마당의 자두나무와 동백나무 두 그루(붉은 동백과 흰 동백)에, 우리 소나무 농원과 협곡에, 우리 정자, 우리 생활, 우리 집, 그러니까 바닷가 왕국 오아마루 세계에 비추기를 원했다. 나는 시인이 되고 싶은 은밀한 소망을 실현하려면 동박새나 부처꼬리딱새 대신 나이팅게일 틈에서 상상의 인생을 보내야 한다는 사실을 받아들이지 않았다. 나는 내 인생이 '다른 세상'이 되기를 원했다. 그리고 내 인생에 들어와서 머틀과 우리 바닷가 왕국의 이야기를 시적인 방식으로 써준, 그래서 오아마루의 사건들을 더욱 생생하게 만들어준 너그러운 시인들에게 감사했다. "열여섯의 나이에 그녀는 죽었도다", "저것은 그녀의 책꽂이, 이것은 침대……" 같은 시들. 그것은 정말이지 머틀이었다. 부고에도 '향년 16세'라고 적혔다. 물론 '책꽂이와 침대'는 환상의 산물이었다. 우리 자매는 모두 한 침대에 엉켜 잤고 책꽂이는 부엌에 있는 게 전부였기 때문이다. 거기에는 오스카 와일드, 사전, 성경, 하느님 책, 제인 그레이 서부 소설, 종교서적 보급회에서 발행한 어린이 책《하늘을 향해 걸어요, 우리는 일곱》이 꽂혀 있었다. 나는 늘《하늘을 향해 걸어요, 우리는 일곱》이 우리 식구 이야기라고 생각했다. 우리 식구가 일곱 명이었기 때문이다. 그리고《폼페이 최후의 날》,

《티루스의 통들》,《대가를 치르다》,《농담에서 진담으로》,《존 핼리팩스》,《신사》,《체이스 박사의 가정 요리》 등이 있었다.

핵심 집단 아이들은 경험하지만 나는 경험하지 못한 것들—옷, 사교 생활, 춤—에 대해서는 내가 그들의 판단에 따르듯이, 나는 시인들의 습관과 그들의 언어 선택을 따라야 한다고 느꼈고, 그래서 그들의 꿈, 새벽, 잿빛 얼굴의 노인이 거듭 나오는 시를 계속 썼다.

그해 나는 또한 늙은 수부(水夫)를 발견했다. 어느 날 아침 깁슨 선생님이 교실에 들어오더니 아무런 사전 설명도 없이 교탁에 앉아 책을 펼치고 "〈늙은 수부의 노래〉, 새뮤얼 테일러 콜리지" 하고 '공지'하듯 말한 뒤 시를 읽기 시작했다. 그리고 시 전체를 다 읽자 "다음 주에 늙은 수부에 대한 감상문을 써서 제출하도록" 하고 말하고 교실을 나갔다. 수업은 끝이었다.

나는 늙은 수부 시를 몰랐고, 깁슨 선생님의 낭송을 들을 때는 그 참혹한 여행 이야기를 제대로 이해하지도 못했다. 그러다가 어느 순간 모든 것이 사라지고 나 또한 홀로 바다에서 '살아 있는 죽음'을 살고 있었으며 그 바다 풍경이 오아마루의 바다처럼 가깝게 느껴졌다. 알바트로스를 보면서 나는 나이팅게일과 작별했다. 나는 알바트로스를 직접 본 적은 없지만, 어머니는 그 새 이야기를 여러 번 해주었고 포트로즈와 와이파파에 살 때 먼 바닷새들을 가리키며 "저게 알바트로스일지도 모른단다, 애들아" 하고 말했다.

나는 그 수부의 저주와 축복은 이해하지 못하고 여행과 고통만을 이해했고, 마지막 연에서 깁슨 선생님이 설교하는 듯 익숙한 목소리로 "가장 사랑하는 자의 기도가 가장 좋은 기도

다” 하는 대목을 읽을 때는 그녀의 개입, 육지와 육지 풍경의 개입에 분개했다. 그녀는 육지 중심적인 시선으로 그 늙은 수부를 죄악 가운데에서도 신비와 위엄을 갖춘 인물에서 ‘잿빛 수염의 미치광이’로 전락시켰다.

그날 하루 종일 나는 늙은 수부의 꿈을 꾸었다. 깁슨 선생님이 아무런 설명도 변명도 없이 우리에게 안긴 거대하고 불가피한 꿈이었다. 저 홀로 존재하는 날씨의 품에 안긴 그 시절 바다 위의 ‘순수한’ 꿈. 사람이나 동물에도 상관없이, 그들의 교회와 하객과 지겨운 이야기 같은 일상생활에도 상관없이, 학교, 공부, 농구, 수영, 시 쓰기에도 상관없이, 그리고 소젖 짜는 일에도 상관없이.

한편으로는 ‘오아마루로 이사 오기 전’의 ‘완벽하고’ 평화로웠던 시절에 대한 기억 때문에, 또 한편으로는 식구들과 자꾸 불어나는 고양이들에게 우유를 먹일 실용적인 목적으로 아빠가 룩손 씨네 집에서 소를 한 마리 샀기 때문이다.

스크레이퍼스와 블루이

굵은 뼈대가 저지에어서 잡종 같고 뿔이 안으로 굽은 그 저지 소는 외양간 콘크리트 바닥에 자꾸 발굽을 문질러서 이미 스크레이퍼스*라는 이름을 얻었다. 아빠는 회사일로 너무 바쁘고

*’문지르는 놈’이라는 뜻.

엄마도 너무 바쁘고, 이저벨과 준은 너무 어리고, 브러디는 자주 아팠기 때문에, 나는 소젖 짜는 일에 자주 불려 나가게 되었다. 하지만 준과 브러디도 혹시 필요할 때를 대비해서 젖 짜는 법을 익혔다. 스크레이퍼스는 약간의 비용을 내고 보호지에서 풀을 뜯었는데, 보호지는 소나무 농원과 언덕을 포함해서 도시 북쪽 끝까지 뻗어 있었기 때문에 나는 녀석을 찾으러 먼 길을 가야 할 때도 많았고, 그래서 소를 찾으러 갈 때면 내 고양이 윙클스를 데리고 가는 습관이 생겼다. 이제 늙어서 예전의 올드 캣처럼 털이 누렇게 바래고 너덜너덜해진 머틀의 검은 털북숭이 고양이 빅 퍼스는 우리 모두에게 색깔이 각기 다른 고양이를 한 마리씩 주었다. 윙클스는 회색 줄무늬였는데, 많은 고양이가 그러듯이 사람을 한참 동안 빤히 바라본 다음에 눈을 깜박이는 버릇이 있어서 그런 이름이 붙었다.

때로는 스크레이퍼스를 언덕에 세워둔 채로 젖을 짰다. 또 어쩔 때는 마당 끝에 있는 작은 외양간으로 데리고 왔다. 외양간은 옛날 할아버지의 철제 침대틀로 만든 문을 통해 황소 방목장으로 이어졌다. 스크레이퍼스를 데리고 보호지에서 황소 방목장으로 들어갈 때면 나는 녀석의 뿔에 밧줄을 걸고 앞서 걸었고, 그러다 냇가에 이르면 펄쩍 시내를 건너뛴 다음 밧줄을 당겨 녀석에게도 건너뛰게 시켰다. 놀랍게도 스크레이퍼스는 기꺼이 그 코스를 받아들였지만, 윙클스는 두어 번 물에 첨벙 뛰어든 게 전부였는데, 역시 놀랍게도 열심히 헤엄쳐서 둑으로 나왔다. 그러면 나는 스크레이퍼스의 젖을 짜고 녀석을 다시 언덕으로 데려다놓은 뒤 다시 내 어깨에 올라온 윙클스와 함께 언덕 꼭대기까지 올라가서 익숙한 바닷가 왕국을 내려다

보며 방파제에 부딪히는 파도 소리를 듣고 왠브라우 곶을 다시
한 번 바라보았다. 빽빽한 소나무 숲, 건물들이 비뚤배뚤 들어
선 빅토리아 노인 요양원, 시계탑, 제분소, 시내, 영안소, 템스
로, 리드 로, 기차역, 기관차 차고, 그리고 멀리 남자 고등학교
옆의 노스 로, 방직 공장의 높은 굴뚝. 오아마루를 내다보며 나
는 머릿속으로 나중에 공책에 적을 시를 지었다.

집에 돌아오면 다시 한 번 부엌에서 분리기가 돌며 우유와
크림이 서로 다른 깔때기를 통해 각각 다른 그릇으로 들어가는
소리가 들렸고, 자주 써서 표면이 반들반들하고 물러진 나무
버터 제조통 돌아가는 소리도 들렸으며, 어머니가 골진 버터
주걱으로 버터의 모양을 잡거나 분리기를 '열탕' 세척할 때―
어머니는 '끓는 물을 끼얹는다'는 말에 움찔했는데, 무해한 행
동을 설명할 때에도 그 말의 본래 의미에 담긴 섬뜩한 느낌을
지울 수 없는 것 같았다―노래하는 소리도 들렸다. 우유는 많
았고, 양동이 가득한 우유 거품 속에는 어렴풋한 유년의 따뜻
함이 있었다. '옛 시절'을 되살리려는 나의 이런 의식적인 노력
은 실패했다. 나의 '옛 시절'인 윈덤 시절은 내가 도둑으로 알
려졌던 시절, 달아나게 되어 기뻤던 시절이었기 때문이고, 또
지금은 교복 스타킹이 가시에 긁히고, 교복과 구두에 우유와
흙이 튀고, 눈에는 졸음이 내려앉고, 아홉 시 조회 시간에 맞
추기 위해 허겁지겁 학교에 가고, 수업을 마치면 다시 스크레
이퍼스를 찾으러 나가야 하는 현실이 너무도 분명했기 때문이
다. 그렇지만 스크레이퍼스를 데려와서 젖을 짜고 돌려보낸 시
간과 내 어깨에 허약하게 매달린 윙클스와 함께 바닷가 왕국을
내려다본 소중한 순간들은 내가 홀로 내 생각과 시의 꿈에 잠

길 수 있는 행복한 시간이었다.

하지만 스크레이퍼스의 행동을 이해할 수 없어서 곤욕스럽던 날들도 있었다. 나는 암소의 성생활에 대해서는 암소와 수소는 서서 '그것'을 한다는 것밖에 아는 게 없었다. 또한 나는 오래전에 마음을 닫아걸고 성교가 어떻게 진행되는지 예전에 배웠던 것을 모두 잊었다. 그래서 스크레이퍼스가 방목장을 겅중겅중 뛰어다니며 뿔에 밧줄을 못 걸게 하고 때로는 화가 난 듯 내게 뿔을 겨누기까지 하며 젖을 못 짜게 하는 게 슬펐다. 평소에 스크레이퍼스와 나는 친구였고, 나는 녀석이 다리에 밧줄도 묶지 않고 내 손에 젖을 맡기는 데―녀석은 움직이지도 않고 양동이에 발을 담그지도 않았다―자부심을 품었기 때문이다. 집에서는 내게 닥친 혼란에 아무런 답도 주지 않았다. 내가 스크레이퍼스의 이상한 행동을 이야기하자 어머니는 "걱정할 거 없다. 내가 룩손 씨를 한번 부를 테니"라고만 했다.

룩손 씨는 '웨스턴 외곽에' 황소가 한 마리 있는 것 같았는데, 스크레이퍼스는 그 웨스턴으로 인도되어 가더니 며칠 뒤에 전처럼 차분한 성품이 되어 돌아왔고, 이어 송아지가 태어났는데, 나는 사람들이 왜 그동안 먹이를 주며 애정을 쏟던 수송아지에게 생후 몇 달이 되면 신체 훼손을 가하는지 이유를 알 수 없었다. 그 일은 보통 밤에 몰래 모르는 사람이 와서 했고, 그 사람이 서둘러 떠나고 나면 수송아지는 코가 빨개지고 뒷다리 사이에 피를 흘렸다. 그 행동에는, 그리고 부모님이 내 질문에 가볍게 대답하는 모습에는 추함, 잔혹함, 우울함이 담겨 있었다. 나는 반만 알고 반은 몰랐다. 머틀이 살아 있었다면 사실과 소문을 섞어서 있는 그대로 말해주었을 것이다. "송아지가 암

전해지라고 거시기를 잘랐어."

상처는 고환에 생겼다. 나는 볼 수 있었다. 그리고 나는 정말 고환이 '정액'을 담고 있는 걸 빼면 무슨 일을 하는 기관인지 몰랐다. 하지만 이제 거세우가 된 수송아지는 풀밭에 육중하게 선 황소와는 다른 모습으로, 쪼그라든 고환과 달랑거리는 작은 거시기가 있을 뿐 암소와 비슷한 모습으로 자랄 걸 알았다.

그 일에 대한 사람들의 가식이 나를 화나게 했다. 나는 모르는 남자가 와서 우리의 꼬마 송아지에게 일부러 상처를 입혔다는 생각에 견딜 수가 없었다. 태어나자마자 우리가 그 입에 손을 넣고 "쭉쭉" 소리를 내서 처음에는 양동이 속 노란 우유를, 몇 주 후부터는 탈지 우유를 먹여 키운 우리의 꼬마 송아지에게 일부러 상처를 입히고도 여동생들과 나만 속상해할 뿐—오빠는 이미 그 비밀을 알았다—어머니를 포함해서 모두가 무심하고 아무도 그 비밀을 말해주지 않는다는 것이.

암송아지는 이야기가 달랐다. 암송아지는 팔 수 있기 때문에 반가운 보너스였다. 예쁜 파란색이던 암송아지 한 마리는 팔지 않고 키우기로 했다. 하지만 녀석은 온 가족의 가축이었기 때문에 물에 빠뜨려 죽이지 않은 새끼 고양이들에게 붙이던 식의 기발한 이름은 붙일 수 없었다. 새 송아지 이름은 블루이가 되었다. 엄마 스크레이퍼스와 딸 블루이. 스크레이퍼스와 블루이는 내 시 세계의 심장 지대에서 풀을 뜯었다.

파우스트와 피아노

가끔이지만 나는 돈을 번 적이 몇 번 있었다. 초등학교 시절에 '제분소에 갔던 이야기'라는 작문으로 상을 탔을 때, 나는 옛 교과서들과 모성을 찬양하는 이야기에 영향을 받아 어머니에게 선물을 하기로 했고, 그릇 가게를 하는 버턴 씨의 조언으로 로열 덜튼 찻잔 세트를 사 드렸다. 나는 연례 농업 목축업 박람회에서도 예쁜 글씨체 상을 받았지만, 실망스럽게도 꽃꽂이 전시—해마다 양복 단춧구멍 부문에 참가하고 한 번은 과감하게도 미니어처 정원 부문에 참가했던—에서는 한 번도 상을 타지 못했다. 최근에는 《철도 잡지》에 시를 보내서 1기니를 받았다. 그 시는 나중에 톰 밀스가 편집한 《뉴질랜드 어린이 시선집》에 실렸는데, 내 다른 시들과 비슷하게 자연 세계를 사실적으로 그린 시였다.

오늘 같은 겨울 아침,
수정이 나무를 장식하고
안개가 언덕에 낮게 걸리고
서리가 창턱에 그림을 그릴 때…….

슈베르트, 헨델, 모차르트의 노래라는 '새로운' 음악을 알고 그런 음악을 연주하고 싶은 열망을 품으면서, 나는 그 상금으로 이든 로 한 곳의 넓은 집에서 어머니와 흰 앵무새와 함께 사는 제시 C에게 피아노 교습을 받기로 했다. 제시 C는 교습비를 꾀

아주기로 했고, 우리 집에 피아노가 없으니 자기 집 피아노로 연습하는 것을 허락했다. 택시 운전을 하며 사우스힐에 사는 앨릭스 삼촌의 아내 마이마 숙모도 집에 피아노가 있으니 주말에 자기 집에 와서 연습해도 좋다고 했다.

음악을 공부한다는 사실이 그렇게 기뻤던 이유 가운데는 학교 선생님이 춤, 음악, 웅변 같은 특별한 '교습'을 받은 학생들 명단을 작성할 때, 이제 내 이름도 넣을 수 있다는 것도 있었다. 나는 항상 아무 '교습'도 받지 않은 두세 명 가운데 한 명이었다.

제시 C는 몸집이 작고 피부가 희고 보송보송한 데다 나이는 삼십대로, 유명한 수다쟁이 모친과는 크게 달랐다. 그녀의 모친과 모친의 앵무새는 아무도 모르는 사실과 소문을 수집하는 능력이 있었기 때문이다. 그녀의 모친과 앵무새가 꺅꺅 소리를 지르면 우리는 말했다. "어머니가 앵무새하고 새로운 소식을 이야기하시는 모양이야." 그 집의 바깥주인은 본 사람도 없고 들은 이야기도 없어서 어떤 사람일지 상상할 수도 없었다.

그 집에 처음 갔을 때 제시는 카펫과 커튼이 있고 온갖 장신구와 장미 무늬가 가득한 방으로 들어가서 피아노를 보여주었다. 그 방은 어머니가 자녀에게 사랑을 쏟아붓듯 정성을 들여 가꾸는 방이었다. 밥을 먹이듯 구석구석을 채우고, 얼굴을 닦아주듯 말끔히 청소하고, 검은 몸체와 반짝이는 건반의 피아노와 어룽거리는 빛을 옷처럼 입힌 방.

제시는 푹신한 '이중주용' 의자에 나와 함께 앉아서 말했다. "손 좀 보자."

나는 소젖을 짜는 손톱이 깨진 손을 내밀었다.

"손톱을 깨무는구나, 진."

"그냥 잡아 뜯기만 해요."

"손톱이 깨끗하지 않으면 피아노를 칠 수 없어."

그녀는 부드러운 곡선을 이루고 반달 모양이 손톱에 박힌 섬세한 손을 내 눈앞에 들어 올렸다. 나는 손톱에 반달 모양이 없었다. 집에서 형제자매들하고 비교하면서 이미 알았던 사실이다. 손가락 사이에 물갈퀴가 난 것 같다, 손가락 끝마디가 뒤로 굽어지지 않는다. 그리고 손톱에 반달 모양이 없다.

"가온 다는 알지? 이게 가온 다란다."

나는 가온 다를 몰랐다. 첫 수업으로 앉는 법, 손을 얹는 법, 그리고 음정들의 이름을 가르친 뒤 제시는 내게 손으로 쓴 작은 책과 숙제용 교습서를 주었다. 아빠는 시험 볼 돈은 없다는 것을 분명히 일러주었다.

그 뒤로 교습이 이어지는 동안, 나는 〈로빈 어데어〉("이 옛 세계는 나에게 무얼까, 로빈 어데어?")와 빗방울처럼, 새 발걸음처럼 딸랑거리는 짧은 곡을 여러 개 배웠다. 그러던 어느 날 제시는 첫 곡을 완성해보는 게 중요하다고 했다.

"피아니스트는 첫 곡을 잊지 못해." 그녀가 꿈을 꾸듯 말하며, 내게 특별한 기억을 안겨주고 싶다고 했다. 곡도 이미 선정되어 있어서—〈요정 픽〉—나는 악기점 베그스에서 악보를 사야 했다.

나는 집에 돌아가서 말했다. "악보를 사야 돼요."

어머니는 걱정되는 표정이었다. "네 아버지가 뭐라고 하실지 모르겠구나……."

나는 소솟을 짜고 아버지가 돌아오시기를 기다렸다. 그날의

대화가 어떻게 흘러갈지는 알고 있었다. "아빠, 악보 살 돈이
필요해요."

"악보를 사야 한다고? 피아노 교습은 네 생각보다 돈이 많이
들 거라고 내가 그랬지."

"작은 악보예요. 9펜스밖에 안 해요."

"하긴 내가 워낙 돈이 넘쳐나니까. 누가 보면 매주 복권에
당첨되는 줄 알겠어."

여기서 어머니가 끼어들어서 내가 피아노를 얼마나 잘 치는
지 말하고, 그러면 아빠는 딸의 장래의 영광을 생각해서 약간
누그러든다. 그날도 대체로 위와 같은 대본에 따랐다.

다음 날 오후, 나는 베그스 악기점에서 악보를 사서 (펼쳐
든 채로) 집에 가다가 시내로 나가는 제시 C를 만났다. 나는 새
것 냄새가 나는 〈요정 퍽〉 악보를 닫을 시간이 없었다. 그녀가
내 흥분을 알아차렸을까 부끄럽고 두려웠다. 그 당혹스러움은
다음번 교습 때 그녀가 다 안다는 듯 교활하게 "지난번에 네가
첫 곡을 들고 가는 걸 봤어"라고 말했을 때 더욱 커졌다.

나는 〈요정 퍽〉을 빨리 익혔다. 스타카토가 많은 바장조의
곡으로, 퍽의 장난을 묘사하는 것 같았다.

풀숲 위로 찔레 덤불 위로
큰물을 지나 불을 지나
나는 둥근 달보다도 빨리
사방을 돌아다니네.

그리고 다시 한 번 악보를 살 일이 생겼다. 이번에 살 악보집

《세계 음악 명곡집》은 여러 해 동안 쓸 거라고 제시는 장담했다. 그리고 다시 한 번 아빠는 악보 살 돈을 주었다. 그 두꺼운 악보집에는 수많은 위대한 작곡가의 '작품'이 가득했는데, 학교 음악 축제 때 연주한 사람들—〈세레나데〉의 슈베르트, 〈자장가〉의 브람스, 〈강아지 왈츠〉의 쇼팽—을 빼면 아는 사람이 별로 없었다. 나는 '아, 목동들 피리 소리'로 알고 있던 〈런던데리의 노래〉와 스티븐 헬러의 〈신기한 이야기〉를 배웠다. 이어 제시는 내게 〈파우스트〉를 아느냐고 물었다. 모른다고 했더니 그 이야기를 소개하고, 오페라의 '왈츠'를 가르쳐주었다. 그다음에는 쇼팽의 소품 〈빗방울 전주곡〉이 이어지더니, 어느 날 단계별로 일정 과제를 성취하는 게 필요하다고 믿는 제시가 말했다. "내 학생들은 이 단계에 이르면 부모님 앞에서 연주를 해."

나하고 같은 날 교습을 받는 학생 가운데 내가 아는 사람은 한 명뿐이었다. 렉스라는 이름의 고등학생으로 털이 많고 눈동자가 검은색이었는데, 옷 가게에서 일하는 그의 아버지 역시 털이 많고 눈동자가 검은색이었으며, 크고 흰 손으로 포목 필을 뒤집으며 필요한 길이를 능숙하게 쟀다. 렉스는 내가 도착한 때 집으로 갔고, 그와 눈이 마주칠 때마다 나는 새롭고 신비로운 흥분과 모험심을 느꼈다. 렉스의 눈썹은 검은 얼굴 위에 송충이처럼 두껍게 내려앉아 있었다.

그러던 어느 날 엄마가 옷을 갖춰 입고, 밀짚모자를 쓰고 감청색 장갑을 끼고서 내 연주를 들으러 제시의 집으로 왔다. 나는 〈런던데리의 노래〉, 오페라 〈파우스트〉의 왈츠, 쇼팽의 〈빗방울 전주곡〉을 연주했고, 연주가 끝나자 제시가 엄마에게 말했다. "진은 실력이 뛰어나요."

그런 평가는 기쁜 한편 혼란스럽고 두렵기도 했다. 그런 견해와 기대를 갖게 되면 개인적 도피를 위해 음악을 하는 일이 어려워졌기 때문이다. 음악을 연주하는 것은 너무도 생생하고 공개적인 일이었다. 나의 유일한 도피는 나의 안쪽, '내 장소'뿐이었고, 내게 있는지 어쩐지도 모르지만 다른 사람들의 칭찬과 질책하는 듯한 눈길을 피해 숨고 싶은 상상력 속뿐이었다. 그래서 나는 "실력이 뛰어나다"는 말이 자랑스러우면서도 숨고 싶었고, 제시는 이것을 알아차리고 엄마에게 남의 말을 하듯 3인칭 표현을 썼다. "따님은 수줍음을 많이 타요."

그 이후 나는 그 악보집에서 몇 곡을 더 배웠다. 일주일에 두 번씩 충실하게 연습을 갔지만 제시나 제시의 어머니 또는 앵무새가 문 앞에서 들을까봐 그 편안한 방에서 한 번도 편안하게 연습하지 못했고, 그제야 우리 집의 카펫 없는 나무 바닥, 갈라진 틈새로 쥐며느리와 집게벌레가 올라오고 바퀴벌레가 달아나는 그 바닥이 내게 얼마나 즐거운지를 깨달았다. 토요일이면 준과 함께 마이마 숙모의 집에 가서 연습했다. 그 집의 낡은 피아노는 음정이 맞지 않았고 건반들은 한 번 누우면 좀처럼 일어나지 않았다. 거기서는 아무도 내 연주를 듣지 않았기 때문에 나는 준에게 몇 곡을 쳐 보여 솜씨를 자랑한 뒤 자유롭게 '띵똥거리고' 이런저런 실험을 하며 시간을 보냈다.

어찌 된 일인지 연주에 대한 칭찬을 들은 뒤부터 나는 연주에 흥미를 잃었다. 실수가 늘었고, 곡을 너무 빨리 배웠으며, 음악 속에서 내 자리를 찾지 못했다. 제시와 함께 이중주 의자에 앉아서 물어뜯은 손톱과 반달 없는 손톱의 손가락이 건반 위를 더듬는 모습을 바라보는 것이 자꾸 불편하게 의식되었다.

나는 마지막 두 곡으로 음악 교습을 끝냈다. 〈목동〉("머나먼 날의 환상처럼 외로운 목동")과 〈샛별에게〉("오 샛별이여")였다. 때로 나는 검게 반짝이는 아름다운 피아노와 따뜻하고 봉인된 방과 음악이 그리웠고, 이따금 그 향수의 일부인 렉스가 긴 털북숭이 다리에 악보 가방을 부딪히며 교습을 받으러 이든 로를 걸어가는 모습을 보았다. 우리는 서로에게 피부처럼 가깝고 수평선처럼 먼 눈길을 던졌다.

제자리 걷기

내 인생은 학업과 언덕 산책과 독서와 시 쓰기에 집중되었다. 언젠가부터 학교에서 내가 질문에 대답을 하면 아이들과 교사가 한결같이 놀랍다거나 신기하다는 반응을 했다. "진은 독특하구나." 어느 날 교사가 그렇게 말했고, 나는 다시 한 번 다른 사람의 견해에 갇힌 느낌을 받았다. 나는 내가 그렇게 독특하다고 생각하지 않았다. 그저 내 생각을 말했을 뿐이다. 하지만 남들이 내 생각을 '다르다'고 보는 건 우리 집이 '다른' 것과 들어맞는 것 같았다. 오빠의 병은 요란하고 섬뜩한 사례를 계속 쌓아갔고, 사람들은 오빠의 병을 오해했고, 부모님은 혼란 속에 그것을 '직면'하려고 노력했고, 오빠는 외로웠고, 아빠는 말없이 딸들에 대한 '통제'를 놓아버렸고, 우리는 "집에 일찍 들어오고, 남자를 만나지 않고, 술과 담배를 하지 않겠다"고 맹세했다. 그런 결벽한 생활이 모든 걸 고쳐줄 수 있으리라 생각했기 때문이다. 내가 나 자신을 알지도 못하고 발견하려 하지도 않던 시절에—나는 그다지 성찰적인 사람이 아니었기에—자꾸 '다르다'는 말을 듣게 되고 결국 깁슨 선생님에게서 "너희 자매는 너희가 남들과 크게 다르다고 생각할 거야" 하는 말까지 듣자 나는 그 사실을 받아들였다. 물론 우리 학교 세계에서 다르다는 것은 괴상하다는 것, 약간 '미쳤다'는 뜻이었다.

하지만 나는 언제나 관습적 사용의 힘을 믿었고, 이제 무얼 읽느냐는 질문에 내가 (다름의 망토를 자랑스럽게 두르고) 사람들이 잘 모르는 소설을 언급하면 교사가 다시 말했다. "진은 독특해."

그래서 자아의 집이 없던 사춘기 시절, 나도 내 방향을 모르던 그 시절에 나는 다른 사람들이 찾아준 다름의 둥지에 열렬히 들어가서 나만의 가구로 그곳을 꾸몄다. 어쨌건 지난 2년 동안 나는 코믹한 시 낭송, 흉내 내기, 퍼즐, 숫자 장난—"숫자를 하나 생각해봐, 거기 2를 곱해" 하는 식—과 복화술로 모두를 웃게 하는 여학생으로 '존재'의 여러 측면을 시험해보았기 때문이다. 이제 나는 편안하고 약간 존경도 받았으며 상당히 안락했다.

내가 내 야심과 '다르다'는 세간의 평가를 즐기며 고투하는 동안, 뉴질랜드와 멀리 떨어진 '바깥세상'에서는 나치당이 독일의 권력을 잡고 라디오에서 아돌프 히틀러의 연설이 방송되었다. 우리는 그의 격렬한 연설, 나치식 인사, 뻗정다리로 행진하는 거위걸음을 흉내 냈다. 나는 역사와 정치에 대해 아는 것이 별로 없었다. 미키 새비지와 존 A. 리가 '좋은 사람'이고 포브스와 코츠가 '나쁜 사람'이라는 것뿐이었다. 때로 역사 선생님은 '인종의 순수성'을 유지해야 한다고 말했다. 서로 다른 인종이 결혼하면 열등한 '유형'이 태어난다며 마오리인과 중국인 사이의 결혼을 예로 들었다. 그녀는 백인의 '순수성'에 자부심을 보였다. 또한 당시 지역사회 내에 미묘한 변화가 일어 누구누구가 유대인인지 알려지고 그들을 멸시하는 말이 오갔다. '깜둥이'라는 말은 아프리카 인종을 가리키는 말인 동시에 검은 고양이의 이름, 구두약 및 옷의 색깔 이름으로도 쓰였다. 그리고 '혼혈'로 알려진 사람들은 불결하다고 여겨졌다.

우리 도시에서 '인종의 순수성'에 관심이 커진 것은 말할 것도 없이 나치 독일과 대영제국으로 인한 것이었고, 학교에서도 '우생학'과 완벽한 인종을 만들어낼 가능성에 대해 많은 이야기가 오갔다. 사람들이 서로 자신은 '완벽한 인종'의 자격이 있지만 남들은 그렇지 않다고 주장하면서 지능 검사도 유행했다.

하지만 우리 집에서 어머니는 세상을 돌보는 어미 새처럼 모든 인종과 신념(로마 가톨릭은 비난했지만)과 색깔을 새끼 새처럼 옹호했다. 아빠 또한 '상류 사회' 사람들이나 왕실 인사를 빼면 누구에게도 편견이 없었다.

그래서 우리는 뉴질랜드가 다른 세상에서 멀리 떨어져 있다는 말을 자주 들었지만, 나치주의는 우리 도시, 우리 학교에도 도착했고, 우리는 어떤 인종은 나쁘고 어떤 인종은 좋다는 선생님의 설명을 묵묵히 들었다. "황색 위협"이라는 제목이 붙은 역사 교과서의 한 장은 동양인이 어떤 사람들인지 그들이 서양에 어떤 사악한 계획을 품고 있는지를 설명했다. 우리 학생들은 한때 모든 낯선 이들에 대해 운을 맞춰 구호를 외쳤지만, 어느 날 우리가 지나가는 늙은 중국인에게 그런 구호를 외치자

그가 당황한 표정으로 우리를 보았고, 나는 무언가 돌이킬 수 없는 일을 저지른 것처럼 불안했다. 또 라디오 연속극과 아빠의 섹스턴 블레이크 책에 나오는 악당은 항상 '노란 피부에 찢어진 사악한 눈'이었다.

그런데 그해에 아빠가 맹장염으로 급히 입원했고, 옆자리에 젊은 중국인이 있어서 그들 가족과 친해졌을 때 우리는 중국인에 대해 약간 알게 되었다. 그들은 우리 집에 찾아왔고, 우리도 그 사람들 집에 갔으며, 어느 날은 그 젊은이가 물속에서 자라 싹을 틔우고 꽃을 피우는 아름다운 수선화과의 식물을 가지고 왔다. 우리는 꽃을 볕이 잘 드는 식당 창가의 재봉틀 위에 놓았으며, 나는 그것을 볼 때마다 새로운 종류의 아름다움, 섬세함을 인식하고 그것을 받아들여 간직하고자 했다. 그 인식은 내 몸을 의식하지 않는 데 어떤 면에서 도움이 되었기 때문이다. 이제 터질 듯이 몸에 끼는 교복은 소의 오물과 외양간 진흙으로 더러워졌고, 수선한 스타킹은 거칠고 두꺼웠으며, 아래로 자라 내려가지 않고 위로 자라 올라가는 북슬북슬한 붉은색 더벅머리는 보는 사람을 모두 놀라게 하는 것 같았다. 사람들은 내게 말했다. "왜 머리를 단정하게 정리하지 않니? 잘 빗어 내리고 기름을 바르든지 해서 붕 뜨지 않게 해. 이런 머리를 한 사람은 아무도 없어." 그리고 사실 피지 사람이나 머나먼 아프리카 사람들 말고는 그런 머리를 한 사람이 없었다. 학교에서 이제 나는 '퍼지'*가 되었다.

열네 살 생일이 되었다. 나는 이제 시립 도서관 전체를 이용

*북슬북슬하다는 뜻.

하고 도트의 청소년 페이지에 글을 보낼 수 있었다. 학교에서 핵심 집단의 대화 주제는 브래지어, 코르셋, 올인원 같은 새로운 종류의 옷에 집중되었다. 그들은 각각의 옷에 대해 정의를 내리고 그것을 입는 법을 설명했다. 그 말이 어찌나 긴요하게 여겨지던지 나는 그날 저녁 집으로 돌아와서 간청했다. "엄마, 저도 코르셋이랑 브래지어 할 수 없나요?"

그런 것을 한 번도 입어본 적 없는 어머니가 조용히 말했다. "네 몸에 그렇게 조이는 옷을 입히고 싶지 않구나." 눈먼 어머니, 내 커지는 가슴에 교복이 얼마나 조이는지 어머니는 전혀 알아차리지 못했다.

아빠가 집에 왔을 때 나는 다시 그 말을 했다. "학교 애들이 전부 입어요." 그러자 아빠는 익숙한 말로 답했다. "애들이 전부 학교에 한 발로 뛰어가면 너도 그러겠구나!"

"그거하곤 달라요." 내가 삐쳐서 말했다.

하지만 당연히 아빠의 말이 옳았다. 내가 그런 옷을 원한 것은 그저 그 집단의 힘이 너무 강해서 그걸 입는 게 중요한 일처럼 여겨졌기 때문이었다. 그것 아니면 죽음이었다. 그들은 이제 사교댄스를 배우며 '사교계에 나갈' 날을 기다리고 있었다. 그리고 남자 고등학교 댄스파티의 파트너, 성경 교실, 그곳 남자애들과 같이 자전거를 타고 '버드나무 숲'에 간 일, 첫 성찬과 견진성사 때 입을 옷에 대해 이야기했다. 나는 그런 종교 의식에 대해 아는 것이 없었다. 우리는 어떤 기성 교회에도 속하지 않았고, 아이들끼리 "너 견진성사 받았니?" 하고 묻고 "응, 받았어" 하고 대답할 때 그 신비함과 강렬함에 질투가 솟았다. 내가 얼마나 그 집단에 면밀히 귀를 기울이고 그들을 연구했던가! 라파엘 사바티니나 조젯 헤이어를 읽지 않아도 시대극의 다른 세계에 들어갈 수 있었다. 다른 세계는 여기 있었다. 와이타키 여자 고등학교의 담쟁이 덮인 담벼락 옆 돌 의자 위에.

그해에 웅변 대회가 있었다. 나는 그런 대회를 좋아했다. 어린 시절에 읽은 학교 이야기에는 늘 웅변 대회가 있었고, 나는 와이타키 고등학교의 언어가 답답했다. 우리 학교에는 기숙생도 있어서 나는 책에서 읽은 다른 말을 써보고 싶었다. 기숙사에서 벌어지는 한밤의 파티, 통금, 3학년 진급, 방학 때 해변 가기(여기엔 문제가 있었는데, 오아마루가 해변이었기 때문이다) 같은. 웅변 주제는 '발명가 또는 탐험가'였다. 나는 오래전부터 탐험가 버크, 윌스, 멍고 파크를 좋아했고, 그중에 멍고 파크를 골라서 내용을 지어내가며 문장을 만들어 외웠고 일등상을 타서 내게도 부모님에게도 기쁨이 되었다.

그리고 금세 다시 여름이 되었다. 머틀은 이제 흔적도 없어졌다. 때로 머틀의 모습을 떠올려보려고 해도 희미한 영상뿐이었다. 기억나는 건 무릎에 난 흰 지네 같은 상처, 금빛 머리칼, 진저 로저스처럼 '힘을 준' 머리 모양, 주먹, 꼬집기, 손등 치기, 그리고 머틀이 어떻게 될까 하는 내 걱정뿐이었다. 머틀은 정말이지 겁이 없고, 모험심 강하고, 반항적이고, 규칙을 무시하고, 지금 이저벨이 커가면서 그러는 것처럼 어른들의 명령을 거역했지만, 나는 여전히 겁이 나서 어른들 말을 잘 듣고 심지어 그 의견에 나를 맞추기까지 했다. 내 유일한 반란의 장소는 상상 속뿐이었지만, 지금껏 아무도 내게 그것을 말하지 않았기에 정작 내게 그게 있는지도 불분명했다.

그해 여름, 우리는 별로 신기할 것 없는 이유로 마거릿 남매와 다시 만나서 연애와 간통과 이혼으로 가득한 어른 인형 놀이를 하며 시간을 보냈다. 우리는 다리가 붙어 있고 정교한 레이온 드레스를 입은 장밋빛 아기 인형을 주인공으로 삼아서 레이온을 댄 종이 저택의 방들과 침대들을 돌아다니며 적절한 동작과 대화를 했다.

인형들은 몇 시간에 한 번씩 옷을 갈아입었고, 각각의 행사마다 화려한 드레스가 있었다. '다과회' 드레스, '포도주회' 드레스. 서로 몸을 바짝 붙이고 춤도 추었고, 그러고 나면 테라스로 나가서 키스를 하며 '함께 달아날' 계획을 세웠다. 그리고 늘 이브닝드레스, 흰 넥타이, 정장 코트를 입고, 다리가 붙은 까닭에 검은 레이온 천을 바지로 두른 나이젤 또는 닐 또는 레이먼드라는 이름의 남자 주인공은 욕망이 끓어 넘치면 언제나 예의를 잃고 '늑대'로 변했다. 그런 뒤 우리, 나와 두 여동생은 아기 인형의 단계를 벗어나서 우리 자신을 주인공으로 삼게 되었지만 이런 대담함이 우리 스스로도 쑥스러워서 주로 우리 방을 무대 삼아 펼친 이 연극을 '그 놀이'라고 부르며, "그 놀이 하자"고 말했다.

그 놀이는 여름 내내 지속되었지만, 시간이 흐르자 무슨 이유에서인지 그 놀이 앞에 장벽이 생긴 듯 우리는 그 놀이를 언급하지도 않고 하지도 않게 되었다. 대신 우리는 협곡과 언덕으로 다시 긴 산책을 다녔다. 스크레이퍼스는 이제 '젖이 말랐고' 처음으로 새끼를 밴 블루이도 지금은 젖이 말랐지만 새 학년 초가 되면 송아지를 낳을 예정이었다.

이저벨과 준과 나는 모두 시와 산문을 썼다. 나는 이저벨이 '최고'라고 생각했다. 그 아이는 한 번도 가본 적 없는 다른 나라를 배경으로 삼아서 자기도 모르는 다양한 경험을 글로 썼다. 준은 내가 볼 때 가장 시적이었다. '꿈', '안개', '사라진 별' 같은 시적인 단어를 썼다. 물론 준의 시는 별다른 내용 없이 모호했다. 내 시는 대체로 만족스럽게 끝났고, 형식과 각운을 잘 지켰으며, 준의 시에 자주 나오고 내가 아련한 '상상력'이라고 여기는 모호하고 공상적인 면이 없었다.

내 인생은 오랫동안 말의 힘에 사로잡혀 있었다. 그것을 추동한 것은 이제 어쨌건 '말에 불과한 것', 즉 상상력에 대한 끊임없는 탐색과 필요였다.

봄눈

다시 새 학년이 시작되었고, 우리 3학년 초급반은 2학년 때보다도 학생 수가 줄었지만, 몇몇 수업은 2B 반에서 올라온 '시골의 버스 통학생'들과 함께했다. 다시 한 번 그 핵심 집단이 반을 지배했지만, 시험이 다가오고 학업이 중요해지다보니 우리의 작은 우등생 집단도 나름의 영광을 누렸다. 우리 집단에는 W가 있었고, 깁슨 선생님의 사촌이자 하이컨트리 대농장에서 온 M이 있었고, 나 퍼지가 있었다. 아버지가 아무리 닦달해도 나는 그렇게 경쟁심이 강하지 않았다. 적어도 작은 공책에 우리의 성적과 답을 기록하는 W만큼 강하지는 않았다. 우리 셋은 보통 우리끼리 수학을 공부했는데 나는 문제 풀이와 그 깔끔한 해법이 주는 기쁨에 중독되었다.

담임교사인 파니 선생님은 체구가 작고 흉하지 않게 못생긴 얼굴이었다. 코와 턱이 지나치게 크고 피부는 울긋불긋했으며 검은 머리는 숱이 부족했다. 목소리는 부드럽지만 또렷했고, 눈동자는 차분한 회색이었다. 그리고 가르칠 때는 영문학과 수학에 대한 열정이 가득했다. 그녀는 수학은 '시'의 한 형태라는 설명으로 나를 완전히 수학 추종자로 변모시켰다. 나는 그 말을 믿었고 그에 따라 수학 실력이 꽃피었다.

나를 셰익스피어 '추종자'로 만든 것도 그녀였다. 이전까지 나는 셰익스피어를 지루하다고 생각했다. 어느 날 그녀는 교실로 들어오더니 셰익스피어 작품인 《맥베스》를 펼치고 검은 드레스를 마녀처럼 펄럭이며 외모와 어울리는 마녀 같은 목소리로 대사를 읽었다.

우리 셋이 언제 다시 만날까?
천둥 속? 번개 속? 아니면 빗속에서?
이 모든 법석이 끝날 때,
전쟁의 승패가 결정되었을 때.
해가 지기 전일 거야.

그런 뒤 파니는 우리에게 배역을 나누어주었고(나는 마녀 1이 되었다) 우리에게 마녀처럼 대사를 읽게 하더니, 학기 말에 '몽유병 장면'을 공연하고 내가 맥베스 부인 역을 맡을 거라고 했다. 나는 이런 행운을 믿을 수 없었다. 학년이 아무리 바뀌어도 주요 배역은 언제나 그 핵심 집단 아이들의 몫이었기 때문이다.

나는 집에서 맥베스 부인을 연습했다. 수업 시간에도 읽었고, 내가 잘한다는 걸 알았다. 나는 공연을 꿈꾸며, 셰익스피어에 대해 그리고 주인공들의 삶과 떼어낼 수 없는 거친 스코틀랜드 황야와 전투와 성가퀴와 유령에 관심을 갖기 시작했고, 주인공들의 내면의 악몽과 어울리는 날씨, 하늘, 어둠을 그리는 언어에도 관심이 생겼다. 동생들과 나는 집에서 《맥베스》를 읽으며 지난날에 브론테 자매 이야기를 받아들인 것처럼 이 이야기를 마음 깊이 받아들여서 대화의 소재로 삼았다. 이든 로와 언덕과 협곡이 어두워지고 비둘기가 글렌 로의 집으로 돌아가면 우리는 이렇게 말했다.

이제 절반의 세계 위로
자연은 죽은 듯한 모습이고, 사악한 꿈은
커튼 내린 잠을 모독한다.

시간이 흐르고 내가 맥베스 부인 역할을 연마하는 동안, 시험 준비의 필요성이 커지면서 시험과 관련된 과목이 수업 시간표를 침범했고 연극 같은 사소한 일은 옆으로 밀쳐졌으며, 몽유병 장면 공연에 대해서는 아무도 말을 하지 않았다. 내게 그토록 중요한 일을 교사와 반 아이들 전체가 까맣게 잊었다는 것을 믿기 어려웠지만, 그렇게 해서 내가 맥베스 부인이 될 기회는 사라지고 말았다. 하지만 나는 그동안 그토록 '좋아하고 싶었던' 셰익스피어를 얻었다. 영어 선생님들 모두가 셰익스피어를 의문의 여지 없는 거장으로 여겼기 때문에 그를 좋아하지 않으면 작가가 될 수 없을 것 같았는데도 이전까지 나는 그를 좋아하는 척도 할 수 없었다. 파니 선생님의 가르침이 나를 변화시켰다.

　그 당시 내가 살았던 인생이 '진짜로 산' 인생이라고 생각하면 좀 이상하다. 아주 많은 것이 내면에 있었고, 영문학과 불문학의 영향을 받았기 때문이다. 나의 모험은 날마다 문장이나 시를 발견하는 것과 나 역시 그것을 쓰려고 시도하는 것이었다. 그것은 우리 집에 병자가 있다는 불행이나 내가 남들 같은 옷을 입지 못하고, 그래서 내가 인간이고 집과 학교 밖에도 사람 사는 세상이 있다는 것을 증명할 수 없다는 소외감을 피하는 것이 아니었다. 나 자신과 내 인생을 다른 세계로 옮길 수는 없었다. 그냥 다른 세계가 내 세계로 들어왔다. 문학이 내 세계로 흘러 들어온 것은 마치 아름다운 리본 띠가 자라나는 초록빛 나무를 누비며 나뭇잎들을 예상치 못한 빛, 태양과 계절의 익숙하고 습관적인 빛과는 다른 빛으로 매만지는 것과도 같았다. 시인과 산문 작가와 그들의 작품이 '바닷가 왕국' 오아마루 이든 로 56번지에 이웃처럼 친척처럼 또는 그냥 그곳의 거주자처럼 찾아오면서 내게 무수한 말과 인물을 데려오고 그들의 특별한 시야를 보여주었다.

　파니 선생님이 매주 내 작문을 칭찬해서 작문은 내 일과의 핵심이 되었지만, 칭찬의 이유가 불분명했기에 나는 계속 칭찬을 받기 위해 '꿈, 은빛, 안개, 작은 노파, 반백의 노인'을 강조했다.

　"바다 건너 셰익스피어의 섬이 있다. 그가 사랑하고 찬양한 땅, 늙고 피로한 눈으로 많은 행복과 슬픔을 본 땅이……" 이런 문장으로 시작한 작문도 있었다. 나는 나한테 독창성, 상상력이 없다는 것을 아플 만큼 노덧하게 인식했기에 내 삭문이 갑자기 칭찬을 받는 것을 이해하지 못했다.

3학년 초급반 처음 몇 달은 즐거웠다. 공부가 재미있었고, 수학이 시이며 시는 사람들의 눈길이 미치지 않는 곳에 있다는 파니 선생님의 말은 힘이 되었고 내게 용기를 북돋아주었다. 그 말은 내게 도전 정신을 키워주었다. 나 자신이 되겠다는, 주변의 주도적인 인물들을 따르지 않겠다는 소망에 따라 나는 남들이 둘러보지 않는 장소에 집중하고 지배적인 견해에서 일부러 눈을 돌리는 버릇이 생겼다. 그리고 파니 선생님을 보며 그렇게 다른 곳을 바라보는 능력과, 같은 것을 보아도 비범하게 바라보는 능력이 있는 사람이 있다는 것을 알았다.

이때의 나 자신에 대한 기억에는 바깥을 내다보는 내 모습과 밖에서 안을 들여다보며 다른 이들에게 있을지 모르는 '시각'을 키우는 내 모습이 있다. 그 '나'는 내 몸이자 그 기능이었는데, 그 몸은 깨어 있는 시간의 대부분을 이제 어깨도 너무 끼고 직물도 꺼끌꺼끌해서 미움의 대상이 된 진회색 서지 교복을 입고, 봉인하듯 조이는 검은 스타킹을 신고, 손목 단추를 꼭 채우고, 뾰족한 옷깃은 진주 단추로 목 위까지 잠가 봉인을 완성하는 하절기 순백색, 동절기 회색의 플란넬 블라우스를 입고, 발을 완전히 가두는 검은색 구두를 신고, 규정 장갑을 끼고 모자나 베레모를 쓰고, 마지막 감금 장치로 붉은색과 검은색의 넥타이를 목에 매고, 녹색 깁슨 하우스 허리띠를 허리에 특별하게 매듭지었기에, 이 모든 옷들 때문에 나는 마구를 채운 말 같은 무력감을 느꼈다. 그런 시각에 덧붙여서, 내가 벌거벗고 자유롭게 거울 앞에 섰을 때 그 '몸매'를 본 여동생들이 자신들이나 영화배우 또는 이상적인 몸매와 비교 대조해서 의견을 말했다. 물론 중요한 건 내 의견이었지만 나는 일반적인 견해를 쉽게 받아들였다. 우리는 모두 몸매가 '좋다'고 결론을 내렸다. 우리는 거울 앞에서 경중거리며 미국 사람처럼 새된 목소리로 말했다. "내 모음매가 어때, 지브스?" (지브스는 지벌루스를 줄인 말이고, 지벌루스와 메이 클루니는 우리가 어린 시절에 가짜로 지어낸 친구 이름이다.) 여동생들 평에 따르면, 내 얼굴은 셜리 템플 보조개만 빼면 '평범'했다. 우리는 우리 피부도 또 우리 얼굴에 박힌 여드름 개수도 살폈다. 당시의 유명한 어느 광고는 어떤 여자가 여드름 때문에 늘 모자로 얼굴을 가리고 살다가 특별한 비누인지 연고인지를 써서 여드름을 모두 없앤다는 이야기였다.

'개성' 문제도 있었다. 사람은 '개성'이 있어야 했다. 나는 나한테 있거나 없는 몇몇 속성들에 매달려서 그것을 미화하기는 했지만 정작 나한테 어떤 개성이 있는지 어쩐지도 몰랐다. 어느 날 파니 선생님이 도트 페이지에 실린 내 시를 보고 "진, 너 시를 쓰는구나?" 하고 말해서 내가 얼굴이 빨개진 채 부끄러워하자 아이들에게 "진은 참 수줍음이 많구나" 했는데, 이때 나는 이것을 (음악 교사 제시 C가 전에 이미 한 말이지만) 바람직하고 시적인 특징으로 받아들이고 수줍음을 내 '개성'의 일부로 만들었다.

그런 뒤 신체적 불편함 속에서 세상을 내다보면 나는 그 구속감이 너무 답답한 나머지 스크레이퍼스와 블루이의 젖 짜는 일까지 화가 치밀었다. 블루이와 스크레이퍼스가 모두 송아지를 낳았고, 두 마리 다 '젖이 돌았기' 때문이다. 나는 남들이 하는 것을 따라서 일기를 쓰기 시작했다. 다른 사람들 일기는 데

체로 '나의 일기에게'로 시작했는데 나는 그런 도입이 우습게 여겨져서 '아드뉴 씨에게'라는 타협책을 만들었다. 아드뉴 씨는 긴 백발 수염과 '웃는' 눈의 친절한 노인으로, 내가 찬양 시를 쓰기도 한 아드뉴라는 땅을 다스린다고 상상했다. 이전까지 주로 주변 세계에 대한 시를 쓰던 나는 이제 아드뉴 땅에 집중해서 내가 원하는 사람들로 그곳을 채웠다. 일관된 주요 인물은 아드뉴 땅의 통치자인 아드뉴 씨, 어느 날 부서지는 파도와 갈색으로 변하는 해변 거품을 보고 생각해낸 '노인이 된 바다 거품 청년', 아놀드의 시에서 가져온 '학생 집시'였다. 학생 집시는 나의 첫사랑 같은 인물, 나의 이상형인 남자로, 어린 시절 내가 올드 메그 메럴리스에게 느꼈던 친근감과 미광(微光)이 반짝이는 어두운 밤에 도시를 지나가는 모든 거지와 떠돌이들, 그리고 역시 밤에 달빛 아래 자유를 열망하지만 학생 집시 같은 특별한 자유를 지닌 죄수들에 대한 특별한 감정을 되살려주었다. 그해 아놀드의 시를 처음으로 읽고서 나는 미래의 꿈을 학생이자 방랑자인 학생 집시, 사람들 눈을 피하고 숲, 비바람, 하늘, 계절의 자연 세계를 편안해하는 그의 삶에 엮어 넣었다.

아드뉴에 어울리지 않는 인물도 몇 명 있었다. 주로 평범한 일상적 사물에 대한 내 강렬한 욕망을 충족하기 위해 불러들인 인물들이었다. 그런 욕망은 때로는 아주 특이해지기도 했는데 '내가 설거지한 접시들'이 그것이었다. 그들은 그렇게 나타났고, 내 일기 속에 그렇게 받아들여졌다. '뉴질랜드의 황금 아가씨들'도 어머니의 시에 대한 관심과 어머니의 다정함, 어머니의 시인 친구들(어머니는 시를 쓰는 두어 명과 편지를 주고받았다)의 변함없는 영향 속에 아드뉴에 자리 잡았다. 실제로 어머니의 그런 친구 한 명은 근래에 《코화이 꽃》이라는 제목의 시집을 출간했다. 나는 감명을 받아 그 시집을 읽었고 저자의 머리말을 통해서 근래의 전통에 맞게 시인이 맹인이라는 걸 발견했다. 어머니는 그 사실을 마음 깊이 받아들여서, 다시 한 번 장애를 극복하고 영광의 성취를 이룰 수 있다는 증거로 삼았다. 내가 말한 '뉴질랜드의 황금 아가씨들'은 오아마루의 어느 집 마당에 떨어진 코화이 꽃이었다. 나는 많은 사랑을 받는 포플러나무도 움켜잡았고, 소나무 농원도 남김없이 아드뉴로 옮겼으며, 저녁마다 바다 위로 떠오르는 달도 놓치지 않았다. 아드뉴를 창조함으로써 나는 내면의 새로운 '내 장소'에 이름을 붙여서 확고하게 만들었다.

여고 교복에 그토록 숨통을 조이고 살았던 탓에 나는 1939년 8월 초경이 내 몸 밖으로 그토록 쉽게 쑥 빠져나왔다는 데 놀랐다. 이미 준비하고 있어야 마땅한 일이었겠지만 그러지 못했다. 나는 머틀이 '달거리'를 하던 머나먼 시절을 잊고 있었다. 나는 월경을 뭐라고 불러야 하는지도 몰랐다. '달거리'는 옛날 말, 구식 말이었고, 학교의 여학생들은 '몸이 안 좋다'고 말했다.

아침에 일어나 다리 사이에 피가 난 것을 발견했을 때 나는 이미 열다섯 살이 다 된 나이였다. 나는 공포에 사로잡혔다. 그래서 식당으로 달려가 어머니가 위기 때면 서는 자리에 섰다. 그러니까 재봉틀 옆, 햇빛 드는 식당 창가의 명예로운 자리, 폭풍이나 번개가 예고되면 피해야 한다고 하는 자리.

"다리 사이에서 피가 났어요." 내가 덜덜 떨면서 말했다.

"달거리로구나." 어머니가 말했다.

나는 차츰 기억이 놀아왔다. 하지만 여덟 살 때 그토록 살

알던 이유와 원리를 나는 다 잊어버렸다. 어머니가 낡은 수건을 직사각형으로 잘라서 주며 앞쪽과 뒤쪽에 핀을 찔러 속옷에 고정시키라고 했다. 생리대를 산다는 것은 우리 집에서는 생각도 할 수 없는 일이었다.

"표시 날 거예요." 내가 수건의 두툼함에 우울해져서 말했다.

"걱정 마, 안 나." 어머니가 의연하게 거짓말을 했다.

나는 표시가 난다는 걸 알았다. 그 후 학교를 졸업하는 날까지 피가 밴 그 두꺼운 수건 조각 때문에 많이 힘들었기 때문이다. 하루를 마칠 때 책상으로 고개를 숙이면 퀴퀴한 생리혈 냄새가 났고, 다른 사람도 그 냄새를 맡을 거라는 생각에 끊임없이 수치를 느꼈다. 수건의 두께와 냄새와 세탁은 지독히 역겨운 일이 되었다. 나는 "몸이 안 좋아요"라고 말하고 '학생회 방에 가서 눕는' 일을 몹시 원하면서도 경험하지 못했다. 하지만 우리 반의 화가인 L은 샬럿의 아가씨처럼 창백한 얼굴로 그곳에 자주 갔다.

그해 8월에 예상치 못한 늦은 눈보라가 왔다. 고지대에서 새끼 양들이 죽고 바닷가 왕국 오아마루조차 며칠 동안 눈이 높게 쌓였다. 피 범벅의 충격 직후 눈보라가 닥친 그 시기에는 인생의 어수선함과는 달라 보이는 문학적인 완벽함이 있었고, 그 모양새는 《그림 동화》의 과거와 거기 반복되는 눈 위의 피 사건을 한데 결합하는 것 같았다. 주인공의 앞날을 결정하는 파국 또는 기적의 순간으로 제시되는 그 피는 고치에 갇힌 여학생인 나의 현재 생활에도 영향을 미쳤다. 그 방식을 표현할 수는 없었지만 느낄 수는 있었기에 나는 두 편의 시를 써서 도트에게 보냈다. 〈봄눈〉은 내가 평소에 쓰던 시와 비슷한 유형이었고, 이렇게 시작했다.

  부드럽게 소용돌이치는 구름이 언덕 위로 몸을 굽혔다.
  제비꽃은 향기에 잠긴 채 나른하게 중얼거린다.
  겨울바람은 밤새 울부짖으며 외로운 한탄을 퍼부었다.

학교에서 윌리엄 쿠퍼의 시 〈메리에게〉를 배우던 중이었다.

  나의 하늘이 처음으로 구름에 덮인 이후로
  스무 해 가까이가 지나갔도다
  아 이것이 마지막이었으면!

두 편 가운데 또 한 편인 〈검정지빠귀〉는 이랬다.

  분명히 아 분명히 봄소식이다
  섬세한 흰 옷의 눈풀꽃과 함께…….

시는 이렇게 끝난다.

  온 세상이 깨어나서 노래에 전율한다.
  황량한 언덕 기슭의 추위는 이제 없다.
  반짝이는 옷을 입고 까딱까딱 소곤거리며
  한 송이 붓꽃이 피어나기 시작했으니.

기쁘게도 도트는 시 두 편을 모두 칭찬했고, 〈검정지빠귀〉를 이 주일의 시로 뽑았다. 이 주일의 시는 대체로 '진짜' 시인들의 시만 뽑혔다. 그녀가 '즐거운' 검정지빠귀를 '명랑한' 검정지빠귀로 바꾼 것은 불쾌했다. 내가 볼 때 '명랑한'은 바보 같은 말이었다. 지금도 나는 내 표현이 바뀐 불쾌함을 잊지 못한다. 머틀 때문에 '만지다'를 '물들이다'로 바꾼 일을 잊지 못하듯이.

열다섯 살 생일이 되었다. 생일 파티라는 건 우리 식구는 알지 못하는 호사였고, 그날도 평소와 다름없이 지나갔다. 나는 집에서 계속 맥베스 부인을 연습했고, 그 대사는 갈수록 의미가 새로웠다. "아직도 피 냄새가 나는구나. 아라비아의 향수를 다 갖다 쓴대도 이 작은 손을 깨끗이 씻지 못하리라."

내 손은 무수한 소젖 짜기의 경험으로 튼튼했다.

아드뉴 땅은 계속 나를 매혹했고, 나는 몇 번이나 학생 집시의 꿈을 꾸었다. 그러다 파니 선생님이 엘리자베스 구지의 책 《안개 속의 탑들》을 추천한 뒤로 그것이 더욱 잦아졌다. 그 책은 옥스퍼드 대학 이야기였는데, 낭만적으로 묘사된 옥스퍼드 대학과 대학생들의 이야기는 핵심 집단을 포함한 반 전체 아이들을 사로잡았다. "사람들 눈에 잘 띄지 않고, 생각에 잠긴, 말 없는 / 고풍스러운 모자와 잿빛 망토 / 집시들도 같은 것을 입었다……." (나는 올드 메그의 '대팻밥 모자'를 생각했다.) "우리 전에 나무 다리에서 만난 적 있지 않나요? / 당신은 망토를 입고 눈과 싸웠고…… / 돌아보니, 눈송이는 펑펑 쏟아지고, / 크라이스트처치 홀의 유쾌한 빛의 선(線)……."

《안개 속의 탑들》을 읽고 옥스퍼드와 학생 집시가 더욱 좋아졌지만, 나는 우리에게 영문학 세계를 그토록 풍부하게 소개한 파니 선생님이 L. M. 몽고메리와 앤 시리즈를 연상시키는 책,

견실함과 구체성이 부족하고 안개처럼 모호한 책을 높이 평가한다는 데 실망에 가까운 불만을 느꼈다. 물론 초록색, 금빛, 노인과 노파, 꿈 등 그때까지 내가 시에 필요하다고 생각한 많은 어휘를 쓴 점잖은 글이기는 했다.

하지만 파니 선생님은 시대의 교사였다. 중년의 나이에 우리가 아는 한 미혼이었던 그녀는 '남자'가 1차 세계대전에 참전했다 죽었다는 소문을 달고 있었다. 또 그녀가 평생의 '고향' 영국에 다녀온 기억은 특별 수업 때 보여주는 '슬라이드'에 간직되어 있었다. 영국의 시골길, 시골 오두막, 폐허, 성, 대학들, 아, 옥스퍼드와 케임브리지…… 안개 속의 탑들……. 그녀는 자신의 꿈을 우리에게 전달했고, 우리는 그것을 우리의 꿈으로 만들었다. 이제 학교생활은 대학 입학시험, 학위, 직업 준비에 집중되었기 때문이다. 언니나 오빠가 대학에 다니는 아이들은 그들에게 들은 이야기를 했고, 나는 문학 세계를 탐색하다가 많은 시인이 대학에 다녔다는 것을 발견했다.

나는 우리 어머니와 학교 수업이, 거기 덧붙여 머틀의 죽음이 내게 문학의 세계를 소개하지 않았다면, 내가 어떤 '현실'의 삶을 살게 되었을까 하는 의문을 자주 품었다. 글을 쓰고 싶다는 소망이 커진 것은 그 세계 안으로 사라지고 싶어서가 아니라 그 세계를 나와 가깝게 만들고 싶어서였다. 그렇게 하지 않으면 어떻게 그 세계를 내가 그것의 고향이라고 확신하는 이 일상 세계에 자리 잡게 한다는 말인가? 바닷가 왕국 오아마루에. 나는 이미 '굶주린 세대'에 '짓밟힌' 오아마루 사람들을 알지 않는가? 그리고 우리에게는 문학에 필요한 자연 요소—달, 별("창백한 별이여, 내가 너처럼 변함없을 수 있다면"*), 바다,

사람, 동물, 양과 목동("가거라, 목동이여, 그들이 언덕에서 너를 부르니"**)이 다 있지 않은가? 우리에게는 언덕 위에서 곤두박질쳤다가 솟아오르는 종달새("반갑구나, 너 유쾌한 정령이여!"***)도 있고, 나이팅게일 소리 위로 목소리를 높이는 비둘기, 검은방울새와 동박새도 있지 않은가…….

그해 9월 초, 소설과 시의 무수한 인물들과 아드뉴 땅 거주자들 가운데, 피와 눈의 배경 속에서 내가 식당 창가의 불빛 앞에 하늘을 등지고 서서 반항했던 폭풍과 번개가 우리 집뿐 아니라 이든 로의 모든 집, 오아마루 시, 뉴질랜드, 전 세계를 때렸다. 2차 세계대전이 터진 것이다.

"네가아니다, 재스퍼"

내가 도시였다면 전쟁의 충격으로 모든 건물을 무너뜨려 주민을 매몰시키거나, 화산 분출로 마비의 용암을 흘려 모든 것을 고요와 정적의 석상으로 만들어버렸을 것이다. 그토록 큰 충격과 비현실감은 내 평생 처음이었다. 나는 역사를 통해 머나먼 곳 다른 나라에서 많은 전쟁이 벌어졌다는 것은 알았다. 우리 아버지가 '참전' 경험이 있는 것도 알았고, 내가 좋아한 이야기 가운데는 '전쟁에 나가는' 젊은 군인이나 '전쟁터에서 귀향하

*존 키츠의 시 〈밝은 별이여〉의 한 구절.
**매슈 아놀드의 시 〈학생 집시〉의 한 구절.
***퍼시 비시 셸리의 시 〈종달새에게〉의 한 구절.

는' 상이군인 이야기도 있었다. 나는 린지 선생님이 〈웰링턴 공의 죽음에 부치는 노래〉를 낭송하는 것도 좋아했고, 아서 왕 시절의 전쟁 이야기도 좋아했다. "하루 종일 전장의 소음이 밀려왔다……."* 그리고 해마다 《학교 신문》에는 이 시가 실렸다.

> 플랑드르 들판에서 양귀비는
> 우리 자리를 표시하는 십자가 대열 틈에서
> 나부끼네. 하늘에서는 여전히
> 종달새들이 씩씩한 노래를 부르지만
> 총탄 소리 가운데 듣는 이 없도다…….**

와이타키 남자 고등학교 기념관에서 열린 현충일 기념식에서 나는 밀너 씨가 대영제국의 눈부신 전과를 전하는 것을 들었고, 또 그 장면들에 부당한 공포를 느끼지 않고 뜨거운 마음으로 노래했다.

> 오, 호국의 용사들이여, 영광이 그대들에게
> 전쟁의 먼지를 뚫고 전장의 불길을 뚫고 왔도다
> 고요히 누운 그대들은 용맹함을 세상에 떨쳤고
> 그대들의 기억은 이 땅에서 신성하도다…….***

나는 어머니의 종교가 평화주의를 신봉하는 것을 알았고, 1차

---

*앨프리드 테니슨의 시 〈아서의 죽음〉의 한 구절.
**존 매크레이의 전쟁 추모시 〈플랑드르 들판에서〉의 첫 연.
***1차 세계대전 전사자 추모곡 〈호국의 용사들〉의 첫 구절.

세계대전 때 외삼촌 두 명이 양심적 병역 거부자로 살상을 거부
해서 투옥된 것도 알았다. 내가 아는 오아마루 사람들을 상상해
보았다. 윌시 가 아들들, 이튼 가 아들들, 룩손 가, 잭 딕슨마저
이 새로운 이야기의 등장인물이 되어 명랑하게 전쟁 배낭과 장
비를 꾸렸다. 나는 정말이지 전쟁의 시절은 끝난 줄 알았다.

충격은 약간 극복되었지만, 위로받을 수 없는 슬픔과 환멸
속에서 나는 다시 한 번 셸리가 "세계의 비인가 입법자"라는 멋
진 표현을 안겨준 시인들에게 눈을 돌렸다. 나도 '시가 인간 신
성의 퇴보를 막아준다'고 느꼈다. 나는 세상의 바람이 어디로
부는지 알고 인간의 행동과 정신의 작동을 이해하려면 시와 소
설만 공부하면 된다고 느꼈다. 시인들은 내게 죽음을 가르치고
내 경험을 글에 담아준 것처럼, 내게 전쟁에 대해서도 가르칠
것이라고.

오아마루와 뉴질랜드는 선전포고가 짜릿한 선물이라도 된
다는 듯이 갑자기 어떤 광기에 사로잡혔다. 집에서는 아빠와
오빠가 모두 군인이 될 꿈을 꾸면서 기대감에 부풀었다. 아빠
는 자신이 참전했던 전쟁의 기념물로, 낡은 가방에 넣어두고
꺼내보지 않던 '각반'을 찾았다. 그리고 "내 각반이란다" 하고
새로운 애정이 깃든 목소리로 말하고는 그것을 바지 위에 감아
서 사용하는 방법을 보여주었다. "바지에 참호의 진흙이 묻는
걸 막아주지." 아빠가 당당하게 설명했다. 아빠는 전에는 참호
라는 말을 자주 하지 않았다. 그 단어는 아빠가 왜 슬픔과 분노
에 자주 빠지는지 엄마가 그 이유를 설명할 때에만 썼다. "아버
지는 참호 속에서 싸웠단다, 애들아." 그리고 초등학교 때 우리
가 아이들에게 자랑할 때에만 썼다. "우리 아빠는 참호 속에서

싸웠어."

오아마루에 전쟁의 열기가 떠돌았다. 젊은이들은 '모국을 위한 참전' 의무에 아무런 의문도 제기하지 않고 입대했다. 건물들에 깃발이 나타났다. 라디오는 〈브리타니아여 통치하라〉를 틀었고, 평화주의자인 어머니마저 주먹을 불끈 쥐며 "히틀러에게 본때를 보여줘야 돼!" 하고 말했다. 신문에는 깃발이 꽂히고 마지노선과 지크프리트선 등이 표시되었으며 "깃발은 연합군의 진로"라는 설명이 딸린 큰 지도가 실렸다. 마치 게임 같았다. 아빠와 브러디 모두가 입대를 자원해서 시내로 나갔다가 아빠는 새로 꾸려진 국민 방위군이 되어 군복까지 받아 왔고, 부적합자인 브러디는 향토 방위대 소속으로 어디선가 구한 납작모자를 쓰고 왔다. 학교에서는 이전까지 무시받던 여학생들이 아버지가 대령 또는 소령 계급이라거나 오빠가 제1제대(梯隊)에 있다는 것이 밝혀지면서 서열에 미묘한 변화가 일었다. 우리 아빠는 하사 계급이었고, 1차 세계대전에서 신호병이자 들것 운송병이었다. 1차 세계대전은 이전까지는 그냥 '세계대전(Great War)'이었는데, 이제는 공식적으로 1차 세계대전(First World War)으로 불리게 되었다. 마침내 그 위대함(greatness)이 의심을 받게 된 것이다.

내 일과는 변함이 없었다. 브러디도 자주 도와주는 소젖 짜기, 형제들과 '교대로' 아빠 자전거를 타고 시내로 나가 신문사 오기, 언덕과 황소 방목장의 철망에 긁히고 찢긴 교복 수선하기, 여동생들과 싸우고 비교하기, 집안일은 최대한 피하지만 이따금 '가짜' 뱅어를 '발견해서' 실험적으로 요리하기. 전시는 '가짜' 음식의 시기였다. 식구들은 가짜 음식이라는 말만 들어

도 퍼머넌트 웨이브 소식을 들었을 때와 같은 충격적인 배신감
에 휩싸였다.

그 당시 내가 탐구하던 시들은 대개 군복을 입은 젊은 시인
의 멋진 사진 때문에 더욱 매력적으로 느껴지던 쉬운 시들이었
다. 도시의 무서운 밤을 직면할 수 없던 나는—전쟁의 현실이
라는 "사막을 지났기에……"—전사자를 명예롭게 드높이는 대
세에 얄팍하게 편승해서 루퍼트 브룩*을 영웅으로 삼고 "내가
죽으면 이것만 기억해주오" 하는 어조를 채택했다. 우리가 얼
마나 빠른 속도로 새로운 전쟁의 언어를 배웠는지! 남자들은
갑자기 '사내들', '우리 사내들'이 되어 살인 면허를 가지고 어
린 시절로 돌아갔다. 우리 사내들, 용사들. 학교에서는 대오,
반역자, 제오열, 대공습 이야기와 여러 비행기 이름, 지명이 익
숙하게 오갔다. 나는 이런 시를 썼다.

> 길게 자란 금빛 풀들 틈에 부드러운 갈색
> 종달새가 쉬었고, 멀리
> 소년처럼 전쟁의 꿈을 전파한
> 남자들의 긍지에 찬 노래가
> 조용한 거리에 음정들을 쏟는다.
> 아 진실로 군인들이 행군하는
> 그날은 달콤하도다!

몇 개의 연으로 이루어진 이 시는 이렇게 끝났다.

*1차 세계대전 시기의 이상주의적 전쟁 시인.

용사들이 떠났을 때
꽃들이여, 사랑스러운 이슬을 떨구며 울고
작은 새여, 기뻐하며 노래하라,
세상이 네 노래를 들을 테니.
우리는 웃을 테지만, 눈물이 흘러내리고
침묵의 공포가 심장을 부여잡는다.
군인들이 행군하는 날.

이 시와 비슷한 여러 편의 시가 지역 신문에 실렸고, 그때는 그 시들이 지금처럼 부끄럽지 않았다. 나는 순진하고 미성숙해서 참담한 사건을 묘사하기 위해 최근에 내 어휘 목록에 들어온 '시적인' 단어들—몽상, 소년다운, 달콤한—과 오랜 비축물—사랑스러운, 작은, 웃음—을 썼다……. 그리고 내게는 루퍼트 브룩 같은 훌륭한 개인 교사들이 있었다. "햇빛 속에 웃고 사랑스러운 풀밭에 키스했다……." 꽃, 이슬, 별, 하늘…… 말들이 지배했다. 말들은 왕국의 열쇠를 가졌고, 나는 몇 년 더 자라기 전까지는 그런 말을 미화한 왕국이 내 회색 교복과 넥타이, 검은 끈 구두만큼이나 나를 옥죄는 감옥이라는 것을 몰랐다.

　그 뒤로 그해에 기억에 남는 것은 계속되는 전쟁의 악몽과 집안의 악몽, 그것을 달래주는 변함없는 계절, 날씨, 시 읽고 쓰기, 문장 외우기, 선물 받기뿐이다. 나는 웅변 대회에 나가서 노인 사일러스 마너*를 낭만적인 인물로 그린 "문학 작품 속 한 인물"이라는 제목의 연설을 했다. 그해 말에 받고 싶은 상

*조지 엘리엇의 소설 《사일러스 마너》의 주인공.

품을 고르라고 하자 다시 한 번 어머니의 영향력 아래 롱펠로를 골랐다. 그 책은 그림들이 박엽지에 싸인 멋진 책이었는데, 박엽지를 벗기니 잘생긴 하이어워서*—루퍼트 브룩보다 잘생긴—가 미네하하를 품에 안은 청동상이 나타났다.

넓고 세찬 강물 위로
그는 품에 처녀를 안았다.

그런 뒤 선물을 하나 받았다. 아빠가 내게 5실링을 주며 크리스마스 선물로 책을 사라고 했다. 내가 책을 산 것은 그때가 처음이었다.

나는 제프리앤드스미스 서점에 가서 조지 보로의 《라벵그로》를 샀다. 그 책은 내 많은 관심—집시 올드 메그, 학생 집시—을 결합하고 있었기 때문이다. 그 책에는 교과서에서 자주 읽어서 곁에 두고 읽고 싶은 구절이 있었다. 특히 전쟁 중인 1939년이다보니 더욱 그랬다. 그 구절은 이렇게 시작했다. "네가 아니다, 재스퍼……." 그리고 이렇게 끝났다. "인생은 달콤하다, 재스퍼. 낮이 있고 밤이 있다, 재스퍼, 둘 다 달콤한 것이다. 해와 달, 별들이 있다, 형제여, 모두 달콤한 것이다, 히스 숲에 부는 바람도 있다. 죽고 싶은 사람이 누가 있겠는가?"

---

*롱펠로의 시에 나오는 미국의 인디언 영웅.

대학 입학

그 이후 졸업까지의 시간은 전쟁의 악몽, 일간 사상자 명단 발표, 학교 강당의 찬송가와 성경 읽기로 이루어졌다.

> 영원하신 아버지, 강하신 구원자
> 그 팔이 거친 물결을 잠잠케 했으며……
> 오 우리가 주께 부르짖을 때에 들으소서
> 바다의 위험 가운데 있는 사람들을 위하여…….

그리고,

> 그대의 모든 힘으로 선한 싸움을 하라……
> 그리스도께서 그대의 힘이시고 의로움이시니.

그리고,

> 죄로 가득한 이 어두운 세상에 평화, 참된 평화
> 예수의 보혈이 내 안에서 평화를 속삭여주네.

피로 물든 많은 찬송가의 (당시는 순수했던) 성적 나른함을 기억한다. 우리 여학생들에게는 그런 찬송가가 인기였기 때문이다. 근래에 피와 새로운 관계를 맺은 여학생들은 전장에서 뿌려지는 피에 대한 반복된 언급으로, 그리고 가축 살상과 섭식이 경제의 토대를 이룬 나라다운 피에 대한 영원한 몰두로 이상해졌다.

담임을 맡은 매컬레이 선생님과 3학년 상급반이 시작되었다. 파니 선생님은 계속 수학을 가르쳤고, 나는 다시 장학금을 받아 책을 사는 데 보탰다. 대학 입학시험이 있는 해였다. 또한 건국 백주년 행사가 웰링턴에서 열려 학교에서는 교육 목적으로 방문단을 꾸렸는데, 나와 여동생들은 '교육 목적'이라는 말을 내세워 방문단에 합류하게 해달라고 졸랐다. 우리는 다시 한 번 학교 활동에 참여하고픈 욕망에 사로잡혔다. 쿡 산(아직도 가보지 못한) 소풍, 캠핑 여행 등에는 해마다 빠졌다. 우리는 또 부모님에게 우리는 공짜 철도 표가 있고, 웰링턴에 친척도 많으니 '숙소'도 필요 없다는 점을 지적했다. 비용은 용돈보다 약간 많으면 될 것이라고 했다. 물론 우리에게 용돈이란 건 없었지만. 어쨌건 방문단 명단이 확정됐을 때 우리는 거기에 포함되는 흔치 않은 기쁨을 누렸다. 그렇게 된 이유 중 하나는 '박람회'가 다시 열린다는 사실이 엄마와 아빠에게 더니든에서 열렸던 남양(南洋) 박람회의 향수를 불러일으켰기 때문이다.

"머틀하고 브러디가 아직 어리고 그레이스 이모하고 앤디 이모부가 밸클러서에 살았을 때 말이야. 머틀하고 브러디는 솜사탕을 먹었는데……." 솜사탕은 마치 그 당시 사람들만 알던 달콤하고 순수한 행복처럼 이야기에서 빠지는 법이 없었다. 더니든 박람회 시절, 요크 공 부처와 영국 왕세자(아 사랑스러운 왕세자!)가 이 나라에 와서 지역을 순방하고, 킹스 사의 가구 값을 다 치러서 더 이상 킹스 사 직원들이 철제 침대와 목재 틀, 식탁과 모리스 의자 네 개와 소파와 타원형 난로 앞 깔개를 조사하러 오지 않던 시절…… 아, "머틀하고 브러디가 어렸을 때" 그 시절은 천국이었다. "그러니 꼭 솜사탕을 먹어라." 엄마가 말했다. "그때가 아니면 기회가 없을지도 몰라. 솜사탕은 박람회나 그런 데에만 있으니까……."

뱃길은 거칠었다. 여학생들은 모두 뱃멀미를 했고 인솔 교사단의 일원인 린지 선생님도 병이 났다. 그녀는 밤새 토하고 또 토하는 내 머리를 잡고서 모두에게 말했다. "배의 움직임에 몸을 맡겨라." 그리고 우중충한 청록색으로 아침이 밝았을 때, 린지 선생님은 푸르뎅뎅한 잿빛 얼굴로 계단에 불쌍하게 앉아서 다가오는 웰링턴 항구의 지리적 특징을 설명했다. 이것은 어쨌건 '교육 탐방'이었기 때문이다.

방문단은 숙소가 배정된 뉴타운 학교로 갔지만, 우리 세 자매는 따로 나와서 처음 보는 외가 쪽 친척들을 만났다. 그리고 이틀 동안 박람회장을 누비며, 놀이공원과 거울의 방에 들어가고 유령 열차를 타고 '집시'에게 글씨체 운세를 보는 데 돈을 썼다. 집시는 내가 이미 알고 있는 것에 주의를 주었다. 내 '성격'에 문제가 있다고, 너무 수줍고 자의식이 강하다고.

박람회에서 돌아온 우리는 작문 숙제를 피할 수 없었다. 나는 교육과 산업 구역에서 누린 즐거움에 대해 썼다. 솜사탕을 먹었는데(와이타키 여고 학생은 길거리에서 군것질하는 게 금지되어 있었으므로 들킬까봐 몰래) 그건 부모님이 그것을 지난날의 행복으로 기억하기 때문이었고 우리한테는 별로였다고 단언했다. 우리는 좀 더 실속 있는 음식이 좋다고 했다. 어머니는 우리의 새 기억을 통해서 자신의 옛 기억을 되살릴 수 없다는 것, 행복했던 "머틀하고 브러디가 어렸던" 시절은 손 닿을 수 없는 곳에 있고, 심지어 폐기되었다는 것을 깨닫고는 기대한 만큼 실망을 겪었다.

그렇지만 준과 이저벨과 나에게는 우리만의 솜사탕이 있었다. 그 교육 탐방은 언제나 기억 속에 커다란 자유와 즐거움을 누린 시간으로, 심지어 전쟁도 잊고 대학 입학시험도 잊었던 시간으로 남았다.

오아마루에서는 다시 사상자 명단, 소문, 오전 찬송, 대학 입시 이야기를 피할 수 없었다. 그리고 나는 다시 시와 산문을 발견하는 인생으로 돌아갔다. 나는 '훌륭하다'고 인정받는 시(〈불멸성의 자취에 부치는 노래〉 같은)를 읽으면서 '감동의 눈물을 흘리는' 일이 기뻤다. 그토록 마음이 움직인다는 것은 시의 위대함을 알려주는 한 가지 보증이 되었고, 나는 밤에 일기를 쓸 때 아드뉴 씨에게 "오늘 수업 시간에 이걸 읽다가 울었어요"라는 말과 함께 어떤 시나 산문을 언급할 수 있는 날은 자부심을 느꼈다. 내 울음은 소리가 들리거나 내가 아는 한 남들이 알아챌 수 있는 것이 아니었지만, 나는 선생님이 내가 눈물을 찍어내는 걸 알아차리고 '아, 진이 시에 감동받았구나. 정말 시적이고 상상력이 풍부해…… 진정한 시인이야……' 하고 생각하기를 소망했다. 선생님이 그런 생각을 한다는 조짐은 없었다……. 그리고 갈망하는 상상력은 여전히 나를 비껴갔다.

다가오는 시험과 그 이름—대학 입시—에 집중하면서 여학생들 사이에서 장래 대학 과정과 대학 생활에 대한 이야기가 많아졌다. 어떤 학생들은 대담하게 (놀라울 만큼 익숙하게) 바서티*라는 말도 썼다. 《안개 속의 탑들》, 학생 집시, 워즈워스의 〈케임브리지 대학 킹스 칼리지 예배당에 대한 소네트〉, 《무명의 주드》**와 크라이스트민스터의 탑들, 셸리, 바이런, 매슈 아놀드가 할리우드, 춤, 노래, 대스타의 꿈을 대체하게 되었다. 하지만 사라져가는 그 꿈도 새로운 청소년 스타 가수들이 나타나면서 이따금 새로이 타올랐다. 주디 갈런드와 디나 더빈이 있었고, 뉴질랜드판 디나 더빈을 찾는 전국 경연에 수백 명의 소녀가 모여들어 떨리는 목소리로 〈일 바치오〉("웃음 담은 아침의 빛이 부드럽게 내게 밝아오네…… 다시금, 그래 다시금 돌아오네……")와 〈판의 피리〉("즐겁고 즐거운 판의 피리 소리를 따라가자 따라가자")를 불렀으며, 나는 우리 숙모의 조카 두 명이 지역 결선까지 올라갔지만, 뉴질랜드의 디나 더빈으로 탄생한 준 바슨에게 밀린 영광을 간접 경험하고 이용했다. 준 바슨은 당연히 오클랜드 출신이었다.

나는 차츰 개인으로서의 나의 이미지를 시인으로서의 나와 분리하기 시작했고, 글을 읽을 때는 주로 침묵 속에서 고통 받는 금욕적이고 고독한 여자 주인공에게 감정이입을 했다. 강하고 속을 알 수 없는 남자를 기꺼이 사랑하는 '수수한 제인'. 남자는 겉만 아름다운 여자에게 쉽게 속아 넘어가지만 결국에는 항상 (안타깝게도 너무 늦게) 그때까지 미처 알아보지 못했던 그림자처럼 수줍은 여자에게 돌아간다. 나는 스스로 다른 사람들을 지켜보고 그들의 이야기를 듣는 '배경' 인물로 여겼다. 나는 베키 샤프가 아니라 에마였다.*** 하지만 테스와 마티 사우스이기도 했고, 그린 게이블스에 사는 앤이었으며, 샬럿 브론

테(이저벨이 에밀리고 준이 앤이었다)였다. 매기 털리버, 제인 에어, 캐시였다.* 그리고 내가 될 여자 주인공이 없으면 나는 스스로 남자 주인공이 되어, 무명의 주드, 라스콜리니코프, 그리고 모두가 좋아하는 안토니우스 대신 브루투스가 되는 것을 사랑했다. 영화 주인공도 있어서 로버트 도냇, 로런스 올리비에, 클라크 게이블이 되기도 했다. 그리고 당연한 일이지만 나의 영원한 영웅은 시인들이었다. 도데, 빅토르 위고, 키츠, 셸리, 워즈워스, 루퍼트 브룩, 예이츠(〈물에 비친 자기 모습에 감탄하는 노인들〉과 〈하늘의 천〉을 쓴 초기) 같은 프랑스와 영국의 시인들로, 대부분 내가 2학년 때 상으로 받은 《현대 영시 골든북》과 우리의 《셰익스피어에서 하디까지》에 나오는 시인들이었다. 그리고 도스토옙스키, 하디, 브론테 자매, 조지 엘리엇, 워싱턴 어빙, E. B. 루카스, 토머스 브라운 경 같은 산문 작가들이 있었다.

그리고 셰익스피어.

뉴질랜드 작가는 아는 사람이 별로 없었다. 캐서린 맨스필드, 아일린 더건, 윌리엄 펨버 리브스, 토머스 브래컨 정도였고, 나는 이들을 모두 '어머니의 세계'에 속한 사람들로 느꼈다. 그리고 내가 어머니의 세계에 속하지 않는다고 여겼기 때문에 '어머니의 작가들'을 공유하고 싶은 욕망도 없었다. 어머니의 롱펠로, 트웨인, 휘티어는 끼워줄 수 있었지만, 어머니나 외조부모님 또는 외증조부모님이 알았을 작가들은 아니었다. 그해 웅변 대회 주제가 '작가'로 정해졌을 때 나는 내가 '직접

*각각 조지 엘리엇의 소설 《플로스 강의 물방앗간》, 샬럿 브론테의 소설 《제인 에어》, 에밀리 브론테의 소설 《폭풍의 언덕》의 주인공들.

발견한' 프랜시스 톰슨을 선택했는데, 담임선생님이 캐서린 맨스필드를 선택한 반 친구 한 명에게 뉴질랜드 작가를 골랐다고 칭찬하자 호기심을 느꼈다. 우리 영문학 반에서는 누구도 뉴질랜드 작가 또는 뉴질랜드 자체가 있다는 생각조차 하지 않았기 때문이다.

고교 고학년 시절은 실용적인 활동으로 바빴다. 나는 B 농구 팀에 들어갔고 나중에는 주장이 되었다. 인명 구조 초급 자격증도 땄다. 나는 다이빙이 좋았다. 테니스를 하고 싶은 열망에 《진실》지 어린이 면에 시를 싣고 받은 원고료 1파운드로 테니스 라켓 틀을 사자, 아빠의 지인이 싼값에 끈을 엮어주었는데 완성된 라켓의 끈이 미황색이 아니라 검은색이라는 데 말할 수 없는 수치를 느꼈다. 나는 그 라켓이 '웃기다'고 선언했다. 그리고 그 색다른 라켓을 사람들 앞에 보일 만큼 용감하지 않았고, 어느 날 학교에 가져갔을 때 '모두가 알아보았다'는 확신이 든 뒤로 그 라켓은 한 번도 쓰이지 않은 채 옷장 위 두 개의 커다란 인형 옆에 보관되었다. 인형의 옷—하나는 분홍색, 다른 하나는 파란색—은 이지 고모의 친구가 만든 것이었고, 그 인형들을 선물로 받았을 때 준과 이저벨은 이제 자기들은 그런 것을 가지고 놀 나이가 아니라고 여겼는데, 그것은 다행이었다. 왜냐면 그 옷은 '노부인이 특별히 짜서' 만든 것인 만큼 함부로 다루면 안 된다고 했기 때문이다……. 쓰지 않는 라켓과 쓰지 않는 인형은 거기 오래도록 머물렀고, 마침내 준이 아이를 낳자 그 아이들은 남들과 다르다거나 '특별히 짠' 인형 옷을 망칠지 모른다는 걱정 없이 그것들을 쓰게 되었다. 그때 이지 고모의 친구와 이지 고모는 이미 세상을 떠나고 없었으니까.

그해 우리 고양이들은 고양이 장염 같은 것에 걸려서 차례로 숨을 거두었다. 나는 윙클스의 죽음을 이용해서 조시를 하나 썼고, 그것을 아메라라는 필명으로 《메일 마이너》에 보냈다. 둥지를 채우는 새처럼 나는 모든 것을 시를 위해 이용할 준비가 되어 있었다. 이것은 매우 적절한 비유다. 아직도 교실에 강력한 영향을 미치고 있는 그 핵심 집단이 이제 새로운 관심에 사로잡혔기 때문이다. 그것은 '상자'의 준비였다. 상자란 내게 낯선 말이었다. 개별적인 생일 또는 크리스마스 선물을 받는 대신 그들은 이제 살림 도구인 리넨, 식기, 도자기를 모았고, 각각의 물건을 추가할 때마다 자세한 논의와 설명을 붙였다. 나와 그들의 거리는 멀었지만 그들과 나는 어쩌면 똑같은 것을 추구하고 있었다. 원하는 장래를 위한 물건 수집, 그들에게 그것은 살림 도구였지만 내게는 경험과 허구의 인물이었다. 내가 윙클스의 죽음을 '이용해서' 조시를 썼다고 말했지만, 그때 나는 머틀의 죽음에 대해 시를 쓴 시인들에게 일종의 의무감도 느꼈다. 윙클스의 죽음과 그에 대한 내 감정을 공유하는 것, 그리고 미래를 위해 수합한 모든 경험은 리넨이나 식기와는 달리 개인적인 목적뿐 아니라 내게 감지되기 시작한, 역사라 부를 수도 있는 흐름 속에서 공동의 목적을 위해서 쓸 수도 있다고 생각했다.

'시험 공부'라는 핑계가 통하지 않을 때는 계속 소젖을 짰다. 그 일은 이제 브러디와 준도 함께했다. 언덕을 다니며 블루이와 스크레이퍼스를 찾았고, 항구와 바다, 곶, 익숙한 풍경을 내다보았고, 마음속에 여러 장소를 들여놓았다. 우리가 아직도 영안소라고 알고 있는 그 작고 창문 없는 건물, 해마다 '워스 서커스'와 '6펜스 동물원'이 찾아와서 자리 잡고, 그렇게 서커스를 보고 싶어 하면서도 한 번도 보지 못한 우리가 그 천막 아래로 안을 들여다보려고 하던 공원, 나무가 늘어선 거리. 그리고 내 어깨에 앉아 있던 윙클스를 그리워하는 한편, 늙어버린 바다 거품 청년, 학생 집시, 아드뉴 씨, 내가 읽는 소설에 나오는 모든 인물을 생각하며 스스로를 달래고, 미래에 대한 의문과 두려움을 품었다. 나는 정규 대학에 가기를 꿈꾸었지만 사범학교에 가게 될 것을 알았기 때문이다. 사범 학생은 대학생들과 달리 돈을 받았으니까.

부모님은 우리 인생에서 물러났다. 우리는 부모님들과 학교 일을 의논하고, 이런저런 일로 돈을 요청해서 때로는 받고 때로는 못 받았다. 우리는 학교 과목들에 대한 부모님들의 무지가 답답했다. 이제 어머니도 나처럼 시 속으로 도피하는 일이 잦아지자, 나는 불행감에서 기원하는 냉정함으로 어머니가 사랑하는 몇몇 시인의 가치를 깎아내렸다. 내 비난이 어머니에게는 당혹감과 침울함을 안겨주고 내게는 그 불행을 보는 잔인한 기쁨을 준다는 것을 알았기 때문이다. 나는 어머니가 순교자처럼 식구들을 손발이 닳도록 수발하는 것이 갈수록 짜증 났다. 내가 나를 위해 어떤 일을 하려고 하면, 어머니가 언제나 도움을 주고 싶어 하며 옆에 서 있었다. 나는 이제 죄책감을 느꼈고, 어머니가 죄책감의 수단인 것이 싫었다. 종교와 시라는 머나먼 세계에 사는 어머니의 보이지 않는 삶, 어머니의 완벽한 평화는 아버지 못지않게 나도 화나게 했다. 아버지는 때로 어머니에게서 분노나 흔한 이기심, 또는 어머니가 그토록 마음을 바치는 그리스도에게 비난받을 천박한 감정을 이끌어내려고

어머니를 자극했다. 그럴 때면 어머니는 얼굴을 붉히고 입술을
깨물며 조용히 노래했다.

아니면 그리스도형제단의 특별한 노래, "내 눈이 주님이 오시
는 영광을 보았네"로 시작하는 〈아메리카 공화국 전승가〉나 독
일 국가의 곡조에 맞추어 부르는 "시온의 왕이 영광으로 통치
하시네 / 그가 백성을 자유케 하리로다……"를 자주 불렀고,
그러면 아버지가 놀렸다. "이런, 지금 당신은 독일 국가를 부르
고 있군."
　우리 집은 이제 행복한 날이 별로 없었다. 예전에 소중했던
축제들은 우리가 커가면서 대부분의 기쁨을 잃었다. 알코올을
발견하고 세탁실 빨래솥에서 강한 맥주를 증류하게 된 오빠는
청소년기의 혼란과 간질 환자의 우울함에 빠져 허우적거렸다.
아버지는 여전히 브러디가 "마음만 먹으면 발작을 멈출 수 있
다"고 믿었고, 어머니는 계속 "힘내, 브러디, 세계의 위대한 인
물들 중에는 간질 환자가 많았어" 하고 달래는 가운데, 그런 슈
퍼 보이의 역할을 충족시킬 수 없던 그는 당구장 앞 도랑에 처
박혀 있다가 집으로 실려 오곤 했다. 이저벨은 그에게 "나는 술
을 마시지 않을 것이며……" 하는 각서를 쓰게 하려고 했다.
그의 일을 도와주기로 한 많은 사람들이 약속을 지키지 못했

다. 도움이 된 사람은 그리스도 교회의 가필드 토드뿐이었다.

그래서 우리는 날마다 아빠의 국토 방위군 군복의 단추를 닦고, 사상자 명단을 읽고, 새로운 전쟁 용어를 익히고, BBC 뉴스를 듣고, 연합군의 움직임을 깃발로 표시했다. 그리고 나는 대학 입학시험을 치르고 합격했다. 지금 그 시험에 대해 기억나는 건 수험료가 2기니였는데 진학 포기를 주장하는 아빠에게서 힘겹게 돈을 받아냈다는 것이다. 몇 년 후 나는《리스너》지에 발표한 첫 단편 소설 〈대학 입학〉의 원고료로 그 액수의 돈을 받았고, 그것은 내게 다시 한 번 문학과(단순하고 짧은 소설이었지만!) 인생이 분리된 것이 아니라 서로 가깝고 조화를 이루고 있다는 확신을 안겨주었다.

상상력

어린 시절에는 시간이 수평으로, 점진적으로, 그러니까 내일 또 내일, 내년 또 내년으로 흘러서 기억도 날짜와 연두에 따라 개인사로 기록되거나 반대로 수직으로 흘러서 사건이 '방앗간에 곡물 자루 쌓이듯' 차곡차곡 쌓였지만, 혼란의 소용돌이인 청소년기는 관찰과 기록이 불가능할 정도로 기억이 뒤죽박죽이 되고 표면 아래의 힘이 그것을 휘젓고 다양한 기억이 다양한 때에 표면으로 솟아올라서, '순수한' 자서전의 존재를 거부하며, 매 순간에 개별적 이야기가 각기 다른 백만 개의 이야기로 부풀어 오르고, 어떤 기억들은 영원히 표면 아래 머문다. 나는 지금 여기 책상에 앉아서 그 춤의 깊은 안쪽을 들여다본다. 그 움직임은 독자적인 패턴을 갖춘 춤이다. 좋지도 나쁘지도 않고, 나름대로 개별적인 춤—먼지 또는 햇빛의 춤, 세균 또는 음정, 색깔, 액체의 춤, 또는 자서전을 쓰는 작가가 단 한 순간 매달리는 관념들의 춤이다. 라카이아 강변에 앉아서 보던 모습이 떠오른다. 본류로 떠내려오던 나뭇가지와 나무 몸통과 죽은 소와 양이 갑자기 가장자리의 소용돌이로 휩쓸려 가서는 변함없이 빠른 속도로 지구 중심부로 빨려 내려가기 직전에 단 한 순간을 머물던 모습이.

그 고등학교 고학년 시절 나는 많은 사건과 씨름했다. 나는 혼란스럽고 갑갑했다. 나는 어디로 갈 것인가? 부모님이 갑자기 돌아가시면 나는 어떻게 하나? 이 세상은 어떤 곳인가? 세상은 어떻게 전쟁을 할 수 있는가? 나는 어린 시절부터 나를 괴롭히던 질문을 던졌다. 이 세상은 왜 있는 걸까, 도대체 왜? 그리고 내 자리는 어디일까? 꿈속에서 나는 자주 어른의 몸으로 학교로 돌아가서 너 여기서 뭐 하니? 넌 어른이잖아, 하는 말을 들었다.

여동생들과 나는 독서와 공부에 몰두했다. 그리고 길고 더운 여름날을 보내기 위해 각자 '장편 소설'을 쓰기 시작했다. 나는 체스터턴의 시 〈먼지의 찬양〉의 한 구절을 따서 내 소설에 '먼지의 환영'이라는 제목을 붙였다.

깊은 흰색과 핏빛 적색의 꽃, 돌들,
이끼가 불같이 표면을 덮는다,
푸른 번득임, 금빛의 작열,

먼지의 환영.

이저벨 소설의 제목은 〈학생 집시〉에서 딴 '가거라 목동'이었고, 준의 소설 제목은 〈연꽃 먹는 이들〉에서 딴 '달콤한 음악이 있다'였다. 우리는 모두 몇 장(章) 이상 쓰지 못했다. 하지만 《메일 마이너》, 《진실》, '도트와 함께하는 어린이 페이지'에 계속 시를 보냈고, 잊지 못할 어느 주에는 내 시 〈꽃송이들〉이 이 주일의 시로 뽑혔으며, 다른 시 〈붓꽃〉도 도트의 칭찬을 받았다. 도트는 이렇게 말했다. "시를 보내줘서 고마워요, 앰버 버터플라이. 작품에 시적 통찰과 상상력이 풍부합니다. 하지만 제가 볼 때 아무리 시라지만 꽃이 달을 꿈꿀 수 있는지는 잘 모르겠네요. 더 많은 작품 보내주고 제 애정 어린 비판을 기분 나쁘게 듣지 마세요." 도트가 말한 것은 〈붓꽃〉의 한 구절인 "더 이상 황금빛 달의 사랑을 꿈꾸지 말라"는 대목이었다.

나는 도트에게 답장했다. "저는 당연히 그 비판을 기분 나쁘게 듣지 않았습니다……." 하지만 나는 기분 나빴다. 시에서 꽃이 달을 꿈꾼다고 말한 게 잘못이라면, 문제는 시가 그 생가을 충분히 전달하지 못한 것이지 착상 자체는 아니라고 믿었다. 하지만 아, "시적 통찰력과 상상력"이란 말은 얼마나 달콤했던가. 내가 누군가에게 상상력이 풍부하다는 말을 들은 것은 그때가 처음이었다. 그 인정은 내게 큰 사건이었고, 많은 일이 그렇듯이 한 번의 긍정은 다른 긍정을 연달아 불러와서 나는 곧 학교에서 상상력이 풍부하다는 말을 듣게 되었다. 시인, 진짜 시인이 되는 꿈에 한 걸음 더 가깝게 다가갔다. 아직도 장애의 문제는 있었다. 콜리지와 프랜시스 톰슨과 에느서 앨런 포는 아편 중독자였고, 포프는 다리를 절었으며, 쿠퍼는 우울증을, 존 클레어는 정신 이상을 앓았고, 브론테 자매는 결핵을 앓은 데다가 생활 능력도 없었다……. 물론 언니가 죽었고, 고양이들도 죽었고, 오빠는 간질이었지만 거기다 또 내가 상상력이 풍부하다는, 전에 없던 평을 받게 되었지만, 그래도 나와 내 인생은 너무도 평범하게 느껴졌다. 나는 옷 문제를, 정확히는 옷이 없는 문제를 걱정하고, 내 '몸매'를 걱정하고, 내게 '곡선미'와 '관능미'와 '섹시함'이 있는지를 걱정했다. 셸리의 전기《아리엘》을 읽으니, 셸리는 나를 별로 좋아하지 않을 것 같았다. 아내 해리엇이 모자 외에는 관심이 없다고 불평했기 때문이다. 나는 셸리의 아내처럼 되지는 않아야겠다고 결심했다. (때로 시인이 되려는 내 열망은 시인과 결혼하는 환상과 헷갈리는 것 같았다!)

나는 일기에 썼다. "아드뉴 씨, 사람들은 내가 교사가 될 거라고 하지만 나는 '시인'이 되고 싶어요."

사방에 강이 흐르는 나라

4학년 상급반은 잔인했다. 그때까지의 내 인생에서 가장 잔인한 한 해였다. 내 교복은 이제 너무 작아서 터질 듯이 온몸을 조였다. 여기저기가 뜯겨서 기우고 또 기웠지만, 새것을 살 수는 없었다. 연말이면 졸업을 하기 때문이었다. 또 집에서 만든 생리대는 너무 크고 피가 새서 수업 중에 일어설 때마다 혹시

의자에 피가 묻었나 몰래 내려다보았고, 조회 때 일어서면 한 손으로는 찬송가 책을 들고 다른 손으로는 생리대의 어느 쪽이 더 불룩한지에 따라 앞 또는 뒤를 가렸다. 당시 나는 하우스 학생장이었기 때문에 깁슨 하우스 앞에 꼼짝없이 서 있어야 했지만, 다행히 강당에서 거의 항상 혼자 서 있는 그 시절은 이제 끝나갔다. 나는 왜 강당에서나 체육 수업 때 아무도 내 곁에 '이열'을 짓지 않는지 이해할 수 없었다. 구령은 항상 '이열 형성'이었기 때문이다. 내 수치심은 강력했다. 나는 내 몸에서 지독한 냄새가 나서 그렇다는 결론을 내렸다.

강당 앞쪽에 선 채 불룩한 생리대를 가리려고 하고, 차분하고 근심 없는 척하고, "예수의 보혈이 내면의 평화를 속삭이네"를 부를 때 내 주근깨 가득한 하얀 얼굴은 내내 홍조를 띠었다. 나는 이 나이에도 학교를 다닌다는 게 몹시 불편했다. 얼른 학교를 졸업하고 싶은 조바심과 '세상에 자리를 잡기에는' 내가 너무 부족하다는 공포심과 시인이 되고 싶은 강렬한 열망은 집과 학교에서 여러 차례 눈물바람을 일으켰다. 한 교사는 내가 마치니에 대해 쓴 격정적인 역사 작문을 보고(역사책에 마치니는 이상주의자이고 상상력이 풍부하다고 설명되었고, 그것은 내 마음을 사로잡기에 충분했다) 영어와 역사로 장학금 시험을 보라고 권했지만, 나는 마치니만큼 흥미롭지 않은 주제의 다음번 작문으로 그녀를 실망시켜서 역사, 지리, 과학을 '빼고' 영어, 프랑스어, 수학으로 장학금 시험을 보았다.

우리 반의 '우등생' 집단에는 네 명의 여학생이 있었다. 강력했던 핵심 집단의 아이들은 모두 유치원 교사, 보모, 간호사가 되거나 결혼을 준비하려고 학교를 떠났다. 우등생 집단의 학생들은 이제 장래의 대학 생활과 더니든의 어느 지역에서 지낼지에 대해 전보다 구체적으로 이야기했다. "당연히 세인트 매그스지." 그들이 그 대단한 세인트 마거리츠를 익숙하게 줄여 말하는 데 나는 다시 한 번 놀랐다. 나는 사범학교에 지원할 계획이었지만, 대학 과목을 '시간제'로 수강하기 위해 장학금 시험도 보았다. 우리는 절벽 끝의 어린 새들처럼 날개를 파닥거렸다. 공기는 부스럭거림과 연습과 수다로 가득했다. 대학에 진학하는 여학생들은 하늘을 날아오르는 능력에 아무런 의문이 없는 듯 차분하고 여유롭고 당당했다. 그러는 동안 교사들은 사라진 지난날을 되새기면서 학생들에게 앞으로 어떤 일이 생길지, '자기들 시절에' 대학은 어땠는지를 향수에 젖어 말했다. 대학 요람을 살피고 졸업생 명단과 수상 목록을 보자, 내 꿈은 끝없이 뻗어나갔다. 나는 특히 시와 산문 작가들이 받은 상에 주목하고 나도 그 상을 탈 꿈을 꾸었다.

내 고교 시절의 마지막 해는 학생들이 여러 '집단'으로 분리되면서 더욱 불안해졌다. 오랜 세월 동안 형식적인 분위기에서 명령에 따라 책상에 앉아 지내다가 풀려나자, 공간 안에서 어떻게 내 영역을 관리해야 할지 알 수 없었다. 내가 받은 교육은 선생님이 앞에 서서 가르치면 학생들은 꼼짝 않고 앉아서 듣는 '구식' 교육이었기 때문이다. 교사가 설명하고 판서하고 질문하면 아이들이 손을 들고, 교사가 그중 한 명을 지적해서 대답을 시킨 뒤 그 답이 맞는지 틀리는지 알려주고 다시 설명과 판서로 돌아가는 방식. 나는 우리가 이제 자유롭게 교실을 돌아다니고, 원형 토론 대열로 앉아서 저마다 의견을 내는 것이 당혹스러웠다. 나는 물러섰다. 내 견해를 밝히는 것이 두려웠다.

지난 세월 동안 내가 무슨 말을 하면 아이들이 모두 놀라거나 신기해하는 일이 너무 많았고, 그런 일을 다시 맞닥뜨릴 엄두가 나지 않았다.

음악 축제 때 나는 하우스 합창단을 지휘하게 되었다. "아름다운 로즈여, 그녀에게 말해주오, 우린 서로에게 시간 낭비임을"과 "사랑에 빠진 남녀였다네"를, 그리고 4학년 재즈 밴드도 이끌었다.

소년들을 미치게 하는
어여쁜 아이가 누구지?
모두가 한목소리로 말하네,
저 소녀예요, 저 소녀
갈래 머리를 휘날리는.

그 이유는 오직 하나, 합창단도 밴드도 관객과 당혹스러울 만큼 가깝게 닿을 일이 없었기 때문이다. 나는 알다시피 '수줍은' 성품이었다. 학생 집시도 수줍은 성품 아니었나?

사람들 눈에 잘 띄지 않고, 생각에 잠긴, 말없는
고풍스러운 모자와 잿빛 망토
집시들도 같은 것을 입었다…….

그해 말 담임교사인 크로 선생님은 졸업하는 학생들을 위해 4학년 파티를 열어주었다. 나는 교복을 입었다. 그리고 처음으로 커피를 마셨다. 나는 '시적' 방식으로 혼자 떨어서 앉아서(이세

나는 우리 반의 시인으로 통했고, 작문 숙제도 대체로 높은 점
수를 받았다) '다른 것'을 꿈꾸었는데, 파티 중에 다른 학생들
과 '어울리던' 크로 선생님이 내게 물었다. "너는 어떤 악기가
좋니?"

　나는 일주일에 한 시간이던 학교 음악 수업과 짧았던 피아
노 교습을 빼면 '진짜' 음악에 대해서 아는 게 없다고 느꼈다.
학교 수업은 노래 수업이었고 우리는 간단한 노래들을 불렀다.

　　나는 이 색깔이 좋아
　　오늘을 어떻게 생각하니,
　　다 마 네이 포르토 라 베이…….

《자치령 노래책》의 인기곡인 〈송어〉, 〈음악에 부침〉, 셰익스피
어 노래인 "나는 아네, 벌이 꿀을 빠는 강둑을……", 그 노래들
을 하면 내 마음은 어김없이 J. C. 스콰이어가 〈강들〉이라는 시
에서(역시 《현대 영시 골든북》에 실린) 나를 위해 묘사해준 장
소로 떠나갔다.

　　내 마음 한구석에 아직 무엇인가 있네
　　아주 먼 곳에서.
　　내가 전에 보았지만 이제 보지 못하는 것이 있네
　　사방에 강이 흐르는 나라
　　내 마음속에 움직이고 내게 말을 거는…….

그래서 크로 선생님이 내게 어떤 악기를 좋아하느냐고 물었을

때 나는 음악을 잘 모른다는 걸 밝히기가 싫었다. (몽상적이고 시적이고 상상력 풍부한 진 프레임이!) "저는 바이올린이 좋아요." 나는 불현듯 오래전의 맹인 바이올리니스트를 떠올리며 대답했다. 크로 선생님이 말했다. "그래, 바이올린은 격정적이지." 그 대답은 나를 당혹시켰다. 격정적이라니! 나는 세상의 모든 감정과 두려움으로 얼굴이 벌게진 채 구석에 앉아 커피를 마셨다.

나는 장학금 시험을 보았다. 영어 시험지에는 〈날아라, 종달새여〉라는 시의 '감상'을 썼다.

> 문질러 둥글어진 소리의 자갈을 고요한 하늘 호수에 쏟아내고,
> 그 동심원이 점점 퍼지며 정오를 채우지만
> 누구도
> 태양 곁에서 그렇게 작은 이 없다…….

나는 스티븐 스펜더의 시 〈파일런〉의 '해석'과 관련된 질문들에 파일런이라는 단어의 뜻도 모르고 답을 했다. 내가 그 질문들을 기억하는 것은 단지 그 순간의 강렬함 때문이다. 내 손은 잉크로 더러웠고, 시험장 앞 시계는 똑딱거렸다. 심장은 갈비뼈를 쿵쿵 때렸고, 머릿속은 또렷하기가 언덕마루 같았다. 나는 재미있게 시험을 쳤다.

그다음 사건은 더니든 사범학교의 파트리지 학장과 면접을 한 것이다. 나는 총명하고 교사다운 모습을 보이려 노력하며, 하우스 학생장, B 농구부 주장, 하우스 합창단 지휘자, 4학년 재즈 밴드 회상으로 활동하고 품행이 바른 학생이있음을 일렀

다……. 그는 좋은 인상을 받은 것 같았다. 실제의 나와 전혀 다른 발랄하고 운동을 좋아하고 까다롭지 않은 학생으로 보았을 것이다(실제의 나는 수줍고 시적이고 소심하고 순종적이었지만).

"가족 중에 우리 학교에 다닌 사람이 있나요?" 학장이 물었다. 나는 귀에 못이 박히도록 들은 사촌 페그 이야기를 할 수도 있었을 것이다. 또 연령대가 높은 앨릭 숙부 일가를 빼면, 내가 우리 집안에서 처음으로 고등학교 이상 진학한 사람이라고, 나의 친할머니는 자기 이름도 쓸 줄 몰랐다고 말할 수도 있었을 것이다……. 하지만 나는 디나 더빈 경연 대회에서 그렇게 훌륭한 성적을 낸 숙모의 유명한 조카딸들이 떠올랐다. 이오나는 웅변술도 배웠다고 하지 않았던가?

"숙모님의 조카인 이오나 리빙스턴이 사범학교에 다녔습니다." 내가 말했다.

"아, 훌륭한 학생이었죠." 파트리지 학장이 기쁜 표정으로 말했다. "타고난 교사예요."

이오나의 빛은 나를 밝게 비추었고, 나는 몇 주 뒤에 사범학교 합격 통지서를 받았다.

웅변 대회가 벌어졌다. 나는 다시 한 번 일등을 했다. 오로르 뒤팽, 조르주 상드를 주제로 삼았고, 브러디가 쓰레기장에서 주워 온 상드의 소설 《콩쉬엘로》를 활용했다. 그것도 오아마루 문예기술협회에서 '폐기'한 책 가운데 하나였다. 붉은 표지와 작은 글씨가 1천 쪽을 채운 《콩쉬엘로》는 우리를 매혹했다. 우리는 알베르 백작과 사랑에 빠졌다. 내가 새로이 찾은 상상력과 조르주 상드의 실제 인생에 대한 나의 무지가 알베르라는 인물의 힘과 합해져서 나는 조르주 상드를 어둡고 잘생긴 작곡가, 시인—당연히 남자—들과 끊임없이 사랑에 빠지는 열정적인 인물로 창조해냈다. 내가 어찌나 무지했는지 교사가 조르주 상드를 언급하며 약간 불편해하던 것도 별로 의아해하지 않았다. 나—우리—는 그녀가 결혼을 앞두고 있어서 그렇다고만 여겼다. 실제로 그녀의 결혼은 학생들 사이에서 화제이기도 해서, 나는 존 브라운을 패러디해서 아이들과 함께 노래했다.

> 와이타키 여고 선생님들은 학교에서 우리를 가르치네
> 그 심장은 수학이 가득하고, 그 머리는 차분해.
> 어떤 이들은 결혼이 규칙인 걸 이제 깨닫고
> 결혼을 하러 가네
> 영어와 프랑스어와 수학을 떠나
> 솥과 빗자루와 청소기의 세계로…….

학년 말에는 언제나처럼 마지막에 모여서 초대 손님의 연설을 들었는데, 그 손님은 대개 졸업생이었으며 그 연설은 학창 시절이 인생에서 가장 행복했다는 내용이었다. 남학교를 본떠 만든 여학교의 졸업생 가운데 뽑힌 사람에게서 달리 무엇을 기대할 수 있겠는가? 우리는 노래도 똑같이 불렀다. "힘차게 힘차게 힘차게 / 럭비 경기장의 스크럼을 뚫고……" 그리고 "40년이 넘게 멀리 / 헤어져 있어……"에 이어 "스물두 명의 함성에 들판은 / 울리고 또 울리누나……"로 끝나는.

우리는 교가를 불렀다. "사방에 푸른 들판 / 와이타키의 우람한 남상은……" 그런 뒤 〈신께서 우리를 인도하소서〉 그리고 학기 말 찬송가 〈주여 복을 비옵나니〉를 불렀다. 마지막으로는 세상이 아직도 전쟁 중이라 우리도 밤마다 등화관제와 공습 훈련을 하고, 아직도 군인들이 배를 타고 떠나고, 이웃의 아들들이 사막에서 실종되고 부상당하고 죽고, 여전히 날마다 사상자 명단이 신문에 실렸기에 이런 노래를 불렀다. "죄로 가득한 이 어두운 세상에 평화, 참된 평화 / 예수의 보혈이 내 안에서 평화를 속삭여주네……."

내가 참가하지 않은 학년 말 행사도 많았다. 댄스파티, 사교회, 오후 다과회, 자전거 타기. 나는 옆집 남자들(나보다 나이가 좀 많았고, 한 명은 전사한)과 길 건너 남자들(나하고는 역시 위아래로 나이 차가 꽤 나는)을 빼고는 아는 남자가 없었다. 내 사교적 여흥은 이따금 '영화'를 보는 것과 언덕과 협곡으로 산책을 나가는 것이었다. 나와 우리 자매들은 우리 인생이 약간 비극적이고 또래의 다른 아이들과는 꽤 다르다고 자주 느꼈지만, 고교 졸업 무렵에 오아마루의 혼란스러운 삶—우리에게 일어난 많은 일이 그 때문이라고 지목되었다—에 대한 충격과 집착에서 벗어나보니 다른 많은 여자아이들은 부모님이 돈을 댈 수 없거나 우리 부모님처럼 희생을 각오하지 않아서 고등학교조차 입학하지 못했음을 알 수 있었다. 이든 로의 이웃 가운데는 아이가 일곱인 가족이 있었다. 그 아이들은 사시사철 맨발이었고, 차가운 아침에 추위로 빨개진 맨발로 학교까지 뛰어갔다. 첼머 로의 어느 가족은 모든 식사가 베이컨 공장에서 나오는 돼지 뼈로 만든 수프였다. 길고 고통스러웠던 가족의 잠에서 깨어나면서 나는 집 더 가까운 곳에는 '웃기는' 교복, 규정 주름치마가 아니라 넓게 퍼지는 플레어스커트를 입은 다른 여학생들이 있었다는 것을 갑작스레 알아차렸다. 나는 4학년이며 사범학교에 합격한 K가 자신과 여동생의 남다른 교복에 부끄러워하는 모습을 보이지 않았음을 깨닫고 놀랐다. 우리는 친구가 되었다. K의 가족은 글쓰기와 그림에 다양한 재능이 있는 똑똑한 가족이었고, 가족 신문을 내면서 우리에게도 기고를 부탁했다. 우리는 그 요청에 두어 번 응답했고, 그들의 적극성과 재능과 '웃기는' 교복에 별 신경 쓰지 않는 듯한 태도에 경탄했다. 한번은 그 집에 갔다가 집이 너무도 비좁고 가족이 거의 섬처럼 고립되어 살고 있는 데 놀랐다. 그들은 '가난'했다. 목수이자 직업학교 목공 강사인 아버지는 머리가 희끗희끗해서 나이가 아주 많아 보였는데도, 아이들에게 끊임없이 장난을 걸었다. 우리 집 붉은 대문의 손잡이 구멍으로 그가 자전거를 끌고 지나가는 모습이 보이면(이든 로의 한 지점에서는 누구나 자전거에서 내려 자전거를 끌고 가파른 비탈길을 오르거나 내려가야 했다) 우리는 그의 특이하고 거친 농담에 겁을 먹었다. 하지만 그의 목소리는 듣기 좋았다. 어머니는 갈색 머리를 땋아 말아서 쪽을 진 단정한 여자였다. 모두가 둘러앉아 그림을 그리고 물건을 만들고 책을 읽고 글을 쓰던 그들의 커다란 식탁은 내 기억에 소중하게 남았다. 갈색과 금색이 조용한 조화를 이루었고, 갑작스럽고 참혹한 생활의 균열도 간질 발작도 경고도 혼란도 울음도 공포도 없었다. 어쨌건 우리에게는 그렇게 보였다. K의 남동생 내트는 라디오를 만들고 수선했지만 전파를 잡는 방법을 찾지 못했다.

혼란에 빠진 오빠는 이제 우리와 멀어졌다. 그의 곁에는 충실하게 그를 수발해주고 문제를 해결해주려고 애쓰는 어머니

뿐이었다. 그 문제라는 게 때로는 생선 가시가 목에 걸리지 않
도록 가시를 발라주는 것에 지나지 않더라도. 우리 딸들은 서
로 가까워졌다. 오래전에 머틀과 브러디와 나는 준이 태어났을
때 로 아줌마에 대항해서 '연대'했고, 함께 로 아줌마 이야기를
만들었다. 나중에는 감히 우리 집과 부모님과 우리가 사랑하는
고양이와 개를 비난하며 위협하는 보건 조사관에 대항해서 '연
대'했다. 그 이후 다양한 '연대'가 이루어졌고, 머틀의 죽음은
각자 고독 속에서 맞았지만, 준과 나는 함께 "라일락 향기가 공
중에 날리고 5월의 풀이 자라던 지난날의 포마녹"를 읽었다.

   이제 내가 '세상'에 직면하게 되었고 다른 형제들도 한두 해
뒤면 그 뒤를 따를 것이다. 우리는 두 가지 계획을 실행했다.
첫째는 국회의원 노드메이어 씨(목사 출신으로 우리 동네에 살
았다)에게 편지를 써서 우리가 옷과 '미래'에 필요한 물품을 살
수 있도록 25파운드를 빌려달라고 부탁한 것이었다. 그 편지에
는 답장이 오지 않았다. 두 번째 계획은 산문과 시를 더 열심히
쓰는 것이었고, 그것은 예전의 로 아줌마 이야기와 같은 목표
를 지녔다. 바로 '미래'에 대한 두려움과 불안에 맞서서 우리끼
리 똘똘 뭉치는 것이었다. 이제는 미래가 로 아줌마와 보건 조
사관과 죽음처럼 우리를 틀어쥐고 있었다.

이즈랜드를 떠나기, 이즈랜드에게 인사하기

이 책의 마지막 장에서 옷 이야기를 하는 것은 중요하다. 벨벳

금털 원피스를 입은 지 여러 해가 흘렀고, 회색 저지 교복에 갇혀 산 고교 시절도 지나갔지만, 갑자기 옷이 내 인생의 중심에 놓였기 때문이다. 외모는 예전부터 중요했고, 다른 사람의 외모, 그들의 특별한 의복은 안락감 또는 상실감을 안겨주었다. 아버지의 양복 색깔이 변했을 때 우리는 담배 브랜드가 변했을 때처럼 (아버지는 담배를 옷처럼 '입었기에') 공포를 느꼈다. 대공황기에 아버지의 양복은 회색이었고, 그 양복에 맞는 회색 실을 사느라고 템스 로를 여러 시간 돌아다닌 일이 기억에 선명하다. 대공황 이후 아빠가 양복을 감청색으로 바꾸었을 때 우리는 어머니가 머리를 자르고 틀니를 했을 때와 비슷한 충격과 생소함을 느꼈다. 대부분의 사람이 옷이 몇 벌 되지 않고 특히 남자들은 양복 한 벌과 코트 한 벌이 전부이던 시절, 옷은 동물의 털처럼 피부의 일부였다.

6년 동안 매일같이 입던 교복을 벗자 나는 껍질 벗긴 토끼처럼 발가벗겨진 느낌이었다. 그리고 사범학교 사감이 편지를 보내 사범 학생이 필수로 구비해야 하는 옷들을 일러주었을 때, 우리는 놀라서 노드메이어 의원에게 편지를 쓸 생각까지 하게 되었다.

나는 '현실 세계' 사람들이 그렇게 많은 옷을 입는지 꿈에도 몰랐고, 그 목록을 살피다가 절망적인 비현실감에 압도되었다. 영화 속도 아닌데 그렇게 많은 옷과 신발과 코트가 필요하다는 말인가? 거기다 실내 가운까지! 집에는 식구들이 '할아버지 실내 가운'이라고 하는 낡은 체크무늬 플란넬 옷이 하나 있었는데, 그것은 우리 인생과 너무 동떨어져서 어떤 역사의 유물 같았다. 그것은 우리가 평소의 회색 모포 대신 제대로 된 침구를 덮고 자는 것만큼이나 낯설었다.

그 놀라운 목록의 가지에서 풍성하게 피어나는 항목들 중 나는 딸 수 없는 '열매' 대부분을 잘라내고, 누구나 필수라고 인정하는 '셔츠와 치마'만을 남겨놓았다. 내게는 아직 감청색 교복 코트와 블라우스가 있었다. 내가 (다달이 받는) 9파운드 3실링 9펜스의 봉급을 어느 정도 모을 때까지 그 옷들이 '버텨' 주어야 했다. 나는 일주일에 10실링이라는 푼돈을 내고 이지 고모와 조지 고모부가 사는 더니든 시 캐럴 로 가든 테라스 4번 지의 집에서 지내기로 했기 때문에 돈을 좀 모을 수 있기를 바 랐다.

그래서 그토록 오랫동안 대화와 꿈의 소재가 되었고, 교사 들이 격려하고 위협하고 자신들의 지난 꿈까지 투사해 넣었던 미래가 다시 현재로서 시작되었다. 탈출구가 없는 이즈랜드. 나는 소와 양, 개, 고양이, 벌레처럼 인간 아닌 '생명체들'과, 바 다, 땅, 하늘, 식물, 나무, 꽃 같은 자연 세계가 더 익숙한 수줍 은 처녀로서, 그리고 주제와 생각을 담은 글말과 인쇄된 알파 벳 A와 O와 U와 D처럼 널찍한 모양의 숨어들기 좋은 글자들 에 더 익숙한 수줍은 처녀로 거기 직면할 준비를 갖추었다.

그 여름에 나는 아드뉴 땅에 대한 일기와 시 공책을 모두 태 웠다. 그 가운데 많은 것이 신문 잡지의 어린이 면에 발표되었 지만 재닛 프레임이라는 본명으로 실린 것은 《진실》지뿐이었 다. 나는 이제 니니니 퍼지니 진이니 하는 이름을 모두 버리 고 재닛 프레임이라 불리게 되었다. 고등학교 친구들은 대부 분 '미래'를 위해 개인적인 변화를 실행했다. 어떤 아이들은 '진 짜' 이름을 찾거나 쓰던 이름의 철자를 바꾸었다. 또 어떤 아이들은 새로운 글씨체를 개발했고, 잉크 색깔을 바꾸거나(진청색에서 검은색이나 녹색으로) 서명을 바꾸는(연습장에 공들여 연습을 하면서) 경우도 많았다. 어떤 아이들은 머리 모양을 바꾸거나 전에는 잘 안 쓰던 새로운 말을 썼다. 또 어떤 아이들은 자기가 쌍둥이였다거나 입양된 아이라고 밝혔다.

우리 식구들은 이저벨이 양막을 쓰고 태어나서 결코 물에 빠져 죽지 않을 마력이 있다는 사실을 재발견했다.

나도 서명을 연습했다. 우리 아빠도 출퇴근 기록표에 멋지게 서명하려고 서명 연습을 자주 했다. 아빠는 자기 필체를 자랑스러워했다. 식탁에 앉아서 낡은 출퇴근 기록표 뒷면에 G. S. 프레임, 조지 새뮤얼 프레임이라 쓰고, 이어서 꼭 써야 하는 듯 두 줄을 그었다. 아빠는 어디에나 그 서명을 했다. 옛 출퇴근 기록표건, 편지 봉투 뒷면이건, 옛 청구서건.

빛들이 저무는
해 질 녘의 노래 하나.

재닛 패터슨 프레임, 나는 조심스레 둥글린 글씨로 썼다.

2월 초, 나는 철도 가족용 '특별' 표를 가지고 일요일 완행열차편으로 남쪽의 더니든을 향해, 나의 미래를 향해 달려갔다.

고요히 있으라, 천사가 갑자기
그대 식탁으로 마음을 정하더라도,
그대의 빵 아래 식탁보가 만드는
몇 개의 주름을 살며시 지우라.

—릴케, 〈과수원〉

2권
내 책상 위의
천사

1부
절망의 장난

프로스페로　나의 용감한 요정아!
　　　　　심성이 강인하고 굳건하여 이 난리법석에
　　　　　이성이 마비되지 않는 자 누구였느냐?

에어리얼　　그런 자 없습니다.
　　　　　모두가 광인의 열기를 느끼고,
　　　　　절망의 장난을 당했습니다.

—셰익스피어, 《템페스트》 1막 2장

돌

미래는 과거 위에 저울추처럼 쌓인다. 유년 시절의 저울추를 없애서 그 시절이 잠시 짓밟힌 풀처럼 되튀어 오르게 하는 일은 상대적으로 쉽다. 유년 이후의 세월은 돌처럼 덩어리져서 미래와 들러붙고, 그 아래 깔린 시간은 새 풀처럼 다시 자라나기가 어렵다. 그 시간은 초록색 피를 흘리고, 또 다른 낯선 시간의 연약하고 핏기 없는 싹들과 함께 새로운 모양을 이룬다. 돌 밑의 시간과 서로 뒤엉켜서.

더니든 시 가든 테라스 4번지

일요일 완행열차는 맨 뒤에 객차가 딸린 화물열차로, 모든 역에 다 정차하고, 오후의 북행 급행열차가 지나가도록 와이아나

카루아의 유칼립투스 숲 앞에서 30분 넘게 기다리고, 야생 스위트피에 둘러싸인 헛간 같은 간이역들—이런 역은 깃발 신호를 해야 선다고 '깃발역(flag-station)'이라고 불렀지만, 그때까지 나는 순진하게도 그 이름이 철로 주변 소택지에 자라는 청백색 꽃대에 노란 점이 박힌 감청색 꽃 플래그릴리(flag lily) 때문인 줄 알았다—사이를 꾸물꾸물 달려서 오아마루와 더니든 사이의 125킬로미터를 일곱 시간에 걸쳐서 갔다. 매년 철도 소풍을 떠날 때 우리는 늘 햄든 역에 섰고, 석호와 거기 사는 흑고니 떼 옆의 가축 도랑 앞으로 나와서 장비와 깔개를 들고 어수선하게 해변 행락지로 걸어갔다. 그곳에 있는 해변 '변소'는 가운데가 갈라진 더럼 탄 나무 변기가 있고, 콘크리트 바닥은 진흙투성이에 소금 냄새를 풍겼으며, 갈매기들도 그곳을 변소로 사용한 듯 사방에 갈매기 똥이 흩어져 있었다. 이제 나는, 벌이 꿀을 모아 달콤한 집을 짓듯 과거로 지은 기억을 되새기며 햄든과 흑고니와 석호를 내다보고, 바다와 해변 조개껍데기와 바닥에 물이 흥건했던 변소를 떠올렸다. 그리고 공짜로 주는 철도 라즈베리 음료도.

햄든을 지나 철도가 파머스톤 지역을 이상한 형태로 감싸 돌자 언덕 위로 한 석조 건물이 나타났다 사라졌다 또 나타났고, 객차에 있던 몇몇 승객은 갑자기 자리를 바꾸며 창문을 열고 흥미로운 표정을 지었다. 파머스톤은 매점이 있는 역이었는데, 우리를 질러간 급행열차의 승객들이 메뚜기 떼처럼 햄 샌드위치와 빵과 따끈한 파이라는 잎사귀를 싹 먹어치워, 파머스톤에 이를 때쯤 당연히 허기와 갈증에 사로잡히게 된 화물열차 승객들은 '줄기'밖에 얻지 못했다.

파머스톤 주변 언덕은 햇빛과 화재로 타들어서, 협곡이나 기슭 중간중간에 죽은 나무가 서 있거나 이따금 나타나는 입목도 일부는 죽고 일부는 반짝이는 이파리를 한 겹만 얇게 두른 나신으로 떨고 있었다. 기차가 시클리프에 가까워지자 나무들이 많아졌고, 승객들이 시클리프 역과 정신병원인 시클리프 병원을 의식하면서 객차 안은 다시 한 번 술렁거렸다. 언덕 사이로 검은 석조 성채 같은 병원 건물이 언뜻 보였다.

기차가 역으로 들어섰다. 그렇다. 정신병자들이 거기 있었다. 모두가 정신병자들을 내다보았다. 오아마루에서는 그들을 '기차 타고 내려간 사람들'이라고 했고, 더니든에서는 '올라간 사람들'이라고 했다. 누가 정신병자인지 딱 보고 알 수 없는 경우도 많았다. 몇몇 승객이 거기서 내렸다. 면회를 가는 친척일 것이다. 우리 집안에는 정신병자가 없었다. '기차 타고 내려간' 사람들이 있는 건 알지만, 어떤 사람인지는 몰랐다. 눈빛이 이상하고 빵칼이나 도끼로 다른 사람을 해치려 든다는 것 말고는.

나는 더니든같이 큰 도시에서 살 일을 걱정하느라 시클리프 역에 신경 쓸 여력이 없었다. 기차는 이제 가파른 절벽을 감돌아서 와이타키, 카리타네 같은 휴가지를 내려다보며 달렸다. 그곳은 지난날 '핵심 집단' 아이들이 해변 '오두막'으로 놀러 가던 곳, 온 세상 엄마와 아빠와 오빠와 언니와 동생들이 물놀이, 뱃놀이, 일광욕, 온갖 여름 놀이로 즐거운 인생을 보내는 곳이었다.

기차는 끼익끼익 그르릉거리며 꾸물꾸물 움직였고, 발아래 멀리 차분한 잿빛을 펼친 바다는 물범 털 같은 윤기로 가볍게 번들거렸다. 얼마 후 마히와카 터널이 나오자 승객들은 기침을 하며 창문을 잇달아 여닫았고 객차는 연기로 가득 찼다. 터널을 나오자 이제 목적지에 도착했다는 느낌이 강력하게 밀려들었다. 차머스 항, 레이븐스본, 소여스 만, 더니든 항구, 그리고 더니든 역, 거대하고 뿌옇고 시끄러운 곳. 화물열차가 도착하는 늦은 오후 시간에는 인버카길 또는 리틀턴발 급행열차가 올 때만큼 붐비지 않았지만 그래도 두려움과 경외감이 일었다. 나는 혼자서 내 인생 최초의 도시에 들어왔다. 마음속에는 대도시에 대한 소설들이 음산한 그림자를 드리웠고, 더니든 또한 그런 도시들 가운데 하나로 여겨졌다. 나는 '어둡고 참혹한 공장들', '다람쥐처럼 우리에 갇힌' 사람들, 화재, 역병, 강제 징병대 같은 것들을 생각했다. 그리고 작가들을 본받아서 찰스 디킨스, 해즐릿, 램이 런던을 사랑했듯 마침내 이 낯선 도시를 '사랑'할 마음을 먹었지만, 처음에 든 생각은 이곳에도 분명히 존재할 절망과 빈곤과 도시 생활이 나를 망가뜨릴 거라는 것뿐이었다.

우리 젊은 시인들은 기쁨 속에 시작하지만
결국 절망과 광기가 찾아온다네.

나는 아직도 유년 상태에서 멀리 떠나지 않았고, 워즈워스의 〈불멸성의 자취〉를 외우고 있었기에,

이제 곧 그대 영혼은 세상의 짐을 질 테고
관습이 추(錘)가 되어 그대 위에
서리처럼 무겁고 인생처럼 깊게 내려앉으리라!

이런 위협이 대도시 더니든에서 실현될 거라 확고하게 믿었다. 더니든에 온 첫날, 두려움 속에 내게 위로가 된 것은 내가 이지 고모와 조지 고모부의 집에서 살 거라는 점이었다. 가든 테라스 4번지에 있는 볕이 잘 드는 집이었는데, 계단식으로 된 정원에 서면 반도의 만들이 굽어 보였고, 그 전망을 공유하는 내 방은 밝은 크레톤 커튼과 침대 시트와 패드가 세트를 이루어서 마치 공주 방 같았다. 나는 사범학교에 다니고 틈틈이 대학 강의를 청강하면서 상상력으로 사람들을 놀라게 할 것이다. 모두에게 진정한 시인으로 인정받을 것이다. 나는 아직 시인의 인생이 구체적으로 어떤 것인지 파악하지 못했다. 환상을 사실로 바꾸는 것은 내 상상력조차 닿지 못하는 곳에 있었기 때문이다. 내가 공부한 시인들은 모두 아주 오래전에, 아주 먼 나라에서 죽었다. 그러나 아직 인생을 어떻게 살지 결정하지 못한 내가 처음으로 집과 가족을 떠날 때 그 여행길에 동행해준 것은 시인들이었다.

나는 이지 고모와 조지 고모부를 잘 알지 못했다. 그들은 다른 친척이나 어른들처럼 나와는 동떨어진 세계에 사는 '무서운' 사람들이었으며, 그 세계는 수많은 친척과 친구의 방문과 지명을 끊임없이, 마치 그것을 소유한 듯이 확고하게 말하는 세계였고, 사람들은 저마다 운명에 맞는 장소에 살고 그러지 않으면 수많은 질문과 소문이 일어난다는 것을 아는 세계였다. 내가 아는 이지 고모는 폴리 고모와 함께 킬트 치마를 입고 허리까지 내려오는 비단결 머리카락을 출렁이며 춤을 추는 오랜 옛날 사진들과 그 뒤로 아빠의 맏이인 조카 머틀을 안고 있는 사진들 속 모습이 거의 전부였다. 그 사진들에는 모두 어머니가 없어서 우리는 "엄마, 머틀은 이지 고모 딸이에요? 왜 엄마가 머틀을 안고 있지 않나요?" 하고 물었다. 그리고 매년 크리스마스에 선물을 보내서, 크리스마스가 다가오면 항상 "아직 소포가 안 왔어!" 하고 안달하게 만든 다정한 고모였다. 최근에는 이지 고모 하면 방충제와 옷감에서 풍기는 고모 냄새, 늘 짙은 색 옷을 입는 것, 평생토록 일한 로즐린 공장에서 계속, 이제는 감독으로 일하는 것, 그리고 여전히 높은 목소리로, "로티, 로티, 미들마치, 미들마치" 하고 말하는 것이 떠올랐다. 그리고 그 남편 조지 고모부는 회색 코트를 입은 창백한 남자로 기억했다. 고모부는 외판원이었다.

더니든은 안개비로 뿌옜다. 기차역에서 택시를 타고 오르막인 캐럴 로를 반쯤 오르자 가든 테라스가 있었고 곧 4번지 앞이었다. 여섯 채의 연립주택 가운데 네 번째에 자리한 작은 벽돌 주택이었다. 그 집들은 앞문이나 뒷문으로 가려면 캐럴 로에서 이어지는 두 개의 좁은 길을 통해야 했다. 어디로 눈을 돌려도 벽돌과 콘크리트 건물, 하늘을 찌르는 굴뚝, 잿빛 도로가 있었고, 그것은 내가 머릿속으로 그려본 도시의 풍경이었다. 동쪽 어딘가에는 오아마루 왕국에서 그곳까지 충실하게 나를 따라온 바다가 있었다.

이지 고모는 (고모 냄새를 풍기며) 문 앞에서 나를 끌어안았다. 그 냄새는 보일, 저지, 실크, 서지, 크레프드신 직물의 옷이 가득한 옷장 냄새였다.

"진, 네가 우리랑 같이 살게 돼서 얼마나 기쁜지 몰라. 네가 선생님이 될 거라니 정말 자랑스럽지 뭐니. 신문에 시상식 기사가 나면 네 이름이 없나 찾아본단다. 네 동생들 이름도. 너희

집안 식구들은 어쩌면 그렇게 다 똑똑하니?"

나는 수줍은 미소를 짓고 서 있었다. 하지만 입술은 평소보다 더 꾹 다물었는데, 그것은 앞니가 충치의 마지막 단계에 들어서 있었기 때문이다. 초등학생 이상은 치과 진료가 공공 보건 서비스에 들어가지 않았고, 우리 집은 치과에 갈 돈이 없었다.

이지 고모의 시누이인 몰리와 엘시도 나를 만나러 왔다. 그들은 바로 옆집인 5번지에 살았고, 나는 그들을 몰리 고모와 엘시 고모라고 불렀다.

"네가 진이구나, 선생님이 될 거라고?"

"네."

그 집은 인형의 집을 부풀린 것 같았다. 뒷문 바로 안쪽에 싱크대가 딸린 작은 식기실이 있고, '작은' 거실이라고 부르는 거실 겸 식당이 있고, 좁은 복도를 따라 그 옆으로 '큰' 거실이라고 부르는 살짝 더 큰 방이 있었으며, 그 옆은 바로 현관이었다. 위층에는 침실 두 개가 있었는데 둘 다 작았다. 욕실은 아래층 세탁실에 있었고, 식기실을 통해서 들어가야 했다.

"네 방은 여기야." 이지 고모가 말했다. "계단 위에."

계단을 올라가자 고모는 오른쪽으로 돌아서 조지 고모부와 자신의 침실로 갔다.

"고모부는 누워 계셔." 고모가 말했다. "인사드리겠니?"

나는 고모부가 암에 걸렸다는 걸 알고 있었다. 나는 침대 발치에 섰다. "여보, 진이 인사하러 왔어."

"안녕하세요, 고모부."

"그래, 이제 선생님이 될 거라며?"

나는 그의 잿빛 얼굴과 죽은 듯 늘어진 피부를 보고 서 이불 속에는 얼마나 끔찍한 모습이 감추어졌을까 생각했다. 라놀린 연고 냄새가 났고, 다 쓴 파란색과 흰색 라놀린 튜브들이 어떤 것은 납작 눌리고 어떤 것은 돌돌 말린 채 화장대에 줄지어 놓여 있었다. 성에 무지한 만큼 호기심이 많았던 나는 라놀린이 '그것'과 상관이 있는 건지, 이지 고모와 조지 고모부가 '그것을 하는지' 궁금했다.

암 환자라면 못하지 않을까?

"고모부는 이제 주로 누워 지내셔." 이지 고모가 말했고, 우리는 차를 마시러 내려갔다.

잠시 후 나는 벽돌담과 수 킬로미터에 걸쳐 펼쳐진 높다란 굴뚝들이 내다보이는 내 작은 방에 들어가 앉았다. 창밖으로 몸을 내밀면 골목으로 이어진 대문과 제라늄 꽃이 핀 작은 정원이 보였다. 나는 제라늄이 도시의 꽃이라고는 생각해본 적이 없었다. 불꽃 벨벳 같은 꽃잎에 검댕이 내려앉아 더러웠다. 나는 난생처음 잿빛 도시에 혼자 있다는 사실에 기대감과 흥분을 느꼈다. 바로 이것이 미래와 직면하는 일이었다. 혼자 있는 것, 이야기할 사람 하나 없는 것, 도시와 사범학교와 가르치는 일을 두려워하는 것, 하지만 혼자가 아닌 척, 이야기할 사람이 많은 척, 더니든이 고향처럼 편한 척, 내가 평생토록 교육을 꿈꾸어온 척하는 일.

학생

더니든 사범학교의 첫 주는 생각만큼 힘들지는 않았다. 새로운 생활에 대한 낯섦을 다른 많은 이들도 공유했기 때문이다. 모두가 두려움과 초조함 속에 얼른 당당한 학생이 되고자 했으며, 교수들은 내가 전에 알던 어른들보다 거리감이 덜 느껴졌고, 놀라운 통찰력으로 우리 감정을 이해하고 우리가 학생 역할을 편하게 받아들이도록 도와주려고 했다. 교수들은 우리를 아무개 씨, 아무개 양이라고 불렀고, 가끔 아무개 부인도 있었지만, 전쟁이 아직 끝나지 않았다보니 남자들은 드물었다. 그 얼마 되지 않는 남자들은 금세 아름다운 금발 여자들의 차지가 되었고, 나를 포함한 나머지 여자들은 장래를 몽상하고 잘생긴 교수에게 찬탄을 집중하는 방법으로 생존했다.

내가 처음 위축감을 겪은 것은 앞으로 내가 사용할, 하지만 아직 친숙하게 언급하거나 줄여 말하는 것이 두려운 새 언어를 들었을 때였다. 다른 신입생들은 자연스럽게 사범교, 학내, 피티(피트리지 학장), 평수(평가 수업) 같은 말을 썼지만, 나는 아직 감히 그 마술적 어휘를 구사할 수 없었다. 언어와 태도와 행동과 복장 관행을 천천히 따라잡으면서 나는 행복한 소속감을 느꼈지만, 내가 실제로 느끼는 고립감은 그것을 강화하기도 하고 그것과 충돌하기도 했다. 학생이 모두 모여 교직원과 '파티'를 기다리는 목요일 오전 전학생 회합 때 2학년 학생들이 '그들의' 노래—이제 곧 '우리' 노래가 될—를 시작했다. 2학년 학생들은 노래했고, 나는 그 회합의 중요성에 가슴이 뛰었다.

아 집사님이 내려갔네
아 집사님이 내려갔네
기도를 하러 지하실에
그리고 술에 취해서
하루 종일 거기 있었네 (하루 종일 거기 있었네)
아 집사님이 내려갔네
기도를 하러 지하실에
그리고 술에 취해서
하루 종일 거기 있었네
아 이제 그만 주님께 슬픔을 주지 않으리……

아 악마는 갖고 있네 (아 악마는 갖고 있네)
유혹의 속임수를……
지옥에 떨어져 불타고 싶으면
주님의 바람 반대로 행하라…….

나는 이 신나는 노래가 〈메시아〉의 한 대목처럼 감동적으로 느껴졌다. 〈메시아〉는 크리스마스만 되면 온갖 합창단이 다 공연하기 때문에, 그런 종류의 음악에 직접 접촉하지 않는 사람들에게도 친숙했다. 나도 곧 "아 집사님이 내려갔네"(1학년 가운데에도 이미 합창에 참여한 이들이 있었다)를 함께 부를 거라는 생각은 천국의 약속 같았다. 모두가 유쾌하게 웃고 떠들었고 사방에서 새로운 언어가 힘차게 구사되었다!

그런 뒤 파티와 교직원이 나타나자 노래는 멈추었고 모두가, 교직원들마저 큰 비밀을 공유하는 듯, 이 세상에 학생 시절

만한 것은 없다는 뿌듯한 표정을 지었다.

나는 와이타키 고교 졸업생을 두 명 만났다. 캐서린 브래들리와 로나 파인더였다.

"사범학교 생활은 재미있어." 그들이 말했다.

나는 동의했다. "그래, 맞아."

입학 후 첫 주에 나는 교육부 지원을 받아 대학에서 영문학과 불문학 수업을 들을 계획을 세우고 파트리지 학장과 면접을 했다. 그는 교육학 강의도 했다. 그 사람은 검은 정장을 입은 작고 단정하고 가무잡잡한 남자로 기억된다. 그가 강렬한 위엄을 뿜는 것은 학장이기 때문이었다. 그는 면접이 필요하면 게시판에 메모를 붙인다고 했는데, '파티의 메모'가 칭찬을 위한 건지 질책을 위한 건지는 짐작은 해볼지라도 제대로 아는 사람이 없었다.

파트리지 학장은 나에게 거처 문제를 물었다.

"프레임 양은 기숙사에서 지내나요?"

"고모님 댁에서 지냅니다."

그는 얼굴을 찌푸렸다.

"친척 집에 사는 게 꼭 좋은 것만은 아니에요."

"저는 고모님 부부와 사이가 좋아요. 하숙비도 10실링밖에 안 내고요."

"위치는 어딘가요?"

"캐럴 로 가든 테라스 4번지요."

그는 다시 얼굴을 찌푸렸다.

"캐럴 로라면 그렇게 좋은 지역은 아닌데."

나는 캐럴 로가 매춘부들이 살고 중국인들이 아편을 피우는 아편 '소굴'로 악명 높은 매클래건 로와 겨우 두 블록 거리라는 것을 알았지만, 캐럴 로는 내게 아무런 문제가 없어 보였다. 그곳은 '시리아인 구역'이라고 불렸다.

"평판이 좋은 곳이 아니에요." 파트리지 학장은 못마땅하다는 듯이 다시금 말했지만 그런 의견의 이유는 설명하지 않았다.

"영문학과 불문학을 공부하려고 하나요?"

그는 책상에 놓인 서류들을 들여다보더니 다시 얼굴을 찌푸렸다. "프레임 양은 고등학교 성적이 좋았다고 대학에서도 잘한다는 법은 없다는 걸 곧 깨닫게 될 거예요. 대학은 전국에서 진학을 하니까. 그리고 사범학교는 전일제 학교예요."

나는 기가 죽어 고개를 끄덕였다. "네."

그는 계속 주장했다.

"실제로 고등학교 때 우등생이었지만 대학 과목에 낙제한 학생들도 있어요."

그는 내키지 않는 태도로 '영문학 1'과 '불문학 1' 과정을 수강하도록 허락해주었고, 나는 그의 부정적인 태도에 내 신세계의 완벽한 모서리가 고통스럽게 허물어지는 것을 느끼며 그 방을 나와 유니언 로를 걷고, 박물관 앞을 지나 프레더릭 로, 조지 로, 옥타곤, 프린스 로, 이어 캐럴 로를 걸어 졸지에 평판이 나쁜 지역이 된 곳의 숙소로 돌아왔다. 하지만 캐럴 로가 왜 '좋은 곳'이 아닌지는 아직도 알 수 없었다. 사람들이 조금 가난하고, 사범학교나 대학에 다니는 사람이 별로 없고, 때로는 여섯 시에 문을 닫는 술집 주변에 주정뱅이들이 몇 명 더 있을지도 모르지만…….

나는 사범학교에 안착하는 최초의 과제를 제대로 실천하지 못했다. 건물은 새것이었고 나는 그 새로움, 적나라함이 두려웠다. 나는 그렇게 깨끗한 곳에서 지내본 적이 없었다. 하루 종일 한 교실에서 '집'처럼 지내는 고등학교와 달리 사범학교는 과목에 따라 교육실, 미술실 등으로 교실이 달라졌고, 학생들의 유일한 '집'은 로커룸에 있는 개인 로커였지만 로커는 물건만 수용할 뿐 사람은 수용하지 않았다. 학생들의 '집'은 '휴게실'이었다. 하지만 내게 그곳의 드넓은 면적과 새로움은 불안할 만큼 낯설었다. 그래도 대학, 옥스퍼드, 케임브리지에 대한 오랜 꿈과 '학생 집시', 《무명의 주드》가 여전히 머릿속에 타오르던 나는 기쁘게도 마침내 "휴게실에 갈 거야. 모두 휴게실에 있어"라는 말을 할 수 있게 되었다. 하지만 실제로는 휴게실에 별로 가지 않았다.

나는 화장실에도 기겁했다. 세면대 근처에 소각기가 있고, 거기에는 "사용한 생리대는 여기에 버리세요"라는 안내문이 붙어 있었다. 화장실 칸막이에서 나오면 사람들이 보는 앞에 더러운 생리대를 들고서 타일 바닥 위로 또각또각 발소리를 울리며 화장실 맨 안쪽의 소각기까지 가야 했다. 사범학교에 다니던 2년 동안 나는 다 쓴 생리대를 가든 테라스 4번지로 가지고 가서 이지 고모가 집에 없을 때 세탁실 쓰레기통에 버리거나 캐럴 로 위쪽 끝에 있는 서던 묘지 비석들 틈에 버렸다. 그곳은 내가 '가만히 있고' 생각하고 시를 짓는 장소, 그러니까 오아마루의 '언덕' 같은 곳이 되었다. 주말에 이지 고모가 식당 난로에 불을 붙이고 나한테 '태울 게 없느냐'고 조심스럽게 물으면 나는 '없다'고 대답했다.

"아냐, 괜찮아." "정말 없어요."

내 몇 벌 되지 않는 옷들은 묘지에 버릴 예정인 더러운 생리대와 내가 방에서 먹은 캐러멜로 사의 초콜릿 바 껍데기와 함께 화장대 서랍에 들어 있었다. 나는 귀찮은 식객이 되기 싫어서 처음에 여기 왔을 때 별로 많이 먹지 않는다고, 고기는 아예 안 먹는다고(그때 나는 불교를 공부하고 있었다), 식사는 식기실에서 대충 해결하겠다고 말했고, 이지 고모가 식당에서 먹어도 좋다고 해도 소심함을 이기지 못하고 공부하면서 먹는 게 좋다고 했다. 그러다가 이제 도시에 대한 두려움도 줄어들고 전차 타는 법까지 익힌 처지가 되었지만 별로 먹지 않는 아이라는 인상을 바꿀 수가 없어서 자주 배를 곯았다. 나는 설거지 더미 속 이지 고모의 그릇에서 '힘줄이 많아' 남겨진 맛있는 콘비프 조각을 집어 먹었다. 그리고 1실링짜리 캐러멜로 초콜릿 바를 사서 방에서 먹었다.

나는 사범학교의 사교 활동에는 거의 참여하지 않았고, 구겨진 개버딘 우비(학생 교복)를 사게 될 날을 열망했다. 또한 사랑과 섹스에 완전히 무지한 채로, 다른 여자들이 자기 '남자'를 찾아내서 자기 자신뿐 아니라 가족과 친구들의 기대까지 채우고 그럼으로써 존재의 확신을 꽃피워내는 모습을 부럽고 놀라운 시선으로 바라보았다. 내 유일한 낭만은 사범학교와 대학에서 수강하는 시와 문학 강의였고, 나는 그 강의들을 통해 꿈을 꾸었다. 대학에서는 교사다운 행동을 요구받지 않았다. 나는 의견을 요구받지 않고 강의실에 가만히 앉아 들을 수 있었고, 강의 과목과 교수에 대한 비판이나 평가에 방해받지 않고 꿈꿀 수 있었다. 나는 무섭게 집중했다. 새로운 지식에, 사범학교와 대학에서 가르치는 교수들의 열의와 재능에, 각기 특징이 있는 사범학교와 대학교 학생들의 새로운 언어에, 램지 교수와 그레고어 캐머런이 이끄는 영문학 수업들에, 새롭게 해석된 셰익스피어와 초서에 감탄했다. 특히 램지 교수는 셰익스피어의 한마디 한마디를 분석해서 그 언어와 의미의 놀라움을 우리에게 전달해주었다. 셰익스피어와 그 언어는 오아마루 바다처럼 더니든까지 나와 동행해주었고, 그것은 나의 새로운 인생과 '이제는 사라진' 인생이 함께 공유한 것이라는 사실로 소중했다. 우리는 《자(尺)에는 자로》를 공부했다. 그것은 전에는 읽지 않았던 작품인데 이제는 아주 좋아하는 셰익스피어 작품이 되었다. 대사 한 줄 한 줄이 내게 불러일으킨 수많은 생각은 꿈속과 시구절과 기말 시험지를 가득 채웠지만, 안타깝게도 내가 쓰고자 열망한 문학 에세이로는 이어지지 않았다. 당시 대학 교수들은 1 과정이나 2 과정 학생에게는 글로건 말로건 논평을 요구하지 않았다. 사범학교 영문학 수업에서는 이따금 산문을 쓰고 싶은 열망을 충족시킬 수 있었다.

학창 시절의 경험 가운데 많은 것이 지금은 매 순간의 삶 또는 매 순간의 삶의 포착 속에 방출된 물질에 의해 봉인되어 나조차 접근할 수 없다. 당시의 감정들을 아직도 기억하고 있고 다시 느낄 수도 있지만, 이제는 그런 것들이 그토록 불가피해 보인 이유가 묘연하다. 나는 내 외로움의 정도를 깨닫지 못했다. 나는 아이가 어머니에게 매달리듯 문학 작품에 매달렸다. 《자에는 자로》—순수의 훼손으로, 성(性)적 분투와 언사로, 인생, 죽음, 불멸에 대한 긴 논의로 가득한 이 치밀한 희곡이 내 마음을 사로잡고 기억 속에 머물면서 내 일상에 늘 '동행'했다.

인생의 이름을 단 이것 안에 무엇이 있지? 이 인생이라는
거짓 안에는 수천의 죽음이 숨었어, 그래도 우리는 죽음이
두려워.

그것은 정직한 언어, 위안, 치료, 복수와 보상의 분석, 삶과 죽음이 정연하게 자리 잡은 강렬한 작품이다. 이 글을 쓰는 지금의 나는 내가 학창 시절을 그토록 미숙하고 철없고 참담할 만큼 순진하게 보냈다는 사실에 답답함을 느낀다. 그때는 다른 학생들도 그토록 순진하게 사는지 알지 못했지만, 그 후로 많은 학생이 소심함과 수줍음과 무지로 인해 나만큼이나 기괴한 삶을 살았다는 것을 알게 되었다. 나는 그린벨트 숲까지 가서 생리대를 버린 이들의 이야기를 들었다. 기숙사의 한 여학생은 너무 소심해서 전구를 갈아달라는 부탁을 하지 못하고 새 전구를 살 돈도 없어서 첫 일주일을 암흑 속에서 보냈다. 우리 삶은 고통스러운 당혹감과 후회로, 오해의 점철로 연약했지만, 책과 음악과 미술, 그리고 다른 사람들이 급류처럼 쏟아내는 관념들에는 경탄했다. 그 시절은 사랑, 인생, 시간, 시대, 젊음, 상상력의 한없이 부풀어 오른 추상적 개념 안에 안식처를 만들던 때였다.

내가 민망한 쓰레기를 버리던 서던 묘지는 내 안식처였다. 나는 이지 고모와 함께 작은 식당 난로 앞에 앉아 있는 게 너무도 불편했고, 내 방에서 내다보이는 벽돌담, 황량한 뒷마당들, 흘러넘치는 쓰레기통들도 너무도 우울해서, 언덕을 올라 이곳의 무성한 풀숲이나 담을 두른 무덤 위에 앉아서 나의 새 도시를 내려다보았다. 캐버섬이 보였고, 처음에는 산업학교인 줄

알았지만 알고 보니 파크사이드라는 이름의 노인 요양원이었던 회색 석조 건물, 캐리스브룩 축구장의 '철로 쪽' 끝, 주중에는 빗물 웅덩이와 갈매기들이 있는 오벌 크리켓 경기장이 보였으며, 내 인생의 첫 한 달 반을 살았던 북적이고 가난하고 홍수가 잦은 세인트 킬다가 보였다. 반도 쪽과 항구와 그 너머 대양, 태평양, '나의' 태평양도 보였다.

나의 태평양, '나의' 도시. 나는 내 나름의 방식으로 친구를 만들고 있었다. 더니든의 오래전에 죽은 이들 틈에 앉아서(새로 죽은 이들은 앤더슨스 만이 내다보이는 곳의 특별한 장소로 갔기에) 그들의 평화를 얻거나 훔쳤다. 길게 자란 풀들은 바람에 부드럽게 나부꼈고, 양파 꽃과 야생 스위트피와 뿌리 깊은 소루쟁이는 묘지들의 일부를 이루며 철로와 죽은 자들 양쪽 모두를 장식해주었다. 나는 머릿속으로 나중에 가든 테라스에 돌아가서 적어둘 시를 지었다. 그러던 어느 날 저녁 캐럴 로 끝의 공중전화 박스 옆을 지나가다가 불현듯 죽은 자들만으로는 성이 차지 않아 매컬리 선생님에게 전화를 했다. 그녀는 와이타키 여고에서 은퇴한 뒤 세인트 클레어에서 노모와 함께 살고 있었다. 그녀가 전화를 받자 나는 할 말이 전혀 없다는 걸 깨달았지만 전화를 끊지 않고 3분이 지날 때마다 새로 동전을 집어넣었다. 더니든에 살기 시작한 처음 몇 달 동안 나는 서너 번 그렇게 전화를 했다. 그 습관을 끝낸 것은 어느 날 저녁 선생님이 "1실링이나 썼구나, 진!" 하고 말했을 때였다.

나는 전화기에 동전 넣는 소리가 상대에게 들릴 거라고는 생각하지 못했다. 내 수치심은 강력했다. 나는 내 고립감을 인정하지 못했다. 사범학교와 대학 생활은 정말로 좋다고 기듭해서 말했다. 불문학은? (매컬리 선생님은 영어와 프랑스어를 가르쳤다.) 아, 정말 재미있어요! 그건 사실이었다. 영문학과 불문학 수업은 사범 학생이라는 나의 새로운 생활을 지탱해주었다. 나는 그 뒤로 두 번 다시 세인트 클레어에 전화하지 않았다.

몇 주 뒤에 매컬리 선생님이 '옛 제자'인 캐서린 브래들리, 로나 파인더와 나를 오후 다과에 초대했고, 우리는 쿠션과 검은 가구가 가득한 선생님의 집, 그러니까 평범한 집에서 차를 마시고 초콜릿 케이크를 먹었다. 우리는 학업 이야기를 하고 선생님의 노모와 인사를 했는데, 그러는 내내 '이상과 현실' 사이에 '그림자'가 드리워져 있음을 느꼈다. 나는 매컬리 선생님이 은퇴한 뒤에도 불문학과 영문학을 계속 공부하고 어쩌면 평론도 쓸 수 있다고 생각했다. 우리의 대화는 그렇게 훌륭하지 않았다. 학교에서 배운 게 모두 가식이라는 말, 위대한 문학은 '즐기는' 게 아니라 '견디는' 거고, 그러고 나면 세속적인 일을 하기 위해 옆으로 치워두어야 한다는 말은 나를 괴롭혔다. 어떻게 그럴 수가 있는가? 배신감이 느껴졌다. 하지만 대학의 선생님들은 죽을 때까지 공부에 충실할 것을 알았다. 램지 교수와 그레고어 캐머런은 셰익스피어와 초서에서 떼어놓고 생각할 수가 없었다.

그들도 노모를 돌보아야 한다면, 여자였다면 문학에서 멀어질까? 매컬리 선생님이 가족을 위해 자기 영토를 떠나야 했고, 우리 어머니 역시 같은 이유로 자기 영토를 찾지 못했다는 사실이 나를 슬프게 했다.

"또 오렴." 매컬리 선생님이 말했다.

나는 또 가지 않았다.

오아마루 집에 가는 횟수는 점점 줄어들었다. 나는 금요일 밤 가족 특별표를 사서 새벽 한 시와 두 시 사이에 오아마루에 도착했다가 일요일 완행열차로 더니든에 돌아오는 일을 반복했다. 집으로 갈 때면 이든 로 56번지에서는 모든 것이 평화롭고 이곳과는 다를 거라고 상상했지만 도착하면 곧바로 간 것을 후회했다. 이저벨과 준은 각자의 생활로 바빴고, 아버지와 오빠의 반목은 더 커졌으며, 어머니는 뒤에서 조용히 식구들을 먹이고 화해시키고 시를 썼는데, 어머니의 평생의 꿈인 시집 '출간'과 그리스도의 재림에 동화 속 인물이나 꿈꿀 듯한 새로운 꿈이 하나 더해져 있었다. 이제 성장한 딸들의 스물한 살 생일에 흰여우 모피를 사주고 싶다는 꿈이었다. 브러디에 대한 꿈—병이 낫거나, 낫지 않는다 해도 유명인이 되기를 바라는—은 변하지 않았다.

나는 집과 가족이 극도로 불만스러웠다. 부모님의 무지는 나를 격분시켰다. 그들은 지그문트 프로이트도 《황금 가지》*도 T. S. 엘리엇도 몰랐다. (그해 초만 해도 프로이트와 《황금 가지》와 T. S. 엘리엇에 대한 나의 지식이 보잘것없었다는 사실은 편리하게 잊었다.) 새로운 지식은 홍수처럼 밀려들어서, 나는 정신, 영혼, 아동—정상 아동과 비행 아동—에 대한 정보로 터져 나갈 것 같았다. '아동'이라는 생명체가 있다는 것도 얼마 전에야 알게 되었다. 나는 어리둥절해하는 부모님에게 이 모든 것을 자세하게 설명하고 측량하고 재단하고 해명했다. 나는 농

---

*영국의 인류학자인 J. G. 프레이저가 쓴 책으로 종교와 신화에 관한 방대한 자료의 분석을 통하여 인류의 정신 발전을 기술하고 있다.

학과 지형학에도 열광해서 배합토와 암석 형성에 관한 이야기를 했다. 그 이론들을 내 이론처럼 설명했다. 나는 사람들을 분류하는 견해를 받아들였는데, 그 이유 중 하나는 그 새 언어와 강력한 어휘에 매혹되었기 때문이다. 나는 이제 가족들에게 말할 수 있었다. "그건 합리화고 승화예요. 두 분은 성적 좌절을 겪고 있어요. 두 분의 초자아는 그렇게 말하지만 이드는 그걸 거부해요."

어머니는 '성적'이라는 말에 얼굴을 붉혔다. 아빠는 인상을 쓰고 이렇게만 말했다. "대학과 사범학교에서 배우는 게 그런 거로구나."

나는 여동생들에게 꿈이 얼마나 중요한지 설명하고 "모든 게 남근과 관계된다"고 말했다. 나는 T. S. 엘리엇과 《황금 가지》와 《황무지》에 대해 과장된 지식을 뽐냈다. "가르치는 게 좋다"고 말하며, 사범학교의 한 달, 실습 학교의 한 달, 평가 수업, 관리 수업일(하루 동안 우리끼리 수업을 하는 날), 월말 보고에 대해 설명했다.

"이지 고모 말이 네가 참 착하다더라." 어머니가 뿌듯해하며 말했다. "말썽이라곤 없다고, 네가 집에 있는지도 모를 지경이래."

"네." 나는 어머니와 아빠가 기뻐하는 것을 기뻐하며 말했다.

"그리고 고모부가 아픈데 네가 집에 있는 것도 도움이 된다고."

조지 고모부. 그것은 수수께끼였다. 때로 고모부는 자리에서 일어나 산책을 나갔다. 어디로 가는지는 몰라도 회색 코트를 입고 회색 어둠 속으로 떠났으며, 돌아오면 얼굴노 회색이 되어 있었다. 이지 고모는 그의 코트를 벗기고 목도리를 풀어

주며 침대로 데리고 갔고, 가끔은 아래층에 대고 소리도 질렀다. "진, 얼른 시리아 사람 조의 집에 가서 라놀린 좀 구해 오겠니?"

그러면 나는 다시 청백 라놀린 튜브를 가지고 왔다.

"고모부는 어떠시니?" 어머니가 물었다. (나는 이제 어른이라는 표시로 엄마를 '어머니'라고 부르기 시작했다.)

"잘 몰라요." 내가 말했다. "가끔 산책을 나가세요. 아무도 고모부 병 이야기는 안 해요."

그들은 고모부가 아프지 않은 것처럼 행동했다. 나는 그런 허위가 싫었다. 나는 집에 있는 게 싫었다. 이제 나는 집을 완전히 떠난 것 같았고, 이따금 방문할 때가 아니면 돌아오지 않을 것 같았다. 우리 가족이 불행에 싸여 있는 것이 너무도 똑똑히 보였고, 그것은 두려웠다. 우리 어머니는 '현실' 세계와 동떨어진 세계에 살고, 어머니의 말은 한마디 한마디가 다 은폐고 거짓이고 절박한 '현실' 부정이라고 느꼈다. 나는 남들을 그렇게 비판하면서 나 또한 그런 허위의 세계에 들어서 있음을 전혀 몰랐다.

아버지는 내게 잔인한 세파에 맞서 씨름하는 무력한 인물로 보였다. 나는 아버지가 경사진 이든 로를 자전거로 올라가는 모습을 마음속에 떠올릴 수 있었다. 이든 로의 경사에도, 눈 쌓인 하카타라미아 계곡에서 불어와 서던알프스 산맥으로 내려가는 맞바람에도 굴하지 않겠다는 결심으로 몸을 기울인 모습을. 오빠는 밥 삼촌처럼 갈색 머리를 위로 비죽비죽 세운 새로운 모습이었고, 움찔거리는 입에는 아빠의 공격에 무력하게 당하며 흘린 무수한 눈물이 담겨 있었다. 그리고 동생늘. 이저벨은 고분고분하지 않고 대담하고 반항적이면서도 모두의 사랑을 받는 모습이 머틀과 너무도 비슷해져 있었다. 그리고 준은 조용한 모습에 어울리는 청색 윌슨 하우스 허리띠를 맸고, 모호한 시와 음악을 좋아했다. 나와 독서 취향을 공유하고 ‘거대한 추상 개념’에 대한 나의 몰두를 가장 잘 이해해줄 아이 같았다. 우리 가족은 모두 이제 곧 사라질 공유된 ‘우리’의 일부였다. 나는 학교생활을 이야기할 때 ‘우리’라는 말을 쓰려고 했지만 소용없었다. 내가 설명하는 것은 ‘그들’, 학생들이 무슨 일을 하는지, 어디를 가는지, 어떻게 느끼는지, 무엇을 말하는지였고, ‘나’—내가 정말로 느끼고 생각하고 꿈꾸는 것—는 생존을 위해서 숨겨야 했다. 나는 2인칭 복수에서 흐릿한 ‘나’로 옮겨졌고, 그것은 거의 무인 지대 같은 공허였다.

나는 ‘학생’이라는 이름을 받고, 더니든 사람들의 불만을 샀으며, 교수들에게는 애정과 비난 속에 “학생 여러분!”으로, 친척들에게는 자랑 속에 “그래, 학생”으로 불렸다. 동료 학생들이 연극, 스포츠, 토론, 댄스 같은 수많은 활동을 하고 ‘데이트’에 즐거움을 느끼는 것을 알았기에, 나 또한 그런 생활을 생각하면 미칠 듯한 흥분을 느꼈다. 나는 막대한 혼란과 경탄을 지불하고서야 내가 ‘거기’ 있다는 단순한 사실을 알게 되었던 것 같다. 대학에 다니는 기쁨에 필적할 만한 경험은 별로 없었고, 그것은 거의 대부분 영문학 수업을 통해서 왔다. 그레고어 캐머런은 〈문법학자의 장례식〉*에 나오는 그 문법학자가 틀림없었다!

*로버트 브라우닝의 시.

여기, 별똥별이 쏟아지고 구름이 생겨나는 여기가 그의 자리다,
번개가 풀려나고,
별들이여 오고 가라! 폭풍이 일 때 기쁨도 몰아치라,
평화여 이슬을 보내라!
높은 계획은 음향처럼 밀려든다.
그를 높은 곳에
있게 하라, 세상이 짐작하는 것보다 훨씬 더 높은 곳에서,
살고 죽게 하라.

그레고어 캐머런은 영문학 교실인 로어 올리버실 교단에 서서 '베어울프'와 '농부 피어스'를 설명할 때, 자신이 브라우닝의 문법학자—"우리 스승님, 유명하고 침착하고 이제는 작고하신"— 가 된다는 것을 몰랐다.

　모든 것이 정신없이 빠르게, 가차 없이 흘러갔다. 대학의 고색창연한 돌담마저 비밀 생활로 물결쳤지만, 공개적인 생활이 이루어지는 휴게실이나 매점 같은 곳에 들어가기가 항상 겁났다. 주간 학보 《크리틱》은 대학 학생회관 문 앞에 "한 부씩 가져 가세요"라는 안내문을 달고 놓여 있었다. 내가 과감하게 《크리틱》을 집어 들었던 것은 학생 시절 동안 겨우 세 번인가 네 번이었다. 그렇게 많은 자유를 지니고서 어떻게 그렇게 자기 안에 갇혀 지낼 수 있었을까? 나는 용기를 내서 《크리틱》에 시를 한 편 보내고 싶었다. 나는 책상이나 복도 의자에 버려진 구겨진 학보를 얼른 집어 들고, 거기 실린 소설과 시를 탐독하며 거기에 내 시가 실리는 것을, 내가 소심함과 고립과 '세상'에 대한 두려움을 떨치고 대담하고 명석하게 '발언하는' 것을 꿈꾸

었다. 학생회관 안에는 원고 기고함이 있었다. 나는 학생회관에 들어갈 용기가 없었다. 놀랍고도 뛰어난 재치를 뽐내는 시를 쓰고 싶었지만, 나에게는 《크리틱》의 시 게재란에서 빛을 발하는 그런 재능, 그런 확신, 그런 성숙함이 없었다. 다른 이들은 모두 대문자와 구두점을 버리고 자유시를 썼다. 대상만 있는 시도 많았다. "높은 하늘이…… 내려오는 것을…… 꿈꾸었다……" 하는 식으로.

확신 속에 즐겨 사용되는 어휘도 있었다. 풍요의 뿔, 허벅지, 남근, 매춘부, 불멸, 무언, 비정, 눈, 심장, 정신, 자궁. 온갖 경험이 가득한 거친 시들은 한순간은 간결하고 한순간은 풍성했다. 존 던*의 강력한 영향 아래서 남자들은 심장, 침대, 영혼, 육체의 형이상학적 교환을 엮어 여성에 대한 시를 썼고, 여자들은 꽃, 숲, 바다에 대해 썼다. 홉킨스의 '도약률'**과 딜런 토머스의 어휘에 영향을 받은 나는 내 과거와 그에 딸린 세부적인 과거와 현재에서 비롯된 이미지로 가득한 알쏭달쏭한 시를 썼는데, 그 모든 것이 새로 배운 프로이트 사상의 렌즈를 통과했다. 그 렌즈는 T. S. 엘리엇의 황무지와 가든 테라스 4번지에서 자라다가 광인이 망가뜨려 죽은 제라늄 색깔로도 물들어 있었다.

나 또한 어머니처럼 언제나 시인들과 나를 연결했다. 나는 과도한 믿음을 채택했다. 셸리를 배우고 나서,

---

*영국의 시인. '형이상적'이라 이르는 그의 시풍은 중세로부터 근대의 과도기의 불안 동요를 반영하여 1차 세계대전 후 주지파 시인의 우상이 되었다.
**제라드 홉킨스가 만든 용어로, 강세 하나에 약음절 넷이 따르고 주로 두운(頭韻), 중간운, 어구의 반복으로 리듬을 갖춘 운율법이다.

이 점에서 진실한 사랑은 황금이나 진흙과 다르다
나누는 것이 가르는 것이 아니라는 점이.
사랑은 많은 진실을 풀처럼 뜯어먹으며
밝게 자라는 이해와 같다, 그대의 빛인
상상력과 같다! 하늘과 땅에서,
깊디깊은 인간의 환상에서…….

나는 나 자신에게 또 내게 관심이 있을지 모르는 모든 이에게 내가 '자유 연애'와 '중혼'을 '믿는다'고 선언했다. 빈곤에 시달리는 처지에 풍요를 부여잡으려고 한 것이다!

내게 가장 마술적인 힘을 발휘한 말은 여전히 '상상력'이었다. 그 반짝이고 고귀한 말은 언제나 어김없이 내적인 빛을 발했다. 나는 대학에서 '필독서'인 콜리지의 《문학평전》을 공부하면서 상상력의 구성에 대해 많은 것을 배웠다. 그리고 그 구절을 외웠다.

나는 상상력을 1차적 상상력 또는 2차적 상상력으로 생각한다. 그리고 1차적 상상력을 살아 있는 '힘'이자 모든 인간 지각의 제일 '동인(動因)'으로, 또 무한한 존재의 영원한 창조 행위를 유한한 정신 속에 반복하는 것으로 생각한다. 2차적 상상력은 1차적 상상력의 반향으로, 의식적인 의지와 공존한다고 생각한다. 2차적 상상력도 작용의 종류는 1차적 상상력과 같지만, 그 정도와 작동 방식이 다르다. 그것은 녹이고 발산하고 흩뜨려서 재창조한다. 또는 이 과정이 불가능하다 여겨지는 곳에서도 어쨌건 이상화하거나 통합하기 위해 노력한다. 그것은 심시어 모든 사물이 (사물로서) 필연적으로 고정되었거나 죽어 있을 때에도 필수적이다……. 이와 반대로 '공상'은 고정물과 한 정물밖에는 상대할 것이 없다. 공상은 기실 시간과 공간 질서에서 해방된 기억의 한 형식일 뿐이다. '선택'이라는 단어로 표현되는 의지의 경험적 현상이 뒤섞고 수정하기는 하지만, 공상은 보통 기억과 마찬가지로 연상 법칙에 따라 만들어진 재료를 그대로 받아들여야 한다. 좋은 감각은 시적 재능의 본체이고, 공상은 그 장식이며, 운동은 생명이고, 상상력은 모든 곳에 있는 영혼으로, 모든 것을 하나의 아름답고 지적인 전체로 형성한다.

나는 이 글에서 말하는 공상과 상상력 사이의 간격과 어둠과 황무지에, 그리고 공상의 지점이 끝나고 앞에 놓인 것은 오직 상상력뿐인 외로운 여로에 매혹되었다. 그것은 내 목표이자 일종의 종교가 되었다. 지금껏 누구도 상상력을 금지하거나 상상력에 얼굴을 찌푸리지 않았고, 내 몫의 상상력에 환상은 없었지만, 나는 은밀한 시인의 삶 속에 그것을 꼭 움켜쥐었고, 그것은 내가 읽는 시와 산문과 나 자신 사이를 흘렀으며, 다른 이들의 조롱, 또는 '좌절'이나 '승화'의 이름을 딴 자기 조롱도 그것을 흠집 내거나 파괴하지 못했다. 콜리지와 모든 시인이 말했듯이 그것은 '지고'한 것이었고, 그 시절에 나는 인생이란 거절당할까 두려워하면서도 많은 잔치에 가는 일이고, 그 가운데 상상력의 잔치는 거의 사랑이라고 할 만한 방식으로, 따뜻하고 풍요롭게 차려진다는 것을 발견했기 때문이다.

전쟁은 계속되었다. 나는 썩은 이가 걱정이었고, 옷이, 돈이, 가르치는 일이 걱정이었다. 봉급날이면 아서 바네츠 사에서 수표를 9파운드 3실링 9펜스의 현금으로 바꾸고, 다른 학생들과 실버 그릴에 가서 '모듬 구이 요리'를 먹었다. 어떤 학생들은 커피도 마셨다. 그들—우리—조용한 학생들은 다른 학생들의 과감한 성취를 이야기했다. 누가 의대생과 '데이트한다'는 말에는 부러움이 섞였다. 의대생들은 섹스에 대해 '아는 게 많다'고 했기 때문이다. 그들은 "너의 갈빗살을 보여줘"라고 말한다고 했다.

그리고 계속되는 전쟁은 일상의 비현실감에 한 겹의 비현실감을 더하고 슬프고 안타깝고 무기력한 분위기를 만들었다. '왜'라는 질문은 끝나지 않았다.

가든 테라스 4번지에서 조지 고모부는 죽음이 임박한 잿빛으로 안색이 바뀌었다. 이제는 산책도 나가지 않고, 이지 고모가 있는 아래층 거실에 내려와서 앵무새 빌리하고 이야기하지도 않았다. 빌리는 "예쁜 빌리, 예쁜 빌리, 올라가서 자, 올라가서 자" 하고 말할 수 있었다. 더 많은 라놀린 튜브가 비워지고 버려졌다. 나는 내 방으로 들어가기 전에 조지 고모부의 침대 발치에 서서 인사를 하며, 고모와 고모부가 힘써 숨기지만 셜랜즈 라놀린을 그토록 듬뿍듬뿍 먹는 암의 흔적을 찾으려고 했다.

그러던 어느 일요일 내가 묘지에서 돌아왔을 때 이지 고모가 문 앞에서 나를 맞았다.

"고모부가 돌아가셨다, 진."

나는 조지 고모부를 잘 몰랐다. 외판원으로 일했고, 한때 미들마치에 살았다는 것뿐. 미들마치. 미들마치. 예전에 이지 고모가 그 말을 하는 걸 들었을 때 나는 고모가 미들마치와 온 세계를 소유했다고 생각했지만, 고모가 소유한 건 고모부뿐이었다. 나는 고모부를 사랑하지 않았지만, 그 죽음에 격렬한 슬픔을 느끼고 눈물을 쏟으며 내 방으로 달려갔다. 나는 다음 날 사범학교에 가지 않았고, 결석 이유를 묻는 파트리지 학장에게 의식적으로 슬픔에 어울리는 목소리를 내며 "주말에 고모부님이 돌아가셔서 고모님을 도와드려야 했습니다" 하고 말했다.

5번지에 사는 고모부의 누이들이 장례식을 위해 그의 시신을 옮겨 갔고, 나는 이로써 조지 고모부에 대한 오랜 소유권 분쟁이 드디어 끝났다고 느꼈다.

큰방의 큰 침대는 새봄 빛깔 시트로 덮였고, 내가 초콜릿 껍질과 생리대를 몰래 버리는 쓰레기통은 친숙한 청색과 백색의 다 쓴 튜브로 가득 찼다.

이지 고모는 아직도 병과 죽음에 대해 말이 없었다. 고모는 휴가도 거의 내지 않았고, 하루이틀 정도만 쉬며 집을 청소하고 침구를 빨거나 태웠다. 때로 고모의 어두운 얼굴과 눈은 흘릴 눈물조차 없는 비통에 빠진 사람 같았다. 하지만 고모는 아직도 미들마치 이야기를 하며, 갈 데 없는 감정을 거기에 채워 넣었다.

다시 '사방에 강이 흐르는 나라'

나는 끝나지 않은 전쟁을 현대 문학의 영토에 가두어 유지했고, 나이가 몇 살 더 많고 다리를 절거나 팔다리 하나가 없는 새 학생이 오면, 그들을 '전쟁에서 돌아온 노병'이라는 안전한 신화를 통해 보았다. 나는 도스토옙스키가 보여주는 박명(薄明)의 세계에서, 등장인물 모두에게 고독하고 무겁고 냉정한 운명을 내려주는, 별도 많고 하늘도 많은 토머스 하디의 웅장한 세계에서 눈을 깜박이며 나왔다. 그러니까 오래전에 죽은 작가들을 떠나 죽은 지 얼마 되지 않았거나 전쟁 한복판에 살면서 글을 쓰는 작가들이 있다는 것을 발견한 것이다. 나는 제임스 조이스, 버지니아 울프의 소설을 읽고, 오든, 바커, 맥니스, 로라 라이딩(로버트 그레이브스의 아내라는 점이 눈에 띄었다)의 시를 읽었으며, 그 시절 시를 읽고 쓰는 모든 학생의 영웅이었을 딜런 토머스도 읽었다. 나는 시드니 키즈의 시집을 샀고, 오랫동안 그의 사진을 들여다보며 그의 때 이른 죽음을 한탄했다. 나는 T. S. 엘리엇이 쓴 얇은 책, 헨리 무어가 그림을 그리고 헨리 밀러가 글을 쓴 두꺼운 시선집 《런던의 시》, 그리고 나의 《전쟁 시집》을 애독했다. 그 책을 읽으며 나는 우리 나라의 사상자들, 오아마루에서 우리가 알던 젊은이들—이웃집 형제와 아들들—의 죽음을 떠나, 멀리 런던 공습, 화재 감시원과 공습 감시원의 일상을 살았다. 많은 시가 '화재 감시 중'에 쓰였다. 나는 오든의 〈1939년 9월 1일〉, 〈전쟁의 사계〉, 리넷 로버츠의 〈비탄〉을 머릿속에 외웠다.

다섯 언덕이 흔들리고 네 채의 집이 무너졌네
공습이 내 기억에 또렷이 새겨진 그날.
눈들은 이 빠진 컵처럼 반짝였네,
산 사들은 피 흘렸고, 죽은 사들은 슬픔 속에 누웠네.

산울타리를 뿌개는 얼음 뼈 같은 죽음,
착한 심장을 이루지 못한 흙 같은 죽음.
비행기가 뿜어내는 뜨거운 죽음에 놀라
덜덜 떠는 나무들 같은 죽음 속에.

'후방 지원 활동'이라고 하는 전국적 활동이 내 삶에도 영향을 미쳤다. 우리 모두가 거기 참여할 것을 권장받았기 때문이다. 그해 여름 나는 다른 학생들과 함께 센트럴 오타고 지방의 밀러스 플랫에 있는 휘태커 농장에서 라즈베리를 따는 일에 '동원'되었다. 나는 어릴 때부터 그토록 자주 이야기를 들은 '센트럴 지역'에 간다는 사실에 들떴다. 어린 시절 그것은 구름 위로 올라가는 좁은 사다리로 여겨졌고, 숙모와 숙부들은 그 사다리 위로 올라가서 주말 또는 그 이상의 시간을 보내고 내려와서 만족스럽게 "센트럴 지역에 다녀왔어요" 하고 말했다.

실제로 그 길은 낡은 버스로 불탄 민둥 언덕들이 계곡 주변에 거의 수직으로 솟은 달 표면 같은 풍경을 뚫고 먼지 가득한 도로를 달려, 센 물살에 거품이 하얗게 이는 녹색 강—거기서는 몰리노 강이라고 부르지만 하류에서는 클러서 강이라고 하는—유역의 비옥한 평원으로 가는 길이었다. 강을 처음 보았을 때 나는 그것이 내 인생의 일부라고 느꼈다(대지의 풍경을 '내 인생의 일부'로 삼다니 얼마나 탐욕스러웠는지). 고지대에 쌓인 눈에서 시작해서(우리가 있는 곳은 고지대에 가까웠다) 다양한 단계의 분노를 퍼붓다 이따금 평화로운 흐름을 보이며 마침내 바다로 떨어지는 모습. 그리고 그것이 나르는 자연의 짐인 물, 그 움직임, 설록(雪錄), 청, 진갈(塵葛) 같은 다양한 색깔과 빛에서 빌려오는 무지개. 그리고 그 힘을 뿌리치고 솟아오르는 죽음의 짐들—시들거나 뿌리 뽑힌 초목, 소와 양, 사슴의 시체, 그리고 이따금 익사한 자들까지.

1년 동안 도시에 갇혀 공부하고, 글 쓰고, 성인이라는 새로운 역할 속에 행동과 감정의 경계를 끊임없이 의식하며 살다가 나는 이제 클러서 강을 마주했다. 바위와 돌과 흙과 태양의 압력을 뚫고 이어진 존재, 자유로운 자연으로 살지만 고립되지 않고 물 위에 아른거리는 가녀린 무지개로 하늘과 빛에 연결된 강. 나는 강물이 내 동맹이라고, 그것이 나의 말을 해줄 거라고 느꼈다.

나는 센트럴 오타고 지역과 클러서 강, 그림자에 잠긴 만곡부를 빼고 모두 헐벗은 언덕들, 다채롭게 변하는 금빛, 아침마다 구름 한 점 없이 파랗게 태어났다가 저녁이면 진자줏빛 속으로 물러가는 하늘과 사랑에 빠졌다. 우리는 바깥 공기를 태우는 햇빛과 우리가 기거하는 큰 헛간의 골함석 벽과 지붕 안에 쌓인 열기를 견디려고 밤낮없이 애를 썼다. 그리고 날마다 종일토록 배운 대로 라즈베리를 땄다. 허리를 굽히고 줄기에서 그 부드러운 털투성이 덩어리를 부드럽게 떼어서 목에 건 양동이에 떨구는 것이었다. 손은 라즈베리 피로 물들고 라즈베리 가시에 긁혔다. 가시들은 하나씩 만지면 부드럽지만 줄기에 뭉쳐 있을 때는 핀처럼 따가웠다. 내 얼굴과 팔다리는 햇빛 화상으로 타올랐다. 나는 따는 속도가 느려서 오아마루의 집까지 가는 차비도 간신히 벌었다.

화카타네, 마타마타, 투아타페레 같은 낯선 곳에서 오는 라즈베리 일꾼들은 내게 여신처럼 보였고, 그늘의 말과 행동 보두가 매혹적이었다. 농부의 아들들은 젊은 신 같았다. 나는 그들의 얼굴과 눈을 바라보고, 손과 팔과 다리를 관찰하며, 흘끔흘끔 두 다리 사이 풀숲의 눈덩이처럼 불룩한 부분을 훔쳐보았다. 세상은 잔치였고 그것을 부인하는 것은 보이지 않는 경계선들뿐이었다. 우리는 강이 아니었다. 다른 학생들—두어 명은 나도 알던—은 환경에, 전쟁에, 자기 인생의 불확실함에 위압당해 꼼짝하지 못했다. 우리는 교사가 되는 과정의 절반을 지나고 있었다. 우리가 해낼 수 있을까? 2학년은 어떨까? 사회과 과제는 1년이 걸리고, 그 분량이 책 한 권에 이른다는 소문이 돌았다. 'C 자격증' 취득의 해를 어떻게 헤쳐 나갈 것인가? 우리의 연애 생활은 어떻게 될까? 우리는 열망과 사랑에 대해, 극소수 남자들—부전공생, 의대생—에 대한 가망 없는 사랑에 대해, 우연히 던진 친절한 말에 매달리는 일에 대해 이야기했다. 기대에 찬 귀에 떨어지면 이렇게 녹아드는 시를 읊게 만드는 말들.

　　내 참사랑은 나의 마음을, 나는 그의 마음을 가졌네,
　　그저 서로의 마음을 교환했을 뿐인데.*

저녁에 나는 언덕에 올라 마타구리—비뚤배뚤하고 키도 작고 더러운 눈송이 같은 잿빛 이파리가 달린 사막 가시나무—덤불 틈을 걸었다. 나는 마타구리를 사랑하게 되었다. 그것은 오아마루 주변 언덕에도 자랐지만 이름은 이번에 알게 되었는데,

*16세기 시인 필립 시드니 경의 시.

이곳의 젊은 신 한 명이 내가 이 신기한 식물 이름이 뭐냐고 묻자 답해주었다. 나는 언덕에서 아주 어릴 때 이후 보지 못했던 풀도 발견했다. 포아풀은 금빛 다발이 터속풀하고 비슷했는데, 예전에 나는 터속풀이 산누에(tussore) 명주하고 비슷해서 그런 이름이 붙은 줄 알았다. 그 천은 대부분이 레이온이나 면으로 된 교복 블라우스를 입던 시절에 특별한 소수만이 입던 지난 날의 꿈의 천이었다. 은은한 미색을 띤 그 옷은 손을 대면 거친 올이 부드럽게 바삭거리며 떨렸다. 나는 머틀이 옷장에 '산누에 명주 옷'이 있다는 환상을 지녔던 것을 기억했다. 머틀은 그걸 자랑하기까지 했다. "나는 산누에 명주 옷이 있어" 하고.

그해 여름은 태양과, 사방에 나누어줄 사랑이 지배한 계절이었다. 그 감정은 지난 시절의 문자 어휘와는 비견될 수 없는 감정이었다. 그 고통, 열락, 여전히 순진한 열망, 고통스러운 즐거움과 즐거운 고통(우리는 '쾌락-고통 원칙'을 '학습'했으니까), 강과 풍경, 마타구리, 포아풀, 티끌없이 파란 하늘의 풍요 속에 골함석 숙소의 타오르는 불길에 싸여 지낸 악몽이 기억 속에 함께 남아 있다.

나는 집으로 돌아갔고, 나의 여름 사랑은 천천히 식었다. 나는 왜 친척들이 '센트럴 지역'에 그토록 열광했는지, 어린 시절에 내가 왜 '센트럴 지역'을 천국으로 가는 사다리로 봤는지 이해했다.

이든 로 56번지의 바짝 마른 앞마당 잔디에는 메마른 새발풀과 시든 독보리가 흩어져 있었다. 후방 지원 활동의 일환으로 모으는 맥각(麥角)도 있었다. 그리고 황소 방목장에는 열매가 막 익기 시작한 썰레나무 넘불이 있었다.

나는 이저벨과 함께 잔디에 누워 사범학교 생활을 설명해주었고, 이저벨은 평소처럼 회의적인 태도로 들었다. 이저벨도 사범학교 입학을 준비하고 있었다. 이저벨도 나처럼 가든 테라스 4번지의 이지 고모 집에서 지낼 예정이었다. 이저벨을 '감당해야' 한다는 생각은 아찔함을 안겨주었다.

이저벨과 도시의 성장

이저벨과 나는 사이가 좋기는 했지만, 행동도 사고방식도 경험도 야심도 거의 정반대에 가까웠다. 이저벨은 준과 나에게 '세상사'를 가르쳤다. 남자 친구를 만들려면 어떻게 해야 하는지, 남자 친구가 생기면 어떻게 해야 하고 필요 없어졌을 때는 어떻게 떼어버려야 하는지, 남자 친구를 만들기 위해 얼굴과 몸매는 어떻게 가꾸어야 하는지, 높은 분들과 그들의 편협한 태도를 이기려면 어떻게 해야 하는지 같은 것들이었다. 이저벨은 주로 모범을 보여서 나를 가르쳤다. 이저벨은 사람들을 많이 만났다. 남자 친구도 늘 있었고, 둘이서 무엇을 했는지 자세히 말해주었다. 비록 '끝까지 다 가지는' 않았어도, 어떤 일들이 있었는지를 사실과 허구를 섞어 생생하게 설명했고, 거기다 패츠 월러가 허스키한 목소리로 부르는 그 당시 인기를 끌던 노래를 덧붙였다.

그대 입술을 내 뺨에 가까이 대지 말아요

미소도 안 돼요, 나는 완전히 넋을 잃을지 몰라요
……전부가 아니면 아무것도…….

이저벨은 상상력이 넘치고 머리도 좋아서, 영어와 프랑스어 실력은 학교에서 최고였고, 웅변 대회 상과 체육 우수자 상을 받았다. 멀리뛰기 대회에서 입상한 경력도 있다. 경쟁적인 학교 분위기에서도 그런 상이 대단하게 여겨지지는 않았지만, 그래도 그것은 자랑스러운 것이었고, 부상으로 멋진 책이나 메달 또는 수표를 받기도 했다.

　나는 이저벨의 글솜씨가 부러웠다. 그 묘사의 재료는 완전히 상상의 산물이었지만, 그 글을 읽으면 이저벨이 온 세상을 여행하고 수많은 시대와 장소에 살아본 것 같았다. 본래는 의사가 되고 싶어 했지만 꾸준히 공부하지 못하는 성격과 비싼 교육비 때문에 그 꿈을 접자 교사가 되기로 했고 4학년도 건너뛰었다.

　예민하고 조심스럽고 고분고분하며 스스로를 책임감 있는 성인으로 보던 나는 이저벨의 첫 번째 결정—4학년을 건너뛰고 사범학교에 가기로 한 것에 먼저 놀랐다. 대학 예비 기간에 해당하는 4학년은 ‘인생의 훈련장’이었는데 말이다. 나는 나만의 세계가 무너지는 것을 보았다. 내가 공들여 접합해두었던 모든 행동이 이저벨의 예상치 못한 풍파 앞에 무너져 내렸다. 사범학교 공부와 대학 공부를 병행하는 것은 힘들었고, 책 한 권 분량을 채워야 하는 사회학 과제(주제는 이미 주어졌다, ‘도시의 성장’)로 허덕이는 가운데, 나는 이저벨에게 또 그녀의 앞날에 대한 나의 두려움에 어떻게 ‘대응’해야 할지 알 수 없었다. 남들의 기대를 저버리지 못하는 습관—'말 잘 듣고, 아무 말썽 일으키지 않고'—과 문학에 대한 몰두로 인해 나는 수도사적 삶을 즐길 수 있었다. 아무리 딴짓을 하고 싶다고 해도, 내가 추구하는 것은 결국 시였기 때문이다. 내 전방 시야는 좁았고, 다른 사람들의 다양한 길을 곁눈질할 때에도 내 시야는 여전히 좁았다. 나는 이저벨이 우리 어린 시절의 인형들, 그러니까 작은 상자에 눌러 담아서 안전하게 보관하고 우리가 잡고 움직여야 팔다리를 움직이는 그런 인형들처럼 되기를 바랐다. 그녀가 좋은 학생, '품행이 바르고', 순종하고, 공부 열심히 하고 학생과 교수에게 인정받고, 그래서—나 자신도 뚜렷하게 인식하지 못했지만—학장에게서 "프레임 가 딸들을 사범학교에 입학시킨 건 실수가 아냐, 둘 다 최고의 학생이고 교사야"라는 말을 듣고 싶었다. 이지 고모는 나와 함께 1년을 지낸 탓에, 새로 오는 조카딸 또한 있는지 없는지도 모르고 뭐든지 불평 없이 받아들이는 온순한 여학생일 거라 예상하고 이저벨을 환영했다. 그런데 이저벨이 나와 함께 가든 테라스 4번지에 도착해서 우리 둘이 함께 쓸 작은 방에 둘만 남게 되자, 이저벨은 가로 60센티미터에 세로 180센티미터인 철제 침대를 어떻게 둘이 같이 쓸 수 있느냐며 분노했다. 그것은 내 잘못이었다. 이지 고모가 그렇게 할 수 있겠느냐고 물었을 때, 소심하게 "네, 괜찮을 거예요" 하고 대답했기 때문이다.

"하지만 고모는 어떻게 그게 가능하다고 생각할 수 있어?" 이저벨은 분노했다.

"그냥 아무 말도 하지 마." 나는 이저벨을 달랬다. 일주일에 10실링으로 살 수 있는 곳은 다른 어디에도 없다는 걸 우리 둘

다 잘 알았다.

우리는 잠을 설쳤다. 늘 서로에게 신경질을 내고 다투고, 집에서처럼 이불을 두고 싸웠다. 이저벨은 내가 그 알량한 음식을 불평 없이 식기실 싱크대에 서서 먹었다는 사실에 기겁해서 "엄마에게 다 말하겠다"고 협박했다. 이지 고모가 우리를 굶기고 있다고, 식기실에서 밥을 먹고 코딱지만 한 작은 침대를 둘이 쓰게 한다고, 우리는 항구에서 또 플래그스태프와 외곽 언덕에서 노스이스트 계곡을 타고 오는 찬바람에 밤낮없이 떨지만, 이지 고모는 식당에서 밥을 먹고 이글거리는 난로 앞에서 따뜻하게 지낸다고.

나는 아무 말도 하지 말라고 이저벨을 달랬다.

"지금은 그냥 가만 있어, 학기 말까지만 기다려."

이저벨은 사범학교에 입학하자마자 친구들을 사귀었고, 남자 친구를 만들었으며, 그는 이저벨이 거기서 지내는 내내 그녀에게 '충실'했다. 반면에 이저벨은 때로 다른 남자를 만났고, 내가 두려워하는 행동을 했다. 그녀는 '방종'해졌지만, 그걸 보고 놀란 것은 나의 과도하게 억제된 감각뿐이었다. 그녀는 롤러스케이트를 알게 되더니 금세 능숙해져서 저녁마다 스케이트장에 가서 살았고, 나는 내가 꿈꾸는 이저벨의 미래가 희미해지고 '교육'이 낭비되는 것이 안타까웠다. 저 애는 왜 공부를 안 하는 거지, 왜 책을 읽고 배울 기회를 흘려보내는 거지? 이런 말을 직접 하지는 않았다. 그 꿈이 내 꿈이란 걸 알았고, 머틀에게도 똑같은 마음이었던 게 기억났기 때문이다.

하지만 밤에 우리가 서로 이불을 끌어당길 때, 나는 이불을 유난히 확 잡아끄는 걸로 이저벨에게 느끼는 실망을 표현했다.

이저벨과 함께 가든 테라스 4번지에 살던 시절에는 온갖 '일화'가 있었다. '초콜릿 사건'도 그중 하나였다. 한번은 항상 블라인드를 드리워두는 작은 거실 안을 들여다보았더니, 큼지막한 초콜릿 상자들이 그림 거는 봉 주변에 뺑 둘려 있었다. 상자들에는 공단 리본이 묶여 있었고 겉면에는 잉글랜드와 하일랜드 풍경, 그리고 귀여운 동물 사진이 인쇄되어 있었다. 내가 이저벨에게 초콜릿 상자 이야기를 하자, 어느 날 이지 고모가 외출했을 때 그녀가 말했다. "거실에 한번 가보자."

거실 문 바로 안쪽에 옷과 사진이 가득한 높은 서랍장이 있었다. 맨 아래 칸에는 흰색 아기 뜨개 옷들이 박엽지에 싸여 있었다. 아기 담요와 기저귀도 있었다. 우리는 폴리 고모와 이지 고모가 사산을 했거나 아기가 태어나고 며칠 또는 몇 주만에 죽었다는 걸 알았다. 우리 집에도 사산아가 한 명 있었고, 어린 시절에도 우리는 우리를 바라보는 폴리 고모와 이지 고모에게서 허기 같은 것을 느꼈다. 이지 고모는 특히 머틀에게 관심을 보였고, 폴리 고모는 칙스, 그러니까 준을 '입양'하고 싶다는 소망을 표명했다. 우리는 얼른 서랍을 닫고 초콜릿 상자로 관심을 돌렸다. 상자의 셀로판 포장은 아직 뜯긴 적이 없는 것 같았다.

"그렇게 오랫동안 간직했을 리는 없어." 우리가 말했다. 그것은 고모가 하일랜드 춤을 잘 춰서 상으로 받은 것이라는 걸 우리는 알았다.

"열어보자." 이저벨이 말했다.

"안 돼, 그럴 수 없어."

"한 개만 시험 삼아 열어봐."

초콜릿 상자를 열어보고픈 열망은 이저벨만큼 강했지만 언니로서 책임감을 의식하고 있던 나는 도덕적 문제를 은폐하는 언어가 반가웠다.

"그래, 시험 삼아 열어보는 거야." 어쨌거나 시험해보는 건 달랐다. 상자에 정말 초콜릿이 들어 있다 해도 '시험해보는' 건 '먹는' 게 아니니까.

그림 봉에서 상자 하나를 내려서 조심조심 리본을 풀고 셀로판 봉인을 뜯은 뒤 상자 위쪽과 아래쪽을 분리하니, 안쪽에 초콜릿을 담은 주름진 갈색 종이 받침이 총총 놓여 있었다.

우리는 소파에 앉아 먹기 시작했다.

"맛있다. 군내 같은 거 하나도 안 나네."

우리는 계속 초콜릿을 먹었고, 마침내 상자가 비자 종이 받침을 도로 집어넣고 상자를 닫은 뒤 셀로판 포장을 씌우고, 공단 띠를 둘러 앞에 리본을 맸다. 그리고 서랍장에 올라 상자를 그림 봉 위에 돌려놓았다.

가든 테라스에 사는 동안 우리는 계속 그림 봉 위의 초콜릿을 먹고 빈 상자를 제자리에 돌려놓았다. 어두운 거실에 몰래 들어갈 때마다 입지 않은 아기 옷이 떠올랐지만 두 번 다시 서랍을 열어보지는 않았고, 초콜릿을 먹을 때는 이지 고모의 인생에 대해 이야기했다. 나는 이저벨에게 조지 고모부의 병과 라놀린 이야기를 했고, 종이 받침을 다시 빈 상자에 넣을 때면 우리가 이지 고모의 소중한 기념품을 먹는다는 데, 한두 번이 아니라 계속 먹는다는 데 혐오감을 느꼈다. 종이 받침 둘레의 주름 장식은 가장자리가 흐늘흐늘한 것이 해변에 있는 작은 조개의 주름 같았다. 비틀어 열면 작은 죽은 몸체 속에 역시 죽은 검은 눈이 있는.

2학기 말에 올 것이 왔다. 이저벨은 마침내 집에 편지를 써서 이지 고모가 1년 동안 우리를 굶겼고, 우리는 배를 곯며 겨우내 작은 방의 침대 하나에서 덜덜 떨며 산다고 알렸다. 편지를 받은 어머니는 얼른 이지 고모에게 편지를 했고, 고모는 또 자기 오빠인 우리 아빠에게 편지를 써서 "올케는 예전부터 제대로 하는 일이 없었다"는 의견을 전했다. 분노에 찬 어머니의 답장에 이지 고모는 이저벨과 내가 '착한 아이들'인 줄 알았던 것이 착각이었다고 답했다. 자신이 상으로 받은 초콜릿을 우리가 다 먹어치웠다고! 고모가 어쩌다 그 거실에 들어갔다가 카펫에 나뒹구는 초콜릿 받침을 발견한 모양이었다.

편지가 오가는 동안 조지 고모부의 누이들은 '흉악한 프레임네 딸들'에 대한 고약한 사실들을 발견했다. 그 집 애들은 어려서부터 버릇이 없었고, 오아마루 언덕을 미친 듯 쏘다녔고, 프레임네 집 자체가 돼지우리 같았고, 어머니는 살림에 대해 아는 게 하나도 없다고 했다. 아빠가 엄마를 대신해서(어머니는 편지 두 통을 보낸 뒤 더 이상 편지를 쓰지 않았다) 아빠와 이지 고모 사이에 가시 돋친 편지가 오갔다.

그 결과 이저벨과 나는 가든 테라스 4번지를 떠나게 되었다. 나는 수치심과 부끄러움, 그리고 이제는 '아무 말썽 없는 얌전한 아이'의 자리를 잃었다는 상실감을 느꼈고, 이저벨은 우리가 스스로의 '권리'를 주장했다는 데 승리감을 느꼈다. 이저벨은 친구들이 살고 여주인도 학생들에게 인기인 하숙집으로 기뻐하며 갔고, 나는 갈 수 있는 유일한 곳인 스튜어트 하우스라는 호스텔의 '개인 칸'을 빌려서 그해 말까지 지냈다. 큰 방에 침대를 죽 놓고, 침대 사이에 180센티미터 높이의 섬유판 가림막을 세운 곳이었다. 그곳은 조용히 공부하고 책을 읽고 글을 쓰고 잠을 잘 여건이 되지 않았다.

나는 이저벨이 더니든에 오고 얼마 지나지 않아 이제 그녀가 나를 떠났다는 걸 알았고, 그녀를 잃은 것이 슬펐다. 어쨌건 그녀는 에밀리였으니까.

내 영혼은 비겁하지 않도다,
폭풍에 휘말린 세상에서 떨지 않도다.*

이저벨과 나의 결별은 그녀가 자기 몸에 묶인 끈을 풀듯이 스케이트장을 돌고 또 돌던 무수했던 저녁 시간에 이루어졌다고 생각한다. 이저벨은 몇 시간 동안 수영을 한 다음 물속의 염소로 파래진 금발을 하고 가든 테라스로 돌아왔고, 그녀가 방문을 열 때마다 나는 언제나 수영을 하고 온 다 큰 학생의 얼굴 뒤로 머틀이 죽은 날 수영장에서 돌아온 어린아이의 얼굴을 보았다.

기든 테라스를 떠나면서 우리 둘은 완전히 결별했다. 사범학교에서 마주치면 어색하게 인사를 했다. 그리고 집에서 괴로운 소식—그때까지 우리가 그토록 오래 세 들어 살던 이든 로 56번지가 팔렸고, 결혼을 앞둔 새 주인이 연말까지 집을 비워달라고 했다는 것—을 담은 편지가 오면 잠시 만나서 그 이야기를 했다.

*에밀리 브론테의 시 〈내 영혼은 비겁하지 않도다〉의 한 구절.

그런 뒤 얼마 지나지 않아 사범학교 사감이 나를 불렀다. 무슨 일인지 궁금해하며 면담에 간 나에게 사감이 말했다. "학생의 동생 이저벨에 대해 말하고 싶어서 불렀어요."

사감은 이저벨이 남자 같은 행동을 하고 이상한 옷을 입고 다닌다고 말했다. 특히 기린이 그려진 치마를 입는다고.

"기린이 그려진 치마를 입다니요!" 사감이 말했다.

나는 뭐라고 이저벨을 옹호하는 말을 중얼거렸다. 나는 그녀의 옷에 충격을 받은 적이 없다. 그것은 흥미롭고 독특했다. 우리 자매가 얼마나 많은 시간을 들여 옷을 직접 만들려고 했던가. 심을 대고, 단을 고르게 하고, 소매의 어색한 어깨 구멍을 잘 맞춰서 오른쪽 왼쪽을 틀리지 않게 달려고 하던 그 모든 일. 나는 이저벨이 기린 그림을 꿰매어 붙인 솜씨가 놀랍다고 생각했다. 문제는 아무도 기린을 새긴 치마를 입지 않는다는 것이었고, 이저벨은 다르다는 이유로 단죄를 받고 있었다. "너희는 다르다"는 것은 우리 인생에서 흔히 듣던 말이었다.

"학생은, 언니로서 이저벨의 행동에 책임이 있어요." 사감이 말했다. "그렇게…… 그렇게…… 튀는 행동을 하지 말라고 얘기해줘요."

평범한 원피스와 카디건을 얌전하게 입은 나는 한 사람의 성인으로서 다른 성인에게 말했다. "이저벨은 아직 어려요." 그리고 이저벨이 그러는 이유를 안다는 듯이(왜 이저벨은 4학년의 고통을 건너뛰었을까?) 덧붙였다. "너무 어린 나이에 사범학교에 왔어요."

그런 뒤 충격과 분노와 우울함 속에 '집안 상황'을 언급했다. 환자가 있다고 말할 때 나는 울음을 터뜨렸다. "그리고 이제 집을 비워줘야 해서 크리스마스 전에 살 곳을 찾아야 돼요.”

“어쨌건.” 사감이 말했다. “이저벨에게 이야기를 잘 좀 해봐요.”

나는 이저벨에게 사감과 만난 일을 이야기하지 않았다. 나는 겨우 기린 그림을 가지고 그러는 데 화가 났고, 오랜 세월이 지난 지금 생각해보면 그 일은 믿기지도 않고 쓴웃음만 나지만 그 당시 우리에게 요구된 순종의 크기가 그랬다. 나는 눈물을 터뜨린 것이 약간 부끄러웠다. 하지만 나중에는 그 사건이 나의 시적 역할을 높여주었기를 바랐다. “집에 환자가 있고…… 술도 마시고…… 집을 비워줘야 하고…… 시인에게 알맞아…… 정말로 비극적인 인생이야…….”

사감은 몇 주 뒤에 다시 나를 ‘불렀다’. 이번에는 내가 쓴 동화를 칭찬하고 동화를 ‘써볼’ 생각이 없느냐고 묻기 위해서였다. 그녀는 내 작품에 장래성과 상상력이 있다고 말했고, 나는 가만히 그 말을 듣고 있었지만 속으로는 시 쓰기 이외의 것에 인생을 바치는 것을 경멸했고, 시인이 될 꿈만을 소중히 여겼다. 면담 말미에 사감이 말했다. “지난번 면담이 효과가 있었던 것 같아요. 이저벨은 이제 차분해져서 더 이상 기린 치마를 입지 않네요.” 나는 기린이 떨어졌고, 이저벨은 ‘시간’이 나면 다시 꿰매 붙이려고 한다는 말은 하지 않았다. 그녀는 스티브와 함께하는 데 많은 시간을 보냈다. 스티브는 금발에 키가 크고 잘생긴 남자 친구로, 모리라는 검은 머리에 키 크고 잘생기고 수줍은 친구가 있었다. 우리가 ‘이사’ 관련 이야기를 하려고 만났을 때, 이저벨은 나더러 ‘공부 그만하고’ 자신과 스티브와 함께, 그리고 모리를 내 파트너로 삼아서 댄스파티에 가자고 했다. 나는 덥석 그러겠다고 했고 모리의 파트너가 되어 낯설지만 막연한 흥분 속에 저녁을 보냈다. 모리는 춤도 추고(말은 거의 안 했다) 나와 함께 서서 춤을 바라보기도 했다. 또 혼자서 조용히 춤을 추듯 발을 끌고 제자리에서 뛰며 나지막이 노래도 불렀다.

> 토요일 댄스파티를 놓쳤어
> 문까지는 갔지만
> 당신 없이는 갈 수 없었어
> 더 이상 헤매어 다니지 마…….

그리고 사우스랜드 억양으로 "헤매어 다니지 마, 더 이상 헤매어 다니지 마" 하는 후렴 부분을 읊었다. 나는 다른 사람이 내 옆에 있는 느낌이 좋았지만, 우리는 둘 다 어색했다. 시선이 마주치면 그의 얼굴은 검붉어졌고, 내 얼굴도 분명 어색한 홍조를 띠었을 것이다.

사감에게서 내 글에 대한 칭찬을 들었더니, 나는 연말 시 경연에 나가서 그녀를 비롯한 여러 사람에게 내가 '정말로' 시인이라는 걸 보여주고 싶었다. 하지만 그 전에 할 일도 생각할 일도 걱정할 일도 너무 많아서, 내가 평화를 누린 장소는 오직 셰익스피어와 고대 영어 속에 살던 대학 영문학 강의실과 현대 시와 제임스 프레이저와 융과 프로이트를 읽던 더니든 공립 도서관의 참고 자료실뿐이었다. 나는 '도시의 성장'을 시작하지도 않았다. 이 주제의 다양한 가능성은 흥미를 안겨주었지만, 지루한 지리적 역사적 사실을 기록해야 하는 데 흥미가 꺾였다. 스스로 '시적 정신'이라 여기는 것을 배양한 결과 나는

'지루한 사실'로 판단되는 것들에 인내심을 잃었다. 어쩌면 내가 그런 것은 이상적인 시의 세계에서 별 가치가 없다고 여겼기 때문이거나 아니면 그것들이 내가 스스로 원하는 만큼 똑똑하지 않다는 사실과 내가 인정하지 않는 내 정신의 한계를 상기시켜주었기 때문일 것이다. 나는 《크리틱》에 실을 만한 시를 쓸 수 없었다. 내가 시인을 꿈꾼다고 누가 생각하겠는가?

'도시의 성장' 앞에서 나는 참담한 실패감을 느꼈다. 유일한 희망은 내 방식의 긴 글을 쓰는 (그리고 설명하는) 것이었다. 다시 말해서 일반적으로 용인되는 산문의 의복에 나만의 기린을 붙이는 것이었다. 글은 결국 지리적, 역사적, 사회적 버전의 《파도》*가 되었고, 거기에 잡지에서 오린 기이한 그림들을 덧붙였다. 나는 그림에 '소질'이 없었기 때문이다. 나중에 내가 쓴 '도시의 성장'은 이저벨의 옷과 비슷한 평을 들었다. 물론 어떤 이는 "재닛은 생각보다 가진 게 더 많을지도 모른다"고 말했다고 하지만.

사범학교 졸업반 시절 내게는 두 가지 즐거움이 있었다. 하나는 고든 토비의 흥미로운 강의를 통해서 미술을 발견한 것이고, 또 하나는 노래 실력과 상관없이 모두가 노래를 부른 교내 합창 공연이었다. 우리는 윌키라고 부르는 조지 윌킨슨의 지도 아래 〈샬럿의 아가씨〉, 〈아조레스 제도의 플로레스 섬에서〉(리처드 그렌빌의 담시), 베토벤 9번 교향곡에 나오는 〈환희의 찬가〉를 불렀다. 연습에 연습을 반복하던 일과 공연 순간에 감격의 눈물 속에 노래를 하던 것이 기억난다. 모두 한 층 높은 정

---

*버지니아 울프의 소설로 의식의 흐름 기법을 썼다.

신과 감정에 싸여 노래하는 많은 사람 속에서 이 기쁨이 끝나
지 않기를 바라던 일. 지금도 나는 더니든 시청의 그날, 하나가
된 합창단과 하나가 된 관중, 노래를 할 수 없을 것 같던 사람
들이 노래하고 나 또한 노래하던 저녁을 생각하면,

부드럽고 달콤하게 울린다,
기쁨의 소리와 화음이 창공을 뚫고.

행복이 떠오르고, 그것은 위대한 예술 작품과 동맹을 맺은 보
상이라고 여겨진다. 마치 평범한 사람이 갑자기 천사의 관점을
얻는 것과도 같다.
　한 해가 끝나갔다. 나는 교내 잡지사에 두 편의 시를 보냈
고, 〈고양이〉로 일등상과 10실링의 상금을 받았다.

망치질하는 창문과
백치 소년의 야옹 소리에 귀를 닫고,
나는 찢어진 쥐들이 그의
텅 빈 눈 속을 흐르고
기름진 생각에 기대앉도록 둔다.
하지만 때리는 소년의 의지는
내 귀를 유린하고, 내 두뇌 속
뒤틀린 고양이처럼 기어들고,
가르랑거리고, 잠을 자고
나를 밟고 집에서 긁힌 구름과 할퀸 달까지 간다.
그리고 찢어진 쥐들 같은 바람은

내 텅 빈 눈 속을 흐른다.

함께 실린 다른 시는 〈터널 해변〉이었다.

다년생 갈매기, 바다에 뿌리박은,
초록 통증에 박힌 갈매기 덤불이
끌어내는 탄원은 절벽의
죽은 귀에 울음소리를 채우거나
세상의 눈에 끝없는 눈물을 댈 수 있다.

고통에서 절단된, 여기 터널 속에, 갈매기 덤불은
우리의 더듬는 목을 백색 돌진 또는 개화로 조르고,
초록 단두대와 뱃여자의 소리 없는 울음의
뿌리를 인정하지 않는다.

빛이 새는 곳에서만, 돌사람(石人)들이
푸주한의 거래로, 정체를 감춘 스파르타 소년들로
해변의 부름을 덮으며 마음의 집으로
지하 감옥을 부르는 곳에서만,
돌(石) 정신들, 미친 정신들이 바다를, 그리고
무한하고 유일한 덤불 속 흰 새를 뿌리 뽑는 것을 막는다.

여기 이 시들을 적은 이유는 이것들이 그 시절 내가 조지 바커
와 딜런 토머스에게 받은 영향을 보여주기 때문이기도 하고,
또 내가 내면의 꿈을 간직하기 위해 그걸 감추는 일도, 미소 띤

얼굴의 명랑하고 '얌전한 아이, 말썽 없는' 교사의 역할로 세상을 속이는 일도 없이 나 자신을 온전하게 받아들이고 책임지려고 노력한 모습을 보여주기 때문이다.

어떤 기억들은 흐려졌고, 그것은 대개 그에 뒤따른 폭풍 때문이었다. 그 기억들은 색깔이 흐려지고 형체가 사라졌다. 나는 식구들이 절박하게 살 곳을 찾는 것을 알았다. 모든 돈을 관리한 아빠는 월례 추첨으로 대출을 받겠다는 희망을 품고 신생 건축 조합의 지분을 취득했고, 개인 용돈을 가져본 적 없는 어머니는 "하느님께서는 우리가 요청하기 전에 우리에게 필요한 것을 아신다"는 믿음을 바쳤는데 기적적으로 다음번 추첨에서 300파운드의 대출을 받았고, 그 돈은 오아마루 외곽, 식물원과 자동차 야영장 너머 4천 평 대지 위의 쥐가 들끓는 낡은 오두막을 살 금액이 간신히 되었다. 나는 이 이사와 집을 구하는 문제로 크게 걱정했던 게 분명하다. 그 일이 전혀 기억나지 않기 때문이다. 그해 사범학교가 끝나자 나는 브래들리 자매, 로나 파인더와 함께 스튜어트 섬에 있는 해변 오두막에 가서 지냈다. 그때의 기억은 우리가 직접 만든 휴양복을 입고 해변을 뛰어다니고, 두 청년이 지피는 모닥불에 음식을 해 먹고, 내가 침대에 누워서 이불을 목까지 올리고 오두막 안을 바라보는 동안 청년한 명이 어젯밤 '맥주 파티'—당시에는 완전한 어른의 상징—의 흔적을 설거지하는 등의 단편적인 몇 장면으로만 남아 있다.

오아마루에 돌아가보니, 우리 집은 이든 로 56번지에서 월로글렌이라는 지대에 있는 낡은 오두막으로 옮겨져 있었다.

윌로글렌

윌로글렌은 그동안 여러 떠돌이 가족을 수용했다. 그들을 말할 때는 그 구성원을 따로 언급하는 일이 별로 없이 대체로 "지독한 D 가족" 또는 "그 X네 식구들"이라고만 이야기했다. 그 아이들은 맨발에 누더기로 학교에 다녔고 아픈 아이도 있었으며, 커서는 사회적 소외 유발자, 왕따가 되었다. 대공황기에 그들은 정말로 가난해서 소와 돼지의 뼈, 흠집 난 과일로 연명했으며, 옷은 '구호소'에서 설탕 부대에 받아 왔다. 구호소에 가는 이들은 정말이지 세상 끝에 선 사람들이었다. 사람들은 구호소 출입자들은 멍청하고 도와줘봐야 소용없고, 배우는 것도 없고 남들에게 나쁜 물만 들인다고 했다. 나는 구호소를 가리키는 '데포(depôt)'라는 말에 매혹되었다. O자 위에 던스캡* 모양의 작은 모자가 씌워져 있었기 때문이다. 나중에 그것이 S가 사라진 것을 표시하는 '서컴플렉스'라는 것을 배웠다. 그 말을 듣자 언어의 세상에 협곡이 있어 사라진 글자들이, 그리고 그 아래 떨어져 있는 모습이 상상되었다. 그 집은 M 씨네 가족이 오아마루를 떠난 뒤로 사람이 살지 않았다. 4천 평 대지에는 20세기 초에 어떤 조경사가 영국 나무들을 심었다. 떡갈나무 다섯 그루, 가지가 축축 늘어져서 우리가 '유령 나무'라고 부른 커다란 북반구 소나무를 비롯한 여러 종의 소나무, 주목나무와 삼나무, 그리고 사과나무, 벚나무, 마르멜로나무, 자두나무, 또 지붕 위

*학교에서 성적이 나쁜 학생에게 씌운 고깔모자.

로 몸을 굽힌 뒷마당의 커다란 배나무들이었다. 수선화, 애기풀, 붓꽃 같은 봄꽃이 집터를 가로질러 흐르는 시냇가에 자랐다. 사유지지만 우리가 통행권을 가진 자동차 진입로 옆으로 어린 소나무들의 농원이 있었다. 월로글렌은 삼면이 마타구리 방목장과 습지로 둘러싸였고, 나머지 한쪽 면에는 오아마루 남쪽으로 내려가는 철로가 있었다.

내가 집 뒤쪽 언덕에 걸쳐지고 지난해의 배나무 이파리가 흩어져 있는 달개 지붕을 지나 집 안으로 들어갔을 때, 그리고 나무 바닥이 꺼져서 구석구석 흙바닥이 드러난 부엌을 보았을 때 느꼈던 막막한 황량함이 기억난다. 부엌에는 석탄스토브가 있고, 부엌과 연결된 큰 식기실에는 낡은 전기스토브가 있었다. 바깥의 녹슨 물탱크와 연결된 급수 꼭지가 식기실 벽을 뚫고 튀어나와 있었다. 식기실 뒤편에는 놀랍게도 욕조와 세면대가 있는 작은 욕실이 있었는데, 온수는 나오지 않았고, 물탱크를 수리하거나 수도를 연결하지 않으면 물도 없었다. 집은 방이 네 개에 부엌, 식기실, 욕실이 있었고, 그중 방 두 개에는 서로 등을 맞댄 벽난로가 있었지만, 안 쓴 지 오래된 그 난로 안에는 굴뚝에서 떨어진 부스러기가 가득했다. 그리고 썩은 바닥을 디딜 때마다 그 진동이 나무좀 가득한 천장까지 전달되어 방마다 금빛 먼지 같은 나무좀이 수북이 쌓여 있었다.

집 밖으로는 까치가 우글거리는 측백나무 옆에 썩어가는 세탁실이 있었고, 그 한구석에는 나무 세탁조에서 빤 빨래를 삶는 세탁솥이 있었다. 달개 지붕에서 이어진 소로에 있는 삼나무 옆 '변소'는 삭고 향기로운 흰 장미―우리가 '변소 장미'라고 부른―에 덮여 있고 문이 없었다. 그리고 해변 변소처럼 길고 널찍한 판자에 뚫어놓은 구멍 아래로 다양한 갈색의 해묵은 '키키'(우리가 배설물을 가리키는 말)가 절반 정도 차 있고, 그 위에는 《오아마루 메일》과 《오타고 데일리 타임스》 같은 신문지가 덮여 있었다.

식구들은 이저벨과 준이 집을 열심히 청소했고 가파른 길 위로 가구를 옮기는 데도 힘을 보탰지만 대부분의 가구는 '아래 평지'의 옛 마구간과 헛간에 두어야 했다고 내게 말했다. 브리디와 아빠는 잠시 불화를 잊고 힘을 합쳐서 물을 끌어올 방법을 계획하고, 썩은 물탱크와 지붕을 수리했다. 어머니는 처음 써본 전기스토브에 반해서 납작빵과 스콘과 비스킷과 크로켓을 굽기 시작했고, 처음으로 전기 다리미를 사용해서 아빠의 작업복 셔츠와 손수건을 다리며 안타까워했다. "애들이 어렸을 때 이런 게 있었더라면!" 우리 자매도 신나게 전기 다리미를 썼다. 지난 세월 동안 우리는 인두를 스토브에 데워서 썼는데 때로는 인두 밑의 검댕을 지우지 않아 교복과 블라우스에 지워지지 않는 낙인을 찍었다. 이제 치맛단과 주름을 다리는 일이 어찌나 빨라졌는지!

집은 낡았지만 우리는 벌써 편안함을 느꼈는데, 혹은 '식구' 들이 그랬는데, 그건 내가 이사에 참여하지 않았고, 그런 나의 도착은 죽음과 충격과 매장이 끝난 뒤에 가족을 찾은 것과 같았기 때문이다. 아빠는 이미 기차가 식물원 옆의 곡선 철로를 천천히 돌아 마헤노행 비탈길을 오를 때 기관차에서 석탄을 '챙기기' 시작했고, 다른 식구들은 자루를 메고 아카시아나무 옆 철망을 뚫고 가서 야생 스위트피 덤불에 있는 소중한 철도 석탄—'연한' 석탄이라고 하는 키이탄기티 또는 '진한' 석탄이

라고 하는 사우스랜드 갈탄—을 주워 왔다. 급하게 수리한 닭
장에는 벌써 레그혼 닭을 열두 마리 들여놓았는데, 낡은 헛간
에서 녹슨 분쇄기를 발견해서 그걸로 굴 껍질을 갈아 닭들에게
모래 대신 주기 위해서였다. 지붕도 없고 여물통도 깨진 쇠락
한 외양간은 언덕 기슭의 사과 창고 옆에서 소가 들어올 날만
을 기다리고 있었다.

흙바닥과 집 안의 '황량함'에 나는 우울함과 외로움을 느꼈
고, 윌로글렌은 결코 나의 집이 될 수 없을 것임을 알았다. 그
곳은 너무 좁았다. 모두가 서로에게 너무 가까웠다. 전면 침실
에서도 부엌에 틀어놓은 라디오 소리가 바로 옆에서 나는 것처
럼 똑똑히 들렸다. 말다툼 소리도, 높인 언성도, "제발 목소리
좀 낮추라"는 엄마의 낮은 간청도 다 들렸다. 동생들과 오빠와
나는 이제 서로에게 공개하지 않는 인생의 '내실'이 생긴 나이
였지만, 여전히 유쾌하게 우리의 꿈을 이야기하고 웃으며 모든
것의 '웃기는 면'을 발견했다. 실제로 그해 여름 우리는 상상
속에 이든 로의 새 주인을 '악당'으로 만들어서 그 사람과 그의
인생을 이야기하며 그를 로 아줌마, 보건 조사관, 옷 살 돈을
요청한 편지에 응답하지 않은 국회의원 같은 우리 인생의 악당
명단에 추가했다. 우리는 그들 모두를 입말의 그물로 가두어
무력하게 만들었다.

우리는 윌로글렌 땅에 이든 로 56번지에는 주지 않았던 사
랑을 주었다. 이든 로 56번지의 나뭇잎, 식물, 곤충, 땅 자체,
건물과 나무의 배치는 우리를 훌륭하게 대접해주었지만, 윌로
글렌은 우리가 소유한 첫 번째 집이었다. 물론 건축 조합에 논
을 갚아야 했고, 스탬프 영수증을 보관하는 스타보킷 책자는

새 벽난로 선반 위 눈에 아주 잘 띄는 곳에 놓여 있었다. 그 옆에는 아빠의 6펜스 저금통이 있었는데, 아빠는 코코아 통 뚜껑에 금을 내어 만든 그 저금통에 6펜스 동전을 모으고 통이 다 차면 출퇴근 기록표를 오린 종이로 그 동전들을 길게 만 뒤 조심스레 포장해서 시내에 나가 '진짜' 돈으로 바꾸어 왔다.

그해 여름 우리는 얼마나 많은 꿈을 꾸었던가! 겨울에 월로글렌으로 이사했다면 아마도 꿈을 꿀 수 없었을 테지만 때는 여름이었다. 크리스마스가 지난 지 얼마 되지 않았고,* 우리에겐 호랑가시나무가 있었고 평생 처음으로 측백나무 대신 우리만의 소나무 가지가 있었다. 벽난로를 쓸 수 없는 게 무슨 상관이람? 과수원에 흐드러지게 핀 꽃들, 길게 자란 풀들 틈에 시든 꽃 대궁을 살짝 내민 수선화, 무성한 나무와 무성한 풀, 시내의 물닭과 오리와 뱀장어와 수련, 넓디넓은 여름 하늘, '아래평지'에 있는 어린 소나무 농장의 바람 소리, 이 모든 것이 너무도 큰 기쁨을 주어서 우리는 월로글렌의 '야외'를 사랑하게 되었다. 눈부신 초록빛과 황금빛에 감싸인 그 여름에 나는 냇가의 한 장소를 발견했다. 여러 해 전의 자작나무 통나무 같은 오래된 통나무였다. 나는 그곳에 앉아서 물과 오리와 물닭을, 그리고 뚫린 철망 틈새로 양들이 습지가 반, 마타구리―나의 마타구리―가 반인 방목장에서 풀을 뜯는 모습을 몇 시간이고 지켜보았다. 동생들과 함께 시내 중심으로 가는 도로들과 그 주변, 그리고 올드밀 로를 탐험했다. 올드밀 로는 우리 유년기와 청소년기 전설의 일부였다. 그 시절 '올드밀 너머에 산다'는

*남반구에 위치한 뉴질랜드는 12월이 여름이다.

말은 오아마루 반대편의 '남자 고등학교 지나서'만큼이나 먼 곳에 산다는 뜻이었고, 남자와 함께 '올드밀을 돌아간다'는 말은 누구나 익히 짐작하는 그런 뜻이었다.

풀잎에 첫 가을 이슬이 맺힌 1월 말, 우리는 우리의 소나무 농장과 유칼립투스나무 사이로 로버트슨의 농장이 내려다보이는 맞은편 언덕에서 버섯을 땄다. 로버트슨은 도시에 우유를 댔고, 장학금으로 대학에 다니는 노먼이라는 아들이 있었다. 나는 그 아들과 두어 번 이야기를 나누었다. 그와 내가 사랑하게 돼서 결혼하면 좋겠다고 생각하기도 했다.

아빠에게도 자신만의 자리가 있었다. 석탄스토브 근처의 식탁 말석이 그 자리였고, 아빠는 거기 앉아서 작은 유리창으로 방문객이 소로를 올라오는지 보았고, 창가의 빛으로 책이나 신문을 읽었다. 부엌 문 바로 안쪽 벽에 놓인 소파는 브러디의 자리였다. 그가 쓰는 토끼 사냥용 라이플 총이 벽 위쪽에 걸려 있었고, 집안에 긴장이 높아질 때면 라이플 총을 내려서 천천히 닦는 브러디의 모습을 어머니는 초조하게 바라보았으며, 아빠는 분노 속에 입을 다물고 출퇴근 기록표를 식탁 위에 펴거나 코코아 통을 가져다 6펜스 동전을 셌다. 아니면 "여보, 내 초크 어디 있어?" 하고 말했다.

아빠는 오랫동안 위통을 앓았는데, 혹시 그게 암일지도 모른다는 생각에 병원에 가지 않고 대신 폴리 고모와 이지 고모가 추천한 '초크'라는 약을 마셨다.

그리고 어머니는 초크를 가져와서 정해진 분량을 덜어 아빠에게 드렸다.

그러면 그 사건은 끝이 나지만 언제나 다음번이 있었다.

우리와 마찬가지로 어머니도 월로글렌의 꿈이 있었다. 어머니는 어머니 스스로 부과한 노역의 감옥에서(우리는 우리가 다 컸다고 생각하고 어머니를 도우려 했는데, 그 이유 가운데는 물론 어머니가 평생 하인처럼 산 불편한 기억을 지우고 싶은 마음도 있었다) 꿈의 장소를 보았다. 현실에서는 가까웠지만 스스로 감옥에 갇힌 어머니가 닿을 수 없는 곳이었다. 어머니는 '서늘한 저녁'이면 '아래 평지'에 가서 그 소나무 아래 가만히 앉아 있거나 가벼운 다과를 하며 나무에 부는 바람 소리를 듣는 것을 꿈꾸었다. 우리는 월로글렌에는 특별한 태양의 몫이 있다는 걸 발견했다. 햇볕과 하늘에 그대로 노출된 이든 로 56번지와 달리 월로글렌의 집은 서쪽 언덕을 등진 동향집으로 북쪽은 산사나무 산울타리, 아가위나무, 버드나무로 경계를 이루고 있어서 해가 아침에만 잠깐 들고 여름에도 집이 서늘했다. 하지만 서늘하거나 때로 춥기까지 한 그 집에서 내다보면 아래 평지의 시냇가와 그 너머는 해가 늦게까지, 여름이면 저녁까지 남아 있었다. 그러니 우리 어머니처럼 하루도 짧고 기운도 빨리 떨어지는 사람에게 '아래 평지'는 손이 닿지 않는 태양의 세계처럼 느껴졌을 것이다.

내가 어머니한테 양지바른 아래 평지로 가라고 하면 어머니는 시집 출간, 예수의 재림, 그리고 이제 스물한 살 생일에 선물할 흰여우 모피를 말하는 목소리로 말했다. "조만간 갈게."

그리고 어머니는 성경에 나오는 표현을 덧붙여서 '평지'를 머나먼 꿈속 나라처럼 보이게 만들었다. "조만간 '저녁 서늘함 중에' 거기 가서 볕 잘 드는 소나무 아래 앉을게."

1월에 나는 내가 더니든에 있는 아서 스트리트 학교의 2학년을 가르치게 되었다는 소식을 들었다. 나는 '잠재기'라고 배운 연령대의 학급을 지원했다. 아이들이 말을 잘 듣고, 책임감 있고, 말썽이 없거나 설령 있어도 겉으로 드러나지 않는 시기. 아, 우리는 그 신화 속 '어린이'를 얼마나 잘 안다고 생각했는지!

그리고 내가 《오타고 데일리 타임스》에 "아서 스트리트 학교 근처에 하숙을 구합니다. 조용한 학생"이라고 광고를 냈더니, 마오리 힐 지역 드라이버스 로의 T 부인이 연락을 했다. 그래서 이저벨과 나는 다시 한 번 익숙한 더니든행 완행열차를 타고 남쪽으로 갔다. 이저벨은 사범학교 2학년으로 유니언 로에 있는 R 부인의 하숙집으로(이지 고모를 떠난 뒤 계속 거기서 지냈다), 나는 아서 스트리트 학교의 수습 교사로 마오리 힐에 있는 T 부인의 집으로.

1945년(1)

어렸을 때 우리는 우리의 정체와 우리가 있는 장소를 확인하기 위해, 우리 자신에서 출발해 점점 큰 공간의 이름을 단계대로 읊는 놀이를 했다. 오아마루 시, 노스 오타고 지역, 오타고 지방, 남섬, 뉴질랜드, 남반구, 지구, 우주, 은하. 우리는 말을 이용해 짧은 여행을 했고, 그것은 어쩌면 존재의 예언이었는지도 모른다. 우리는 서사시의 가능성을 깨닫게 된 서정 시인이었고, 이런 서사적 가능성을 아주 사무적인 방식으로 우리의 평범한 사고 안에 끌어안았다. 이런 말을 하는 것은 나의 개인적

서정시로 시작한 1945년이 우연한 상황과 국가적, 세계적 사건들 속에 우주와 은하를 끌어안는 서사시로 끝났기 때문이다. 하지만 이 시기에 그것은 말에서 그치지 않고 실제 행동으로 표현되었다.

나는 성장하는 나 자신과 함께 더니든에 도착했다. 8월 말이면 나는 스물한 살이 되었다. 계속되는 성장 의례 속에 '스물한 살'은 '성년'이 되는 나이, 투표권을 가진 시민이 되고 유언을 작성할 수 있는 나이였다. 아니면 노래에 나오는 것처럼,

나는 오늘 스물한 살이 되네.
나는 문의 열쇠가 생겼네.
나는 처음으로 스물한 살이 되네.
나는 오늘 스물한 살이네.

나는 또한 그해 말에 아서 스트리트 학교에서 수습을 마치고 교사 자격증을 따기를 바랐다. 나는 문학사 과정에도 학점을 쌓을 수 있기를 바랐고, 영문학 3에 지나치게 관심을 뺏길 것 같아서 심리학 1학년 과정인 철학 1을 하기로 결정했다.

시인이 되고픈 비밀스러운 열망은 학내 잡지에 두 편의 시를 실은 뒤에 고무되어서('사람들은 이제 내가 진짜 시인이라는 걸 알 거야!') 앞날에 대한 계획의 많은 부분을 차지했다. 나는 학교에 있는 동안 사람들에게 상상력으로 깊은 인상을 남겨주고 싶었는데, 그곳은 사람이 너무도 많았고, 모두가 상상력이 풍부했고, 산문 작가와 시인이 사방에 있었다. 나는 이제 대학 입구를 어슬렁거리다가 "한 부씩 가져가세요"라는 안내문

옆에 놓인 《크리틱》을 가볍게 집어 들 줄 알게 되어서 이런 일을 알 수 있었다. 기고를 하려면 편집실에 가서 시나 소설을 제출해야 했다. 내가 왜 우편 기고를 하지 않았는지 모르겠다. 나는 편지 발송을 비롯한 대부분의 인간 활동에 무지했던 것 같다. 나는 아직도 평범한 사람들이 얼마나 많은 일상의 잡일을 하고 사는지 몰랐다. 집에서 식구들과 함께 살던 시절의 경험에 따라, 나는 편지란 다른 지역에 사는 사람들에게 출생이나 죽음, 결혼, 아니면 이미 했거나 앞으로 할 여행 같은 사건의 소식을 전하는 것이고, 전보는 죽음이나 기차—친척이 타고 '지나가거나' 내리는—도착 시간을 빨리 전달하는 방식이며, 소포는 크리스마스를 뜻한다고 여겼다. 나는 아직도 성인 삶의 지침서를 제대로 펼쳐 들지 못했다. 나는 기쁨을 알았고, 상실의 순간에 발견한 사랑을 알았으며, 죽음을 받아들였다. 나는 사람들의 얼굴과 눈에서, 거짓 표정이나 순간적으로 지나가는 표정에서, 그들이 하는 말에서 사람들의 진짜 감정이 보인다고 느꼈다. 전쟁은 아직도 내 곁을 떠나지 않고 혼란을 안겨주었다. "전쟁의 연민, 전쟁이 자아내는 연민"* 이. 그리고 시인들은 다른 누구도 말하거나 찾아가길 원치 않는 것 같은 장소를 비추어주었다. 나는 자주 예언을 떠올리고 열망했다. "민족들은 칼을 들고 서로 싸우지 않을 것이며 다시는 군사 훈련도 하지 아니 하리라."**

나는 T 부인 집에서 하숙을 했다. 부인은 과부였고, 캐슬린이라는 이름의 결혼한 딸이 와이카리의 신축 공영주택 단지

*영국의 대표적인 전쟁 시인 윌프레드 오언의 시 〈이상한 만남〉의 구절.
**구약성경 〈이사야서〉의 한 대목.

에 살았는데, 부인은 아침 식사를 하면 버스를 타고 그 집에 가서—"캐슬린네 집에 갈게요"—하루를 보내고 내가 학교에서 돌아올 때쯤 귀가했다. T 부인의 유일한 대화 주제는 '캐슬린, 밥, 그 집 아이들'과 그들이 한 일, 그들이 한 말, 그들이 한 생각이었고, 부인이 하는 생각의 상당 부분은 그들에게 어떤 선물을 줄까 하는 것이었다. "아서바넷에서 그걸 보고 생각했어요. '캐슬린네 막내한테 딱인걸.' 그동안 캐슬린이 저런 걸 얼마나 찾았나 몰라요." 밥은 프린스 로에 있는 전자제품 전시장에서 일해서 히터를 할인된 가격에 살 수 있었다.

나는 이따금 식사를 방으로 가지고 가서 '필요한 공부를 하고 숙제를 채점하고 수업 준비를 하고……' 싶은 마음을 억누르고 예의상 T 부인의 맞은편에 앉아 함께 식사를 하면서 부인이 '캐슬린네'서 겪은 일을 흥미롭게 들었다. 그 집 식구들과 함께 빨래를 하고 집을 청소한 이야기, 캐슬린과 밥은 언젠가 집의 바닥 '전체'를 카펫으로 덮으려고 생각한다는 이야기. "지금도 바닥 전체에 카펫을 간 방들이 있어요." '조용하고 수줍고, 말썽을 일으키지 않는 교사'인 나는 대부분의 여가 시간을 내 방에서 채점하고 수업을 준비하고 아이들에게 상으로 줄 각기 다른 색깔의 종이 별을 오리면서 보냈다. 그리고 심리학을 공부하고 시를 쓰고 읽으면서.

T 부인의 집은 오아마루에 있던 제시 C의 집처럼 '우리와 다른 사람들'이 사는 집이었다. 카펫이 깔리고 장미 무늬 벽지를 바르고, 가구와 장식품도 많고, 소파에는 찢어진 곳 하나 없고, 집 안 어디에도 가구를 처박아두거나 나무 바닥이 보이거나, 벽지가 해어져 그 뒤의 성근 직물이 드러난 곳이 없었다. 거기

에는 안락한 은폐의 분위기가 있었다. 우리가 자란 집에서는 벽 뒤나 바닥 아래에서 무슨 일이 벌어지는지 알고 있었고 눈으로 직접 보기도 했기 때문에, 나는 '다른 사람들'의 집은 그렇게 편안하지 않았다. 윌로글렌의 황량한 흙바닥마저 T 부인 집의 포근한 비밀스러움보다 한층 더 인생의 일부 같은 현실감을, 너무 강해서 비현실이 된 현실감을 주었다.

나는 학교 아이들도 좋았고 가르치는 것도 좋았다. 아이들의 개별적인 발달을 촉진할 아이디어가 많았다. 아이들의 그림과 시를 보는 것도 즐거웠다. 아이들은 거의 매일 시와 글을 썼고, 나는 그런 작문과 그림을 벽에다 핀으로 꽂아서 전시했다. 다른 과목을 가르치는 데도 힘을 기울였다. 하지만 교직원으로서는 실패였다. 사람들, 특히 내 교사 직무 수행 평가에 의견을 낼 수 있는 사람들 틈에서 지내는 일이 너무 어색해서, 자유 시간 대부분을 혼자서 보내게 되었다. 소심함 때문에 오전이나 오후 다과 시간에 교사들이 가득한 휴게실에 들어가지 못하고 "교실에서 할 일이 있다"는 핑계를 댔지만, 그러는 것이 "성인들과 어울리고, 친목 행사나 교사 및 학부모 행사에 참여해야" 한다는 지침을 어기는 일이라는 것도, '교사 휴게실의 오전 다과'는 거의 신성한 일과라는 것도 알고 있었다. 나는 교장이나 장학사에게 '평가'받을 일이 너무 두려워서 평가 날짜를 미룰 방법을 고안했다. 연속되는 이야기 하나를 지어내서 복도에 높은 사람의 발소리가 들릴 때마다 꺼낸 것이다. 교실에 들어온 교장이 귀를 쫑긋 기울인 학생들의 모습을 보고(이야기 내용이 귀를 쫑긋 기울일 만한 것이었다) 교사로서 나의 능력을 '확인'해서 그 결과로 연말에 C 자격증을 '취득'할 수 있기를 바랐다.

교사 생활의 탈출구는 심리학 교실과 심리학 실험실이었다. 실험실에서는 두 명의 젊은 강사 프린스와 존 포러스트―프린스 선생님과 포러스트 선생님이라고 불렀지만, 나는 이들에게 H. R. H.와 애슈라는 별명을(〈바람과 함께 사라지다〉에서 레슬리 하워드가 연기한 아름다운 청년 애슐리의 이름을 따서) 붙였다―의 지도 아래 여러 가지 흥미로운 실험과 검사를 했다. 학업을 마친 지 얼마 안 되는 이 두 젊은 남자는 젊은 남자가 희귀한 세상에서 대중과 학생들의 소비재이자 수많은 소문, 추측, 환상의 대상이 되었다. 나는 H. R. H. 쪽을 더 좋아했다. 애슈와는 달리 내성적인 것 같았고, 사람들의 고정관념 속 분류에 따르면 '내성적'인 사람은 예술가, 시인이었기 때문이다. H. R. H.가 입에 파이프를 물고 고개를 치켜든 채 탄력 있는 긴 다리로 경중경중 프레더릭 로를 걸어 대학으로 가는 모습을 볼 때마다 '저 사람은 다른 세상에 있어'라고 생각했다. 그도 얼굴을 자주 붉혔고, 내가 존경하는 그레고어 캐머런처럼 말과 행동이 사랑스럽게 어색했다. 애슈는 키는 별로 크지 않지만 잘생겼고, 이마 위로 금발 앞머리를 살짝 드리웠으며, 짙은 색 정장을 입는 H. R. H.와 달리 적갈색 스포츠 코트와 토마토색 양말을 신었다. 어느 날은 실제로 실험실에서 자기 양말에 대해 묻기도 했다. "내 토메이토색 양말 어때요?" 토마토를 토메이토라고 '미국식'으로 발음하며.

어떤 여자들은 애슈에게 반했다.

애슈―포러스트 선생님―는 음악학과의 음반실에서 정기 음반 감상회를 열기도 했다.

"음반이 저렇게 많은데 듣는 사람이 없다니." 그가 그답게 솔직한 태도로 말했다. (그는 '솔직함'과 파격적인 의상으로 유명세를 얻어갔다.)

어느 날 내가 음반 감상회에 가기로 하고 음반실 앞에 서서 안으로 들어갈 용기를 끌어모으고 있는데 안에서 피아노 소리가 들렸다. 문을 열고 들여다보니 포러스트 선생님이 피아노를 치고 있었다. 그는 얼른 연주를 멈추고 감상용 음반을 준비했다. 하지만 나는 그의 피아노 소리를 들었다. 그는 콘서트 피아니스트처럼 큰 손동작으로 건반을 오르내리며 음정들을 행군시켰다. 그것은 단순히 음정을 찍어서 '선율'을 만드는 것, 음정들을 해체해서 곡 전체와 분리시키는 것이 아니었다. 널리 알려진 슈베르트 가곡과 월트 디즈니의 〈판타지아〉에 나오는 '곡', 사범학교에서 배운 새 노래들, 그리고,

이 아이는 우리와 같은
노동자가 될 거야
그러니 내 연장을 주어야지
내 널빤지, 내 대패, 내 송곳,
즐거운 노래를 부르는 내 망치……

또는,

아기 예수야, 곤히 자렴
우리가 털 코트를 빌려줄게……

같은 옛 캐럴들 말고 나는 클래식 음악에 대해 아는 게 별로 없

었고, 교향곡이나 협주곡처럼 긴 곡은 들어본 적이 없었다. 그날 포러스트 선생님은 차이콥스키의 〈비창 교향곡〉 음반을 틀었고, 나는 거기 모인 소수의 학생과 함께 지독한 우울함을 끌고 오는 낯선 소리를 들었다. 그러다 음악이 '선율'에 이르렀을 때 나는 그것이,

　　이것은 별이 빛나던 밤의 이야기
　　이제는 흐릿해진 별이 빛나던 밤……

이라는 가사로 알려진 노래라는 걸 깨닫고 기뻤다. 나는 끝까지 음악을 들었고, 음악에, 그리고 그것이 일으키는 슬픔에 빠졌으며, 작곡가 중에 차이콥스키를 (슈베르트에 이어) 가장 좋아하게 되었다.

"세자르 프랑크는 모두 알지요?" 포러스트 선생님이 말했다.

청중은 모두 세자르 프랑크를 아는 것 같았다.

"다음에는 세자르 프랑크를 듣겠습니다." 포러스트 선생님은 그 이름을 아주 확실하고도 친숙하게 발음했다.

음악실은 내가 편안함을 느끼는 또 하나의 장소가 되었고, 그곳에서 나는 3분에서 5분이 넘어가는 음악들을 들을 수 있게 되었다. 왜 전에는 교향곡을 듣는 일도 책을 읽는 것처럼 변화와 발전이 있고, 특별한 모양이 있고, 침묵과 소란의 순간이 있다는 것을 몰랐을까? 나는 "아다지오. 아다지오 좋았어요? 안단테 3부분은……"이라고 자연스럽게 말할 수 있게 되었다. 그 후로 나는 시청에서 열리는 점심시간 피아노 연주회에 다녔고, 처음에는 음악이 끝난 줄 알고 엉뚱한 데서 박수를 쳤지만

곧 제대로 알게 되었다. 내 말도 음악회와 교향곡 연주회에 규칙적으로 다니는 사람들하고 비슷해졌다. "모피 코트의 좀약 냄새라니! 그리고 그 기침 소리들은 뭐야, 느린 악장 중간에 말야. 정작 기침을 해도 좋을 때는 기침을 하지도 않아요!"

그러던 어느 날 존 포러스트는 음악실에서 문득 "하지만 내가 가장 좋아하는 작곡가는 슈베르트예요"라고 말해서 나는 놀라움 속에 그를 다시 보게 되었다.

슈베르트! 〈음악에 부침〉. 〈신성한 예술이여, 수많은 슬픔의 시간에〉.

가르치는 일과 미래에 대한 걱정은 있었지만 그해는 내게 아주 즐거웠다. 학교와 대학에서는 집과 가족 생각을 별로 하지 않았고, 집에 가서 보낸 많지 않은 주말에는 집과 가족들과 나를 분리시키려고 했다. 식구들은 내가 찾아갈 때마다 되살아나려고 노력하는 지친 유령들 같았다. 어머니와 아빠는 여전히 '노역'에 치여 있었고, 이제는 언덕을 올라 다녔기 때문에 피로가 한 겹 더해졌다. 아빠는 철도 석탄을 우겨 넣은 가죽 작업 주머니를 들고 다녔고, 어머니는 아무도 없는 낮에 셀프 헬프나 스타 스토어스 같은 상점 점원들이 헛간까지 배달해놓고 간 식품을 날라야 했다. 주말에 집에 가면 어머니는 언제나 병에 든 커피를 사놓았다. 질척한 맛이 나는 그 검고 달콤한 액체는 그레그스 커피 또는 치코리라고 했고, 병은 시럽이 흘러 끈끈했다. 커피를 마신다는 것은 어른이 된다는 신호였기에 나는 커피를 마셨다. 또한 대학 강사 한 명은 나를 내가 평생 들은 '진'이라는 이름 대신 '재닛'이라고 불러주었다. 나는 이제 공식적으로 재닛이 되었다. 주말 동안 아빠는 내가 읽을 섹스턴 블레이크 시리즈를 여러 권 가져왔고, 나는 아빠와 그 이야기를 하기 위해서 섹스턴 블레이크와 팅커의 모험을 독파했다. 부모님의 조심성은 내게 슬픔과 기쁨과 분노를 안기고 무력감을 남겨주었다. 내가 저분들을 위해 무엇을 할 수 있을까? 나는 두 분의 과거의 삶이 천천히 드러나는 것을 보았다. 마치 비밀 잉크로 써서 보이지 않던 문서가 나의 성장이라는 소박한 불에 데워져서 천천히 글씨를 드러내는 것 같았다. 나는 그 불이 만들어내는 빛도 보았고, 내게 의미 있는 언어의 형태로 드러나는 그림자도 보았다. 그것은 내가 가족 안에 붙박여 있다는 사랑과 상실과 기쁨과 고통의 언어였다. 이제 나의 모든 열망은 거기서―얼른―뿌리 뽑히는 것, 그리고 그 뒤에 부서져 남은 신경줄이 되살아나지 않는 일이었기 때문이다.

한 해의 절반이 지났다. 내 개인의 서정시는 은하를 향해서 침묵과 공포의 전진을 시작했다. 내 스물한 살 생일이 있는 달 초에 갑자기 전쟁이 끝났다. 하지만 전쟁은 나의 공식적인 청소년기 내내 세상을 가득 채워, 성장하는 내 몸과 마음의 일부가 되고, 내 핏속에도 흐르고, 그 흔적을 사방에, 심지어 내 머리카락과 (잡아 뜯거나 물어뜯은) 손톱에도 남겼다. 그해에도 예년과 다름 없이 봄눈이 내려 갓 태어난 양들이 죽었지만 이른 붓꽃은 살아남았다. 모두가 종전을 기뻐했고, 그 기쁨이 너무 컸기에 이 세상에 원자 폭탄이 생겨나서 거기 독자적인 생명과 책임이 생겼다는 사실은 별로 주의를 끌지 못했다. 내 성년을 밝힌 버섯 불꽃은 그 휘황한 빛에 닿은 모든 것을 그림자로 만들었다. '재에서 재로, 먼지에서 먼지로' 가는 죽음의 의례를 밝히는 눈부신 조명이었다.

8월 28일에 나는 파티 없이 '성년'이 되었지만, 식구들은 몇 가지 특별 선물을 보냈다. 그것들은 어쨌건 내가 세계의 일부라는 걸 보여주는 '물건들'이었다. 손목시계 하나와 털방울이 달리고 안에 양털을 댄 체크무늬 슬리퍼 한 켤레였다.

그달에 나는 노년에 이를 때까지 서서히 증발할 모든 감정을 살짝 건드려서 최초의 단편 소설 〈대학 입학〉을 발표했고 《리스너》지는 내게 2기니의 원고료를 주었다.

그런 뒤 시간은 더 빨리 지나갔고, 장학사의 결정적인 최종 방문일이 가까워졌다. 피할 수 없는 어느 밝은 아침, 수선화가 피고 까치밥나무 꽃도 피고, 학교로 가는 길인 퀸스 드라이브 주변 덤불 나뭇잎에도 광채가 일고, 강렬한 레몬빛 햇살이 따뜻한 황금빛으로 물들어가는 아침, 학교에 도착해보니 그날이 평가일이었고, 오전 중에 장학사와 교장이 내 교실로 왔다. 나는 훈련된 교사답게 우호적인 태도로 그들을 맞았고, 아이들의 그림이 걸린 교실 옆면 벽에 서서 장학사가 수업 평가를 위해 자리에 앉기 전에 아이들에게 이야기를 건네는 것을 들었다. 그런 뒤 나는 장학사에게 말했다. "잠깐 나갔다 와도 될까요?"

"네, 그러세요, 프레임 선생님."

나는 교실 밖으로 나갔고, 이어 학교 밖으로 나갔다. 나는 내가 다시는 돌아오지 않을 것을 알았다.

1945년(2)

처음에 나는 자유의 느낌에 취해서 아무 걱정 없이 오전의 반짝임을 즐겼다. 그런 뒤 현실이 덮쳐들자 병원이 많은 런던 로로 향했고, 언덕 기슭의 진료소를 골라 들어가 윌리엄 브라운 박사라는 사람을 만났다. 그 이름은 내가 찾을 수 있는 가장 온순해 보이고 흔한 이름이었다. 나는 브라운 박사에게 너무 지쳤으며 몇 주 동안 쉬고 싶다고 눈물을 터뜨리며 말했다. "저는 1년차 교사예요."

브라운 박사는 자상하게도 교장에게 제출할 용도로 내가 갑자기 자리를 떠난 것을 설명하는 증명서를 써주었다.

길모퉁이의 우체통에 증명서를 넣고 나는 3주 동안 순수한 자유를 누렸다. 대학 수업에 가고 음악 연주회에 갔다. 또 글을 읽고 썼다. "3주간 휴가예요." 내가 집주인에게 말하자, 자기 가족에게 몰두해 사는 부인은 밥의 연례 휴가 계획을 이야기했다. 캐슬린과 아이들은 정말로 퀸스타운에 가고 싶어 한다고.

"저는 할 일이 너무 많아요." 내가 말했다. "저를 보기 힘들어질지도 몰라요. 식사 때나 그럴 때요. 식사에 안 가게 되면 미리 메모를 남길게요."

"그렇게 해주면 고맙죠." T 부인이 말했다. "이렇게 조용한 하숙생을 두다니 행운이지 뭐예요. 선생님이 집에 있는지 없는지도 모르겠다니까요!"

(얌전한 아이, 아무런 말썽 없는.)

3주가 지나고 학교 문제가 다시 거대하게 떠오르자 나는 탈출구는 자살밖에 없다는 걸 깨달았다. 나는 아주 조심스럽고 촘촘하게 '아무 말썽 없고 언제나 웃는 얼굴의(썩은 이를 감출 수 있다면) 밝고 조용한 학생'의 겉포장을 직조해놓았기에 나조차도 그 기만의 직물을 뚫을 수 없었다. 나는 완벽한 고립감을 느꼈다. 속을 털어놓을 사람도 조언을 받을 사람도 없었다. 갈 데도 없었다. '이 넓은 세상에서' 내가 무엇을 해서 밥벌이를 하며 내가 아는 나로 살 수 있다는 말인가. 임시 가면들은 자기 자리가 있었다. 모두가 그걸 썼고, 그것은 인간의 파티였다. 하지만 착용자가 숨을 쉬지 못하고 질식할 때까지 붙어 있는 가면은 아니었다.

토요일 저녁에 나는 방을 청소하고 물건을 정돈한 뒤 아스피린 한 봉지를 삼키고 누웠다. 나는 죽을 거라 믿었다. 내 절망은 극심했다.

다음 날 정오가 다 되었을 때 나는 거센 이명 속에 코피를 흘리며 깨어났다. 가장 먼저 든 생각은, 생각이 아니라 내가 살아 있다는 것에 대한 신기하고 기쁘고 감사한 느낌이었다. 나는 비틀거리며 침대에서 일어나 거울에 비친 나를 보았다. 얼굴이 불그죽죽했다. 구토가 시작되어 한동안 계속 토했다. 코피는 마침내 멈추었지만 이명은 그치지 않았다. 나는 침대로 돌아가서 자다 저녁 일곱 시 무렵에 깨었다. 머리는 여전히 지끈거렸고 귀가 윙윙 울렸다. 나는 화장실로 달려가 물을 틀고 다시 토했다. 캐슬린의 집에서 주말을 보내고 두 시간 전에 집에 돌아온 T 부인이 자기 방문 앞에 나왔다.

"괜찮아요?" 부인이 물었다.

"아, 네." 내가 말했다. "괜찮아요. 오늘 일이 좀 많았거든요."

(말썽 없는, 아무 말썽 없는 사람.)

"캐슬린과 밥은 지금 한창이에요." T 부인은 뭐가 한창인지 설명하지 않았지만 그 일에 기뻐하는 것은 분명했다. "아주 한창이에요." 우리는 잘 자라고 인사를 나누고 나는 내 방으로 돌아가 잤다.

다음 날인 무시무시한 월요일 아침에 나는 경미한 두통만을 느끼며 깨어났다.

"휴가가 연장되었어요." 내가 T 부인에게 말했다. "연구 과제가 있어서요." 나는 죽으려 했다가 살아났다는 사실이 몹시 기뻐서 이제 학교는 사소한 문제가 되었다. 나는 교장에게—아마도 전화로 그리고 나중에 글로—연락해서, 교직을 그만두는 게 좋다는 조언을 받았다고 말했다. 그 조언을 한 사람이 나라는 것은 밝히지 않았다.

나는 대학 매점에서 설거지하는 일을 구했다. 나는 희망차게 미래를 향해 돌아서고자 했다. 다시는 자살을 시도하지 않을 거라고 느꼈다.

심리학 수업에 간략한 자서전을 쓰는 것이 있었다. 글을 마쳤을 때 나는 자살 시도 이야기를 써야 할지 말아야 할지 판단이 서지 않았다. 나는 이제 회복했다. 어떻게 보면 약간 자랑스럽기도 했다. 내가 그토록 과감한 줄 미처 몰랐기 때문이다. 나는 자서전 끝부분에 "최근에 자살 시도를 했다는 점을 써야 할 것 같다……"라고 쓰면서, 효과를 높이기 위해서 아스피린을 화학명인 아세틸살리신 산으로 썼다.

그 주의 수업이 끝났을 때 존 포러스트가 내게 말했다. "프레임 양의 자서전 잘 읽었어요. 다른 학생들의 글은 형식적이고 무거웠지만 프레임 양의 글은 아주 자연스러웠어요. 문장력이 있네요."

나는 우쭐해하며 속으로 웃었다. 문장력이 있다고. 글 쓰는 걸 직업으로 삼을 텐데!

"네, 저는 글을 써요." 내가 말했다. "《리스너》에 소설도 발표했어요……."

그는 감탄했다. 사람들은 감탄하면서 "《리스너》에 글을 발표하는 건 아주 힘든 일이야"라고 말했다.

존 포러스트는 나를 유심히 보았다. "그 많은 아스피린을 삼키려면 힘들었겠어요."

"아, 물하고 같이 마셨어요." 나는 차분하게 말했다.

그날 저녁 잠을 자려고 하는데 현관에 노크 소리가 났고, T 부인이 나가보았다가 나를 불렀다. "세 남자가 찾아왔네요. 대학 사람들이에요."

나가 보니 포러스트 선생님, 프린스 선생님, 그리고 심리학과 학과장이 있었다. 학과장이 먼저 말했다.

"포러스트 선생이 학생 건강을 걱정해서요. 좀 쉬는 게 어떨까 싶네요."

"저는 괜찮아요. 고맙습니다." (말썽 없는, 아무 말썽 없는.)

"우리하고 같이 병원에 가는 건 어때요? 더니든 병원이요. 가서 며칠 쉬는 거예요."

갑자기 모든 걱정이 사라지며 누군가의 보살핌을 받는 느낌이 들었다. 아이들을 가르치며 돈을 벌 필요 없이 심지어 T 부인과 부인의 안락한 집도 떠나서 안전하고 포근한 침대에 누워 있는 것보다 더 바람직한 일은 없어 보였다. 가족과 그들에 대한 걱정을 떨치고, 환한 사람들이 가득한 환한 세상에서 점점 커져가는 고립감도 떨치고, 전쟁과 스물한 살이라는 나이와 책임감을 떨치고, 오직 충치만 데리고서.

"존이 찾아갈 겁니다." 학과장이 말했다.

존이라! 성 대신 이름을 부르는 건 젊은 강사와 학생들 사이에 흔했지만 내게는 낯선 일이었고, 나는 기쁘고 놀라웠다. "고맙습니다, 포러스트 선생님." 나는 얌전을 떨며 말했다.

그래서 나는 더니든 병원의 코훈 병동에 들어갔는데, 알고 보니 그곳은 놀랍게도 정신병동이었다. 두 명의 젊은 외과 전공의 마플스와 우드하우스는 질문이 많고 친절했다. 간호사 메이틀랜드 브라운은 선교사 교육을 받는 복음주의 연합 신도였고, 내게 희망과 꿈을 말했다. 기억나는 환자는 옆 침대에 있던 환자 한 명뿐이다. 그녀는 무슨 수술을 받았는데, 그 사실을 계속 부인하는 이상한 여자였다. 영화배우에 대한 동경 속에 사람들의 외모를 순간적으로 판단하며 자란 나는 그녀의 붉은 얼굴과 거친 피부, 작은 눈과 황갈색 속눈썹, 숱 없는 황갈색 머리가 역겹고 보기 싫었다. 사람들은 모두 그녀를 싫어했다. 정신과 환자를 비롯한 여러 환자들 가운데는 화학약품을 내뿜듯 혐오스러운 기운을 내뿜어서 동정과 공정한 대접을 받으려고 투쟁하는 (그래서 더 큰 혐오와 적대를 받는) 사람들이 있다. 어느 날 두 명의 구급차 기사가 와서 그 못생긴 환자를 '다른 병원'으로 데리고 갈 때, 나는 그 '다른 병원'이 시클리프라는 걸 알았다. 간선 철로변에 성채처럼 우뚝 선 회색 석조 건물. 시클리프, 미친 사람들이 가는 곳. "환자분은 거기 갈 일 없어요." 메이틀랜드가 내게 말했다. "당신은 아무 문제 없으니까요."

3주 동안 병원에서 지내며 관찰을 받은 끝에 결국 간호사의 말이 맞다는 판결이 내려졌다. 어머니가 더니든에 와서 나를 데려가게 되어 있었고, 집에서 쉬고 나면 완전히 건강을 되찾을 거라고 그들은 말했다.

집으로 간다고 생각하자 나는 세상의 모든 걱정이 돌아오는 것을 느꼈다. 집안의 모든 슬픔과 부모님의 끝없는 노역, 매주 지불해야 하는 칼더 매케이스 사의 담요와 새 거위털 이불 값, 스타보킷 건축 조합에도 돈을 갚아야 하고 안 그러면 다시 집에서 쫓겨난다는 사실, 갈등을 다스리려는 어머니의 끊임없는 노력, 내 썩은 이, 그리고 점점 더 빠른 속도로 미래를 빨아들이는 이즈랜드에서 내 자리를 찾지 못하는 무능력. 나에게 비밀로 감추어둘 필요가 없는 공개적이고 당당한 시의 세계가 있었다면!

미래에 대한 경각심에 빠져 있는 상태에서 어머니가 '가장 좋은 옷'—감청색 정장에 테두리에 가짜 꽃이 달린 감청색 밀짚모자—을 차려입은 딱한 모습으로 병동 입구에 서 있는 걸 보자, 그리고 어머니가 공포 속에서도(어쨌건 내가 '정신' 병동에 있었으니) 괜찮아, 다 괜찮아 하는 표정을 지으려 애쓰는 얼굴을 보자, 나는 결코 집으로 돌아갈 수 없다는 것을 깨달았다. 나는 어머니에게 가라고 소리쳤다. 어머니는 당혹감 속에 중얼거리며 떠났다. "진은 언제나 유쾌한 아이였는데. 늘 유쾌한 아이였는데."

나는 병원에서 며칠 더 지내다가 나가서 교직은 잊고 더니든에서 일하며 대학 공부를 계속하겠다고 생각했다. 나는 집에 가지 않으면 시클리프에 가야 하는 줄은 몰랐다. 아무도 나에게 왜 어머니한테 소리를 쳤느냐고 묻지 않았다. 아무도 내 미래의 계획을 묻지 않았다. 나는 곧바로 3인칭, 아니 무인칭이 되었고, 어머니 방문 건에 대한 공식 메모에(나는 오랜 세월이 흐른 뒤에 이것을 보았다) "퇴원 거부"라고 적혔다.

나는 소년원 출신인 두 젊은 여자와 여경 처칠 양과 함께 자동차에 태워져(3인칭 사람들은 수동태 속으로 던져진다) 시클리프로 이송되었다. 처칠 양이라니! 사건과 사람과 장소와 이름이 허구와 사실 사이를 얼마나 신기하게 이동하는지!

1945년(3)

자서전을 쓰는 일은 흔히 뒤돌아보는 것으로 여겨지지만, 그것은 시간이 경과하면서 엑스레이 같은 능력을 얻은 눈이 새로이 '훑어보는' 것이거나 '꿰뚫어 보는' 것이 될 수도 있다. 그리고 과거의 시간은 지나간 시간이 아니라, 동화 속 주인공이 길을 가면서 자꾸자꾸 다른 인물을 만나듯이 쌓여가는 시간이다. 그들 중 어떤 인물도 서로에게서 또는 주인공에게서 떨어질 수 없으며, 일부는 너무도 견고하게 붙어서 그 존재 자체가 육체적인 고통을 일으킨다. 그리고 그 인물들에 수많은 사건, 생각, 감정이 덧붙고, 시간도 뭉텅이져서 때로는 끈끈한 오물이 되었다가 때로는 은하보다 더 큰 보석이 되었다가 한다.

지금 1945년을 꿰뚫어 보면 그해의 해골이 보이고, 죽음과 삶의 그림자로 그것을 가리는 일, 원자 폭탄, 늦은 봄눈 속에서 생명을 유지하는 수수한 붓꽃, 탄생일과 사망일, 그리고 그 꿈꾸던 은하를 나 자신과 많은 뉴질랜드 사람들의 개인 세계로 가지고 들어온 두세 가지 사건이 보인다. 그 사건들은 제임스 K. 백스터라는 젊은 대학생이 《울타리 너머》라는 시집을 낸 일과 앨런 커노가 편집한 《뉴질랜드 운문 선집》과 프랭크 사지슨이 편집한 단편 소설집 《우리를 이야기하다》가 출간된 일이다. 어린 시절 나는 뉴질랜드 문학은 어머니의 영역으로 보았고, 주변 환경—언덕, 소나무 농원, 이든 로 56번지, 오아마루, 해변과 바다—을 바라보며 상상력 가득한 삶을 일깨우고자 했을 때에도 내가 할 수 있는 일은 거기에 북반구 시 세계의 인물과 꿈들, 또는 나 자신의 상상의 산물을 불어넣는 것뿐이었다. 뉴질랜드 문학도 하나의 세계를 이루었다. 하지만 나는 그것을 모른 척했고 알아차리지도 못했다. 그게 무슨 수치스러운 질병인 듯 말하는 사람도 별로 없었다. 모레이 플레이스의 모던북스 서점만이 작은 출판사에서 나온 얇은 뉴질랜드 책들을 팔았고, 나는 몇 권 사보기도 했지만 얼마간의 노력에도 불구하고 그 책에 나오는 것 같은 시를 쓸 수는 없었다. 제임스 백스터의 시가 전 세계의 인정을 받는 일도 내게 위협이 되었다. 하지만 선집들은 달랐다. 그 힘과 다양함은 내 글쓰기에 희망을 주는 한편, 뉴질랜드가 작가의 땅이라는 걸 일깨워주었다. 그들은 내가 사랑하는 남섬의 강들을 묘사하기 위해 J. C. 스콰이어를 빌려올 때 어떤 느낌이 드는지를 이해했다. 나는 그 시를 여러 차례 탐독했지만, 여전히 콩고 강, 나일 강, 콜로라도 강, 니제르 강, 인더스 강, 잠베지 강 같은, 아름답지만 다른 세상에 속한 이름에 만족해야 했다.

하지만 여기 뉴질랜드 운문 선집과(그들은 아직도 그것을 시라고 부를 용기가 없었다) 거기 실린 앨런 커노의 시는 캔터베리와 그 평원에 대해, '먼지와 거리'에 대해, 우리 땅에도 제 몫의 시간이 있고 북반구에 있는 셰익스피어 나라의 축적물에 의지할 필요가 없다고 말했다. 또한 과거에 대해, 결여에 대해, 그리고 우리만이 경험할 수 있는 사물들과 우리 삶에 독특한 영향을 미치는 강렬한 존재들에 대해서도 말했다. 나는 〈거친 쇠〉라는 시를 뉴질랜드와 뉴질랜드 사람들의 역사의 일부로 읽었다.

그리고 데니스 글로버는 우리 강과 장소의 이름을 쓰고, 심지어 까치에 대한 시도 쓰면서 안개 낀 가을 아침 속의 그 울음소리를 기록했다. 각 시인이 자기 장소에서 자기 방식으로 말했고, 찰스 브래시는 내가 클러서 강에 말없이 한 고백을 바다에 했다. "우리를 이야기해다오, 대양이여."

소설들도 강한 소속감으로 나를 압도했다. 그것은 고아로 살다가 부모님이 살아 있다는 걸 알게 된 것 같은 느낌이었고, 더군다나 그들은 가장 바람직한 집—산문과 시—에 살고 있었다.

시간이 흘러 과거를 돌아보면 그때까지 꿈꾸지 못한 방식으로 사건들을 배열하고 재배열할 수 있는 특권을 얻는다. 나는 지금 소설과 시집 출간의 기억에 대해 썼다. 하지만 실제로는 소년원 출신 소녀 두 명과 이야기하며, 장기 입원 환자의 앞날을 기다리는 시클리프 병원으로 가고 있었다.

1945년(4)

시클리프 병원에서 지낸 한 달 반. 내가 알지 못하던 세상에서, 존재할 수 있다고도 생각지 못한 사람들과 함께 지낸 시간은 광기의 끔찍함과 광인으로 판정된 이들의 참혹한 수용 상황을 충격적으로 일러주었고, 나는 이전까지 그나마 지녔던 일상의 현실성과 확실성에서 영원히 분리되었다. 그곳에 발을 들인 순간, 나는 이제 예전의 인생으로 돌아갈 수도 없고 시클리프에서 본 것을 잊을 수도 없다는 걸 깨달았다. 사람들이 갑자기 거리의 '평범한' 사람들과 이곳의 '감추어진' 사람들로 분리되면서 내 인생은 뒤집혀버렸다. 사람들은 이들을 만나거나 이야기를 나누는 일이 별로 없지만, 이들은 수많은 조롱과 웃음과 공포의 대상이 된다. 나는 본 적도 들은 적도 없는 소란이 사방에 휘몰아치는 가운데 그와 기이한 대조를 이루며 태풍의 눈처럼 고요하게 앞을 응시하는 사람들을 보았다. 나는 동료 환자들을 알게 되었고 또 좋아하게 되었다. 그리고 그들―우리―이 시설 생활의 공식, 비공식 규칙을 배우고 지키고 때로 즐기는 능력에, 그리고 입원한 지 오래된 환자들이 일과 중에 보이는 긍지에 감동과 슬픔을 느꼈다. 이 광인들의 공동체는 개인적, 지리적, 언어적인 배타성이 있었다. 그들은 외적으로 지닌 법적, 개인적 정체성이 없었다. 개인 옷, 핸드백, 지갑, 개인 물건 따위는 없고, 있는 것은 임시 침대와 그 옆의 사물함, 그리고 멍하니 앉아서 시간을 보내는 휴게실이라는 이름의 방뿐이었다. 시클리프의 다른 병동에 갇힌 많은 환자들은 이름도 없이 별명으로 불렸다. 과거도 미래도 없고 오직 수감된 '현재', 영원한 이즈랜드뿐이었지만, 거기에는 지평선도 발판이나 손잡이도 끝없이 변하는 하늘도 없었다.

나는 내 책《물속의 얼굴들》에서 내가 그 후 8년 동안 경험한 정신병원들의 환경과 사건을 자세히 묘사했다. 내가 받은 치료와 그에 대한 생각도 사실적으로 적었다. 그 책의 허구 부분은 주인공과 관련된 것이다. 그 인물은 내 인생에 토대했지만, 내가 목격한 참담함을 제대로 전달하기 위해 생각과 감정을 허구적으로 가공했다. 어느 날 동료 환자가 바깥에서 인부들이 배수구를 파는 걸 보고 내게 말했다. "우리 무덤을 파고 있어." 나는 그녀가 진심이라는 걸 알았다. 그런 말과 행동을 나는 이스티나 마벳*을 묘사하는 데 썼다. 그 한 달 반 동안에도 나는 외국 땅에라도 간 것처럼 그곳 거주자들의 언어와 행동을 많이 배웠다. 다른 사람들도 빨리 배웠다. 소년원 출신 소녀들은 능숙한 흉내 내기 '공연'으로 하루하루에 생기를 불어넣었다.

이전까지 내 공동체는 가족이었다. 〈이즈랜드를 향해〉에서 나는 나라는 말 대신 계속 1인칭 복수 '우리'를 썼다. 학생 시절은 '나로 산 시간'이었다. 시클리프 병원에서 나는 다시 집단의 일원이 되었지만, 이때는 더욱 철저히 혼자였다. 균열된 '나'도 아니었다. 나는 '그들' 중 한 명, '그 여자'가 되었다.

1945년 12월에 6개월의 보호관찰 조치 아래 시클리프를 떠나 월로글렌으로 갔을 때 월로글렌은 가장 빛나는 계절인 여름

*마벳(Mavet)은 히브리어로 '죽음'을 의미한다.

이었고, 나는 정신병원 경험이 내게 중대한 변화를 일으켰다
고 느꼈다. 그리고 식구들을 보았더니, 그들은 내가 무엇을 보
았는지 모르고, 전국의 무수한 남자와 여자와 아이들이 별명만
남긴 채 숨겨져 있다는—그 별명이라는 말조차 악마를 암시한
다*—것도 모르는 게 분명했다. 가족의 행동은 내가 미치광이
들의 병원 시클리프에 있었다는 사실 때문에 미묘하게 변해 있
었다. 다시 거미 비유를 써서 말하면 내가 보이지 않는 실을 짜
내서 나의 입원 경력을 '아는' 모든 이를 묶어 그들의 자세와
표정과 감정을 마비시켜놓은 것 같았다. 나는 그 일로 우울하
고 외로워졌지만, 내가 거미줄을 짜서 식구들을 그 안에 가둘
수 있는 힘이 있다는 것도 알게 되었다.

　두어 주가 지나는 동안 식구들은 내 앞에서 두려움을 덜 드
러내게 되었다. 그들의 눈에 공포가 줄어드는 게 보였다. 내가
무슨 일을 할지 어떻게 알겠는가. 나는 정신병자였다. 어머니
는 어머니답게 모든 것을 부정했다. 나는 유쾌한 아이라고 했
다. 분명히 어떤 착오가 있는 거라고. 내가 그 일을 농담처럼
취급하고 '시골 영지'의 호텔에 다녀온 듯 그곳의 재미있는 사
건들을 말하자 모두 즐거워했다. 나는 그곳 환경을 설명했다.
"하나의 마을 같아요. 농장이 있어서 소도 키우고 돼지도 키우
고, 음식 쓰레기는 돼지 밥으로 줘요. 밭도 있고 꽃도 키워요.
구내에는 나무가 많고 감독관 숙소 근처에는 목련나무가 한 그
루 있어요."

　아이가 지난 방학 때 무엇을 보고 어떤 모험을 했는지를 전

---

*별명을 뜻하는 영어는 '닉네임(nickname)'이고, '올드 닉(Old Nick)'은 악마를 가
리킨다.

하는 것처럼 행동하는 편이 더 쉬웠다.

나는 '심라'라고 하는 건물 울타리 안을 들여다본 이야기는 하지 않았다. 그 건물은 언덕에 외따로 떨어져 있었고, 그 언덕에서는 줄무늬 셔츠에 바지를 입거나 입지 않은 남자들이 풀 없는 방목장을 돌고 또 돌았다. 감청색 줄무늬 옷을 입은 여자들의 방목장도 있었다. 인력거 같은 수레가 매일 병동 옆을 지나갔다. 수레에는 석탄이 실렸고, 두 남자가 수레에 묶여 석탄을 날랐으며 간수 한 명이 그들을 지휘했다. 호기심에 오줌 냄새가 나는 방을 들여다보면 간이침대에 아이들, 이상한 소리를 내는 이상한 아이들이 바글거렸고, 그중에는 아기도 있었다. 아이들 얼굴은 눈물과 콧물로 얼룩져 있었다. 나는 결핵 환자 구역이 있다는 말도 하지 않았다. 그들이 쓴 식기는 식당 난로에 얹은 등유통에 넣어 끓이고, 간호사들이 비품실에서 결핵 환자들이 침을 뱉을, 딸기 상자처럼 작은 상자를 접는다는 말도 하지 않았다.

크리스마스가 지난 뒤에 휴가를 가는 게 내게 '좋을' 거라는 이야기가 나와서 나는 준과 함께 2주 예정으로 어머니의 고향 픽턴으로 갔다. 우리는 익숙한 여름 무래파리에 물리며 소증기선을 타고 말버러 해협을 돌아다니며 친척을 만나 가족사의 새로운 이야기를 들었고, 나는 지난 1년 동안 음악을 열심히 들은 까닭에 머릿속으로 '녹색과 청색의 픽턴 교향곡'이라고 할 만한 것을 작곡했다. 그 휴가에 대한 기억은 씨앗처럼 흩어졌다. 그 일부는 겨울 기억을 떠나 이주하는 여름 철새 또는 오래도록 기억을 먹고 사는 토착새에게 먹히고, 일부는 죽고 일부는 싹을 틔워 이름 없는 식물로 자라났다. 어쨌건 나는 그 가파르고 위압적인 초록 언덕들, 덤불에 덮인 경사면이 이웃처럼 가깝게 솟은 그 언덕들의 기억을 집으로 가져갔다.

식구들이 휴가 여행 이야기를 해달라고 하자, 준과 나는 모두의 행복을 위해 그들이 듣고 싶어 할 만한 이야기만 했다. 이 점에서 우리는 어머니의 학교에서 철저하게 배웠기 때문이다. 나는 다시 더니든에서 새로운 한 해를 보낼 준비를 했다.

나는 '입주' 일자리를 구하고 철학 2, 논리학, 윤리학을 '수강'하되 시험은 치르지 않기로 했다. 연말 심리학 시험을 치르지는 않았지만, 1년 동안의 학업 수행에 근거해서 통과 점수를 얻었을 거라 확신했다. 하지만 아마 내가 필요한 문서에 제대로 기입을 하지 않았던 모양이다. 내 성적표에는 "낙제"라고 표시되어 있었다.

그러는 동안 집에서는 내가 평생토록 모은 20파운드가 공공신탁소로 들어간 것을 두고 문제가 일었다. 나는 공식적으로 정신이상자였기 때문에 신탁소가 그 돈을 떠맡은 것이다. 우리 형제는 다시 한 번 우리의 권리를 주장하기 위해 '연합'했고, 이저벨이 신탁소 직원에게 진심 어린 편지를 보냈다. 하지만 그는 내가 정신이상 판정을 받은 만큼 '재산' 몰수는 내 이익을 위해 취해진 행동이고, 나는 6개월의 보호관찰이 끝나고 의사가 정상 판정을 내릴 때까지 법적 권리가 없다고 답장했다.

그렇다면 다시 일하기 전까지 질병 수당을 받을 수 있을까요?

나는 시클리프 의사를 만나러 오아마루 병원에 갔다가 어리둥절한 일을 겪었다. 진단서에 "병명: 정신분열병"이라고 적혀 있었기 때문이다.

집에서 나는 자부심 반, 두려움 반으로 말했다. "저는 '정신

균열'이래요."

나는 심리학 책의 '이상 심리' 장을 뒤졌지만 정신분열에 대한 언급은 없고 오직 나처럼 젊은 사람들만 걸리는 것 같은 정신 질병인 조발성 치매만 설명되어 있었다. 그것은 정신 기능이 점차적으로 쇠퇴하는 것으로 치료가 불가능하다고 했다. 그 장 말미의 주에 조발성 치매는 이제 정신분열이라고 부른다는 설명이 있었다. 정신 기능이 점차적으로 쇠퇴하는 것. 정신과 행동 기능이. 나는 정신분열이었다. 정신균열. 그 파멸의 주문으로 나는 인간 상태라는 고치를 벗어나 다른 종류의 생물이 된 것 같았고, 나에게 인간과 비슷한 부분이 있다고 해도, 쇠퇴가 계속 이어지면 마침내 식구들조차 나를 알아보지 못할 것 같았다.

윌로글렌의 반짝이는 여름의 막바지에 이런 파멸감은 지나가는 구름이 태양을 막는 것처럼 일시적이었다. 원래도 소심하고 겁이 많은 나는 병원에서 한 달 반을 지내며 겪은 일들 때문에 더욱 소심해졌으며 상상의 세계에 깊이 빠져들었다는 걸 알았지만, 더불어 내가 '현실' 세계에 완전히 발을 딛고 있으며, 어떤 그림자가 나를 덮쳐도 그것은 오직 진단서 위의 일이라는 것도 알았다.

새 학년이 가까워오자 나는 나를 '연구생'이라고 소개하며 더니든에 입주 일자리 구직 광고를 냈고, 캐버셤의 플레이페어로에 사는 B 부인이 광고를 보고 연락을 해 왔다. 부인은 하숙을 치면서 여자 노인들을 돌보는 일을 했다. 나는 가정부와 심부름꾼과 간호사 일을 하면서 '숙식 제공'과 주당 3파운드를 받기로 했고, 오후 시간은 자유롭게 쓸 수 있었다. 오후 자유 시간. 그때 소설과 시를 쓸 것이다.

하숙집과 신세계

나는 다시 모든 역에 다 서는 더니든행 일요일 완행열차를 타고 남쪽으로 갔다. 소수의 승객을 위해 열차 끝에 연결한 구식 객차 창밖으로, 방수포 덮은 화차들이 꼬리에 꼬리를 물고 이어져 있었다. 평소처럼 화물 선적과 하역이 있었고, 화차를 떼어낼 때마다 덜컹거렸으며, 끝에 연결된 객차는 평화와 슬픔과 과거가 가득한 오지로 소풍이라도 나온 것처럼 오랫동안 유칼립투스나무, 터속풀, 마누카나무, 마타구리 습지, 양, 허물어진 집들 사이에 혼자 서 있었다. 나는 밀어 올리는 구식 창문(급행 열차에는 감아 올리는 신식 창문이 있었다)으로 바깥을 내다보았고, 나를 땅으로 끌어당기는 사랑의 힘 같은 기운을 느꼈다. 하지만 그 땅에는 아무도 없는 것 같았다. 나는 모든 사물과 사람에게 새로운 책임감을 느꼈다. 시클리프에서 본 사람들의 기억이 떠나지 않았고, 그로 인해 풍경과 그것을 바라보는 내 느낌도 달라졌기 때문이다.

기차가 시클리프 역에 서자 승강장에서 열차를 기다리며 지나가는 기차를 바라보는 소수의 '가퇴원' 환자들이 보였다. 나는 속으로 나 자신을 친척과 친구들의 말로 설명하고 있었다. "저 애는 시클리프에 다녀왔대. 사람들이 시클리프에 보냈대." 그리고 여러 해 전에 의사가 브러디를 거기 보내야 한다고 했을 때 어머니가 공포 어린 목소리로 "절대 안 돼요, 우리 집 아이들은 누구도 거기 보낼 수 없어요" 하고 거부하던 일이 떠올랐다. 하지만 나는 어머니 아이가 아닌가? 그렇지 않은가? 그런데 어머니는 내 시클리프 입원 서류에 서명을 했다. 나는 불편함을 느끼며, 가족의 사랑 가운데 내 몫이 얼만큼인지를 따져보았다.

나는 객차에 앉은 '평범한 사람들'을 둘러보았다. 내가 어디에 있다 왔는지 이 사람들은 알까? 안다면 얼른 고개를 돌려 공포와 호기심을 감출까? 자신들은 다행히도 평생 모르겠지만 몹시 궁금하기는 한 경험을 살짝 맛본 것처럼? 그들이 나에 대해 알면 내게서 어떤 신호를 찾으려고 할까? 내가 전에 시클리프 역의 '미치광이'들을 보면서 그런 것처럼.

그런 신호는 대개 비밀스럽지만, 나는 이제 경험 있는 관찰자로서, 이국 땅을 다녀온 자로서 그것을 안다.

또한 나는 내가 '정신균열'이라는 판정을 받은 것을 두려움 속에 기억했다. 그것은 희망이 없는 질병이었다.

하지만 기차 바퀴는 나의 철도 인생 내내 그랬던 것처럼 이런 낯선 질병에도 상관없이 전처럼 카이탕가타, 카이탕가타, 카이탕가타 소리를 내며 달렸다. 철과 철이 부딪히는 고집스러운 소리, 카이탕가타, 카이탕가타, 카이탕가타.

기차가 더니든 역에 도착했다. 나는 아무 소속 없는 자의 외로움을 느꼈다. 사범학교에 소속되었던 멋진 날들, "집사님이 내려갔네" 노래를 부르고 파티 학장에 대해, 평가 수업에 대해, 통제일에 대해 다 안다는 듯 이야기하던 시절, 영문학과 불문학 수업, 아이들을 가르치고 사랑하게 된 그 시절은 전부 세상에 존재하지 않았던 것처럼 사라졌고, 내가 시클리프로 사라진 뒤 사범학교나 아서 스트리트 학교, 또는 대학에서 아무 연락이 없었다는 사실은 그런 느낌을 더 확고하게 만들어주었다. 예외라면 내 친구 실라가 보낸 편지와 존 포러스트가 다음 해에 자기와 '잠시 이야기'를 하자는 짧은 편지 한 통뿐이었다. 나는 이야기할 상대가 있다는 사실에 매달렸고, 그 사람이 관심 가는 젊은이라는 보너스를 즐겼다.

나는 나의 새로운 지위를 심각하게 받아들였다. 정신병자의 세상이 내가 공식적으로 속한 세상이라면(치료할 희망이 없는 평생의 질병), 그것을 이용해서 생존하고 그것을 통해 재능을 발휘하겠다고 생각했다. 그 때문에 내가 시인이 될 수 없는 건 아니었다. 그래서 외로운 건 전과 같았지만 겁에 질려 처음 대도시 더니든에 왔을 때와는 달리 새로 침착함을 얻은 가운데 나는 택시를 타고 캐버섬의 플레이페어 로, 산업학교가 소재한 지역으로 갔다.

사우스 더니든 지역—켄징턴, 캐버섬, 세인트 킬다—은 가난한 곳으로 사람들은 끝없는 '노역' 속에 살았고 풍경들도 그 삶을 반영해서 낮게 엎드려 있었다. 언덕 지대에 자리한 교외가 번영하는 동안 이곳에서는 거듭되는 홍수에 모든 노력과 희망이 휩쓸려 나간 것 같았다. 나는 전에 캐버섬 학교와 켄징턴의 '철교 밑' 학교에서 가르친 적이 있고, 지독한 빈곤을, 세월과 비와 홍수에 씻겨 비스킷 색깔로 허물어져가는 집들을 보았다. 그리고 날마다 파도를 뚫고 나오는 듯 윤기 없는 머리에 축축한 표정을 한 창백한 아이들을.

그 집 하숙생들과 주인 부부와 자녀에 대한 기억은 또렷하지 않다. 풍경을 흑백으로 서둘러 스케치하고, 사람의 모습은 풀처럼 비죽비죽 자란 머리와 외곽선만 그려놓은 그림 같다. 하지만 그들은 감정이 그득한 보이지 않는 그릇을 들고 있었고, 내가 가장 선명하게 기억하는 것은 그들이 말하거나 말하지 않은 감정이다. 그들은 사력을 다해 행복한 척하는, 그리고 식사 때마다 다른 사람들에게 기쁜 이야기를 해서 행복의 가능성을 높이려 하는 슬프고 불안한 사람들이었다. 남자들은 대개 철도와 관련된 일을 했고, 여자들은 공장—초콜릿 공장, 잼 공장, 모직물 공장—에서 일했다. 한 젊은이는 몇 주일이 멀다 하고 직장을 바꾸었는데, 저녁 시간이나 식사 때면 사람들은 그의 성공과 실패를 이야기하며 이해도 하고 비난도 했다. 그들은 서로 비난하고 조롱했으며, 순응하지 않는 자들을 공격했다. 주인 여자의 남편은 키가 크고 구부정한 몸집에 얼굴이 창백한 남자로, 헛간에서 거실로 장작을 져 나르던 모습만 기억난다. 저녁이면 사람들은 거실에 모여서, 여자는 뜨개질을 하고 남자는 카드놀이를 하거나 스포츠 신문을 읽었다. 때로 인생에 '실패했다'고 알려진 삼십대 중반의 여자 하숙생(아직 유효한 핑계와 이유가 있는 다른 하숙생들하고 달랐기에)—그녀는 남편도 애인도 없었고, 이것이 실패 판정의 주요 근거였다—이 누런 건반의 피아노를 쳤고, 판매원으로 일하는 통통하고 인기 많은 중년의 독신 남자가("그 사람은 늘 한결같아, 사람을 헷갈리게 하지 않지") 당시 유행하는 노래를 불렀다.

노을 저편에
축복의 아침으로……

거기 도착하자 나는 곧바로 내가 업무 시간 이외에도 매우 바빠서 방에서 식사하는 경우도 있을 거라고 말했다. 나는 개인 연구를 하는 학생이라고 하며, 상냥한 미소(충치를 감추려고 하며)와 다정한 목소리와 별다른 이상 없는 신체를, 그리고 북슬북슬하게 일어선 붉은 머리카락을 보였다. 내가 맡은 일은 아침 식사를 준비해서 식탁을 차리고, 집을 청소하고, 침대에 붙박인 네 명의 노파—커다란 방의 네 모퉁이를 하나씩 차지한—를 돌보는 것이었다. 나는 그들을 씻기고 몸을 뒤집어주고 수척한 몸 아래, 피부가 털 뽑힌 닭살처럼 늘어진 곳에 고무링을 놓아주었다. 욕창 난 곳에 변성 알코올을 문지르고 몸에 분을 발라주었다. 그들을 먹였고, 때로는 환자용 도자기 컵에 음식을 담아주었다. 나무 의자 변기를 가져다주거나 줄줄 흐르는 엉덩이 밑에 대소변기를 대주었다.

놀랍게도 그 노파들 중 한 명은 핸 숙모의 언니 K 부인이었다. 핸 숙모는 밥 숙부의 아내로 밥 숙부는 모스길의 빵집에서 은퇴한 뒤 이제는 공중전화 부스만 한 담배 '판매점'에 앉아서 담배도 팔고 《베스트 베츠》, 《스포팅 뉴스》 같은 신문 잡지, 아트 유니언 복권도 팔았다. K 부인은 내가 사범학교에 입학할 때 '숙모의 조카'라고 '이름을 댄' 학생의 어머니이기도 했는데, 키가 크고 골격도 크고 뚜렷하며 코와 턱이 뾰족한 오만한 얼굴이었다. 그 가족은 '센트럴 지역' 출신이고, K 부인마저 센트럴 오타고의 언덕 형태를 자기 몸에 흡수하고 있었다. 여동생인 핸 숙모처럼 부인도 언제나 당장 불평을 표시하고픈 입과 입술이었다. 아빠는 핸 숙모의 입은 알 박힌 암탉 엉덩이 같다고 말하곤 했다.

여기 B 부인의 집에서 나는 핸 숙모의 언니와 친구가 되었다. 나는 내가 늙고 병든 사람들에게 다정하고 그들을 잘 견딘다는 걸 알게 되었다. 나는 사람들의 시중을 들고 그들을 편하게 해주는 것, 그들의 부탁을 들어주는 것, 그들이 요청한 음식을 가져다주는 것이 좋았다. 나는 짜증이나 불만, 분노를 누를 필요가 없었다. '타고난' 하인 같았다. 그 사실은 겁이 났다. 내 행동은 내가 평생 보고 지낸 어머니와 판박이였고, 나는 이런 새로운 역할이 좋았다. 나는 나를 완전히 지우고 다른 사람의 감정을 통해서만 살 수 있었다.

내 방은 한때 시트 보관실로 쓰던 곳이어서 한쪽 벽에 선반이 층층이 박혀 있고 맞은편 벽에 좁은 침대가 있었다. 하나뿐인 작은 창밖으로는 '순수한 캐버섬'이 내다보였다. 우울한 잿빛 석조 건물들 사이로, 아마 19세기 영국 소년원이 저런 모습이 아니었을까 싶은 노인 요양원 파크사이드의 높은 굴뚝들이 보였다. 오전 일을 마치면 나는 방으로 가서 침대에 앉아 소설과 시를 썼다. 어린 시절에 글을 쓸 시간이 있고 다른 아이들도 시를 쓴다는 걸 알았듯이, 이제 나는 우리 나라에도 작가들이 있다는 걸 알았기 때문이다. 내 소설적 영감의 일부는 윌리엄 사로얀의 작품을 읽고 아무 생각 없이 "나도 할 수 있어" 하는 기쁨을 느낀 데서 왔다. 이 땅에 '우리를 이야기하는' 우리의 글이 꽃피고 있으며, 이제 많은 작가가 치열한 전쟁의 경험을 가지고 돌아온다는 흥분과 더불어, 내가 새로 얻은 보물—정신병원에서 한 달 반을 지내며 보고 느낀 것, 그리고 정신분열병 환자라는 공식적 지위—에서도 영감을 받았다. 또 하숙집에서도 하숙생들의 식사를 마련해주는 한편, 그들의 감정이라는 보이지 않는 양식을 받아먹었다.

하숙집 밖의 인생은 저녁 시간에 논리학과 윤리학 강의를 듣는 것과 교수 사동이라고 하는 대학 건물 꼭대기 층의 작은 방에서 존 포러스트와 주 1회 '상담'을 하는 것으로 이루어졌다. 때로는 더니든 공공 도서관에 가서 정신분열병 환자들의 환자력을 읽으며 공포와 불길한 느낌 속에 앞날을 상상해보았다. 내가 정신분열병이라는 것은 너무나 비현실적으로 느껴졌고, 그 증상 가운데 하나가 '현실감 상실'이라는 사실은 혼란을 가중시켰다. 탈출구는 없었다.

내게 위안이 된 것은 존 포러스트와의 '상담'이었다. 그 사람은 내가 알던 세계와 연결되는 접점이었기 때문이다. 나는 '상담'을 중단하고 싶지 않아서, 무시무시한 정신분열병 증상을 더해갔다. 내가 소파에 누우면 젊고 잘생긴 존 포러스트는 프로이트의 최근 이론을 반짝이며 내 말과 행동을 메모했고, 나는 돌연 꿈이라도 꾸듯 눈이 부예져서 현실처럼 경험한 환상들을 말했다. 존 포러스트는 내가 하는 설명들을 진지하게 들었다. 나는 대개 정신분열병에 대한 책에서 읽은 환상을 섞어서 말했다.

"프레임 양은 내면의 외로움을 앓고 있어요." 어느 날 존이 말했다. 그는 내가 말한 모든 것을 믿으려 하고 심리학을 임상에 적용하려는 열의가 넘치는 신참이었지만, '내면의 외로움'을 인식한 것은 그의 특별한 능력이었다. 그가 이어서 한 말은 그 후 오랫동안 내 행동과 이성의 방향을 이끌었다.

"프레임 양을 생각하면 반 고흐와 후고 볼프가 생각나요."

무지했던 나는 반 고흐와 후고 볼프에 대해 아는 게 없었기에 다시 한 번 책을 찾아보았고, 후고 볼프가 '정신이상'이었으며 반 고흐가 '처지를 비관해서 권총 자살했다'는 걸 알게 되었다. 나는 슈만 또한 '정신 건강의 심각한 손상'을 겪었다는 것을 읽었다. 세 사람 모두 '정신분열'이라는 이름이 붙었고, 그들의 예술은 정신분열이 품은 진주 같았다. 위대한 예술가, 몽상가들……

그때 그 참혹한 잔치에 내 자리가 마련되었다. 내게 '위대함'에 대한 환상은 없었지만, 적어도 내 작품에, 그리고 필요하다면 인생에도 정신분열의 표지를 부여할 수 있었다.

존 포러스트는 내가 시와 소설을 쓴다는 것에 기뻐했다. 작품을 완성할 때마다 자신에게 보여달라고 했고, 나는 그에게 소설과 시를 가져가기 시작했다. 나는 '순수한 정신분열'은 그것이 가장 잘 어울리는 시에만 활용했고, 존 포러스트가 그런 내 노력을 칭찬해주기를 바랐다. 중고 발록 20 타자기를 살 만큼의 돈을 모아서 마침내 두 손가락으로 타자를 치기 시작했을 때, 나는 원하는 모든 것을 다 가진 듯했다. 글을 쓸 장소, 글을 쓸 시간, 먹고사는 데 필요한 돈, 대화를 나누거나 어쨌건 좋은 인상을 주고 싶은 사람(대부분의 생각은 말하지 않았기 때문이다), 그리고 내 예술적 노력에 동맹이 되고 내가 증상을 제대로 유지하기만 하면 존 포러스트와 상담을 계속하게 해줄 흥미로운 질병. 나는 심리학과 예술을 좋아하는 매력적인 젊은이의 관심을 끌기 위해 농담 반 진담 반의 게임을 하고 있었다. 하지만 그렇게 환각과 망상을 꾸며내는 가운데에도 나는 내 진짜 감정들과 정신분열병 증상을 이루는 감정들의 유사성이 점점 더 두려워졌다. 나는 극히 수줍었고, 내 안을 벗어나지 못했다.

나는 사람들과 어울리는 것보다 글을 쓰고 상상력의 세계를 탐구하는 편이 좋았다. 하지만 상황이 요구될 때 그 증상들을 그럴듯하게 '사용'할 수 있다 해도 나는 실제로 '현실' 세계에서 물러나지는 않았다.

나는 아직 성적 감정을 의식하지 못했다. 경험한 것은 분명하지만 순진하게도 그것을 인식하지 못했다. 그러던 어느 날 정신분열 환자력을 읽다가 치과에 가기를 겁내는(이건 나와 비슷했다, 나는 돈이 없어서 못 가기도 했지만) 여자에 대해 읽었고, 프로이트식 접근을 통해 치과에 대한 공포는 정신분열 환자들에게 흔하게 나타난다는 것이 밝혀졌다. 치과에 대한 공포는 자위에 대한 죄의식으로 해석되고, 그것은 정신분열의 원인이자 지속적인 증상 가운데 하나라고 했다!

나는 이 일을 생각해보았다. 나는 분명히 치과에 가는 게 두려웠다. 내 치아가 치료 불가능한 단계라는 걸 알았기 때문이다. (당시 뉴질랜드에서는 타고난 치아는 뽑아버리는 게 좋다는 견해가 일반적이었다. 숲은 일단 밀어내고 보자는 식민지적 사고였다.) 나는 자위라는 말도 몰랐고 그런 행동을 한 적도 없었다. 하지만 이 새로운 사실이 호기심을 일으켜서 그 말의 의미와 행동을 조사해보았다. 그것이 내 병의 원인 가운데 하나라면 알 필요가 있었기 때문이다! 그리고 마침 여동생들과 나는 성에 대한 우리의 궁금증을 해소시켜줄 사람이 없다고 생각하고 여기저기서 광고를 많이 한 책《만남과 결합》을 주문했다. 그 책은 볼품없는 포장지에 싸여서 왔다. 성과 결혼에 대해 건강한 태도를 지닌 '배운' 사람은 누구나《만남과 결합》을 읽고 추천했다. 그 책에는 어머니의《여성을 위한 가정 치료 지침서》

를—거기에는 결혼을 앞둔 여성을 위한 '하느님의 멋진 야외'라는 장이 있었다—를 아무리 뒤져도 찾아볼 수 없던 내용이 자세히 적혀 있었다. 책은 자위에 대해서도 자세히 설명했고, 남자도 여자도 자위할 때 죄의식을 느낄 필요가 없다고 했다.

그래서 나는 그것을 해보았다. 그러자 어린 시절은 갑자기 머나먼 옛날이 되었다. 나는 이제 '알았고', 모르는 상태로는 돌아갈 수 없었다. 이제 남은 호기심은 그걸 모르는 사람은 어떨까 하는 것이었다. 몇 주 뒤에 나는 존 포러스트에게 말했다. "말하기 힘든 게 있어요. 저는 몇 년 동안 죄의식을 느꼈어요. 저는…… 저는……."

그는 기대에 차서 기다렸다.

"자위를 하고, 그게 걱정이에요……."

"대체로 그렇죠." 그가 말하고, 책에 나온 대로 설명했다. 그건 "아주 자연스러운 것이고, 모두가 하는 일"이라고.

그 '가벼운 상담'은 패턴이 너무 완벽해서 나는 (지금) 프로이트에 몰두한 존 포러스트의 얼굴에 승리감이 깜박 지나가는 모습이 눈앞에 보일 지경이다. 교과서로 만든 정신분열병 환자가 거기 있었다.

나는 또다시 이야기할 사람이 없어질지 모른다는 두려움에 떨었다. 그러니까 신경 쇠약에 가까운 '정상' 상태가 된다면. 나는 매일의 생활을 어떻게 '감당'할지 걱정과 의문으로 가득한 평범한 청년기를 지나고 있었다. 그런데 이상하게도 나는 불안을 줄이기 위해서 좀 더 뚜렷한 표지판들이 서 있는 길, 내여로가 관심을 끌고 그래서 실제적 도움을 받을 수 있는 길을 선택하지 않을 수 없었다. 내가 소심한 웃음을 짓는 평범한 모습을 하고 있으면 사람들이 나를 도와주지 않을 것 같았다. 지금까지 내 인생은 주어진 것을 해내는, 즉 시험 질문에 답을 하고, 문제를 해결하고, '똑똑함'과 '다름'을 반짝여서 승인을 얻는 훈련 과정이었다. 나는 내 옷이 부끄러웠다. 북슬북슬한 머리와 사람들이 거기 기울이는 관심도, 거기에 무슨 위험 요소라도 있는 듯 "머리를 꼭 펴야 한다"는 간곡한 조언들도 불편했다. 나는 대화에 능숙하고 재치 있는 사람이 아니었다. 나는 그저 그런 회색 깃털에 덮인 채, 진홍빛 깃털 한두 개를 세상에 내보이는 데 몰두하는 새였다. 그리고 그 깃털의 종류는 인생의 시기에 따라 바뀌었다. 어린 시절에 나는 숫자 수수께끼 풀기, 긴 시와 산문 외우기, 수학 문제 풀기 능력을 자랑했다. 그리고 이제 상황에 '맞추어서' 나는 정신분열이라는 화려한 옷을 입었다.

'보호관찰'이 끝난 1946년에 나는 정상이라는 판정을 받았다. 나는 상실감을 느꼈지만, 그리 크지는 않았다. 그동안 쓴 여러 편의 단편 소설과 시를 존이 캑스턴 출판사의 데니스 글로버에게 보여주었는데, 그가 내 소설집을 내는 데 관심을 보이고 어쩌면 시집도 낼 수 있다고 했기 때문이다. 나는 작가의 길에 들어선 느낌이 들었다.

그해 말, 존 포러스트가 미국에서 심리학자로 일하게 되었다는 소식을 알리면서 거기서 박사학위도 따고 싶다고 했다. 그래서 1947년 초에 뉴질랜드를 떠날 예정이었다. 상담자가 필요하면 크라이스트처치에 있는 친구 R 부인을 소개해주겠다고 했다. 그녀에게 이미 내 이야기를 했으며, 그녀도 예술적 기질이 있어서 내 '사례'에 관심이 있다고.

"그러면 저는 크라이스트처치에서 일자리를 구하고 어쩌면 캔터베리 대학의 강의도 들어야겠네요." 나는 '가벼운 상담'을 하는 안전한 정신분열의 세계가 흩어지고 낯선 도시에 홀로 가게 된 상황을 보면서 차분히 말했다. 내가 스스로를 더니든 사람으로 생각한 것도 의아했고, 어떻게 크라이스트처치에 살지도 의문스러웠다. 캑스턴 출판사는 크라이스트처치에 있었고, 거기서 언젠가 내 책을 출판할 것이다. 아마도 그 책이 가까이 사는 친척처럼 내가 외톨이가 되는 일을 막아주지 않을까?

나는 어디로 갈지 생각해보았다. 집에서 한두 달 이상 지내면 거기 있는 모두의 영원한 분투─돈을 위한, 사랑을 위한, 권력을 위한, 또는 바다 같은 평화를 위한─에 우울감에 빠지지 않을 도리가 없었다. 내가 일할 만한 호텔이나 하숙집은 어디에나 있었다. 하지만 왜 1946년은 끝나야 하는 걸까?

나는 절벽에 서서, 소금기 머금은 땅과 풀밭 위로 날아올라 과거로 사라지려는 1946년의 날개를 잡으려고 했다. 하지만 실제로는 캐버섬 플레이페어 로의 모든 이에게 작별 인사를 했다. 네 명의 노파, 실패와 수치는 숨기고 작은 행복을 공유하는 하숙생들, 그리고 주인 부부와 아직 말을 못하지만 아무도 그 사실을 언급하지 않는 네 살배기 아이에게. 그리고 크라이스트처치에서 일자리를 구할 때 필요한 새 신원 보증서("늘 손님들에게 공손하고 근면하고 친절……")를 가지고 나는 떠났다. 그리고 작은 몸집의 검은 고양이 한 마리에게도. 고양이는 수컷으로 알려졌지만 실제로는 암컷이었고, 나는 녀석에게 시그먼드*라는 애정 어린 별명을 붙여주었는데, 그것은 나중에 시그먼디로, 줄여서 시기로 변했다. 그리고 다시 한 번 영원히 소루쟁이와 야생 스위트피와 '녹슨 철로'에 묶인 철도인으로 나는 북행 급행열차를 탔고, 기차가 식물원에 앞서 오아마루로 다가가자 왼쪽으로 고개를 돌려 윌로글렌이 여름 광채 속에 서 있는 것을 힐끔 보았다.

윌로글렌의 여름

나는 윌로글렌에서 겨울을 제대로 보낸 적이 없다. 준과 브러디와 어머니와 아빠만이 냇물이 넘치고 소들이 진입로에 분탕질을 쳐서(지어놓은 외양간과 4천 평의 대지가 있는데 소들은 왜 그곳을 사용할 수 없던 것인지?) 대문까지 다니기 어려워지는 시절의 고통을 알았다. 나는 주말에만 추운 전면 침실에서 온수 주머니를 부둥키고 이불 속에 웅크리거나, 농장 작업복, 고무장화, 아빠의 낚시 우비 차림으로 추위를 몰아내려고 언덕을 서성거릴 뿐이었다.

아빠와 브러디는 집을 수리하는 데 많은 공을 들였다. 이제는 부엌에 흙바닥이 사라졌다. 지붕은 방수가 되었다. 수도관(겨울에는 얼었는데)을 놓아서 도시의 수도와 연결했고, 식기실에는 온수 탱크를 설치했다. 우리는 이제 복도에 전화—뿔처럼 생긴 길쭉한 수화기가 있는 공통 회선 전화—를 놓았고, 전화가 울리면 주로 어머니가 받았다. 아빠는 두려운 표정으로

*프로이트의 이름 지그문트를 영어식으로 발음한 것이다.

전화 받기를 거부했고, 어머니도 역시 두려워했지만 충격적인 소식에 대비해 마음의 준비를 했다. 그 당시 전화는 전보처럼 긴급한 사안에만 쓰였기에 생사와 관련된 소식인 경우가 많았다. 전화번호부는 언제나 '고사리대'*에 놓여 있었는데, 고사리대는 실내에 놓을 만한 크기의 옛날식 이름이 붙은 몇몇 가구가 그렇듯이 언제나 가족의 일부였다. 고사리가 놓인 적 없는 '고사리대', 인두 공예로 오래전에 죽은 왕과 왕비를 까맣게 새긴 할아버지의 체스 탁자, 시포니에라고 하는 간이 옷장…….

낙원의 여름이었다. 나는 시냇가의 쓰러진 자작나무에 앉아서 푸케코 새, 오리, 뱀장어를 보고, 무성한 버드나무 가지 사이로 방목장 안을 들여다보았다. 농축산물 중매인이 소유한 양과 소들은 매주 그곳에 머물다가 와이아레카 가축 시장으로 가고 결국은 푸케우리의 공장으로 실려 간다. 나는 그곳이 '도축장'이라는 걸 알았지만 오랜 세월 동안 그 어휘를 의식의 문간이라고 할 곳에 한정해두었다. 그곳은 말들이 그 의미를 조사받는 일도 깨달음의 번개를 받는 일도 없이 슬쩍 머물다 떠나는 곳이었다. 때로 나는 습지에서 양을 구해내기도 했고, 농축산물 중매인 ― 큰 키에 뿔테 안경을 쓴 네모진 얼굴이 첼로나 피아노 연주자 같은 느낌을 주는―은 그 대가로 내게 5파운드를 주었다.

나는 버드나무 뒤에 몸을 숨긴 채 도로도 내다보고 또 집배원이 자전거를 타고 농장들과 방목장과 올드밀 로 전의 마지막 집인 우리 집 편지함으로 오는 것도 보았다. 나한테 편지가 온 걸까? 어디서? 누가 보낸? 아빠는 편지함을 집 모양으로 만들

---

*고사리 나무는 뉴질랜드 전역에 서식하는데 그중 한 종류인 실버 펀은 뉴질랜드를 상징하는 식물이다.

었다. 굴뚝도 있고 문과 창문도 그려 넣은, 붉은 벽의 녹색 지붕 집이었다. 집배원의 자전거가 지나가면 나는 집 모양 편지함을 열어보았다. 크리스마스에 존 포러스트가 카드를 보냈다. 나는 고마웠고 "당신의 좋은 친구"라는 말에 담긴 애정의 정도를 짐작해보려고 했다. 이것은 '당신의 친구'라는 말보다 더 좋은 걸까 나쁜 걸까? 파괴적인 현실감 속에 나는 '당신의 좋은 친구'에는 별다른 희망이 없다는 걸 인식했다. 글자 하나하나를 살펴보거나 낭만적인 목소리로 부드럽게 속삭여보아도 마찬가지였다. 나는 존 포러스트를 사랑하는 것은 아니었지만 그래도 내게는 그의 관심이 필요했고, 어머니가 눈을 반짝이며 "포러스트 씨한테 연락 왔니?" 하고 물어보는 것도, 또 어머니가 품었을지도 모르는 희망을 잠재우기 위해 "그런 거 아니에요, 어머니. 그냥 일시적으로 제가 그 사람한테 전이하고 있는 거예요. 그건 널리 알려진 현상이에요. 프로이트 이론이요. 어머니는 잘 모르실 거예요" 하고 말하는 것도 기분 나쁘지 않았다.

그 여름은 불길함과 변화의 계절이기도 했다. 이저벨이 수영장에서 수영을 하다가 탈진해서 간신히 나왔다. 불려온 의사는 "심장이 문제"라고 말했다. 똑같은 일이 반복된다는 사실이 너무 끔찍해서 우리는 그 사건을 옆으로 밀쳐두었다. 우리가 그 일을 부모님에게 말했는지 어쨌는지는 잘 모르겠다. 이저벨은 활기찬 1년차 교사 생활을 마친 참이었고, 충실한 남자 친구와 약혼과 결혼을 생각하고 있었다.

이저벨과 준과 나는 성장해서 어쩔 수 없이 따로 살다가 여름에만 가깝게 지내면서 부모님에게, 그리고 두 분이 우리에게 바친 희생에 새로운 감정을 느끼게 되었고, 우리는 그간 모은 돈으로 어머니가 평생 꿈꾼 고향 픽턴을 보내드리기로 했다. 아빠는 별로 가고 싶어 하지 않았다. 아빠는 휴가철이면 주로 축구 시즌에 맞추어 폴리 고모네 집에 가서 국가 대항 경기를 봤기 때문이다.

"안 돼." 어머니가 말했다. "너희 돈은 너희가 써야지."

우리는 굽히지 않았다. 하지만 어머니는 30년 동안 고향을 떠나 있던 터라 자연스럽게 두려움을 느꼈다.

우리는 어머니에게 이저벨과 함께 가라고 했다. 모두가—아빠, 브러디, 준, 이저벨, 나—가 돈을 보냈고, 2월 초에 어머니는 새 손가방에 일등 기차표를 넣고, 가장 좋은—유일한—외출복과 새 밀짚모자 차림으로 이저벨과 함께 평생 꿈꿔왔던 휴가를 떠났다.

우리는 두 사람이 급행열차에 오르는 걸 보았다. 슬픔과 후회와 죄의식 속에 '어머니가 살아야 했던 삶'을 새로이 바라보면서 우리는 집을 떠나는 어머니의 두려움을 달래주려고 했다. 그리고 거기 도착하면 며칠 안에 집에 전화를 해달라고 했다.

"잘 도착하셨는지 알아야 하니까요."

"가시게 돼서 기쁜 거 맞죠, 엄마?"

우리는 어머니가 기쁘다는 걸 알았다. 어머니 얼굴에 예전 같은 기쁨이 떠오르는 것을 보았다—아! 와이카와 로, 아! 올드 캡스와 마오리 마을, 오! 해협, 언더우드 항, 디펜바흐와 자갈길, 자갈길 기억나니 얘들아, 폭풍과 난파선, 아 개척자들……

우리는 기차가 시야를 벗어날 때까지 손을 흔들었다. 그러니까 기관차 창고를 지나, 두 개의 철로가 원근법 수업에서 배운 것처럼 하나로 만나 머나먼 지평선으로 사라질 때까지, 기차와 그 안에 탄 사람들이 곧 좁은 I자 모양이 되어 그 위로 S자 연기를 뿜으며 남자 고등학교와 푸케우리를 지나, 캔터베리 평원과 크라이스트처치와 픽턴을 향해 달려갈 때까지.

다시 물에 의한 죽음

어머니의 부재는 죽음 같았다. 아빠는 늘 앉는 석탄스토브 옆의 식탁 자리에 우울하게 앉아서 최신 《유머》지를 읽었다. 아빠의 차에 설탕을 넣고 저어주는 사람도, 소포를 예언하는 거품이 표면에 떠올랐을 때 함께 흥분해주는 사람도—이런, 소포가 두 개로군!—등을 긁어줄 사람도, 아빠 옆에서 자며 불평을 들어줄 사람도—"당신 발에서 물이 떨어져"—없었다.

준과 내가 식사를 준비하고 브러디와 함께 소를 돌보았지만, 집안이 자연스럽게 돌아가고 우리가 "복잡한 요리를 하지 말라"는 아빠의 소망에 굴복한 첫날 이후 어머니의 부재는 응달진 집에 검은 서리처럼 내려앉았다. 방식은 다르지만 우리는 이저벨도 그리웠다. 그녀가 끊임없이 이것저것을 준비하는 것, 단을 늘이거나 줄이며 옷을 손보는 것, 구두를 수선하는 것, 모든 일과 모든 사람에 대해 솔직하게 말하는 것, 자기 '미래'를 상상하는 것이. 이저벨은 교사 생활은 1년이면 충분하다고 했다. 결혼은 하겠지만 그것과 별개로 큰 신문사의 기자가 되거나 다른 '중요한' 일을 하게 될 수도 있다고 했다. 더니든에서 세상에 맞닥뜨렸을 때 그녀는 스케이트를 타러 갔고, 여기 오아마루에서는 수영을 다녔다.

픽턴 휴가 이틀째 날 오후에 전화가 왔다. 전화를 받은 준은 잡음 속에서 "픽턴에서 걸려온 전화입니다"라는 말을 들었다. 아빠는 출근했고 브러디는 외출했다. 그레이스 이모의 전화였다. 그러더니 부엌에서 전화기에서 새어 나오는 잡음 같은 보이지 않는 소동이 일었다. 이저벨이 픽턴 항구에서 수영을 하다가 탈진해서 익사했다는 것이었다. 부검이 예정되어 있고, 그런 뒤 어머니가 기차로 이저벨을 데리고 올 거라고 했다.

무슨 착오가 있던 건 아닐까 생각해볼 여지도 없었다. 이저벨은 죽었다. 머틀이 죽은 지 10년이 다 되어가는 지금, 이 새로운 충격은 이중 낙뢰처럼 우리의 생각과 감정을 태워버렸다. 생각하고 느낄 것이 뭐가 있겠는가?

전화가 다시 울렸다. 아빠였다. 소식을 듣고 집으로 오고 있다고 했다. 브러디도 집으로 오고 있었다. 소식은 이미 퍼졌다. 10년 전의 가족 비극이 반복되었다. 오아마루 처녀가 물에 빠져 죽었다.

어떤 이들은 '소녀'라고 했고, 어떤 이들은 '여자'라고 했다. 스물한 살의 이저벨 메이 프레임.

아직 다른 식구들은 오지 않고 집에서 준과 내가 서로를 달래고 있을 때 누군가 뒷문을 두드렸다. J. B.였다! 와이타키 고등학교의 교장인 윌슨 선생님으로 이저벨과 준과 나는 '멋진 타이태닉 호, 거대한 현대식 선박, 1만 5천 톤의 강철……'로 알고 있는 사람이었다. 학창 시절 동안 가정생활과 학교생활을 완전히 분리해서 살았던 탓에 와이타키 교장 선생님이 집에

온 충격은 거의 애초의 충격을 뒤덮을 정도였다. 윌슨 선생님은 실제로 '우리 소파'에 앉았다. 스프링과 충전재가 튀어나오고 팔걸이 근처에는 오래전에 브러디의 고양이가 눈 오줌 자국이 검게 남은 그 소파에. 우리는 카네이션 향수로 그 얼룩과 냄새를 지워보려고 했지만 소용없었다.

윌슨 선생님은 우리를 끌어안았고 우리는 울면서 생각했다. 이저벨이 우리가 J. B.와 함께 있는 걸 볼 수 있었다면!

이저벨의 죽음 앞에서 나는 순간적으로 머틀 때처럼 한 가지 문제는 해결되었을지 몰라도 그 대가가 너무 크다는 생각이 들었지만, 그것은 첫 번째 익사의 꿈같은 현실에 압도당했다. 그리고 내가 두 사건을 보며 T. S. 엘리엇의 시구를 떠올렸다는 사실은 여전히 내가 문학 세계에 살고 있음을 상기시켜주었다. 나는 황무지를 살았다. 나는 페니키아인 플레바스를 만났다.

죽은 지 보름,
갈매기의 울음을 잊었다.

나는 버지니아 울프의 《파도》의 리듬과 느낌, '테스'와 '주드'의 비극, 브론테 집안에 연속으로 닥친 타격을 알고 경험했다. 이 새로운 죽음은 옛 이야기들의 에필로그이자 새 이야기의 프롤로그 같았다. '큰 바다'와 강들이 우리를 이야기하고 우리도 '우리를 이야기하는' 우리 땅의 이야기. 시간은 마침내 픽턴에서 그리 멀지 않은 캔터베리 평원에 자리를 잡았다.

……소나무 숲을 훑는 북서풍

……수상(水上) 경주와 철로에 슨 녹.*

멀리서 합쳐져서 흐릿한 원경이 되고, 부재의 검은 축이 되는 철로로.

우리의 슬픔과 눈물은 다시 한 번 익숙한 패턴이 되었고, 평범한 사물들이 가장 가슴을 파고들었다. 하다 만 바느질, 꿰매다 만 여름 원피스 단, 이저벨이 새로 산, 당시 유행한 길이가 짧고 소매가 넓은 '지피' 코트, 이저벨이 휴가 떠나는 날 팽개쳐두고 간 그대로 방 가운데 놓인 하얀 여름 구두. 거기다 어머니의 휴가라는 추가적 비극이 있고, 공정과 불공정을 따질 수 없는 사건들의 거짓말 같은 유사성이 있었다. 어머니가 짊어진 짐의 무게는 상상할 수 없었다. 익사, 부검(어머니 평생 두 번째), 그리고 이제 '시신'이 된 딸을 데리고 오는 먼 기찻길.

우리는 오아마루 역 승강장에서 픽턴발 기차를 기다렸다. 사람들이 전부 사건을 알았고, 아빠와 브러디, 준과 나를 보았다. 승강장 끝, 남자 화장실 옆에 있는 화물 출입구 앞에 장의사가 영구차를 대기시키고 있었다. 급행열차에 맞추어 책방과 찻집이 문을 열었고, 여종업원들이 판매대 안쪽에 나란히 서서 곧 파이와 샌드위치, 케이크, 음료수를 주문할 승객들을 기다리고 있었다. 아마도 모두가 알지는 못했을 것이다. 새 승객과 낯선 이들이 도착하고 기다리면서 '앎'과 '알지 못함'의 물결이 밀려갔다 밀려왔다. 그리고 승강장 너머, 붉은색 낡은 객차와 화물차들 너머에서는 돌 같은 회녹색의 차분한 여름 바다가 해

*앨런 커노의 시 〈시간〉의 일부.

변 바위들 틈으로 파도의 술을 부드럽게 띄워 보냈다. 나는 바다가 보이지 않았지만 그걸 알았고, 심지어 상상으로 바다 거품을 만질 수도, 회녹색 돌이 갑자기 투명해져 흐르는 듯한 물을 느낄 수도 있었다.

기관 주임실에서 전화벨이 울렸고, 나는 저건 푸케우리 전화라고, 기차가 오고 있다고 생각했다. 그 추측이 옳은지 어쩐지는 몰랐다. 내가 아는 건 기차가 올 때마다 기관 주임실의 전화가 울린다는 것뿐이었다. 그건 철도 상식이었다.

연기와 증기가 밀려들고 브레이크 소리가 나자, 사람들은 기차에 '빨려들지' 않도록 승강장에서 물러섰다. 그것은 철도 전통의 하나였다. 그런 뒤 장의사가 영구차를 최대한 기차에 가깝게 붙이고 사람들이 화물칸에서 우중충한 은색 관을 내렸다. 납으로 된 관이었다.

"냄새가 안 나게 하려고." 누군가 속삭였지만 누구였는지는 기억나지 않는다. 그렇게 분별없는 말을 할 수 있는 건 이저벨뿐이었기 때문이다!

그리고 어머니가 객차에서 내려와 눈물 속에 우리를 끌어안았다. 아빠가 "준비 다 되었다"고 말했고, 우리는 "윌슨 교장 선생님이 집에 왔다 갔어요"라고 말했다. 죽음이 우리에게 긴 회계를 시작시키고, 그 결과 손실과 이득과 최초의 보너스가 나온 것처럼.

어머니는 얼이 빠져 있었다. 눈은 공포에 질리고 '챙 넓은' 밀짚모자 아래로 회갈색 머리가 하얗게 변해 있었다.

사과 냄새 나는 크고 어두운 거실이 있던 오아마루 이든 로 56번지와 달리 윌로글렌은 죽은 자를 들일 장소가 없었다. 게

다가 언덕도 너무 멀고 가팔라서 관을 싣고 갈 수 없었기에 이 저벨은 장의소의 간이 예배당에 있다가 거기서 바로 매장지로 갔고, 브러디와 아빠와 어머니만이 장례식에 참석했다. 아마 그 시절에 대한 내 기억의 일부도 거기서 이저벨과 함께 묻힌 것 같다.

우리는 애도를 표하는 편지와 전보들에 답장했다. 장의사가 항목을 나열해서 보낸 청구서에는 돈을 지불했다. 의사도 청구 서를 보냈다. 이저벨이 물에 빠졌을 때 '수영장으로 진료를 간' 건에 대해서였다. 애도의 편지 가운데는 존 포러스트의 것도 있었다. 편지는 "프레임 양과 가족에 닥친 충격적인 비극에 심 심한 위로를 전합니다"로 시작해서 "당신의 좋은 친구, 존 포러 스트"로 끝났다. 나는 편지 전체를 통째로 기억한다. 그 언어도 충격적이었고, 그런 공식적이고 관례적인 애도 표현도, 존 포 러스트가 그런 편지를 쓸 만큼 상상력과 이해력이 부족하다는 사실도 받아들일 수 없었기 때문이다. 나는 내가 채택한 언어 의 세계에 배신당한 것 같았다. 내가 받은 것은 연민의 전언이 아니었으며, 혹독하게 비판적이고 그런 편지 쓰기의 어려움을 고려하지 않는 내가 최악의 산문으로 비난하는 언어였다. 내게 '내면의 외로움'을 앓고 있다고 말한 젊은이의 개인적이고 다 정한 말은 어디로 갔는가?

존 포러스트가 언어를 잘 사용하고 있다는 걸 그때 나는 몰 랐다. 그가 자신에게 연심을 품은 몇몇 여학생들에게서 달아나 고 있었다는 것을!

죽음은 부재의 극적인 성취다. 언어도 거의 비슷한 효과가 있다. 나는 이저벨과 존 포러스트가 함께 떠났다고 느꼈다.

우리는 서로의 슬픔을 각자 견뎠다. 이저벨은 우리와 성장하는 인생의 각기 다른 측면을 공유했기 때문이다. 오랜 세월 동안 '도츠와 칙스'—이저벨과 준—는 한때의 '머틀과 브러디'처럼 떼어놓을 수 없는 짝꿍이었다. 가운데 있던 나는 나이와 관심에 따라 이쪽저쪽을 옮겨 다녔고, 그러다 브러디가 병이 생기고 머틀이 죽으면서 혼자가 되었다가 나중에 이저벨과 한 패가 되었는데, 그 뒤에 준이 자라나 이저벨과 어울리면서 다시 혼자가 되었다. 브러디는 아주 어릴 때를 빼면 늘 혼자였다. 하지만 이저벨은 언제나 생기가 넘쳐서 그 존재와 견해를 무시할 수 없었고, 그녀의 '물건'을 처리하면서도 우리는 이저벨이 자신의 좋은 구두, 지피 코트, 꼭 끼는 '샤잠' 셔츠가 다른 사람한테 가는 걸 보면 길길이 뛸 것을 알았다. 언젠가 이저벨이 말했다. "내가 죽은 다음에 언니하고 준이 내 옷을 입으면 내가 하늘에서 내려와서 쫓아다닐 거야." 하늘? 이저벨은 천국을 믿은 걸까?

열여섯의 나이로 죽은 머틀은 이든 로 56번지에 자신의 일부, 자신의 존재를 남기지 않았다. 아마 그 집이 우리 집이 아니고 언제라도 '길거리로 쫓겨날' 위험이 있었기 때문일 것이다. 하지만 윌로글렌을 사랑했던 이저벨은 그곳을 떠나지 않았다. 그 집은 작았지만 집 안에도 그리고 바깥의 과수원 나무들, 소나무, 은백양나무, 삼나무와 다섯 그루 떡갈나무 틈에도 기억을 남겨놓을 수 있었다. 또 시냇가와 산사나무, 양딱총나무와 산사나무 산울타리에, 까치와 솔부엉이, 그리고 작은 새들을 공격한다고 해서 전쟁 중에는 '독일 올빼미'라고 부른 금눈쇠올빼미가 사는 커다란 측백나무 밑에, 햇볕이 차분한 금빛으로 내리쬐는 풀밭, '아래 평지'에도.

어느덧 익숙해진 죽음과 매장의 의식이 끝난 뒤 나는 크라이스트처치에 가서 살면서 일하겠다는 계획을 바꾸지 않기로 했다. 나는 윌로글렌을 떠나야 했다. 집에는 "재닛에게 큰 상처가 되지 않았으면 좋겠어. 알다시피…… 재닛은 시클리프에 있었으니까" 하는 분위기가 흘렀다. 내가 시클리프에서 한 달 반을 지낸 뒤로 식구들은 '심각한' 일은 나와 의논하지 않았고, 나는 그런 특별 보호가 싫었다. 거기다 사람들을 만나는 일도 내겐 맞지 않았다. 이저벨의 장례를 치르는 동안 손님들이 오면 난 방으로 들어갔고, 어머니는 방문 앞에 와서 당혹감과 질책이 담긴 눈빛을 보냈다. "밖에 나오지 않겠니?"

또는 손님이 오기로 되어 있으면 어머니나 아빠가 말했다. "오늘 오후에 W 부인이 오실 거야. 재닛은 나올 거니?"

나는 숨어 지냈다. 나는 슬픔에 빠져 있었다. 아무에게도 나를 '보이고' 싶지 않았다. 병원에 다녀온 뒤로 사람들이 나를 그냥 '보는' 게 아니라 조심스레 '살펴보았기' 때문이다.

나는 크라이스트처치의 《프레스》지에 실린 구인 광고를 훑었다. 숙식을 제공하는 일자리는 고아원, 섬너 농아 학교, 그리고 역시 호텔과 하숙집들뿐이었다. 크라이스트처치와 교외 지역 지도를 익히면서, 나는 그 긴 도로들과 낯설고도 익숙한 이름들—린우드, 버우드(거기에 캐버셤 산업학교 같은 여자 소년원이 있지 않나?), 군대 막사가 길게 늘어선 버넘, 롤스턴, 템플턴, 혼비(해마다 크리스마스 때면 브러디가 '혼비 기차'를 사달라고 했기 때문에 기억에 생생한)—에 두려움이 커졌다. 나는 사람들 소리, 기차 소리, 증기 뿜는 소리가 가득 울리는 크라이스트처치 기차역을 생각했다. 사방에서 각기 다른 선로로 들어오는 기차들, 물방울이 떨어지는 객차 유리창에 흰 베개를 대고 잠든 사람들, 소매로 증기를 닦고 졸린 눈으로 철도 식당의 노란 불빛과 다른 기차에서 버린 쓰레기가 가득한 외벽의 턱을 내다보는 사람들. 청색 띠를 두른 철도 컵과 접시, 철도 차(茶)와 젖은 햄 샌드위치 부스러기와 드 레즈케나 아다스 같은 담배 꽁초…….

나는 지도에서 내 소설을 출판할 캑스턴 출판사가 있는 거리를 찾았다. 그들은 《랜드폴》이라는 새 잡지에 내 단편 소설 한 편을 잰 고드프리라는 이름으로 실을 예정이었다. 잰 고드프리는 부모님을 생각하며 고른 이름이었다. 아빠는 나를 잰이라고 불렀고, 고드프리는 어머니의 결혼 전 성이었기 때문이다. 나는 존 포러스트의 친구인 R 부인이 사는 교외 지역도 찾았다. 그리고 대학이 있었다. 그 근처로 갈까? 나는 내 모든 꿈을 엄혹한 현실과 나란히 놓을 수 없다는 사실을 알았다.

농아 학교에서 보낸 지원 서류를 받아보니 그 사람들이 '나에 대해 너무 많은 걸' 알려고 한다는 느낌이 들어서 나는 "말씨가 곱고, 늘 손님들에게 공손하며, 정직하고 근면하다……"는 신원 보증서를 가지고 시내 작은 호텔의 청소부 겸 웨이트리스 모집 광고에 응했고, 옥시덴탈이라는 이름의 '경마' 호텔에서 일하게 되었다.

어린 시절에 익힌 단어와 그 의미가 머리에 들어왔다. 나는 '결정'했다. 나는 '목적지'가 있었다.

나는 다시 한 번 기차에 올랐고, 이번에는 캔터베리 평원을 지나 크라이스트처치로 갔다.

상실, 죽음, 나는 모든 것에 대해 철학적이었다. 나에게는 아직 글쓰기가 있었고, 필요하면 내 정신분열을 이용해서 생존할 수 있었다. 나는 호텔에서 일하는 게 좋았고 경마 언어와 주요 고객인 사육사, 교배사, 구매자, 마주들의 언어를 배우는 것도 좋았으며, 나날의 일과도 마음에 들었다. 시간에 맞춰 식사를 내고 저녁 다섯 시에 간식을 내고, 프랑스 구매자들에게 기회를 봐서 프랑스어로 말하고 그들이 왜 '고등교육을 받고' 웨이트리스로 일하느냐고 물으면 살짝 우월감을 느꼈지만 아직은 나를 '작가'라고 부를 수가 없어서 대개 "개인적인 연구를 하고 있어서"라고 대답했다.

일이 끝나고 내 방에서 혼자 화장대 거울을 기울여 썩은 이를 들여다보면, 자존심의 작은 승리가 시들었다. 충치를 피할 방법은 없었다. 그것은 아팠다. 얼굴 전체가 욱신거렸다. 나는 온수 주머니를 턱에 대고 이불 속으로 기어들었다. 이대로 있을 수 없다는 걸 알고 있었다. 보건소에서는 이를 무료로 때우거나 뽑아주었지만 어떻게 용기를 내서 진료 예약을 한단 말인가? 그리고 나는 내내 공허함에 시달렸고, 도시는 그것을 강화해주었다. 끝없이 뻗은 평탄한 직선 도로들, 언덕 능선이 없는 하늘, 바다가 보이지 않는 까마득한 지평선이. 나와 도시 전체가 하늘로 벽을 친 거대한 우물 속에 있는 것 같았다. 누가 저 하늘 밖으로 나갈 수 있을까? 앞문이나 뒷문으로 나가도 어디를 내다본다는 말인가? 나는 인간의 몸처럼 위인 심을 가까운 언덕조차 없는 곳에서 너무도 외로웠다.

크라이스트처치에 와서 몇 주 지나지 않아 나는 존 포러스트의 친구인 R 부인과 약속을 잡았다. 이를 뽑도록 진료를 주선해주고 보건소 치과까지 동행해달라는 부탁을 할 참이었다. 하지만 부유한 교외 지역에 있는 그 집에 가서 황갈색과 갈색 옷차림의 키 크고 여윈 부인이 문을 열어주었을 때, 나는 내 곤경을 설명할 방법이 없다는 느낌 속에 (입을 다물고) 서서, 이렇다 할 장애가 없어 보이는 스물두 살 꽃다운 처녀가 다시 '정신분열병'의 문을 열어젖혔다. 그것은 이제 내게 도움을 주는 사람들에게 관심을 불러일으키는 유일한 방법이 되었다. 그렇지만 나는 그 후 몇 주가 지나서야 충치 문제가 급하다는 걸 말할 수 있었다. R 부인은 친절하게 내가 병원에서 윗니를 뽑을 수 있게 해주었다. 함께 병원에 가주었고 나더러 서니사이드 정신병원에 자발적 입원을 하는 게 어떻겠느냐고, 그곳의 최신 전기 치료가 도움이 될지도 모른다고 말했다. 그래서 나는 필요한 서류를 작성했다.

나는 이가 빠진 채로 서니사이드 병원에 들어가서 최신 전기 치료를 받았다. 그러자 내 인생은 갑자기 초점을 잃었다. 나는 기억이 나지 않았다. 겁이 났다. 나는 주변 사람들과 똑같이 행동했다. 전에 이미 그 언어를 배웠기에, 그들의 언어로 말하고 행동했다. 너무도 외로웠다. 대화 상대가 전혀 없었다. 다른 정신병원과 마찬가지로 거기도 수용되면 시키는 대로 행동해야 했고 다른 방법은 없었다. 이가 빠졌다는 수치, 지독한 상실감, 외로움, 거기다 이제 준까지 곧 결혼할 예정이었기에 나는 지상에 내 자리가 없다고 느꼈다. 서니사이드를 떠나고 싶었지만 어디로 간단 말인가? 나는 상실한 모든 것을 애통해했다. 교사라는 직업, 내 과거, 몇 주 이상 머물 수는 없지만 그래도 내 집인 곳, 형제들, 친구들, 이, 그러니까 나라는 인간을. 내게 남은 것은 작가가 되겠다는, 남들이 기이하다고 눈살 찌푸리는 생각과 이미지를 탐구하겠다는 소망, 그리고 아마도 망상일 거라고 여기는 야망뿐이었다. 글이라고는 준과 부모님과 브러디에게 보내는 편지밖에 쓸 수 없었고, 그나마도 검열을 당했으며 때로는 아예 발송되지 않기도 했다. 준에게 보낸 어떤 편지에는 실제로 버지니아 울프를 인용해서 '땅콩버터 냄새' 협곡을 이야기했다. 내 편지를 읽는 의사는 이것에 의문을 품고 그것이 내 '정신분열병'의 증거라고 판정했다. 의사와 면담 한 번 하지 않고 아무런 검사도 받지 않았지만, 이제 나는 정식 정신분열병 환자가 되었기 때문이다. 나는 나 자신을 덫에 걸어 넣었지만, 그 덫은 도피처이기도 했다.

입원한 뒤 서너 달이 지나 자발적 입원자에서 수용 환자로 신분이 바뀌면서, 내가 앞서 설명한 기나긴 입원 세월이 시작되었다. 하지만 나는 사건과 사람과 장소만을 설명하고, 나 자신에 대해서는 내가 갇혔다는 사실과 이것이 '종신 수용'임을 끊임없이 환기시켜주는 사람들로 인해 느낀 공황감만을 밝혔다. 그 뒤로 여러 해가 흐르는 동안 내 진단은 공식 면담이나 검사를 통해 확인하는 일 없이 그대로 유지되었고, 나는 내게 닥친 곤경에 참담한 무력감을 느꼈다. 내 외로움의 영토는 죽음을 앞둔 자들이 생의 마지막 시기를 보내는 장소와도 비슷했고, 거기서 살아 나오는 사람들이 불가피하게 갖는 독특한 관점은 그 개인에게 악몽이자 보배이자 평생의 재산이 된다. 때로는 그것이 세계 최고의 관점인 것 같다는 생각도 든다. 그것의 지평은 고대 신들의 거처인 사랑의 산에서 보는 관점보다도 넓고, 환희와 섬뜩한 노출 면에서는 동급이라고. 하지만 세상에 귀환하는 행위 자체가 그 관점을 정신의 한 칸, 토머스 비첨이 "눈 5센티미터 안쪽에 있는 방"이라고 말한 곳에 따로 떼어 놓게 만든다. 그리고 당사자는 그 보물과 그것이 미다스의 손처럼 매 순간을 금빛으로 물들이는 것을 기억하고, 때로는 일상의 평범한 쓰레기 속에서 그 빛을 보기도 한다.

그때부터 내가 완전히 풀려난 1954년까지는 공포와 불행의 세월이었고, 고통의 원인은 내가 갇혀 있다는 사실과 그곳에서 받은 치료였다. 입원 초기에 나는 두세 번에 걸쳐 몇 주에 한 번씩 퇴원할 기회가 있었는데, 그때마다 달리 갈 곳이 없어서 그리로 돌아가야 했다. 나는 박해자에게 돌아가는 피해자처럼 늘 겁을 먹고 있었다.

오아마루에 처음 돌아갔을 때 나는 《오아마루 메일》에 구직 광고를 내면서 나를 '고등교육 이수자'로 소개했고, 세 건의 답신이 왔는데 모두 "고등교육 이수자님께"라고 시작했다. 나는 그중에서 예전에 '잠행성 마비'라고 부른 병으로 거동을 못하는 부인이 있는 O 씨의 집으로 가기로 했다. 나는 한 달 동안 그 집을 청소하고 빨래하고 다림질을 하며 조용히 질병의 불결함에 잠겨 사는 O 부인의 시중을 들었다. 남편 O 씨는 건강하고 하루 종일 밖에서 일을 하는데도 아내의 그런 흔적을 담고 있었다. 깨끗이 다린 흰 셔츠에 땀을 흘렸고 이마에도 항상 땀이 맺혀 있었다. 그들은 자신들의 신체 상태에 대한 언급을 빼면 나한테 별로 말이 없었다.

"남편은 땀이 많아요." O 부인이 말했다.

"의사 말로는 집사람의 병이 진행성이랍니다." O 씨가 말했다.

자연에 둘러싸인 윌로글렌에서 기쁘게 깨어난 뒤, 햇빛과 녹색과 청색으로 목욕하는 듯한 기분으로 상쾌한 공기를 뚫고 젖은 풀밭을 지나고, 오리들이 꽥꽥거리는 연못 옆길로 오아마루 식물원을 가로지르고, 철로를 건너 사우스힐 저지대로 가서 아침 이슬에 흠뻑 젖은 도시와 바다를 잠시 내려다본다. 그리고 소로를 통해 할머니 보닛을 파는 상점 앞을 지나 O 씨네 집에 도착해서 땀과 눈물에 젖은 이 회색인들의 집에 들어가면 그 집에는 햇빛과 오전의 부드러움이 빠져나가 있었다. O 부인의 방에서는 밖을 내다볼 수도 없었다. 창문을 절반쯤 가린 크고 컴컴한 옷장이 무기를 들어 올린 전사처럼 가파른 그림자를 드리웠기 때문이다.

나는 O 씨네 집을 떠났다. 그리고 거기서 번 돈으로 윗니 세트를 샀다. 나는 여동생 준 부부의 초대를 받아서 잠시 그들의 오클랜드 집에 다녀오기로 했다.

오클랜드에서 나는 주변의 모든 것에 예민했다. 낯선 분위기와 열기, 끊임없이 우는 매미와 귀뚜라미 소리, 모기들, 그리고 처음 겪는 아열대의 빛. 그 빛은 가혹한 밝음과 낙원의 구름 같은 부드러움을 넘나드는 것이 마치 거대한 폭풍이 끝없이 끓어오르는 것 같았다. 여름이 가까웠고, 세상은 하늘의 파란색을 마시고 또 마셔서 저녁이면 진청색으로 어두워지는 파란 꽃들로 가득했다. 나는 이 세상에 존재한 적이 없거나 존재했다 해도 이제는 지상에서 지워진 것 같은 소외감과 공허감을 느꼈다. 나는 어찌 된 일인지 시간의 균열 속으로 떨어졌고, 이

런 감정들은 내가 아무하고도 '접촉'하지 않고 내면의 생각을
나눌 사람이 없어서였다. 나는 평소처럼 미소를, 큼직한 의치
를 반짝이는 미소를 지으며 일상을 이야기했다. 나는 시를 썼
지만 아무에게도 보여주지 않았다. 언젠가 가족 중 한 명이 내
가 쓴 단편 소설을 읽고 나에게 절대 작가가 될 수 없을 거라는
의견을 강력하게 피력했다. 때로 내가 직유나 은유나 이미지를
써서 내 '진정한' 느낌을 표현하면, 듣는 사람의 눈에 당혹감이
어렸다. 이 사람은 미친 사람이구나, 하는.

서니사이드 초기 시절에 나는 존 포러스트와 편지를 주고받
았지만, 가족과 친구들에게 한꺼번에 보내기 위해 탄소지에 대
고 눌러쓴 편지와 거기 적힌 "친애하는 여러분께"라는 도입구
는 썰렁함을 안겨주었으며, 오아마루에서 지내는 동안 그가 결
혼했다는 소식을 듣자, 나는 밀려났다는 자연스러운 느낌 속에
더 이상 반 고흐나 후고 볼프와 '유사한' 방식의 자유로운 고
백—내 환상과 행동을 설명하는 편지를 쓰지 않았다.

준 부부의 집에서 보낸 시간은 그렇게 훌륭하지 않았다. 나
는 울타리를 이룬 그들 부부와 갓 난 아들 뒤편에 우두커니 서
있었으며, 누가 나를 부르고 바라보면 소외감에서 비롯한 소심
함과 자의식이 커졌다. 준의 친구들은 "언니분은 어떠셔?" "오
클랜드에 지내시는 게 좋대?" 하고 물었고, 나는 월로글렌의
집에서 그랬던 것처럼 여기 오클랜드에서도 3인칭이 되었다.
사람들은 때로 내가 걸어 다니는 부고(訃告)인 것처럼 과거형으
로 물었다. "언니분은 어떠셨어?" 자신들 앞에 나타난 것이 고
고학적 발굴물이고, 그래서 눈과 심장과 정신을 다해 내 이름
과 날짜와 '장소'를 '탄소' 측정하려는 듯이—하지만 나에게는

장소가 없었다! 그러는 사이 캑스턴 출판사에서 소설집 출간 계획을 세운 지 여러 해가 지났고 나는 그 일을 잊었다.

나는 더 이상 공허감을 견딜 수 없었다. 나는 내적 상태로 물러갔다. 그러니까 그런 가면을 썼다. 하지만 동시에 모든 것을 인식했다. 나는 내 공허감과 소외감 속에서 주변의 모든 것과 모든 사람도 소외되고 공허하다고 주장했다. 그런 상태가 되자 나는 당연히 애번데일에 있는 오클랜드 정신병원으로 가게 되었다. 적어도 그곳은 사람들이 내가 '익숙하다'고 믿는 나의 '장소'였다. 나는 얼른 귀화지에 적응해서 다시 그 언어에 능숙해졌다. 불결함과 잔혹함은 이루 설명할 수 없을 지경이었다. 나는 복닥거리는 휴게실과 운동장의 수많은 장면을 기억하고, 만약 《물속의 얼굴들》을 다시 쓴다면 정신병원에 수감되었던 경험자가 사실을 과장한 것처럼 보이기 싫어 생략한 많은 이야기를 집어넣을 것이다. 외부 병동인 7병동(?)은 공원도 있고 버드나무도 있고 친절한 병동 간호사도 있는 오아시스로 기억된다. 그 너머에 파크 하우스라고 하는 건물들, 인간이 빠른 시간 안에 동물로 변모하는 곳이 있다고는 누구도 상상하지 못했을 것이다.

그곳에서 보낸 세월은 비극으로 응축되었고, 유머도 있었지만 지배적인 분위기는 희망 없이 영원히 지속되는 암울함이었다.

애번데일에 입원해 있는 동안 소설집 《석호》가 출간되었다. 나는 외부 병동으로 옮겨졌다. 나는 여위었고 피부가 짓물렀으며 한쪽 귀에서는 고름이 흘렀다. 파크 하우스의 사람들은 모두 피부가 짓무르고 손발이 감염되고 매주 등유로 머리를 빗어도 어떤 이들은 이가 있었다. 내가 외부 병동 침대에 누워 있을 때, 준 부부가 《석호》 여섯 부를 가지고 왔다. 나는 그것들을 뉴질랜드 국가 문장—아케, 아케, 앞으로, 앞으로—이 새겨진 흰색 홑이불 위에 펼쳤다. 책의 장정이 멋있었다. 들풀 줄기가 얽힌 것 같은 연청색 문양이. 나는 책장을 넘기며 종잇장의 작은 알갱이를 느껴보았다.

"이걸로 뭘 해야 되지?" 내가 물었다.

두 사람은 그런 일에 대해 나보다 더 잘 알아서, 작가는 인쇄된 자기 이름 아래쪽에 서명을 한다고 했다.

"정말?" 나는 신기했다.

나는 여섯 권 모두에 서명한 뒤 한 부는 내가 갖고, 나머지는 준 부부가 '꼭 줘야 할 사람들'이라고 한 이들에게 주기로 했다. 나의 책. 《석호》. 제목을 정한 것은 내가 아니라 캑스턴 출판사였다.

그런 뒤 준 부부는 남섬에 가기로 했고 나는 그들과 함께 오아마루로 가야 했다. 준은 나와 어린 아들 둘을 데리고 비행기를 타고, 준의 남편은 자동차를 몰고 오클랜드를 떠나 열흘쯤 뒤에 오아마루에 도착하기로 되었다.

오아마루로 가는 도중 크라이스트처치에서 비행기를 갈아타야 했는데, 아직도 마음이 첫 책 생각으로 가득했던 나는 '사람들'이 내 책에 대해 뭐라고 말하는지 궁금해서 기다리는 동안 크라이스트처치 《프레스》지의 도서 면을 살펴보았다. 도서 면 아래쪽에 대여섯 줄 정도 짧게 적힌 평은 이런 내용이었다. "이런 것은 전에도 있었고, 너무 자주 있었다…… 독창성이 없다…… 이런 책을 출판하는 것은 시간 낭비다." 당시 문학 비

평가들은 우리 문학이 이제 '성년'이 되었다고 생각해서, 많은 작가가 어린 시절 이야기를 쓰는 걸 탐탁지 않게 여겼다. 어린 시절 이야기만 쓰는 나라가 어떻게 성인이 될 수 있겠는가, 하는 것이었다. '성숙'에 대한 갈망이 컸던 것은 성장을 가리키는 말들 가운데 성숙이 특히 인기였기 때문이기도 했다.

《프레스》의 평을 읽고 나는 수치심과 자괴감으로 고통에 빠졌다. 어디 '있어야' 할지 알 수 없는 고통―책을 쓰는 세계에 살 수 없다면 나는 어디에서 살아야 한다는 말인가?

준과 두 아들의 윌로글렌 방문은 화려한 참사였다. 어린아이들을 보고 향수 어린 권력욕을 느낀 아버지는 준의 아들들을 먹잇감으로 삼아 그들이 하는 행동 하나하나에 쉴 새 없이 "저런저런" 하고 큰 소리로 혀를 차면서, 오랫동안 쓰지 않던 "내 손맛을 좀 보고 싶은 게로구나"라거나 "한 번만 더 그러면 껍질을 벗겨놓을 테다" 같은 말을 했다. 세 살과 한 살 반인 아이들은 장난감에서 관심까지 모든 걸 서로 더 갖겠다고 다투었다. 아이들은 어른들의 감정의 초점이 되어 전시물처럼 관찰당했다. 어른들은 아이들에 대해 이야기하고 비난하고 경고하고 질책히고 평기히고 그들의 미래를 계획했다. 아버지는 예전에 아주 가끔 고양이들을 부엌에 들이고 관찰하던 때처럼 아이들을 관찰했고, 우리는 아이들 주변에 모여 함께 놀며 즐거워했지만 어느 한순간 대장인 아빠가 광대들의 재주를 보던 왕처럼 소리쳤다. 됐다! 모두 나가라!

그러면 고양이들은 차가운 어둠 속에 내쳐져서 어리둥절함에 야옹거렸고, 우리의 즐거움은 실망과 슬픔으로 변했다.

집안의 공인된 부적응자였던 나는 어머니와 준이 결혼과 잠자리와 출산에 대해 친밀하게 이야기하는 데 모욕감을 느꼈다. 어머니는 나하고는 그런 이야기를 하지 않았고, 여러 해가 지나서 준이 이따금 "어머니가 머틀을 낳았을 때…… 브러디를 낳기 전에……" 하고 내가 모르는 이야기를 하면, 나는 어머니의 관심에서 배제된 아이가 된 것 같았다. 우리 집에서는 언제나 권력자와 무력자의 투쟁이 있었고, 그 투쟁에서는 사람들과의 가까움, 그리고 그 사실을 증명하는 능력이 권력의 상징이었다. 식구들 한 명 한 명이 힘겹게 박탈의 사막을 지나가면서 거기 소중한 꽃들을 천천히 심고, 그것을 사막 여행에 진척이 없어 보이는 다른 식구들에게 가리키고 설명하고 기뻐하고 싶어 하는 것 같았다. 그러다가 마침내 통찰이 와서, 왜 다른 이들이 때로 불운에 기뻐하는 듯한 모습을 보이는지, 각자가 답파한 거리를 설명하며 승자와 패자를 거명하는지 이해하게 된다.

그해 여름 내게는 편지 한 통 오지 않았다. 누가 편지를 보내겠는가? 준 부부와 울보 아이들은 북섬의 집으로 날아갔다. 나는 다시 한 번, 산책을 좋아하는 고양이 시기와 함께 올드밀 주변 언덕을 떠돌아다니는 프레임 가의 미친 딸이 되었다.

나는 평지가 내려다보이는 거실에서 잤다.

"이제 다시는 네가 집을 떠나지 않았으면 좋겠다." 아빠가 말했다. 아빠는 내 책을 꽂을 서가를 지었다. 《우리를 이야기하다》, 《뉴질랜드 운문 선집》, 《런던의 시》, 《전쟁 시편》, 《죽음과 등장》, 《황무지》, 릴케의 《오르페우스에게 보내는 소네트》(크라이스트처치에서 산 것), 셰익스피어(크라이스트처치에서 준 부부가 내게 준 것)가 있고, 내 책 《석호》도 있었다. 아빠가 준 돈으로 나는 호지스 상점에서 크레톤 천을 사서 내 방 커튼을 밝은색으로 바꾸었고, 어머니는 칼더 매케이스에서("우리는 우수 고객이야") 장밋빛 거위털 이불을 사주었다.

이 모든 것이 가족적인 장면을 만들었다.

병원에서 있었던 일을 이야기할 때면 나는 재미있는 사건과 전형적인 환자들—예수 그리스도, 여왕, 여제—이야기만 했다.

아빠는 섹스턴 블레이크 시리즈를 계속 가져왔다. ("재닛은 탐정 소설을 좋아하지.")

어머니와 나는 《진실》지에 요리법을 투고했고, '연어 크림'으로 일등상을 받았다.

아빠는 꽃들—과꽃, 달리아, 카네이션이 내 방 창밖의 작은 정원에서 자랐다—을 소중히 여겼지만, 시기가 달리아를 긁거나 내 방 창문에서 뛰어내려 카네이션의 약한 줄기를 꺾어 놓아도 분노를 자제했다. 시기는 밤이면 창문으로 들어와 내 침대 발치에서 가르랑거렸고, 나는 손을 뻗어 녀석의 검은 털을 쓰다듬으며 속삭였다. "아, 시기야, 시기야, 나는 어떻게 해야 할까?"

바늘에 실 꿰기

답이 나왔다. 나는 오아마루 공립 병원에 세탁 보조원으로 취직했다. 매일 그곳의 탈수실에 갇혀서 롤러 사이로 나오는 뜨거운 시트를 빼내서 접고 다른 보조원에게 넘겼다. 우리는 뜨거운 수증기로 얼굴이 벌게진 채 땀을 흘렸으며, 기계 소음을 뚫고 나누는 대화는 대개 고함으로 오가는 문답이었고("이번 토요일에 스코티시에 갈 거야?" "메리의 파티에 갈 거니?"), 그 대화는 다과 시간에 확대되었다. 사람들은 다과 시간에 '스코티시'(매주 댄스파티가 열리는 홀)를 품평하고 메리, 비비안, 놀라인의 약혼 '파티'를 준비했다. 나는 단순한 질문에도 대답할 말이 없었다. 여기 오기 전에는 어디서 일했어? '사귀는' 사람 있어? 왜 머리는 맨날 붕 뜨게 해서 다니니? 나는 우리가 매일 아침 열 시에 듣는 〈내 남편의 사랑〉이라는 라디오 연속극 이야기를 할 수 있었다. 플런더 바를 비롯한 경주마도 두어 마리 알았고, 〈오 분만 더〉 같은 노래들도 알았다.

오 분만 더,
당신 품에
있게 해줘요.
일주일 내내 토요일 데이트를 꿈꿨어요…….

그때는 이미 인기가 시든 노래였지만 어쨌건 나는 그 노래를 알았다. 그리고 오타고와 사우스랜드 지역에서 인기가 가장 많은 럭비 팀 이름도 알았다. 트레바탄스, 그리고 해설자 휑 매켄지도. 그래도 나는 이질감을 느꼈다. (시기야, 시기야, 나는 어떻게 해야 할까?)

그러던 어느 날 어머니가 한밤중에 심장 발작을 일으켰다. 난리법석 소리에 잠이 깬 나는 브러디가 처음 발병해서 우리 모두 잠에서 깨어 하얀 얼굴로 덜덜 떨던 그날 밤이 생각났다.

내가 놀라서 방문 앞에 있는데 브러디가 나타났다. 그는 이제 아빠가 나에게 쓰는 새로운 어조로 말을 했다. 그것은 나를 어떻게든 '관리'해야 한다는, 내가 정신을 놓거나 그들이 대처할 수 없는 방식으로 반응하는 것을 막아야 한다는 듯한 말투였다.

"괜찮아. 걱정할 것 없어. 엄마가 심장 발작이 나셨어. 의사가 모르핀을 주사했고, 사람들이 병원에 모시고 갈 거야."

나는 어머니를 보러 나갔다. 어머니는 자는 것 같았고 얼굴은 도자기처럼 창백했으며 흰머리가 많은 긴 머리를 하얀 베개에 흩뜨린 채 들것에 실려 나가고 있었다. 어머니가 눈을 뜨더니 병이 나서 미안하다고 말했다. 그리고 다시 눈을 감았다. 아빠와 브러디가 어머니를 따라 병원으로 갔고 나는 내 방으로 돌아갔다. 침대 끝부분, 시기가 있던 자리가 움푹했다. 시기는 놀라서 창밖으로 뛰어내리고 없었다. 창밖으로 나무 가득한 밤을 내다보았다. 금눈쇠올빼미의 세 시 울음소리가 들렸다. 밤은 이미 모서리가 허물어지고 있었다. 나는 그날 밤이 사람의 인생에 늘 있고 우리 가족에게는 이정표처럼 보이는 격렬한 변화의 밤이라는 걸 알았다.

다음 날 아침, 나는 오래전 브러디의 병이 시작된 다음 날처럼 우리 인생의 복잡하고 두려운 변화를 기억하며 깨어났다. 나는 모든 것이 예전과 같고, 조용조용 가족을 돌보는 어머니가 있기를 바랐다. 하지만 그렇지 않았다. 어머니는 드디어 고통으로 자신을 표현했다. 어머니가 돌아가시면 어떻게 하지? 아니, 사람들은 어머니가 푹 쉬면 나을 거라고 했어. '앞으로는' 더 많이 쉬어야 할 테고, 스스로를 돌보는 일도 돌봄을 받는 일도 많아져야겠지만.

어머니가 병원에서 따뜻하고 편안하게 쉬는 동안 아버지의 얼굴에는 황량함이 보였다. 부엌에 들어서서 "여보?" 하고 불렀을 때 어머니가 없으면, 그게 잠시 다른 방이나 빨래줄 앞에 가 있는 것뿐일지라도 크게 당황하던 아빠. 이제 어머니가 집에 없으니, 아버지의 얼굴은 완전한 상실과 혼란에 싸여 있었다.

나는 아침 식사를 준비했다. 식탁 끝 자기 자리에 웅크리고 앉은 아빠를 위해 차를 끓였지만, 아빠가 어머니에게 요구하던 섬세한 시중―차에 설탕을 넣어 저어주고, 구두를 닦아주고, 등을 긁어주는―은 들지 않았다. 나는 전기다리미를 켜서 아빠의 손수건과 셔츠를 다렸다. 아빠는 자기 작업복을 세탁실 세탁조에 직접 담그고 구리 막대로 쑤셨다. 그리고 불을 붙이고 뒷문 앞 달개 지붕 밑에 쌓아둔 철도 석탄도 가져왔다.

어머니는 드디어 고통으로 자신을 표현했다. 석탄스토브에 타오르는 마술 같은 불, 따끈한 식사, 검게 반짝이는 번철 위에 익는 빵들, 하인처럼 식구들을 끝없이 돌보는 일은 끝났다.

어머니가 병에 걸리다니! 어머니는 집으로 돌아와야 했고, 고통 없이 온전하게 돌아와야 했다.

나는 어머니를 보러 병원에 갔다. 어머니가 극적으로 집을 떠난 결과, 나는 어머니라는 개인을 처음으로 보았고 두려움과 분노를 느꼈다. 어머니는 우리가 길에서 마주치는 그런 사람일 뿐이었다. 웃고 떠들 수 있고, 조롱받지 않고 자기 생각을 말할 수 있었다. 거기서 어머니는 작은 공책에 시를 써서 다른 환자들에게 읽어주었고, 그들은 어머니의 글솜씨에 감탄했다.

"아가씨 어머니가 시를 정말 잘 쓰시는걸."

우리는 지난 세월 동안 무슨 일을 해서 어머니라는 개인의 증거를 쓸어내버린 걸까? 어머니의 방에서 어머니의 가구를 치워내고 거기에 우리 자신과 우리 삶을 채우지 않았던가. 아니면 그곳은 방이 아니고 정원이라서 우리가 그곳을 치우고 우리를 심었는데, 이제 우리가 사라지고 어머니만의 꽃들이 피어나는…… 그런 걸까? 어머니가 받은 충격들은 어떻게 되는 걸까? 끊임없는 간질 치료법 탐색, 두 번의 부검, 정신병자 판정을 받은 딸, 이따금 몰인정한 행동을 할 때만 잠시 강해지는 허약한 남편은 어떻게 되는 걸까?

이런 가족의 고난에 맞닥뜨리자 나는 익숙한, 이제는 아주 숙달된 도피를 통해 다시 시클리프 병원으로 들어갔다. 그리고 거기 도착하자 곧 그런 도피를 감행하던 시절은 끝났다는 것을 알았다. 어딘가에 가서 혼자 살면서 밥벌이를 하고 책을 쓰는 일은 이제 소용없었다. 나는 '병력'이 생겼고, '병력'이 있는 자들은 조사도 받지 않고 유형화된 취급을 받았다. 나는 공황에 빠진 상태로 금세 내부 병동인 브릭 빌딩으로 옮겨졌고, 거기서 잊힌 사람들 가운데 한 명이 되었다. 어머니가 건강을 되찾은 뒤 부모님과 브러디가 그해 크리스마스와 내 생일에, 그리고 그밖에 두어 차례 더 병원을 찾아왔다. 이제 나는 '종신 입원' 상태였다. 내가 이스티나 마벳을 통해서 표현하고자 한 것은 흐르는 세월 속에 느낀 무력감이었다. 나와 제대로 이야기해보지도 나를 알려고 하지도 않고, 심지어 정신과 의사들이 쓰는 표준검사도 시행하지 않고서 나에 대해 판결을 내리는 사람들에게 내가 항구적으로 구속되어 있다는 공포였다. 그 상태는 강요된 보호 감호에 대한 강제 굴복이라고 정의할 수 있을 것이다.

내부 병동에 들어간 나는《물속의 얼굴들》에서 묘사한 그 인상적인 가족의 일원이 되었다. 내가 그곳을 견디고 생존하게 만든 것은 그들의 슬픔과 용기, '그들을 이야기하고픈' 나의 욕망이었고, 캐시디, 도허티(모두 마오리 여자), '태피'—지금은 카디프에 사는 웨일스 출신 간호사—노린 램지(배고픈 나에게 음식을 더 챙겨준) 같은 사려 깊은 젊은 간호사들의 배려도 도움이 되었다. 하지만 안타깝게도 보고서를 쓰고 치료 방법을 좌우하는 책임자들은 질책과 처벌, 그리고 '협조'하지 않으면 특정 종류의 치료로 징벌하겠다는 협박을 달고 살았다. 여기서 '비협조'란 다른 사람 여섯 명과 함께 문 없는 화장실에서 가서 한꺼번에 오줌을 누라는 등의 명령을 거부하는 것이었다. 한편 고분고분하지 않다고 간호사에게 언어 폭력도 겪었다. "까탈스럽기도 하셔라. 배운 여자라 이건가, 하지만 여기서도 뭘 좀 배워야 할걸."

배운 여자, 내가 고등학교와 사범학교와 대학에 다녔다는 사실은 몇몇 직원들에게 복수심을 일으켰다.

나를 구원한 것은 결국 글쓰기였다. 글쓰기가 실제로 내 인생을 구원했으니 내가 글쓰기를 삶의 방식으로 여기는 것도 놀라운 일이 아니다. 우리 어머니는 병원 측의 설득에 따라 내 전전두엽 절제술을 허락하는 서류에 서명했다. 전문가들의 강압적인 설득이 없었다면 그러지 않으셨을 것이다. 그 전문가들은 내 '병력'이 쌓이는 동안 나와 10분에서 15분 이상 대화를 한 적이 없었고, 그 시간을 다 합해도 내가 거기 있던 8년 동안 한 시간 반이 되지 않을 것이다. 아무런 검사도 하지 않았고, 심지어 뇌파 검사나 엑스레이 같은 신체검사도 없었다. (예외라면 당시 정신병원에 흔했던 결핵 환자가 생길 때마다 흉부 엑스레이를 찍은 일뿐이다.) 그 전문가들의 판단은 업무에 지친 간호사들의 일일 보고에 토대한 것이었다. 나는 공포의 물결을 피하려고 하면서, 버트 박사—업무에 지친 친절하고 젊은 의사로, 내게 하는 말이라고는 "안녕하세요, 좀 어때요?"뿐이고 그 말을 한 뒤에 대답할 새도 없이 사라져버리는—가 '시간을 내서' 내가 이제 전전두엽 절제술을 받을 거고, 그 수술을 받으면 상태가 좋아지고 수술에서 회복되면 '바로 퇴원'할 수 있다는 설명을 들었다. 그리고 이것이 나의 말살을 완성할 거라는 느낌 속에서, 내게 무슨 일인가 '행해진다는' 데 흥미를 느낀 병동 간호사에게서 이번 일이 '다 끝나면' 내가 어떻게 될지에 대한 설명도 들었다.

"여기 오래 있다가 전전두엽 절제 수술을 받은 환자가 있었어요. 지금은 모자점에서 일해요. 얼마 전에 봤는데, 여전히 그 가게에서 일하고 있었어요. 정상인하고 똑같이요. 당신도 정상이 되고 싶지 않나요?"

사람들은 내게 작가가 되겠다는 허황된 꿈을 버리고 '정상적'으로 사는 게 좋다고 했다. 퇴원한 뒤에 평범한 직업을 가지고 사람들이랑 어울리며 살라고……

상황은 신중하게 준비되었다. 나와 친해졌지만 '온건한' 외부 병동에 남은 내 또래의 젊은 여자 하나도 전전두엽 절제술을 받을 거라고 했다.

"놀라는 한대." 사람들이 내게 말했다.

놀라는 머리를 펼 거야, 놀라는 파티 드레스가 있어, 놀라는 파티를 한대. 너는 안 해?

놀라는 천식을 앓았고, 뛰어난 집안 출신이라는 부가적 문제가 있었다. 그녀의 '사례'에 대해 내가 할 수 있는 말은 그저 약물 치료가 없던 시절에 전전두엽 절제술은 '편리한' 치료법으로 여겨졌다는 것뿐이다.

다시 한 번 말하건대 글이 나를 구원했다. 나는 병동 사무실에서 '전전두엽 절제술 대상자 명단'에 내 이름이 들어가 있는 것과 이미 수술받은 사람들의 이름 위에 줄이 그어진 것을 보았다. 내 '차례'가 그리 멀지 않은 어느 날, 난데없이 블레이크 파머 박사가 병동에 와서 내게 말을 걸었고, 모두가 그 사실에 놀랐다.

그것은 수술의 좋은 점을 설명하는 대화를 빼고 내가 처음으로 가진 대화 기회였기에 나는 다급하게 말했다. "블레이크 파머 박사님, 박사님 생각은 어떤가요?"

그는 손에 든 신문을 가리켰다.

"상에 대해서요?"

나는 어리둥절했다. 상이라니? "아뇨. 전전두엽 절제술요."

그는 딱딱한 표정이었다. "나는 환자분이 수술을 받지 않는 게 좋다고 결정했습니다. 당신이 변화되는 걸 원하지 않아요." 그가 신문을 펼쳤다. "오늘 저녁 《스타》지의 마감 후 기사란을 봤나요?"

읽을거리가 전혀 없는 내부 병동에서 그건 어리석은 질문이었다. 그도 잘 알고 있을 텐데?

"당신이 휴버트 처치 상 산문 부문을 수상했어요. 《석호》라는 책으로요."

나는 휴버트 처치 상을 몰랐다. 하지만 그건 기뻐해야 할 일인 것 같았다.

내가 웃었다. "제가요?"

"그래요. 우리는 당신을 이 병동에서 내보낼 거예요. 수술도 하지 않을 거고요."

휴버트 처치 상 수상 사실과 나를 '병력'이나 보고서의 내용이 아닌 보이는 그대로 받아들여준 스코틀랜드 출신 신참 의사 블레이크 파머 박사가 내 병동 체류 시간을 줄여주기 위해 나를 병원 본부로 보내서 '차 시중'을 들게 하고 작업 치료를 받게 해서 바구니 직조법, 치약 튜브에 치약 넣는 법, 프랑스어 교본을 보고 프랑스 레이스 뜨는 법, 크고 작은 직조기로 직조하는 법을 배우게 한 일, 이 모든 일이 나의 퇴원을 준비시켰다. 나는 전전두엽 절제술을 피했고, 어떤 가치 있는 개인, 인간으로 대접받았지만, 직원들 중 일부 불안하고 못마땅한 이들은 애정을 쏟는 어머니에게 그러다 아이 '버릇 잘못 들인다'고 주의를 주는 친척들처럼 나를 둘러싼 '호들갑'을 못마땅해하고 약간은 시기했다. "저러다 잘못하면 큰일 날 텐데. 블레이크 파머 박사는 곧 저 여자를 '잊을' 테고, 여자는 도로 브릭 빌딩으로 돌아갈 거야."

상을 받아서 신문에 이름이 실리는 행운이 없던 내 친구 놀라는 수술을 받고 병원으로 돌아왔다. 병원에서는 '절제자' 집단에 속한 사람들에게 개인적 관심도 기울여주고 '정상인으로 만드는, 아니면 적어도 변화시키는' 일련의 시도를 했다. 사람들은 '절제자'에게 말을 걸고 함께 산책을 나가고 화장도 해주고 삭발한 머리에 꽃무늬 스카프를 둘러주었다. 절제자들은 조용하고 유순했다. 그들의 눈은 크고 어두웠고 얼굴은 창백했으며 피부는 축축했다. 그들은 늘 '바깥세상'이라고 하는 일상적 세계에 '적응'하는 '재교육'을 받았다. 하지만 분주한 일과와 인력 부족과 지지부진한 재교육으로 인해 절제자들에 대한 관심은 철회되었고, 그들에게 이것은 재난이었다. 거짓 봄은 다시 겨울이 되었다.

마침내 내가 퇴원을 하게 되었을 때에도 놀라는 병원에 남았고 퇴원을 했다가도 자주 재입원했다. 나는 그녀와 계속 연락했고, 그럴 때마다 마치 양심이, 그리고 거기서 벌어질 뻔했거나 벌어진 일들이 입을 열어 말하고, 나아가 생명을 되찾아서 그때를 상기시키는 동료가 되는 동화를 실연(實演)하는 것 같았다.

놀라는 몇 년 전에 잠을 자다가 죽었다. 비인간적 수술의 유산은 그녀를 알던 모든 이에게 남아 있다. 나는 그것을 늘 간직하고 있다.

나는 '보호관찰하에' 퇴원했다. 매번 사형 집행과 같은 강도의 공포를 안겨주는 무보정 전기 치료를 200여 차례 받은 탓에 기억이 산산조각 나고 어떤 면에서는 영구 손상되거나 파괴되고, 거기다 수술을 통해 좀 더 무난하고 유순하고 정상적인 사람으로 개조될 뻔한 경험을 하고서 나는 윌로글렌에 도착했다. 겉으로는 차분한 웃음을 지었지만, 속으로는 모든 자신감을 잃었고 내가 마침내 확실한 '비인간'이 되었다고 믿었다. 나는 그동안 정신분열병 환자를 충분히 보았기에 내가 그 병을 앓고 있지 않다는 것을 알았으며, 정신병자가 되고 말 거라는 전망도 오래전에 버렸다. 하지만 이 견해에 반대하는 '전문가'와 '세상'이 있었고, 나는 내 주장을 내세울 상태가 아니었다. 또한 병원으로 돌아가면 무슨 일이 생길지도 두려웠다. 또한 8, 9년 전에 풀렸다면 내가 원하는 인생을 자유롭게 추구했을 문제는 아직도 남아 있었다. 그 문제의 해법은 간단했다! 내가 글을 쓰며 지낼 수 있는 공간과 생계를 유지할 돈이 전부였다.

그리고 글쓰기를 열망하고 즐거워하는 것이 재능과 그다지 관련이 없다는 두려운 사실도 있었다. 나 또한 병원에서 보았던 다른 환자들처럼 나를 속이는 건 아닐까. 특히 유순했던 한 젊은 여자는 외부 병동에 조용히 앉아서 날마다 '책'을 썼는데, 작가가 되고 싶다는 그녀의 책은 온통 연필로 쓴 O-O-O-O-O-O-O-O뿐이었다. 그것은 의사소통의 새로운 형태였나?

그런 많은 일 가운데에서도 나는 월로글렌으로 돌아가는 것이 기뻤다. 나도 이제 하늘 아래 나가서 명령이나 감시를 받지 않고 단순한 인간의 일들을 할 수 있었다. 내가 무얼 할지, 어디에 살지, 어떻게 느낄지, 내 미래를 어떻게 계획할지를 스스로 결정할 수 있었다. 어린 시절에 그토록 거대하게 느꼈던 '결정'과 '미래'라는 단어의 의미는 이제 새로이 강렬해졌다.

비존재로 비인간으로 살고 느끼며, 끊임없는 육체적 정신적 굴종을 강제당한 세월을 겪은 터라, 나는 세상이 나를 집어삼킬 것만 같았고, 한편으론 병원 시절에 자라난 습관적인 공포로 인해 다른 이들의 제안과 명령을 순순히 받아들였다.

아, 하지만 이제 자손이 많아진 고양이 시기와 함께 다시 언덕을 산책하는 것, 마타구리 나무 근처 양떼 틈에 앉아 있는 것, 하늘에 흩어진 화살표 같은 권운 말고 모든 것을 잊으려고 하는 것은 기쁨이었다. 내가 예전에 더블 B 연필로 그리려고 무진 애를 썼던 권운, 새털구름. 나는 브러디에게서 작은 텐트를 빌렸다. 브러디는 내가 입원해 있는 동안 뉴질랜드와 호주에서 나름의 모험을 겪었다. 나는 나무들 사이에, 하늘 아래 있고 싶은 열망으로 소나무 아래 텐트를 쳤고, 밤이 되면 거기서 자고 낮이면 아버지가 사라진 날들, 우리가 모두 어리고 아빠가 세상의 왕이던 시절로 돌아가고 싶은 딱한 마음에 황급히 가져온 철도 공책에 글을 썼다. 아빠는 철도청을 그만두고 이제 석회 공장의 기관사로 일해서 날마다 눈보라를 뚫고 온 듯 흰 먼지를 뒤집어쓰고 왔다.

텐트 생활은 오래가지 않았다. 텐트에서 자려고 한다니……좀 이상하지 않아……. 사람들이 수군거렸고…… 나는 텐트를 포기하고 내 방으로 돌아왔다.

"재닛이 집에 와서 기쁘구나." 사람들이 내 앞에서 말했다. "재닛은 좀 어때? 과자빵을 좋아하려나?"

나는 새로 생긴 시립 도서관에서 윌리엄 포크너와 프란츠 카프카를 발견했으며, 내 책꽂이에 꽂힌 몇 권의 책도 재발견했다. 나는 소설과 시를 쓰기 시작했고, 미래에 대해 생각할 때에도 꼼짝없이 갇힌 채 '치료'를 받을 거라는 공포에 사로잡히지 않게 되었다. 하지만 그 뒤로도 병원 시절에 대한 악몽은 계속 내 잠을 어지럽혔고, 나는 지금도 간호사들이 나를 '치료'하러 데리고 가려고 하는 꿈을 꾸다 덜덜 떨며 깬다.

스마크 박사의 치료 아래 어머니는 건강을 많이 회복했다. 어머니는 꾸준히 그의 진료소에 다니고, 가끔씩 입원도 하며 다시 한 번 '개인'이 되어 가족 아닌 사람들과 교류했다. 나이가 아직 예순도 안 됐고, 여전히 딸들에게 흰여우 모피를 사줄 꿈을 꾸었지만, 어머니는 (내가 볼 때) 자기 삶은 없는 듯 남편과 아이들을 위해 사는 삶에 지쳐 있었다. 어머니의 삶은 마치 커다란 나무에서 잘려 나와 자기 순을 모두 떼고 다른 잘 자라는 식물들 곁에 세워 바람을 막게 하는 가지 같았다. 그 가지는 바람이 일 때만 움직였고, 반면 안에서 보호받는 식물들은 폭풍의 소문만으로도 몸을 떨었다. 내 눈에 비친 어머니의 모습은 어머니의 존재와 묘하게 잘 들어맞았다. 숱이 빠진 백발, 제대로 맞는 의치를 한 적이 없어 이가 빠진 상태로 남은 입, 고드프리의 턱—우리가 예전에 '캔터베리 대주교' 턱이라고 한—을 향해 뻗은 고드프리 가의 매부리코, 글래선스 도매점에서 산 옷(어머니는 메이블 하워드도 글래선스에서 옷을 산다는 데 기뻐했다), 맥다이어미즈에서 '외상으로 산' 넓적한 구두, 늘 차분한 얼굴과 정치적, 개인적 사건을 유머로 받아들이는 반짝이는 눈. 어머니는 평화주의자들의 다툼에 질려서 이제 그리스도형제단 집회에 나가지 않았지만 여전히 그리스도형제단의 신도, '그리스도의 애인'이었다. 결혼 이후 어머니의 가까운 친구는 그리스도가 유일했다. 하지만 어머니는 아직도 어린 시절 친구들의 이름을 기억했다. "헤티 피크, 루비 블레이크, 케이트 로들리, 루시 마텔라, 도카스 드라이든." 남자 친구들도 기억했다. 그리고 아빠의 윈덤 시절 친구였던 조니 워커 부부가 은퇴해서 오아마루로 이사 왔을 때, 어머니는 수줍음 때문에 그 부인을 베시라는 이름으로 부르지 못했다. 나는 어머니가 진정한 자기 '장소'에서 산 적이 없고, 어머니의 진정한 세계는 내면 세계였다고 강력하게 느꼈다.

어머니는 이제 시력이 많이 떨어졌다. 셔츠와 파자마에 단추를 달 때나 '남자 옷'의 해어진 소매단을 꿰맬 때면 어머니는 바늘에 실을 꿰어달라고 부탁했다. 나도 바느질을 했고 창을 찌르듯 날래게 바늘에 실을 꿰었다. "재닛, 바늘에 실 좀 꿰어줄래?" 그러면 나는 어머니가 이렇게 무력함을 드러내는 데 대한 분노로 바늘을 확 잡아채서 스물아홉 살의 정확함으로 번개처럼 꿰어주었다. 어머니는 솜씨 좋은 시누이들 앞에서 바느질에 야심을 품지 않았고, 그 세월 동안 가만히 앉아서 바느질할 시간도 없었기에, 우리 자매는 오래전부터 결과야 어떻건 우리 손으로 직접 옷을 만들어 입었었다. 그리고 어머니가 시력을 바치지 않던 일에 무력한 것을 보니—어머니의 시력은 심장과 영혼의 일, 시 쓰는 일, 불을 지피고 음식을 하는 일, 사랑하는 '자연'을 바라보는 일에 쓰였기에—어머니 인생의 축소와 최종 영락이 너무 참담해서 차마 마주하기가 힘들었다. 나는 내가 어머니와 가까워지지 않을 것도 알았다. 내 과거와 미래의 인생이 어머니와 딸 사이의 친밀감을 가로막는 장벽이 되었다.

　나는 더 이상 미래를 미룰 수 없었다. 그래서 더니든 그랜드호텔의 객실 청소부 모집 광고에 응답했고, 예전에 오아마루 시장이 보낸 편지와 캐버섬 플레이페어 로 주인이 써준 신원보증서—"항상 손님들에게 친절하고…… 정직하고…… 근면하고……"—를 들고 다시 한 번 미래를 향해, 더니든행 완행열차를 타고 남쪽으로 내려갔다.

〈2권에 계속〉

옮긴이 **고정아**

서울에서 태어나 연세대 영어영문학과를 졸업했다. 현재 전문번역가로 활동하고 있으며, 옮긴 책으로 《오만과 편견》《전망 좋은 방》《하워즈 엔드》《순수의 시대》《내 무덤에서 춤을 추어라》《노 맨스 랜드》《천국의 작은 새》《토버모리》 외 다수가 있다. 2012년 제6회 유영번역상을 수상했다.

세계문학의 숲 026

내 책상 위의 천사 1

2012년 12월 18일 초판 1쇄 인쇄
2012년 12월 26일 초판 1쇄 발행

지은이 | 재닛 프레임
옮긴이 | 고정아
발행인 | 전재국

발행처 | (주)시공사
출판등록 | 1989년 5월 10일(제3-248호)

주소 | 서울 서초구 서초동 1628-1(우편번호 137-879)
전화 | 편집 (02)2046-2869 · 영업 (02)2046-2800
팩스 | 편집 (02)585-1755 · 영업 (02)588-0835
홈페이지 | www.sigongsa.com
세계문학의 숲 홈페이지 | www.sigongclassic.com

ISBN 978-89-527-6771-4(04840)
　　　978-89-527-5961-0(set)